U0622837

浪漫的丧失

生活与感想卷

肖复兴散文精选集

作家出版社

图书在版编目（CIP）数据

肖复兴散文精选集·生活与感想卷：浪漫的丧失 / 肖复兴著．-- 北京：作家出版社，2021.1

ISBN 978-7-5212-1127-6

Ⅰ．①肖… Ⅱ．①肖… Ⅲ．①散文集－中国－当代 Ⅳ．①I267

中国版本图书馆 CIP 数据核字（2020）第 186541 号

浪漫的丧失

作　　者：肖复兴
责任编辑：赵　超　赵文文
装帧设计：卿　松
出版发行：作家出版社有限公司
社　　址：北京农展馆南里 10 号　　邮　　编：100125
电话传真：86-10-65067186（发行中心及邮购部）
86-10-65004079（总编室）
E-mail: zuojia@zuojia.net.cn
http://www.zuojiachubanshe.com
印　　刷：天津中印联印务有限公司
成品尺寸：142×210
字　　数：274 千
印　　张：11.875
版　　次：2021 年 1 月第 1 版
印　　次：2021 年 1 月第 1 次印刷
ISBN 978-7-5212-1127-6
定　　价：45.00 元

自 序

很多年前，曾读过雕塑家熊秉明先生的一则日记，他提到罗丹那个有名的雕塑作品《行走的人》时，写下了这样几句话：“残破的躯体，然而每一局部都是壮实的、金属性的，肌肉在拉紧、鼓胀，绝无屈服和妥协。这部作品以其悲壮和浩瀚，可以看作是贝多芬第五交响曲的雕像，甚至让人想到‘天行健’。”

读熊秉明先生的这段话，留给我印象的，不是前边对罗丹雕塑的描写，而是后面他将罗丹的雕塑看作音乐和诗。这不是文学家一般修辞中的联想或比喻，而是作为艺术家才具有的通感，方能打通不同类别的文学艺术的脉络，使其如水回环，横竖相通。

在谈到普希金的诗时，我读到柴可夫斯基说过的这样一段话：“他凭卓越的才能，经常越出诗创作的狭隘范围而进入音乐的无边境界……在他的诗中，在诗的音响序列中，有某种穿透内心深处的东西。这东西就是音乐。”

同样，这不是文学家一般修辞中的联想或比喻，是只有音乐家才能说出的话，才能敏感地感悟到诗与音乐之间的关系。这种关系密切的衔接，便是文学与其他艺术形式之间水天一线的相融相通，更能直抵人的内心深处。

这一直是我神往的境界。虽不能至，心向往之。

作为作家，需要这样的艺术修养来营养自己。自古以来，中国艺术讲究的也是诗书画一体。单打一，仅仅跟文字较劲，仅仅在自己熟知的生活和文学圈子里徘徊，对于文学写作，尤其对于散文随笔写作，走不远，容易越走越窄，情不自禁又乐此不疲地重复自己。

布罗茨基讲：“通常，缺乏积极的诗歌体验的小说家，都会流于累赘和雕琢。”也可以这样说：缺乏积极的艺术体验的小说家，尤其是散文家，更会流于累赘和雕琢。还可以再加一句：而且，少了些味道。或者，这便是老话所说的，散文，易写难工吧。

感谢作家出版社的编辑赵超先生的青睐，建议我编辑一套四本的散文精选集，将我多年以来写过的篇章，分为四卷：音乐卷、读书与怀人卷、生活与感想卷、亲情与友情卷，集中做一次回顾。这自然是对我的鼓励，也正好与我的心思相吻合，可以将这些年来我的人生与艺术相通与交汇的实验与努力，做一次小小的检点与总结。三月烟花千里梦，十年旧事一回头。旧事回头，旧梦重寻，即使难以做到落花流水，蔚为文章，却也是雪泥鸿爪，在那些深深浅浅的印痕中，毕竟有比现实世界更让我心动更有价值更值得向往的世界，让自己春晚秋深之际的日子里和心里，多一点儿湿润，而不至于苍老皴裂如一块搓脚石。

2020年9月底中秋前夕于北京

目录 Contents

诗的救赎

如今，电视屏幕的娱乐节目，几乎被搞笑的小品相声和娱乐化的相亲做饭等版块所占领。丁酉新春伊始，央视一套推出中国诗词大会（第二季）的节目，颇值得一看。我是从第四场偶然间看到了，立刻被吸引，便又找到回放，补齐前三场。现在，十场比赛落下帷幕，让我看到在泛滥的娱乐节目中难得的那一点文化的影子，尤其又是我国传统文化美丽的疏影横斜。

中国古典诗词，尤其是我们的唐诗，真的是世界绝无仅有的一种文学样式，同时又是我们民族从古至今代代相传潜移默化的文化营养。即使过去了上千年，它们和我们的生活、我们的情感、我们的精神，还是那样息息相关，而且，离我们是那样地近。可以毫不夸张地讲，现今存在的一切，以及我们内心所思悟、情感所需要、梦想所企盼的一切，在唐诗中都可以找到这样诗性的对应，非常地奇特，而且，非常地准确，非常地好懂易记，又非常地含蓄蕴藉和浓缩。面对当今纷繁变化的世界，我们需要包括唐诗在内的中国诗词这样带有古典情怀的诗性的营养，起码对于我，需要这样诗性的释怀，甚至救赎。

节目中，无论是百人团形形色色的参赛者，还是主持人和点评嘉宾，都值得点赞。从某种程度而言，古诗词是一种游戏，其游戏的特点在于我国文字魅力的独特性，其中词与词、字和字之间细致入微、紧密非凡而奇特无比的关系，亦即如布罗茨基所讲的："一个词在上下文中特殊的重力。"这是中国古诗词独有的语言系统、美学系统和价值系统。这些系统不是正襟危坐的高头讲章，而是温润清澈，如水流动，真的是一种中国文化独有的奇妙而又有着特殊重力的存在。

中国诗词大会抓住了其游戏的特点，让节目在比赛中变得好看，同时，传播了经典传统的文化。更重要的，是将参与者的人生与精神和我们的古诗词密切交融，互为镜像，更让我们能够有意识地靠近它们庇荫取暖，读诗洗心，以此完成了对于我们今天残缺的精神和娱乐化节目的救赎。

在这个节目中，最让我感动并难忘的，是来自河北农村的一位普通农民，四十岁的白茹云。她在比赛中淡定而坚定，最后脱颖而出，完全答对了题目，真是不容易，那九道题让我来答，我是答不全的。六年前，她患有淋巴癌，住院化疗期间，无所事事，在医院旁边的小摊上买了一本唐诗鉴赏辞典，躺在病床上看，住院一年，看了也一年，一首首地看，一首首地抄，一首首地背，燃起了她对古诗词的爱。是古诗词帮助她走出死亡的阴影，战胜了生活的贫寒和化疗的痛苦，完成了她生命的更是精神的救赎。

主持人董卿，是我看到她主持节目中的最好的一次。在节目中，她引用别人的诗句说：生活中不仅有眼前的苟且，还有以后的苟且，正因如此，我们更需要诗和远方——她敢于在中国古诗词中面对今天的苟且，让她在这个节目中显示出了她知性素养和感性真情的一面，她情不自禁地落泪，和即兴而来的吟咏，摆脱了以往节目中一些端起架子的造作和程式化的空洞。可以说，这些其实就是今天无奈的苟且，她是清醒的，是中国古诗词让她有勇气清醒地面对今天的苟且，并帮助她有力量战胜苟且而完成对自己和电视节目的救赎。

一个普通的电视节目，能够如此完成对于我们自身的生活和电视节目的双重救赎，是不简单的，不容易的，尽管这样的救赎只是浅近的尝试和开始。

其实，我们每一个人都有属于自己的苟且，因此，都需要属于我们自己的精神救赎，哪怕只是一点点，因为我们每一个人都有属于自己心里的一点点的期许，一点点对自己的祈愿，和对他人的祝愿。当然，救赎的方式是多样的，中国古诗词只是其中一种。前辈学者钱穆先生，在论述中国古诗词时曾经说过这样的话："中国古人曾说'诗言志'，此是说诗是讲我们心里的东西的。"在这里，对于"诗言志"的"志"，钱穆先生做了最好的解释，而不囿于传统和现时惯用的那种宏大的指向，强调的是"心里的东西"。

我想，这大约是古典诗词区别于新诗乃至文学其他品种最特殊的地方，也是最迷人的地方，最让我们感到亲近的地方。所以，钱穆先生又说："正因文学是人生最亲切的东西，而中国文学又是最真实的人生写照，所以学诗就成为学做人的一条径直大道了。"这是学习中国古诗的更高境界了。这样的境界，就是诗帮助我们完成救赎之后所达到的境界。

2017年2月12日于北京

小雪和大雪

我特别喜欢民间的谚语，充满智慧，既是对生活经验的总结，又是对大自然规律的提炼，下接地气，上敬天神。曾经有这样一句谚语：小雪腌菜，大雪腌肉。还有一句：小雪封地，大雪封河。这两句谚语，很有意思，前面一句，说的是民俗；后面一句，说的是自然。也可以这样说，前面一句，是平常百姓居家过日子的生活；后面一句，是过日子的自然背景；两者之间的关系，是相互勾连在一起的，互为表里。

按照节气，立冬过后，就是小雪。不过，这个小雪只是指节气，不见得一定会真的有小雪花飘落。如果小雪前后能够赶上一场雪，便属于初雪，即便落地即化，也会给人们带来喜悦，让一秋天树叶凋零的枝头，一下子玉枝琼花起来。

难怪人们常常将初雪比作初恋，那种晶莹洁白，落地转瞬即化的样子，很像是纯真又飘忽乃至飘逝无果的初恋。记得很多年以前，曾经读过一篇小说，讲一个少女的初潮来临的那一天，她跑出门外大叫，正好看见初雪飘落。当然，小说是虚构的，是想以初雪比喻初潮，让这样红白对比得更纯洁而美好，是初恋朦胧的前奏，也是人生新的觉醒和开始。

其实，在北京，小雪节气时赶上初雪的概率是很低的。放翁有一句诗：久雨重阳后，清寒小雪前。这句诗里的小雪，是对仗于重阳的节气，并非指真的下雪。小雪未雪，是北方尤其是干燥的北京常见的，只是这个节气里，天气变得如放翁所说的，有些清寒。这“清寒”二字，是这个节气最恰当而形象的指示牌。如果说冬至后的大寒才会露出冬天真正的面目，那时候的寒冷可以称之为酷寒，“小雪”节气里的“清寒”，便由此对比得如同一位清瘦的旗袍女人，而那种“酷寒”的季节，则像是一个必得穿上羽绒服臃肿的胖美人了。所以，在我国从古至今，给女孩子起名字的，有叫小雪的，而很难听到叫大寒的。

小雪时节，赶上真的飘起细碎小雪花的，在我漫长的人生中，只有一次。那是四十八年前，我刚刚到北大荒插队不久，记得很清楚，是大田里的豆子刚割完收到场上，还没有完全入囤。一天上午，天忽然飘了小雪花。由于北大荒的田野辽阔无边，一眼望过去，无遮无拦，一直连到远远的地平线。小雪花仿佛迈着细碎的步子，跳着芭蕾的小精灵一般，从天边慢慢地飘过来。起初，根本看不见，渐渐地，才见它们拉着洁白的轻纱一样，罩满了天空和田野，也罩满了我们的晒场。

那时候，我正在晒场上装满满一麻袋一麻袋的豆子入囤，眼瞅着小雪花就铺满了晒场的地上，绒毛毛的薄薄的一层，像是前些日子早晨起来常常看到过的秋霜。而沾在大豆上的雪花，更像是割豆子时常常冻僵我手指的霜花。连接入囤要爬上的那三阶高高的跳板，已经像铺上了一层银白色的地毯一样，飘忽在晶莹的雪花中。

北大荒地处我国最北方，天气显得更冷，小雪前下雪很常见。当地老农告诉我，还有在十一国庆节就下雪的时候呢。但是，对于我却是第一次见到这么早下雪。而且，雪越下越大，到了下午，已经是铺天盖地，白茫茫一片。跳板上全是雪花，太滑，入囤的活儿没法干了。队上放假，我们跑到当时的知青大食堂里玩，那里有我们自制的乒乓球球台，年轻时，吃凉不管酸，以苦为甜，找乐穷开心。尽管四十八年过去了，记忆里的情景还是那样地清晰，我和伙伴打乒乓球比赛，谁输谁要买一筒罐头请客。那时候，队上小卖部只剩下了香蕉罐头，那种香蕉罐头，到现在我也忘不了，一个长圆形的铁皮罐头里，直杵杵的，只立着四根，是两根香蕉从中间切成了两截。我们的比赛，一直打到小卖部的香蕉罐头卖光，我们把罐头里的香蕉吃光。

以后，小雪时节，我再没有见过下雪。当然，我再也没有见过这样的香蕉罐头。初雪，就这样消失在我逝去的青春里。

关于小雪和大雪那两句谚语：小雪腌菜，大雪腌肉；小雪封地，大雪封河。小时候在北京就听，长大了到北大荒插队时候还听。两地的老人好像是一所学校里毕业的。只是，无论小时候还是长大以后，无论是在北京还是在北大荒，小雪腌菜还有，主要是腌雪里蕻，渍酸菜，但大雪腌肉没有了，因为那时候肉奇缺而显得格外珍贵，每人每月几两猪肉的限量，是无法腌的。不过，“小雪封地，大雪封河”，却是有的，无法更改。这凸显了这句谚语的力度，是远远高于“小雪腌菜，大雪腌肉”这句谚语的。生活的经验可以改变，大自然的规律是无法改变的。人在大自然面前，是渺小的。记得一位欧洲的科学家曾经说过：人在自然和生活之间，只是一个比例中项。所以，尊重自然，敬畏自然，是人的本分。

当年，我所在的北大荒的大兴农场，前后被七星河和挠力河两条河环绕。小雪封地，大雪封河，这句谚语，在北大荒，比在北京还要格外彰显其准确性，灵验得就像安徒生童话里说的：一只手轻轻一动，就可以让冻僵的玫瑰花盛开，也可以让盛开的玫瑰花冻僵。

记得刚去的第一年冬天，顶着飘飞的大雪，我到七星河畔修水利，就是挖土方，准备来年开春将七星河两岸的沼泽地开垦成田地，当时的口号是：开发荒原，向荒原进军。那时候，已经到了大雪的节气，地冻得梆梆硬，一镐头下去，只显现出牙咬的一个浅浅的白印。七星河已经完全封冻，居然可以在河面上跑十轮卡车。这是我从来没有见过的情景。在北京，即便是大雪封河，封冻的河面不会那么厚，那么结实，不敢在冰面上跑汽车的。夏天，我们从北京来这里的时候，过七星河，还要乘坐小火轮呢，河水清澈见底，游鱼历历可数。两岸的沼泽地中芦苇丛生，起飞着白鹭仙鹤和好多不知名的水鸟。冬天来了，大雪飘飞的时候，七星河完全变成了另一种模样，安静而温顺得任十轮卡车在它的上面尽情奔跑，任我们的镐头在它的两岸纷飞挥舞。

真的，一辈子没见过这么纷纷扬扬的大雪，没见过这么结实的封冻的河面。那时候，大雪封河和大雪封门这两个词是连起来一起用的。但是，大雪封门的时候，我们会铲掉门前的雪，依然出工到七星河畔去修水利，我们也会用炸药炸开河面厚厚的冰层，去捕捞河底的鲤鱼吃。我们没有想过，大雪封门的时候，我们就需要休息；大雪封河的时候，河同样也需要休养生息。

四十多年过去了。前几年，我回过一次北大荒。站在七星河畔，我格外惊讶，河水是那样地浅，那样地瘦，和当年我最初见到它时完全两个样子，仿佛一下子苍老成了一个瘦骨嶙嶙的老人。河两岸当年被我们用双手开发成的田野，现在正在逐步恢复原有的沼泽地，说那是湿地，是七星河两岸的肾。河水滋养着沼泽地，沼泽地也滋养着河水。我感叹我们青春徒劳的无用功，更感叹大自然真的是一尊天神，不可冒犯，冒犯了，便会给予我们惩罚。

如今，依旧是小雪腌菜，大雪腌肉；依旧是小雪封地，大雪封河。只是，七星河的河面冰封时不再有原来那样地厚，那样地宽了。十轮卡车也不再在河面上跑了，因为河上架起一座人工修造的七星桥。

还是非常想念没有桥的时候，在大雪纷飞的时候，坐着爬犁，几匹马拉着，爬犁飞快地跑在封冻的七星河面的情景，是任何地方都比不上的壮观。洁白如玉的雪，厚厚地铺在河面上，爬犁的辙印刚刚印下粗粗的凹痕，立刻就又被雪花填平。爬犁始终像是在一面晶莹的镜面上飞行。

如果是雪停的时候，一下子，不知从哪儿突然飞来一群像麻雀大的小鸟，当地人管这种鸟叫雪燕，它们浑身的羽毛和雪花一样也是白色的，只是略微带一点儿浅褐色。雪地上飞起飞落着小巧玲珑的雪燕，和雪地那样浑然一体的白，在夕阳金色的余晖映照下，分外迷人。那情景有些像童话，仿佛我们要赶去参加森林女王举办的什么舞会，而它们就是森林女王派来的向导。那群雪燕在我们的爬犁前飞起飞落，然后飞跑，一直飞到七星河边的老林子里，落在树枝上，坠得树枝颤巍巍的，溅落下的雪花激起一阵细细的声响，如同音乐一般美妙。

那样的情景，是以后我再也没有见到的。那是只有童话里才有的一种情景，那是只有童话里才有的一种感觉。

2016 年 12 月 1 日于北京

青春致幻剂

《加州旅店》是美国老牌“老鹰”乐队的一首有名的老歌，仅此《加州旅店》这一张专辑，就卖出了1100万张这样惊人的数量。歌中唱的是一个驾车行驶在高速公路上的人，被引到加州旅店，他不知道那其实是一家黑店，他在里面尽情地跳舞饮酒，最后发现自己已无法脱身。歌中最后唱道：“你任何时候都可以付账，但你永远无法离去。”这家加州旅店，是象征？是写实？如果不是那一代和美国70年代历史息息相关的人，便很难理解这些空洞乏味而显得颓废的歌词，他们居然在二十多年之后“老鹰”乐队复出也能够如此疯狂。就像我们现在的假货盛行、房价飞涨，下一代很难理解一样，只可惜我们没有这样类似《加州旅店》的歌流行。

听《加州旅店》这样的老歌，就像看那个年代遗留下来的老照片，在我们看来颜色已褪，面目凋零，但对于和那段历史荣辱与共的一代人来说，却是踩上尾巴头就会动的啊。这首似乎有些老掉牙的歌，给美国这一代人端起了怀旧的最好的酒杯。

这种情景，很像如今我们的歌迷听邓丽君、罗大佑、蔡琴、崔健时，那种我们中国特有的怀旧感情和感觉。时过境迁之后，歌词都只是次要的，即使忘记都没有什么关系，只要那熟悉的旋律蓦然间响起，就能够听得出来那过去了的生活，再遥远也立刻近在咫尺；或者说一想起那过去的生活，耳边便总能不由自主地响起与之对应的那熟悉的旋律，一下子把许多想说的话都在音乐中淋漓尽致地体现出来了。音乐成了那段历史的一个别致的饰物，即使许久未见，只要看见它，立刻他乡遇故知一样，引起无限青春岁月的回忆。音乐的引子只要一响起，便如泄洪堤坝拉开闸门一样，无法遏止，开了头，就没了个头。音乐的作用有时就是这样地奇特。

1973 年，“老鹰”乐队出版这张《加州旅店》唱盘的时候，我在北大荒插队，在那一年的秋天割豆子，一人一条垄，一条垄八里长，从清早一直割到天黑，结了霜带着冰碴的豆荚，把戴着手套的手割破，一片齐刷刷的豆子前仆后继还在前面站着。这样的日子，就像长长的田垄一样没有尽头，希望消失在夜雾笼罩的冰冷的豆地里。

我现在在想，那时属于我们的音乐是什么？在北大荒漫无边涯秋霜封冻的豆地里，什么样的音乐如同“老鹰”的歌一样伴随着我呢？

我仔细想了想，有这样三部分的音乐在那时伴随着我和我们这样一代人：一是在知青中流传的自己编的歌，一是苏联那些老歌，再有便是样板戏。真是这样，在收工的甩手无边的田野里，在冬夜漫长的炕头上，在松花江黑龙江畔开江时潮湿的晨风里，在白桦林柞树林的树林里，在达紫香和野百合开花的田野里……有多少时候就是那样情不自禁地唱起了这些歌，有时唱得那样豪放，有时唱得那样悲伤，有时唱得那样凄凉。记得有一次到完达山的老林子里伐木，住在帐篷里的人，收工之后，夜里躺在松木板搭的床铺上，睡不着觉，齐声唱起了苏联的老歌，一首接一首，唱着唱着，竟然全帐篷里的人没来由地都哭了起来，哭声越来越大，以至响彻了整个黑夜。

在有人类的历史中，没有文字甚至没有语言时就先有了音乐，音乐是历史的一块活化石，是即使我们说不出也道不明的历史最为生动的表情或潜台词。明白了这一点，也就明白了，前些年在北京的舞台上，上演了一出由浩亮、刘长瑜、袁世海等原班人马出演现代京戏《红灯记》时，为什么那么多人为之兴奋雀跃，竟然和“老鹰”乐队复出一般遥相呼应，不分中外的雷同。熟悉的旋律，熟悉的戏词，乃至熟悉的一招一式，都会唤起那一代人共同的集体回忆。《红灯记》的内容已不是什么主要的了，样板戏和我们知青自己编的歌，以及那些苏联的老歌所起的作用，在这时的作用是一样的，只是作为一种象征，作为载我们溯流回到以往岁月的一条船。它们能够让时光重现，让逝去的一切尤其是青春的岁月复活，童话般重新绽开缤纷的花朵。不知道别人听到它时想到什么，听到它时我就会忍不住想起那时的待业和割豆子，在特殊的音乐的荡漾中荡漾起一代人那无情逝去的青春泡沫。

每一个时代会有每一个时代的音乐，这个时代的音乐就成了这一代人的精神饮品，在当时和以后回忆口渴时饮用。便也成为这一代人心头烙印上的钙化点或疤痕，成为这一代人抹不去记忆里一种带有声音图案的标本，注释着那一段属于他们的历史。就像一枚海星、海葵或夜光荧螺，虽然已经离开大海甚至沙滩，却依然回响着海的潮起潮涌的呼啸。当然，有时候，音乐就是这样成为我们的一种青春致幻剂。

2016 年 11 月 6 日写毕于北京

昔日重现

《昔日重现》是一首老歌。我第一次听，是二十多年前，卡朋特唱的，朴素真诚，没有花里胡哨，唱得很幽婉动听，倾诉感和怀旧感很强。那歌词即使不能完全听懂并记牢，但那一句“Yesterday Once More”，如丝似缕，却总也忘不了。

这一次，朋友发来视频，配放这首歌的画面，是黑白片的老电影，里面出现了《罗马假日》的赫本，和《魂断蓝桥》的费雯丽。选得真的是好，如果选彩色电影，还会有这样的效果吗？赫本和费雯丽是这首歌深沉的两个声部，她们的出现，让歌词“Yesterday Once More”从旋律中飞出，变成了动人的画面。

在这两部老电影中，赫本的清纯，费雯丽的忧郁，让人感动。想起第一次看《魂断蓝桥》，是刚刚粉碎“四人帮”的时候，电影是在体育馆里放映的，费雯丽迎着车灯光迷离走去，很多人都在暗暗落泪，我也一样，觉得费雯丽是那样地让人难忘。前年，去美国的飞机上，电视里可以选择的电影很多，我选择了老电影《罗马假日》，赫本让我想起自己年轻的时候，青春期再如何迷茫与蹉跎，也是美好的，赫本就是青春的一种象征。

出演《罗马假日》时，赫本才 23 岁，那实在是一个令人怀念的年龄。费雯丽演《魂断蓝桥》时 27 岁，却已经经历生离死别。

23 岁时，我在北大荒；27 岁时，我刚回北京，在郊区一所中学里教书。那时候，父亲突发脑溢血去世，家中只剩下老母亲一人，我只好和青春恋人在北大荒春雪飘飞的荒原上离别。我没有赫本如此美妙的罗马假日，却有着和费雯丽一样的生离死别。

那时候的电影，真的是那样叫人难忘；那时候的演员，真的是那样叫人迷恋。日后好莱坞的明星也出了不少，却总觉得没有那个时期的明星让人信任。特别是女演员，如赫本和费雯丽，她们所表演出来的清纯和真情，让人觉得就是生活中的真实，在她们青春洋溢的脸上，看不到一点的风尘、脂粉与沧桑。而我们如今的影视屏幕上那些女演员，能找到哪位是赫本和费雯丽一样的清纯与真情呢？她们的脸上，让我看到更多的是风尘、脂粉和久经沧海难为水的沧桑，以及徐娘半老偏要扮嫩的从心灵到肉体的一体化的虚假。

同样，如今我们也缺少如《昔日重现》这样真情自然倾诉的歌声。尽管我们的晚会上载歌载舞的大歌很多，尽管我们的电视中真人选秀的歌手很多，吼叫着比试嗓门，像书法里比试怪写法一样，比试着怪唱法的很多，却很难听到和赫本与费雯丽一样清澈纯情的歌声。我们那些陕北信天游里的酸曲，内蒙古的长调短调，还有青海的花儿，都不知道跑到哪儿去了。我们缺少这样自我吟唱式的歌唱，是因为我们已经缺少了这样朴素的表达方式。从历史的原因来说，和我们社会曾经长期处于的假大空有着明里暗里的关系，或是无奈的藕断丝连，或惯性的轻车熟路。从现实的原因来看，流行文化和消费文化致命到骨髓的影响，我们更愿意九百九十九朵玫瑰式的和爱你一千年一万年不变的感情奢靡和空泛的抒发。朴素的表达方式便这样理所当然地就被抛弃，真诚便这样轻而举易地就被阉割。难以找到《昔日重现》，难以找到赫本与费雯丽，便是理所当然毫不奇怪的了。

红颜薄命，赫本只活到64岁，费雯丽更短，只活到57岁。她们创作的《罗马假日》和《魂断蓝桥》，让她们始终定格在青春时清纯的模样。

妹妹卡朋特死得更早，只活到了32岁。她的生命，留存在她的歌声里。

《昔日重现》真是一首百听不厌的好歌。赫本、费雯丽和卡朋特，连同我们自己的记忆，都会在这样的歌声里不止一次地重现。

Yesterday Once More！

2016年9月12日于北京

布拉格寓言

在捷克首都布拉格，维谢赫拉德是一道著名的景观，当年音乐家斯美塔那在他闻名天下的交响组诗《我的祖国》里，第一首就是以它的名字为题的《维谢赫拉德》。如今，它是有名的名人公墓，也是一座美丽的公园，位于伏尔塔瓦河的西岸，站在那里，布拉格在脚下一览无余，气势确实不同凡响。

走出墓地，门前有一丛小树林，林边有三根长圆形长短不一的柱子，交叉斜倚在一起，很随便的样子，仿佛走累的游人相互背靠着背、肩搭着肩在歇息。一般不注意，谁也不会想到它们是什么东西，很容易忽略它们而走开。我们的翻译鲁碧霞小姐拉住了我们，告诉我们如果维谢赫拉德是布拉格的一景，它们就是维谢赫拉德的一景，并要我们猜这三个是什么东西。我们谁也没猜出来。她告诉我们是三根蜡烛，传说为考验一个从罗马跑到这里来的牧师（大概也是如我们一样到这里来游玩的），魔鬼特意在这里点燃了三根蜡烛，如同我们这里的人逢庙就烧香磕头一样，牧师立刻对着蜡烛虔诚地念起了弥撒。魔鬼大概并不确定他念的是真经，打断牧师的经文对他说：蜡烛不灭的时候，你如果能跑回罗马，到了罗马你可以得到钱，也可以得到灵魂，你想要什么？牧师说得痛快也实在：我要钱。魔鬼一听大怒，把蜡烛立刻吹灭插进土里，就成了现在这个样子：三根东倒西歪的石柱。

其实，钱并不是什么罪恶，生活的提高，社会的发展，人的生存，离开了钱，都玩不转。从某种程度来看，钱是财富的替代象征，是能力的物化标准，是时代进步的凯旋门。令魔鬼无法忍受的是，在钱和灵魂的对比面前，牧师竟然毫不犹豫地就抛弃了灵魂而选择了钱。如此赤裸裸，灵魂都不要了，为了钱而疯狂，堕入钱的地狱；对钱格外膜拜，让道德向钱出卖贞操；对钱格外狂妄，让信仰向钱举起白旗吗？这样得到的钱，在魔鬼看来，比魔鬼还要可怕。

多少年过去了，魔鬼的担忧，并没有得到多少改观。曾经有过这样令人沮丧的例子，发生在宁波，警察要去抓捕赌徒，赌徒在大街上将十万元赌资天女散花般全部抛撒出去，过往的行人立刻蜂拥而至跑上前来，如鹅伸长了脖子面对从天纷纷而降的钱票子，短短不到几分钟的工夫，十万元钱被一抢而空。我们怎么可以责骂那位跑去罗马是为了要钱的牧师，要是魔鬼给我们同样的机会，我们和牧师的选择难道会不一样吗？我们跑向罗马的劲头和速度会比牧师差多少吗？

魔鬼的愤怒，是情有可原的。人们靠金钱赢得而创造幸福，世界靠物质积累而得到进步的同时，偏偏容易忘记：在貌似金碧辉煌的金钱之上，还有马克思所说的至今并没有过时的人类的良心和名誉。魔鬼所要求的比金钱更重要的灵魂，依然是今天我们做人起码的标准和底线。这样的要求并不过分，可我们已经越来越不相信灰姑娘一类的清贫的童话，也不再相信周粟一类清高的传说。于是，穷惯了、穷怕了、对钱鄙薄太久了、批判得太多的人们，一下子跳到另一极端，对钱有了一种久违的亲近感，忽如一夜春风来，千树万树再不是梨花开，而是钱眼大开、心眼大开，当然便不是什么奇怪的事情。火到猪头烂、钱到公事办，金钱开始擢升为所向披靡无往而不胜的万能的巅峰，便也就是理所当然的事情。为了钱，可以嫌贫爱富，可以笑贫不笑娼，可以毫无羞耻地把肉体和良心一起出卖；可以将一切道德情操沦陷于污浊之中；为了钱，可以将丹柯和荆轲赤红的心，风化成浴池里千疮百孔的搓脚石，自然也就是见多不怪的事情了。

看来，维谢赫拉德的魔鬼已经彻底地看透了，人抵抗不住金钱的诱惑，人的灵魂已无可救药，才如此怒不可遏地将这三根蜡烛化为了三根石柱，成为人们的醒世恒言。

当然，这只是历代延续下来的一个传说而已。事实上，面对魔鬼，人可能并不会像牧师那么赤裸裸，会很冠冕堂皇，就像我们这里常常开会做报告一样，或是像我们常常的慷慨陈词一样，整顿衣冠，略施脂粉，把灵魂当成一张套红的报纸或一面鲜艳的旗子高高飘扬，明说的（而且信誓旦旦）是去拿灵魂，真的跑到罗马拿回来的是钱。要命的是这样，人就更加不可救药。

事实上，这三根圆柱是根据阳光在它们身上折射的光线不同来计算时间的，很像我们的日晷。

将它们立在维谢赫拉德的墓地门前的死人与活人之间，立在逝去的光阴与现在的时间之间，是魔鬼有意在布拉格给予我们的一个寓言。在吃多了吃腻了吃惯了的甜腻腻的东西之后，我们需要魔鬼这样骨鲠在喉尖锐一些的东西。在数多了数惯了数得满手脏兮兮的钱票子之后，我们需要魔鬼这样愤怒的警告和戒示。

2016 年 7 月 14 日改毕于北京

沙漠之花

棕榈泉是一座在沙漠上凭空建造的小城。城边一个沙漠动物园，也是凭空而造的。说是动物园，其实包括了植物，都是从世界几大沙漠中请来的客人，汇聚而成，设立了栅栏，便移花接木将大自然变成了人为的公园。难得的是，这些动植物没有如橘易地而成枳，依然保持原来的状态。这不容易，当然，得费点心血和工夫。

在美国加州之南，这片本来荒凉的沙漠，因有了它们而有了旺盛的人气。灿烂无比的阳光，即使冬日里也有些灼热烤人。那些沙漠里的动物，懒洋洋地都躲在阴凉里。那些植物，无法躲开，只能站在烈日下，用自己枝叶挥洒出的阴凉自吟自唱。说实在的，那些植物，无论高大的棕榈树，还是各式各样的仙人掌，在别处也可以看见，并不新鲜。最引我注目的，居然有那么多的花朵，这是我从来没有见过的景象。它们不躲避阳光，相反像牵牛花和向日葵一样，把每一片花瓣都冲向阳光，让每一簇花心里都装满加州的阳光。

我知道，花是世界上最美丽也是最勤快的使者，如水一般，能够在任何地方流畅。沙漠里，也有顽强的花朵开放，并不新奇。但是，居然有那么多品种不同、颜色不同、花形不同的沙漠之花盛开，真的令人惊艳，惊奇。

沙漠里的仙人掌，在这里开着红色黄色和白色的花，也曾经在别处见过，但在那种叫作铅笔仙人掌细长的茎上开放着橙红色的花，我没有见过。那种花有些大，和细细的茎呈不对称的对比，有点儿像跳大头娃娃舞。那种硕大仙人球上密密麻麻开放着削去皮的鲜嫩菠萝形状的花，我也没有见过。我管它叫菠萝花，它们拒绝分散着开，而是手挽手肩并肩簇拥在一起。每一朵花尖上都矗立着一枚长长的刺，像是卫兵挺着一柄柄剑戟。那剑戟既像在卫护，也像是在表演，刚劲而又修长的线条，是男舞者挥舞出棱角鲜明的手臂。

淡紫色的马兰花，不是曾经在田野里见过的那种马兰花，而是比它们还要娇小，细碎的花瓣，像打碎了一地的碎星星，是那种只有在童话中才会出现的碎星星，每一个的星星点点，由于不甘于四周荒凉与干燥的包围，便都可以变幻成努力挣脱而出的七彩的梦在飞翔，这应该也是沙漠的梦吧。但这也许只是我见异思迁的一厢情愿，它们真的不愿意离开而乐于在这里。它们会用带有几分嘲笑的口吻说，这里一年三百六十五天天天没有雾霾，尽可以趴下来晒太阳，爬起来数星星呢。

沙丘草和沙马鞭草，尽管都是粉红色，一眼还是可以分辨出来的。沙丘草的颜色要淡，花朵要大许多。沙马鞭草不能望文生义，一点儿也不像马鞭子，五角星一样呈五瓣形状，边长一样，规规矩矩，和城市里小学生一样娇小玲珑却笔管条直地开放。

扁果菊，也和城市的那种小叶菊和雏菊很像，不知它们之间是否有血缘关系，会不会是进城的乡野之人，或远走他乡的旅者。就像世界各地即便不同种族的人也有着相似的五官一样，扁果菊不像是从各处沙漠里请来的，倒像是从我们家的客厅或城市公园里来这里客串，让我有种似曾相识的亲近感。只是，它们的茎很长，叶很小，花也很小，瘦弱得有点儿水土不服，几分楚楚可怜的样子。这里的扁果菊都是黄色的，黄色最打眼，别看花小，却像如今林永健那种小眼睛的男人，格外迷人。

我第一次见到茛苕。在书中，不止一次见过，书上的这种花，最为古典名贵。经典的例子，这种花叶是用于欧洲建筑中最常见的科林斯柱头的雕刻花纹里，其对称古典之美，早在古罗马时代就已经流行，至今在那些仿古的西式建筑甚至家具中经常可以见到。我是对照着沙漠动物园的说明书，才意外发现它就是相见恨晚的茛苕，一个古怪的名字，远不如它的花叶好看，却应该属于沙漠之花中的贵族。它锯齿形的叶子，在风中摇摆，像跳着细碎的小步舞曲的精灵。它金红色细长的小花，随叶子一起摇头晃脑，像抱着古老乐器为舞者伴奏而自我陶醉的乐队。

在这里所见到的花，大多是草本，也有灌木，最多的是墨西哥刺木。这种刺木才真的像马鞭，细长而柔软，是歌里唱的那种“我愿她拿着细细的皮鞭，不断轻轻打在我身上”的鞭子，温柔多情，带有点儿无伤大雅又有些撩人的刺。它的花朵都是顶在刺木的顶端上，像是丹顶鹤头上的那一点红。只是，那一点红花，是绒毛毛的，弯弯的带一点点的尖，如果再大一些，更像圣诞老人头顶上的那顶红帽子。

呈树木开花的，在这里，我只见到了两种。一种叫作烟树，不是我们唐诗里说的“鸟从烟树宿，萤傍水轩飞”的烟树，那是我们诗意中带有家炊烟味道的树。这里的烟树，也是野生的，家被放逐在外，远远看，真的像是一片蒙蒙的烟雾。近看，它的枝条上没有叶子似的，大小每一枝都像海葵向四周伸出的触角，细细的、软软的，晶莹剔透的灰白色，如同蒙上一层清晨的霜。或许它的枝条就是它的叶子，它的叶子就是它的花。也许，这只是我主观的猜度。但在这里，花叶如同仙人掌一样绿的很少，灰绿色甚至如烟树一样灰白的花叶很多。我见过一片灰白色心形的叶子之间隐藏着非常弱小的花朵，都是呈灰白色，只有要脱落的老花，才呈褐色。

另一种叫作帕洛弗迪。这只是音译，我不知道准确的翻译，它应该叫什么名字。它的花是开在树顶端，一片灰黄色，并不鲜艳，但面积很大，铺展成一片。由于枝干比烟树要高，它的花在一片低矮的花丛中，鹤立鸡群一般醒目，一览众山小般迎风摇曳，像是挥舞着一面单薄得几乎透明的旗子，和浑黄的浩瀚沙漠做着力不从心却并不甘心的对比和对话。

还有好多我不知道名字的沙漠之花，我真想一一查出它们的名字，描绘出它们的样子。它们有的开着细小球状的花，有的开着细长穗状的花，有的开着扁扁耳朵样的花，有的开着软软长须样的花，有的开着雪绒花一样绒绒的花，有的开着合欢花一样梦境里的花……我从来没有见过这样多，这样小，又这样神奇的沙漠之花。面对它们的色彩纷呈和变幻无穷，竟然一时理屈词穷一般，找不出更合适的语言形容这些花。忽然想起以前曾经读过的一位陌生的作者写过的话，借用过来，也许这些花的形状和纹案，应该是“只有小孩子们的心里才能想象得出来，只有他们的小手才画得出”。这些花开成的样子，应该“一定有着它自己长时间的，并且经历相当曲折的美好想法吧”？

没错，这些花富于远离尘嚣的童真，拥有未曾经历都市化改造过的纯朴，和园林之手的人为修剪。沙漠恶劣的环境，磨炼了它们，也成就了它们。它们就像旷世的隐者，那样远离着我们。它们又像静心的修炼者，确实是在沙漠中跋涉了长时间，经历了相当曲折却美好的想法，修合无人见，存心有天知。不管旁者的云起云落，只管自己自由自在地花开花落。它们无意争春和走秀，一定并不情愿从世界那么多沙漠里那么老远被移植到这里来。尽管这里也是沙漠。

2016 年春写于布卢明顿

加州看海

从旧金山出发到圣地亚哥，沿一号公路一直往南，右手方向尽可以看到海。尽管海时不时会被树木山峰或房屋所遮挡，但很多地方，海就近在咫尺，伸手可触。阳光下波光粼粼，一片耀眼的蔚蓝色，像一匹悠长闪光的绸缎，始终缠裹着加州细长的腰身；像一位钟情而不离不舍的恋人，一路紧紧追随着你。忍不住想起我们的唐诗：仍怜故乡水，万里送行舟。可惜，这里只是加州人的故乡，但是，那种万里依依相随的绵长不尽，确实是加州的独特风光。实在应该敬佩当初设制并修建一号公路的人，让人和海如此相亲相近。

出旧金山，走十七里湾，应该是加州的海最漂亮的地方。偏逢下雨，雨兼雾蒙蒙一片，海，什么也看不见。车一直开到卡梅尔，雨依然淅淅沥沥没有停歇。这里的房子，都是独栋别墅，每一座的样子不同，颜色也不同。据说，这里的房子没有门牌号，只看造型和色彩辨认。一百多年前，旧金山大地震后，好多画家跑到这里来盖房子居住。那时候，这里荒僻，地价便宜，如今已经寸土寸金。好莱坞大导演伊斯特伍德曾经当过一阵卡梅尔的市长，无疑将卡梅尔的艺术气质更加提升。

黄昏时分，先到镇中心，一条叫作太平洋的小街，两旁小店鳞次栉比，每座店铺的造型和颜色，也都不尽相同，比小镇上的住宅还极其富有艺术气质。这条街道，不许有广告和路灯；店铺前，也不许有霓虹灯。店铺里的灯光已经亮了起来，雨蒙蒙中含泪带啼般闪烁着，让这条小街充满童话的气息。店铺都是卖各种艺术品的，画廊很多，画的水准要比一般画廊高出许多，我看到居然有莫迪里阿尼的学生—— 一位已故意大利画家——的人物画作，格外打眼。大多餐馆隐藏在店铺之后，沿着鲜花掩映和灯光迷离的走廊或幽径走进，有种庭院深深深几许的感觉。

街的尽头，是有名的卡梅尔海滩。风雨中，尽管海浪翻涌着如雪的浪花，呼呼叫嚣，仍显得气定神闲，仿佛阅尽世事沧桑。如果天气好，或者夏季，这里会是另一番景象。海滩和小街真的是剑鞘相配，葡萄美酒夜光杯，相互辉映一般。如果没有这样的海滩，也就不会有这样一条小街；相反，如果没有这样一条小街，海滩也就是一片野海滩。海滩和小街相互提升了彼此的艺术气质。

第二天，来到卡梅尔旁边的蒙特瑞海湾。这里的历史，要比卡梅尔久远。当初是加州成立后第一个州府所在地，加州的第一个海关也设立在这里。蒙特瑞一分为二，沿海湾一头是它的老工业区，当年全美生产沙丁鱼罐头最大的工厂，如今改造成了海洋馆。以它为中心，成为一片旅游区，街心的小广场上，依山傍海，矗立着斯坦贝克和他的伙伴的青铜塑像。这里是斯坦贝克的故乡，他的著名小说《愤怒的葡萄》，后来被改编成电影，所描写的就是蒙特瑞一带当年的景象。海湾另一头，是它的老码头。老州府、老海关和老街，都还健在，基本保持原汁原味。只是老码头已经被改造成旅游点，和世界任何一个旅游点一样，成为餐饮购物一条街。难得的是，当年捕捞沙丁鱼的渔船还在，陈列在海滨，为蒙特瑞做历史的注脚。拉网捕鱼的渔民，被塑成铜像，和硕大的沙丁鱼木雕遥相呼应，更和海上的渔船，和飞落在渔船上的鱼鹰、鹈鹕、海鸥相映成辉。

下一站，到了摩罗石。这里也是一座海湾，由于海上有一座冲天而立的巨石而得名。当年，西班牙入侵加州，这块巨石成为他们海上航行的地理坐标。这块巨石为何独行侠一般出现在大海上，成了大自然的一个谜。我们是晚上到的这里，夜色中看这块顶天立地的巨石，想起桂林市中心的那座独秀峰，都属于大自然的鬼斧神工。

坐在一艘渔船改造的餐厅里，吃刚刚打捞上来的当地特产红鱼，窗外就是海。夜色中的海，黑黝黝的，有些神秘莫测。四周都是些渔船和游艇。桅杆林立，线条朦胧，仿佛海伸出的无数只手臂。隐隐能听到粗鲁的声音，从窗外传来。人们告诉我这是海象的叫声，它们就在渔船上睡觉。走出餐厅，伏在栏杆上看，果然看见好多头海象趴在船头上，那声音不知是它们睡觉时打的呼噜，还是发出的对同伴的呼唤，还能看见有海象在海水中向渔船游来。夜色中的海象和大海以及桅杆林立的渔船，构成了一幅厚重的油画。

靠近圣地亚哥的拉霍亚海湾，是加州最为著名的海滩了。到这里，才会感到游人若织，其他的海湾和海滩，实在是太安静了。到这里的人们更为了看海豹。加州的海，唯独这里的海豹最多，而且愿意爬上岸，和人相看两不厌。据说，当年由于这里海湾一处风平浪静，就被围了起来，作为儿童的游泳池。海豹也相中了这块宝地，纷纷游过来，而且就在这里安营扎寨，生子繁衍。这里变成了天然的海豹动物园。如今，那一群群海豹就趴在岸上，晒着太阳，懒洋洋地睡觉，根本不怕人。而一头小海豹更是摆弄着各种姿势，任游人和它合影留念。时时会听到一片大呼小叫，这里成了孩子和大人最欢乐的海滩。

其实，这里的海湾形态丰富，沙滩很长，很平缓，很漂亮，特别适合散步。还有被海水冲击而成的山洞，照出的照片效果极佳。海岸前高大的棕榈树，无疑更是为海湾镶嵌起了一串漂亮的项链。更难得的是，这里的宾馆餐馆咖啡馆商店等一切人为的东西，都建在海湾山后，形成另一条街。这实在是一种聪明的选择，为的是对得起拉霍亚这个名字，这个名字是西班牙语，意思是“海滨珍珠”。

在圣地亚哥，这个加州最南端的城市，是被海所环抱的得天独厚的福地。海给予它的馈赠，实在过于慷慨。我没有去它最有名的科罗纳多海滩，而是去了卡布里洛海湾。这里是当年西班牙人卡布里洛最早发现加州登陆的地方。选择在这里登陆，是因为这里有洛马岬海湾。到洛马岬海湾，才会发现，两侧高高的山崖围挡下，一片海滩那样平坦，实在是登陆的好地方。如今，这里成为孩子们捡拾贝壳的好地方，这里的寄居蟹和各种贝壳最多，藏在海滩的大小石头下面，捉迷藏一样，平添孩子许多别处海滩找不到的乐趣。

还应该再说两个海湾，圣塔·巴拉拉和圣塔·克鲁斯。前者紧靠洛杉矶，后者靠近旧金山。前者和卡梅尔相似，绵长的海滩和海滩前棕榈树下的步行道，有些像尼斯，有些贵族化，成为外来游客挥金撒银之地。后者被称为平民的海滩，孩子的乐园。1907年，在这里建起了一些儿童游乐的设施，完全游乐场的性质了，海滩只是作为了背景。但这两处海滩很平坦，很开阔，特别适合游泳。

总结一下：卡梅尔艺术；圣塔·巴拉拉贵族；圣塔·克鲁斯平民；摩罗石和拉霍亚让人亲近自然；蒙特瑞和卡布里洛让人触摸历史。

2016年元月7日于加州归来

罐头厂街

世界很多地方，都愿意改地名。地名的更改，都会带有历史和感情的印记。罐头厂街，七十年前叫海景街。1945 年，斯坦贝克创作的小说《罐头厂街》，写的就是发生在这条老街上的故事。那时候，这条街是名副其实的罐头厂街，大小罐头厂拥挤在这条街上，全美国生产沙丁鱼罐头最大的工厂，就在这条街的尽头紧靠着大海的地方。那时候，这条街肮脏而丑陋，弥漫着鱼虾和鱼饲料的腥臭味道，走的是罐头厂的工人、搬运工、流浪汉、醉汉和妓女。

如今，我来到了这条街上，这里成为漂亮的海滨旅游一条街。位于一号公路十七里湾蒙特瑞海湾最得意的位置上，这里成为人们看海的最佳选择。街的两旁遍布各种小店，海鲜馆、咖啡馆和礼品店鳞次栉比。街中心开辟了斯坦贝克广场，树立着斯坦贝克和他的伙伴们的青铜塑像。当然，也还残存着当年罐头厂残破的厂房。有意思的是，仿佛故意没有拆除干净，一面断壁残墙上，画满了一幅渔船和渔民的画，墙的另一侧就是海，成为历史与现实的一种连接。

最吸引人趋之若鹜的，是这条街尽头的水族馆。加州沿太平洋一岸的水族馆有许多，它的与众不同之处，除了展出的都是蒙特瑞湾海域特有的动植物，更重要在于它是由那座当年最大的罐头厂改建而成。当年，这里是全美沙丁鱼聚集最多的海湾。斯坦贝克的那篇小说《罐头厂街》出版没两年，沙丁鱼消失了，每年可以生产二十五万吨沙丁鱼罐头的工厂没有了用武之地。这条肮脏的老街，变得越发地破败，面临着世界所有老街同样需要改造而重生的命运。当年，曾经征求斯坦贝克的意见，斯坦贝克的建议如同他“愤怒的葡萄”一样愤怒：拆除整条街道，因为它的肮脏和丑陋，它的罐头厂杀害鱼类，破坏海洋。

斯坦贝克的建议，和我们改造老街的思路一致。蒙特瑞的改造者没有听从他的意见，而是保留了这条老街。只是将这条老街改名为罐头厂街，以纪念这位曾经写作过《罐头厂街》这部小说的诺贝尔文学奖获得者。

这条街改造最成功之处，是没有完全拆除旧厂房，一部分改建成为各种小店，一部分保留作为历史的物证。最大的改造，是将那座最大的罐头厂改建成了水族馆。可以说，小店再有特色，海湾再如何美丽，在加州别处可以找到。但是，这样的水族馆却属于独一份。在这里，可以看到独有的海洋动植物，那些形态各具的海龙海马水母水藻龙虾鹦鹉螺，还有鲼和鳐，让人看得眼花缭乱。最让我惊讶的，是顶天立地的硕大鱼缸里，满满都是沙丁鱼，特意放进两条金枪鱼和一条鲨鱼入侵，沙丁鱼四下逃窜，是我从来没有见过的海底壮观。那些沙丁鱼整齐排列成阵，一会儿朝一个方向飞奔，一会儿又朝另一个方向飞奔，银色的闪电和箭镞一般，粼光闪闪，伴随着人们的惊呼阵阵，充满着厮杀和逃离的金戈铁马的味道，让人忍不住想到当年这里捕捞沙丁鱼做罐头的情景，眼前的情景便不是模拟的幻境，而成为再现的象征。

孩子们最感兴趣的是饲养海獭和各种鱼类。看着潜水员抱着鱼食桶缓缓沉入水底，从桶里拿出活生生的小鱼喂那些大鱼吃，各种颜色的鱼围绕在她的身旁，如同五彩缤纷的小精灵在翩翩起舞。而就在窗外平台的栏杆外，海面的礁石之上，正趴着一头母海狮抱着她的小宝宝，广播里正在播送：这头小海狮是昨天晚上刚刚落生的。这引起孩子们的一片欢呼。就在这里，可以看到很多海狮海象和海獭，夏季的时候，还可以看到鲸鱼，这可是到这里才能够看到的独有景观。

罐头厂街的水族馆，让我想起在美国圣路易斯市的城市博物馆，是原来一座废弃的皮鞋制作工厂改建而成。两万三千平方米的工厂，如今成为一座别致的儿童游乐园。在历史的变迁中，城市和老街都需要更新和改造，只是，思路并不仅是破旧立新拆掉重建的一种。旧工厂的改造，也并非仅是我们北京的 798 变身出租地盘的艺术场地一种。如圣路易斯市的城市博物馆，如罐头厂街的水族馆，变为可以为普通人共享的公共空间，值得我们镜鉴。

2016 年元月 5 日于加州归来

斯坦福即景

2015 年最后一天早晨，我在斯坦福。由于学校正在放寒假，偌大的校园里，几乎没有什么人影。校园前两排高大的棕榈树形成的棕榈大道上，只有树影婆娑摇曳，整个校园安静得像一位旷世的隐者。

渐渐地，棕榈大道上，驶来了一辆辆的小车，下得车来，步入校园的，大多是中国人，而且，大多是带着小孩子来的中国人。也有些年轻人，和年老的夫妇携伴而行，让这个安静的校园热闹了起来。我知道，这体现了中国人对好大学的一种普遍的向往，也折射出大家对国内大学乃至教育的无奈、失望或由衷的期待。特别是，明天就是 2016 年的元旦，带着孩子来校园感受，成为辞旧迎新的一种带有仪式感的象征。

棕榈大道，让我想起台北大学前的棕榈大道。只是，仅仅拥有这样的大道，并不能让自己成为世界最好的大学。斯坦福大学创建于 1891 年，可以说是整个加州最好的私立大学，即便在全美国也毫不逊色。据说，截止到 2015 年，已经有 60 位诺贝尔奖的获得者，在这里学习或教书过。对于这些为学校赢得如此荣誉者，斯坦福和其他大学一样，只不过给予他们一个永久的车位而已。应该说，这是小事，却也是区别于我们这里行政化浓重大学对于权势的一种态度，和作为大学自己的一种尊严与法度。

作为大学校园，斯坦福并非最为漂亮，起码，没有我见过的哈佛、威斯利、普林斯顿、芝加哥漂亮。但它很大，最引人的是校园草坪后四周的回廊，西班牙地中海风格。黄墙红瓦，映衬着绿茵茵的草坪，颜色明丽；拱形券式的门窗里，透射进来阳光扑朔迷离的光影，幽静而深远，像是深山里的修道院。还有它的雕塑，也很引人。掩映在树丛中的各具形态的拙朴的非洲木雕，散落在回廊后的庭院里和美术馆身后漂亮而集中的罗丹雕塑园，民间和精英交融，展示着艺术的多样性和包容性，都非常醒目，为校园提神，是在其他校园里难得见到的。

美术馆要十一点开门，没有想到，居然那么多人等候参观。大学里的美术馆，成为衡量美国大学水平的一种标志。在美国，每一所大学都会有自己的一座美术馆，并且有自己与众不同的馆藏品，而且，免费对公众开放。带着孩子到大学美术馆参观，成为美国人得天独厚的方便。斯坦福大学的美术馆的建筑风格，与它的主体建筑那种地中海风格，完全不一样，是那种典型的古罗马式的风格，规矩敦实而古典，里面是上下两层，一层挑空，有开阔的大厅，左右有古典式对称的楼梯。这里拥有马蒂斯、毕加索、莫奈等画家的名画，而并非领导的题词，这会让我们的大学惭愧。

这一天，正展览名为“城市街景”的小型特展，展览以美国画家霍珀一幅纽约街景的油画为核心，展出美国画家画的都市街景百态。有讲解员在讲解，那些家长领着孩子们在边听边看，似懂非懂。艺术的熏陶，成为校园氛围的一部分。学校的教育，不仅是知识，更应注重精神与心灵，那是人格的组成部分。安静得只有漂亮的讲解员细若轻风般的声音的展览大厅里，那些无声而色彩丰富的画面，都像是活了一样，在柔和的光线下，表情丰富地和人们对话。

正午时分的校园，人虽然渐多，由于校园大，很快被稀释在绿树红花和黄墙红瓦之中。2015 年最后一天的风，很温暖地吹拂着来这里参观的人们的脸庞，和高大的棕榈树与鲜艳的三角梅。站在这样静谧的校园里，心想，世界任何地方，都赶不上校园年轻和纯真，安静与美好。

又一想，校园年轻倒是永远地年轻，但却不尽是这样安静美好，更不会总是这样地纯真。校园里，也曾经是最丑陋和疯狂的地方。想 2016 年即是我们的“文化大革命”发生的第 50 年，50 年前，在我们所有的校园里，不是一片红海洋，一片语录本，贴满了大字报，吼唱着造反歌，疯狂地批斗老师过，甚至刀枪棍棒地武斗过吗？仅那时我所在汇文中学，我们的校长不堪他的学生让他抱着死尸跳舞这样变态的批斗，而坠楼身亡。同时，我亲眼看见邻校女十五中那些比我年龄还要小很多的女红卫兵，挥舞着皮带抽打她们年迈的女校长，直至拖死狗一样将女校长拖回她们的学校而致其悲惨死亡。

想起这些发生在校园里的往事，心里一下子很沉重。好的校园，不仅要有好的硬件，好的老师，好的学生，好的成绩，好的风景，还应该有好的回忆。回忆会成为塑造校园质地的经纬，与形象的血肉。那些正在校园里奔跑嬉戏的孩子，很难想象，在这样静谧的校园里，会发生这样残酷而血腥的一切。

那一刻，斯坦福校园，阳光灿烂，云淡风清。

2015 年 12 月 31 日记于斯坦福

四块玉和三转桥

四块玉，是元曲曲牌中的一个名字，也是北京胡同的一个名字。作为胡同，这个名字在明朝就存在。四块玉是一条很老的胡同。当初，为这条胡同起名字的时候，是不是想起了元曲曲牌“四块玉”这个名字，只能是一种揣测和联想了。

我对四块玉这条胡同一直充满感情。上个世纪九十年代，我的儿子上小学四年级。他在光明小学读书，放学回家，抄近道，就是走西四块玉胡同。那时候，他刚刚学会骑自行车，骑得正来劲儿，特别愿意在这样弯弯曲曲的胡同里骑车，“游龙戏凤”般显示自己的车技。一天下午放学，在西四块玉胡同一个拐弯儿的地方，看见前面走着一位老太太，他的车已经刹不住了，一下子撞上了老太太。老太太倒没有撞倒，老太太手里提着的一个篮子，被撞倒在地上，篮子里装满刚刚买来的鸡蛋，被撞碎了好几个。

孩子下了车，知道自己闯下了祸，心里有些害怕，除了一个劲儿地道歉，不知如何是好。老太太一看，是个孩子，把篮子拾起来，没有责怪他，只是对他笑笑，嘱咐他骑车要小心，就挥挥手让他走了。

那一年，孩子十一岁。这位老奶奶对他印象和影响至深。以后，对他人需要善意和宽容，让孩子格外在意。以后，每一次走进四块玉胡同，他都会忍不住想起这位老奶奶，而且，不止一次地对我说起这位老奶奶。

三转桥，也是北京的一条胡同的名字，没有四块玉好听。相传它有一座汉白玉的转角小桥的，但和四块玉无玉一样，它并没有桥。桥和玉，都只是它们的幻想。它离四块玉不远，在四块玉的东边。

三转桥离我读的汇文中学不远。读高三那一年我才学会骑自行车，比儿子晚了八年。有一天中午，我借同学的自行车骑车回家吃午饭。回学校穿过三转桥的时候，撞上一个小孩，把小孩撞倒在地上。我赶紧下车，扶他起来，倒是没有撞伤，但是，孩子的裤子被车刮开了一个大口子，孩子一下子就哭了起来。我忙哄他，问他家住在哪儿，就在附近，我把孩子送回家。一路走，心里沉重得像压着块大石头，毕竟把人家孩子撞倒了，把人家孩子的裤子撞破了。家里，只有孩子年轻的妈妈在，我向她说明情况，一再道歉，听凭发落。她看看孩子，对我说：没事，快上你的学去吧，待会儿我用缝纫机把裤子轧轧就好了！她说得那么轻巧，一下子就把我心里压着的那块石头搬走了。

我常想，我和儿子的成长道路上竟然有着这样多的相似。或许，是我们遇到的好人实在太多，让我和儿子都相信这个世界上尽管沙多金子少，但好人还是多于坏人的，善良多于邪恶的，宽容多于刻薄的。

我常想，如果当初那位年轻的母亲，不是说了那样轻松的话，就把我放走，而是非要让我赔她孩子的裤子的话，会是一种什么样的结果呢？同样，如果当初那位老奶奶，即便不是讹孩子，像现在常见的“碰瓷儿”的老人那样倒在地上，非要他送她到医院，再找上家长赔一笔钱，而只是让他赔鸡蛋，又会是一种什么样的结果呢?

对于一个孩子，对这个世界和这个世界上的人与事的认知和理解，也许就会是大不一样了。这个世界上，存在着恶，也存在着善；人和人之间，存在着怀疑，也存在着信任。普通人应该是本能地善多一些，信任多一些，而如今普通人身上的善和信任，却被恶和怀疑挤压如茯苓夹饼里的馅。或许对于我们大人，一切都已经见多不怪，对于一个孩子，这样的凡人小事，却常常是他们进入这个世界的通道，从而见识到人生，以为世界和人生就是这样子的。他遇到这位老奶奶，和我遇到的那位年轻的妈妈，让这个世界充满爱，不再仅仅是一句唱得响亮的歌词，而是如一粒种子，种在了我们的心头。对于我，时间已经是五十年过去了；对于孩子，时间已经是二十五年过去了；这位老奶奶和这位年轻的妈妈，一直没有让我们忘记。这粒种子发芽生根长叶，至今仍在我们的心中郁郁葱葱。

四块玉和三转桥，像古诗里的一副美丽的对仗，一直让我们对它们充满感情。

2015 年 5 月 9 于北京

机场的拥抱

在南京机场候机回北京，来得很早，时间充裕，坐在候机大厅无所事事，看人来人往。到底是南京，比北京要暖，离立夏还有多日，姑娘们都已经迫不及待地穿上短裙和凉鞋了。坐在我对面的女人，看年纪有三十多了，也像个小姑娘一样，穿着一件齐膝短裙，在和节气，也和年龄赛跑。

来了一对年老的夫妇，坐在我的身边的空座位上。听他们一口纯正的北京话，就知道是老北京人。他们说话的声音有些大，显然是丈夫的耳朵有些背了，年龄不饶人。但看他们的年龄，其实也就七十上下，并不太大。听他们讲话，是在苏州无锡镇江转了一圈，从南京乘飞机回北京。

忽然，我发现他们的声音变得小了下来。这样小的声音，妻子听得见，丈夫却听不清楚了。但是，妻子依然压低了嗓音在说话，只不过嘴巴尽量贴在了丈夫的耳边。我隐隐约约地听见的话，是“真像！”“太像了！”。他们反复说了几遍，不尽的感叹都在里面了。

声音可以压低，像把皮球压进水底，目光却把心思泄露出来。顺着这对老夫妇的目光，我发现目光如鸟一样，双双都落在对面坐的这个女人的身上。

我才仔细地看了看这个女人，发现她的黑色短裙和天蓝色长袖T恤，还有脚上的一双白色耐克运动鞋，很搭。还有她的清汤挂面的齐耳短发，也很搭。当然，和她清秀的身材更搭。很像一位运动员。刚才只看到她的短裙，其实，短裙并不适合所有的女人。在她的身上，短裙却画龙点睛，让一双长腿格外秀美。

很像，这个女人很像谁呢？心里便猜，大概是像这对老夫妇的女儿吧？天底下，能够遇到很相像的一对人的概率，并不高。刚看完电视剧《酷爸俏妈》，都说里面的演员高露长得极像高圆圆。这个女人，一定让这对老夫妇想起了自己的什么亲人。否则，他们不会这样悄悄地议论，声音很低，却有些动情。能够让人动情的，不是自己的亲人，又会是谁呢？

我看见，妻子忽然掩嘴“扑哧”一笑，丈夫跟着也笑了起来。我猜想，笑肯定和对面这个女人有关，只是并没有惊动这个女人，她依然跷着秀美的腿，在看手机，嘴角弯弯的也在笑，但她的笑和这对老夫妇无关，大概是手机上的微信或朋友圈有了什么好玩的段子或信息。

要不你去跟她说一下？你去说吧，我一个老头子，怪不好意思的……我听见老夫妇的对话，看着妻子站起身来，回过头冲着丈夫说了句：什么事都是让我冲锋在前头！便走到对面的女人的身前，说了句：姑娘，打搅你一下！那女人放下手机，很礼貌地立刻站起来，问道：阿姨，您有什么事吗？是这样的，你长得特别像我们的女儿。说着，妻子打开自己的手机给这个女人看，大概是找到自己的女儿的照片。这个女人禁不住叫了起来：实在是太像了！怎么能这样像呢！我忍不住看了一眼身边的这位丈夫，一直笑吟吟地望着这女人。

我们想和你一起照张相，不知道可以不可以？妻子客气地说。太可以了！待会儿我还得请您把您女儿的照片发我手机上呢！

丈夫站了起来，走到这个女人的身边，妻子冲我说道：麻烦你帮我们照张相！说着，把手机递在我的手中。我没有看到手机上的照片，不知道他们的女儿和他们身边的这个女人到底有多像，但从他们的交谈中知道女儿十多年前去美国留学，毕业后留在美国工作，工作忙，孩子又刚读小学离不开人，已经有五年没有回家了。思念，让身边的这个女人像女儿的指数平添了分值。

照完了相，我把手机递给了妻子的时候，听见丈夫对这个女人说了句：孩子，我能抱你一下吗？女人伸出双臂紧紧地拥抱住了他。我看见，他的眼角淌出了泪花。我没有想到的是，那一刻，这个女人也流出了眼泪。

2015 年 4 月 21 日写于南京归来

老电话号码

记忆中的那个夏天，是那样地明亮而炎热。那是 1959 年的夏天，我十一岁，读小学五年级。暑假前最后一节体育课打篮球——刚刚上完，班主任徐老师站在操场边，叫着我的名字，招呼我过去。我跑了过去，看见他身边站着一个高高个子的男人，正笑眯眯地望着我。他不是我们学校的老师，我没有见过他。看样子，比我们徐老师还要年轻，不到三十岁。

徐老师向我介绍他说：这是少体校的航模教练叶教练。叶教练到咱们学校选人，看中你了！叶教练对我说：我看你一节体育课了，也听了徐老师对你的介绍，愿不愿意到少体校跟我学航模？

说老实话，那时候，我根本不知道航模是什么，我不怎么想学这个航模。但徐老师对我说：学航模不仅要求身体好，学习成绩也好才行，航模是体育，也是科技。然后，又补充一句，叶教练在咱们学校就选中你一个。这话说得我把到嘴边的话咽了下去。

放暑假的第二天上午，按照叶教练说的地址，我去龙潭湖边上的体育馆里找他报到，就要正式开始我少体校航模队的训练了。非常巧，少体校篮球队也在那里招生，这才是我喜欢的呀。鬼使神差的，我去那里报了名，教练让我投了两个篮，又让我跑了一个三步跨篮，居然收下我，当天就参加了训练。第一次在木地板的篮球场上打球的感觉，比我们学校的水泥地不知强哪儿去了，便早把叶教练忘到了脑后。

可惜的是，一个暑假下来，我被篮球队淘汰，教练认为我的个子以后不会长高。我再也没有去过体育馆，近在咫尺的少年体育生涯，仓促又苍白地结束了。

记得那样地清晰，是1963年的寒假刚过。那一年，我读初三。一天清晨上学的路上，我路过花市大街，进了那里的锦芳小吃店，想买个炸糕吃早点。为什么记得那么清楚，难道一定是炸糕，就不会是油饼吗？因为排队站在我前面的那个人买的也是炸糕。当然，如果是别人，我也不会记得那么清楚，他买好炸糕，回过头来，竟然望着我笑了笑。我开始没有认出他来，以为那笑只是出于礼貌。等我买好炸糕，准备出门的时候，看见他在门外等着我，对我说：不认识我了？我是叶教练呀！我才想起来，是叶教练，忽然非常羞愧。快四年的时间过去了，我的个子长高了一头多，他居然还能一眼认出我来。而我四年前辜负了他的好意。那一刻，我真的怕他问起我那一年为什么没有找他参加航模队，更怕他说我可是看见你参加了篮球队的哟！

他没有对我提及往事，只是问我现在在哪儿上中学。我告诉他我在汇文中学，他说是好学校，我就知道你差不了！然后，问我：还想不想学航模了？我垂下头，没敢回答。他接着说：还是跟我学航模吧！我觉得你一定是一个很不错的航模运动员！说着，他从他的背包里掏出一支笔和一个本，在本上写了一个他的电话号码。他把那张纸从本子上撕下来，递给我说：这是我的电话，你如果想学了，可以随时给我打电话。

我们就这样在小吃店门口分手了。我走得很匆忙，现在想想，有些像逃跑的意思。因为我从心里不怎么喜欢航模，我想我不会给他打这个电话了。我走了几步，回头一看，他还站在小吃店门口向我挥手。我心里想，他要是个篮球教练多好啊！

算一算，五十二年过去了。我再也没有见过叶教练。前些天，整理旧书和旧笔记本，从一个笔记本里竟然看到了这个老电话号码。纸已经发黄，那种只有那个年代才有的纯蓝墨水的笔迹，也已经变淡。面对这个老电话号码，我心里五味杂陈，我知道，过去的一幕早已经如童话一般谢幕，那种充满着善意甚至纯真，和对一个十几岁孩子由衷期待的情感与心地，也早已经变淡甚至变色。

明明知道，这些年来电话号码早已经位数升级，变化得面目皆非，但我还是在电话机上按下了这个老号码。话筒里传来的只是忙音。如果是五十二年前，话筒里传来的一定是叶教练的声音。那一刻，我的眼睛里满是泪花。

2015 年 3 月 10 日于北京

端砚和淮盐票

历代以来，对于为官者，清廉都是一条标准。这条标准，既属于高线，也属于底线。在古代，“一年清知府，十万雪花银”，对应的是“家贫清史在，身老白云深”。前者，是当时的民谚，是对贪官愤怒的写真；后者，是海瑞的名诗，是对清廉警醒的自律。在海瑞的眼里，是把清廉和清白放在一起的，清廉是从政的政治标准，清白是为人的道德标准。所以，后世者，烈士方志敏有“清贫”之说，作家张承志有“清洁的精神”之说，将其上升为精神的层面。

只是，如今这些古训，这种精神，被很多为官者无所畏惧地抛掷在遗忘的风中。与日俱增的欲壑难平，早已经突破十万雪花银的标准，清廉，被贪婪肆无忌惮地踩在脚下。

不必为清廉再定义和正名，只需重新温习历史，重新寻找那些清廉的榜样，便可以将这种精神大旗高高扬起，既为廉政，也为良心；既为百姓，也为自己。

作为清廉之官的典型，包拯包孝肃公，历来为世人所称道并景仰。他任广东端州知州的时候，一身正气，两袖清风，传下佳话。端州出端砚，自古有名，是向皇帝进贡的贡品。端州知州，其中一项任务，便是向民间征收上品端砚，进贡皇帝。在包拯前后任职端州知州的官僚，没有一个不是借此机会中饱私囊。他们贪端砚为己有的方法，几乎一致，便是大笔一挥将进贡的数目扩大几十倍，然后将余下的端砚，不是据为己有，就是贿赂上级官员和朝中权贵，让端砚成为自己升迁的敲门砖和润滑剂。这和如今时兴送字画玩石一样，成为一种雅贿。包拯任端州知州期间，命令匠人只做好进贡端砚的数量之后，不得再做新的端砚。即便到了他离任的时候，也没有带走一方端砚。

这在如今还可以做到吗？不要说是区区一方端砚了，就是再名贵的东西，再多的银两，也敢伸手，更敢毫无愧疚毫无畏惧地揣入自己的袋中。不是人心不古，而是我们不少人气血两亏，缺少了包拯这样的凛然正气；是我们唯利是图，眼睛近视，将端砚立马量化为金钱的数目，转化为仕途上的筹码，而包拯看到的则是，若如此自己声名和良心将无以补偿地受损。在价值系统的天平上，差距就这样拉开得如此悬殊。

曾国藩曾文正公是清朝中的重臣，也是清廉为官的另一典型。他在任两江总督的时候，淮盐和端砚一样，很出名，是当地发财的源泉之一。他亲自创立了两淮盐票，这种盐票的面值是两百两银子，但利息很高，一年下来，就可以有三四千两银子的可观利息。后来，盐票水涨船高，已经从每张两百两银子涨到两万两。当时，谁的家里只要有一张这样的两淮盐票，就等于发财了。作为当地的行政最高长官，盐票又是自己亲自设置并颁发的，揣上几张这样的盐票，应该算不上是什么贪污或以权谋私。即使他自己不拿，他的孩子或其他亲属，打着他的旗号拿上几张盐票，他也完全可以睁一只眼闭一只眼的。但是，曾国藩交代自己的孩子和亲属，绝对不可以承领一张盐票；下令下属，绝对不可以开口子巧取营私。他离任升官至朝廷时，也没有拿走一张盐票；他去世多年之后，他的孩子和亲属也没有拿过一张盐票。

这在如今还可以做到吗？一张盐票未免太小儿科了，多少银两如流水哗哗地转入情人或家人的账号，甚至转移到国外。这样的贪官，我们见得还少吗？

当然，重提包拯和曾国藩旧事，不是想用古事来为今日贪腐救赎。而是想说，古人可以做到，我们号称天下为公的共产党人更可以也应该做到。同时，是想说，包拯和曾国藩的事例告诉我们，廉政需要官场的法制制约，也需要官场的伦理学教育。如今，我们缺少这样的一堂教育课。记得包拯家训中曾经说："后世子孙仕宦，有犯赃滥者，不得放归本家。"这是为官伦理学中最高的警戒和惩罚了。这样做，起码让为官者有一丝畏惧。曾国藩家书中，将"清慎勤"三字家训全都改了，其中第一个字"清"改为了"廉"字。未能有廉无以为清，廉是物质性的硬性标准，清是精神性的自省纬度。如此，清廉才可以成为由外到内由政治到道德的一个整体。这也是官场伦理学必修的一课。

2015 年 1 月 19 日于北京

街上看鞋

在美国，走在街上，或坐在街旁，我特别爱看来来往往的人脚上穿的鞋。因为和我在国内看到的景观不大一样。在国内，大街上，尤其是在前门、王府井，或西单这样热闹的街上，人们穿的鞋远远要比美国这里的花样繁多，色彩炫目。在那些大街上，常常会看到人们尤其是年轻女孩子脚上的鞋，名牌自不待说，光是样式，越新潮越不怕新潮。冬天的高鞡皮靴，夏天的五彩凉鞋，春秋两季的船形或盖式或香槟或复古或盘花或镂空或平跟或高跟或尖跟或坡跟或松糕跟……应有尽有，无奇不有。特别是那种现在流行的加高鞋跟的鞋子，从鞋底就开始增高整整一层，然后再在跟上做足了文章，旱地拔葱一般，一夜恨不高千尺一般，让身高一下子拔高许多。看这样的女人在大街上风摆柳枝袅袅婷婷地走，总有些杞人之忧，觉得她们像是踩着高跷似的，一不留神，就会被如此高的高跟崴了脚。

在美国的大街上，几乎没有见过这样的景观。但也不能把话说得那样满，偶尔见到过几次这样的高跷鞋，大多是我们中国的女人。有一次，在印第安纳波利斯的市中心纪念碑前的广场上，我见到一位中国女人，年龄不小了，大约在往五十上奔了，跟在一位洋老头的身后，洋老头指着高高的纪念碑和周围的建筑，向她介绍着什么。便猜想这位女人大概是初次来到这里，或许是来自大陆，也许是居住在美国的华人，总之，她倾听着洋老头的介绍，一脸灿烂的笑容，有些谄媚的样子。便又猜想，或许是别人给这个洋老头介绍的对象。由于洋老头长得人高马大，腿长步宽，她人长得小巧玲珑，有些跟不上洋老头。看她踩着一双那样高的高跟鞋，而且，还是尖跟的，真的有些替她担心，生怕走得一急，崴着脚踝。不过，她倒是没事，如同跳着熟练的芭蕾，尖跟在地板上响着轻快的声音，像是脸上微笑迸溅出的回声。

在美国，很少见到洋人出现这样的景观。即便搞对象中的女人个子矮小，也很少见到非得借鞋跟以增加身高，来平衡恋爱中的心理期待与价值指数。不知道从什么时候，中国出现了女子身高自恋症。矮个子的女人穿高跷鞋，高个子的女子也穿高跷鞋。

在美国，正经的皮鞋，在大街上很少见，无论男女，人们更爱穿的是运动鞋，如果天稍稍一热，人们便早早换上一双凉鞋，凉鞋中，居多的是那种夹脚豆儿的人字凉鞋，可以从开春一直穿到秋末。有时候，我会想，美国人的生活真的是太简单了，一年四季，有一双这样夹脚豆儿的凉鞋，一双运动鞋，一双上班的皮鞋，就足够了。如果讲究一点儿的，再有一双高筒皮靴；如果再时髦一点儿的，买一双雕花的牛仔靴，已经算是奢侈的了。

去年夏天一个周末的中午，还是在印第安纳波利斯的市中心，在一家餐馆里吃午饭，黑人服务员问是想坐在室内，还是坐在外面。我说外面吧，坐在凉伞下，面前就是直通纪念碑的大街，正好可以看看来来往往的人们脚上的鞋。趁着菜还没有上来的工夫，我想做一番小小的试验，看看从我面前走过的人，有多少穿运动鞋的，有多少穿凉鞋的，有多少穿皮鞋的，又有多少穿我们国内那种高跷鞋的。走过来、走过去的人，白人、黑人、亚洲人，年轻的、年老的、年幼的，都有，虽然赶不上北京街头的人流如鲫，但毕竟是周末，人还是挺多的。数到一百的时候，不想再数了，觉得大概可以看出一些眉目了。一百人中，除了六位穿皮鞋，穿凉鞋的和穿运动鞋的几乎平分秋色，穿运动鞋的更多一些。而那种高跷鞋，我一个也没有见到。

坐在那里，我有些走神。想着我刚才计算出来的数字，为什么会穿运动鞋的更多一些？因为，走步和跑步，是美国人日常生活和运动的方式。无论在哪里，几乎都可以看到走步和跑步的人，特别是在一早一晚和休息日，跑步的人更多，他们手腕上系着表形的计步器，跑得汗流浃背，却乐此不疲。为此，在美国很多的大街上，都会专门辟出一条道，为自行车和跑步专用。所以，在大街上见到的人们穿运动鞋更多一些，是不足为奇的。在鞋店里，运动鞋卖得非常热火，老少咸宜，谁都要有几双运动鞋的。

发现这一点，我像是哥伦布发现美洲新大陆一样，有了什么自以为是的新发现。鞋，不光是关系着人们的生活水平，舒适程度，价值观念，审美需求，也关乎着人们生活和生存的方式。运动鞋在美国的状况，说明了这一点，他们对鞋的选择，不仅仅是为了美，为了增高，为了给人看，更多的是为了自己的生命与生存。运动，才不仅仅只局限于运动场和健身房，也在大街上。

我想起前几年的春天，在威斯康星州的州府麦迪逊市大街上见到的最壮观的运动鞋。可以说，像秋天的落叶，冬天的雪花，覆盖满大街一样，那一天的上午，麦迪逊大街奔跑的都是这样的运动鞋。

那是麦迪逊市举办的每年一度的长跑比赛。名称非常有趣，叫作“疯狂的腿”比赛。比赛的距离是半个马拉松的长度，参加者有万人之多，要知道麦迪逊市人口总共才有几万呀。想到这一点，便也就多少明白了为什么要把比赛叫作“疯狂的腿”了，没有如此疯狂般的心劲，怎么可能平均每一家就会有一个甚至两个人出来比赛呢？

比赛的始点在州政府大厦前的广场上，背后或胸前贴着号码的选手已经熙熙攘攘，人挤着人，几乎密不透风。看到选手中竟然有白发苍苍的老头老太太，让我分外惊奇，忍不住上前打听，才知道不少老人一辈子以参加一次这样的长跑比赛甚至马拉松比赛为荣耀。

发号枪响了，一片欢腾之中，那么多人跑了出去，浩浩荡荡，犹如汛期的桃花水，满城都是长跑的人和看长跑的人，满城都是疯狂的腿，疯狂的腿下脚上，穿的都是运动鞋。街上，本来就是车行人走的地方，但这一日，除了警车和救护车，都是鞋子，而且是运动鞋，主宰了这座城市，覆盖了这些街道，上演了一幕荡气回肠的活剧。那些色彩缤纷的运动鞋，让城市的街道变幻了色彩，变幻了功能，有了蓬勃的弹性，有了生命的力量，有了魔力一样的诱惑和吸引。这是我见过最壮观的运动鞋，最壮观的街道，两者相映成趣，构成都市万千风情。

在美国大街上看鞋，成为我的一种习惯。特别是双休日的时候，看到很多人是在跑步。好容易熬到一周休息的时候，他们似乎不大愿意开车，而是愿意跑步。而我们这里大多愿意开车出去兜风或聚餐，甚至哪怕买瓶酱油，也要开车出去。

有一个星期天，我到纽约，因为堵车，坐在大巴上无所事事，居高临下看大街上的人流，忽然又不由自主地看人们脚上穿的鞋，并又像在印第安纳波利斯那天一样，数着数，计算着穿不同鞋的比例。谁知纽约跟北京一样人流如潮，数着数着就数乱了，但还是大约可以算出来，起码有百分之七八十的人是穿运动鞋，似乎个个都长着疯狂的腿。

2015 年元旦写毕于北京

云南三章

大理看花

在植物中，我崇敬微小的，因此，一直以为草比树好看，花比草好看。到了云南，在昆明看花，比在北京好看；到大理看花，又比昆明好看。细琢磨一下，或许是有道理的。人靠衣服马靠鞍，花草虽小，却也是需要背景来衬托的，远离大自然，她们来到城市，不会像我们人一样挑挑拣拣，但是，城市的背景却会在有意无意间衬托出她们不同的风姿。说是一方水土养一方人，其实，也是一方水土养一方花。

老城昆明，除了翠湖一带，还能依稀看到老模样，其他地方如今已被拆得七零八落。大理，毕竟还保留着古城，而且，四围有苍山洱海的衬托，上下关之间有白族老村落相连，乡间和自然的气息挡不住，同样的花，在这里便呈现出不一样的内容。所谓石不可言，花能解语呢。

车还没进大理古城，头一眼便看到城墙外有一家叫作“小小别馆”的小餐馆，墙头攀满三角梅，开得正艳。三角梅，在云南看得多了，但这一处却印象不同。餐馆是旧民居改建而成，白族特有白墙灰瓦的衬托，三角梅不是栽成整齐的树，或有意摆在那里的装饰，而是随意得很，像是这家的姑娘将长发随风一甩，便甩出了一道浓烈的紫色瀑布，风情得很。

和老北京一样，大理老城以前是把花草种在自家院子里的，除了三角梅，种得更多的是大叶榕和缅桂花，缅桂花就是广玉兰，白族民歌爱唱："缅桂花开哟十里香……"大叶榕是白族院子里的风水树，左右各植一株，分开红白两色，被称之为夫妻花。如今，进了大理古城，中心大道复兴路两边的街树都是樱花，显然是最近后种的，与大理不搭，或者说是混搭。大理市花是杜鹃，沿街种杜鹃才对。当然，看大理杜鹃，要到苍山，看那种雪线上的高山杜鹃，红的、粉的、白的、黄的，五彩缤纷，铺铺展展，漫山遍野，让大理有了最能代表自己性格和性情的花为背景。这大概是别的古城都没有的壮观。

如今，去大理古城，摩肩接踵，人满为患。其实，离大理古城不远，还有一座古城，叫喜洲，也隶属大理，去的人不多，还保留着难得的属于上一个世纪的古老和清幽。喜洲古镇没有大理古城大，却是大理商业的发源地，可以说是，先有的喜洲古镇，后有的大理古城。古丝绸之路兴起时，云南马帮号称有四大帮，其中之一便是喜洲帮。他们便是自遥远的南亚乃至中东，从喜洲进入大理，将最早的资本主义种子带进大理萌芽开花。

所以，大理最有钱的人，不是在大理古城，而都是出自喜洲；大理最气派而堂皇的白族院落，不是在大理古城，而都在喜洲。当然，大理最漂亮而风情万种的花，也应该是在这里。

喜洲古镇城北之外，有一座坐西朝东的院落。这是号称喜洲八大家之一杨家的老宅。喜洲还有四大家，是喜洲最有名最富有的人家，八大家略逊一筹，因此，它被挤在城外，想是当年喜洲城盖房之热，和我们现在一样，商业带动房地产开发，城里没有了地皮，便扩城而延伸到城外。即便如此，杨家大院也非同一般，四重院落，前两院住人，第三院是马厩，最后一院是花园。可惜的是，后花园早被毁掉，现在栽种的都是后来补种的花卉，笔管条直，如同课堂里的小学生，缺少了点儿生气。

后花园院墙上有开阔的露台，爬上去，前可以眺望洱海，后可以眺望苍山，视野一下子开阔。坐在露台上品普洱茶，忽然看见杨家院墙满满一面墙，开满着爆竹花。这种花朵硕大，像爆竹，被白族人称之为爆竹花。这种花呈明黄色，在所有花中，颜色格外跳，十分艳丽。满满一面墙的爆竹花，在夕照映衬下，像一列花车在嘹亮的铜管乐中开来，让整个院子都像燃烧了一样。这是我见到的最不遮掩最奔放的花墙了。

离开喜洲古镇前，在一家很普通的小院的院墙前，看到爬满墙头一丛丛淡紫色的小花。叶子很密，花很小，如米粒，呈四瓣，暮霭四垂，如果不仔细看，很容易忽略。我问当地的一位白族小姑娘这叫什么花。她想了半天说，我不知道怎么说，用我们白族话的语音，叫作“白竺”。这个“竺”字，是我写下的。她也不知道应该是哪个字更合适。不过，她告诉我，这种花虽小，却也是白族人院子里常常爱种的。白族人爱种的花，可是真不少。小姑娘又告诉我，白族人的这个“白竺”，翻译成汉语，是“希望”的意思。这可真是一个吉祥的好花名。

翠湖诗韵

自上个世纪八十年代第一次来昆明，今年是第六次，眼见着昆明的变化，越来越大都市化，人和楼越来越多，却也越来越少了点儿老昆明味儿。如今，硕果仅存的，大概就是翠湖一带，包括讲武馆、昆明大学和云南师大校园内老西南联大旧址，多少还能让人回忆起老昆明的样子。

车子沿着昆明大学校门和云南文联（那里原来是西南联大的教工宿舍）下坡不远，就看见一池碧水在阳光下闪闪发光，明亮的眼睛一样，眨动着的睫毛，就是湖边风中轻摇的杨柳。再近些，清晰地看见了红嘴鸥飞翔，驮着透明的云霭霞影，衔着湿润的湖光山色。

翠湖到了。如果没有了翠湖，还能找到老昆明的影子吗？

诗人于坚为翠湖写过这样的诗句：“大隐隐于市/旧公园/一盆老掉牙的古玩/居然在市中心逍遥法外。”他说得很对，因为他是老昆明。翠湖，作为街心公园，其特点就在于，一特别地老，二位于市中心。这两点都很重要，如果它不在市中心，像滇池一样在城外，意思就不一样了。如果它不古老，不是老得当年和滇池连成一体，它的意义也就不一样了。一座古城，具有这样两个特点相结合的地方，这个地方便成为这座城市一个醒目的节点，连接历史和现实，疏通情感与思绪。可以就地徜徉，也可以虚蹈怀旧；可以集体到这里跳广场舞，也可以一个人借这里抒怀写诗。

因为这次来昆明住在翠湖宾馆，出门便是翠湖，翠湖一览无余，感觉翠湖和昆明别处一样，到处是人，天天都显得像过节一样热闹。即便到了晚上，翠湖依然弦歌四起，人声鼎沸；特别是环湖大道两侧鳞次栉比饭馆的灯红酒绿，让翠湖成为不夜之湖。翠湖，有些过于热闹了。拥挤的城市，把它挤压得像一只气球，膨胀得鼓鼓的，随时都有可能脱手腾空而飞，也随时都可能爆破似的。

起码我第一次来这里时不是这样。

猜想，当年陈寅恪来这里时，就更不一样。

扯起陈寅恪，是因为到翠湖，不能不想起他那首有名的诗《昆明翠湖书所见》："照影桥边驻小车，新妆依约想京华。短围貂褶称腰细，密卷螺云映额斜。赤县尘昏人换世，翠湖春好燕移家。昆明残劫灰飞尽，聊与胡僧话落花。"那是他 1939 年抗日战争时期写的一首重要的诗，这首诗的手迹，后来在《浦薛凤家族收藏师友书简》一书中曾经见到。那上面还有一题跋："庾子山哀江南赋云，谈劫之飞灰，辨常星之夜落，今日必有南京明星流落昆明矣。一笑。"诗和题跋意思互现，清晰地说明这首诗是战时的离乱弦歌。那时候，陈寅恪来西南联大教书，妻子和女儿在香港，托付给许地山照顾。而且，那时候，他的眼睛已经不好，视力急剧下降。正所谓国难家恨，离愁别绪，以及病魔的折磨，都在心间，便也都在诗间，其中"赤县尘昏人换世，翠湖春好燕移家"一联，最让人心动。

那时候，他家住青云街，离翠湖很近，便常到这里散步。和他一起到翠湖散步的，还有他的挚友吴宓。这一池碧水，多少可以慰藉离乱之人不平静的心。猜想，那时的翠湖绝对不会有今天这样的人多如蚁。即使战乱之际，如果不是空袭，在平常的日子里，翠湖也应该是适于散步的地方。一座城市，哪怕建设得再堂皇，再繁华，再国际大都市化，也应该留下一两处可以让人安静散步的地方。更何况，翠湖因有陈寅恪这样的文化人留下的身影和诗篇，而让人们到这里散步时呼吸到历史的沉重和文化的悠长之气息。这个地方，便越发显得对于昆明人也同时对外来游人的重要，散步时会涌出一份遐想和几丝诗思情意。

心里暗想，如果把陈寅恪的诗，把于坚的诗，把很多诗人写翠湖的诗，镌刻在翠湖边的石头上，翠湖会多一番色彩，成为一泓诗湖呢。

便忍不住把陈寅恪的诗重新找出，敬步原韵，也写了一首，不求石头镌刻，只求自己铭记翠湖和先生：

此地当年驻小车，而今碧池映秋华。
翠湖锦瑟红鱼出，黄叶佳人白雀斜。
江北梦消羞有国，云南路断耻余家。
战云七十五年过，风动满园金菊花。

陈寅恪当年有诗："黄鹂鲁连羞有国，白头摩诘尚余家。"记住先生和翠湖，就是记住那段历史，便会分外珍惜翠湖，力求让翠湖保持原韵。

重到腾冲

重到腾冲，心里还是有些隐隐的激动。到腾冲，主要为看国殇墓园。心里在问自己，如果没有它，腾冲，你还会来吗？真的，到一个地方，无论第一次到，还是重到，心里都有自己的一个目标，或者说，心里都有一个挂牵，就像惦记着一个你自己的亲人或友人，重到，便有一种阔别重逢的感觉。

我是八年前来过一次腾冲，也是秋天，远远地看到门楣上"国殇墓园"四个隶书大字，心里便禁不住发紧。秋风瑟瑟中，到这里似乎更合乎心情，满墓园的松柏谡谡之声，像小鼓击打着人的心房。这一次，秋风中，带有细雨，更是苍天契合的一种感情，如丝似缕地扑面而来。这一次，是从侧门进的，那里有卖菊花的，黄色、白色两种。为祭祀先烈，买了一支白菊花，攥在手中，好像攥着一只看不见人的手，总觉得花枝上有温度，也有雨的泪珠。

一眼就看到屹立在来凤山上远东军第20集团军抗日阵亡将士纪念塔，和塔下面的烈士陵园。心里便想起李根源老人，他是辛亥革命的老人、滇军抗战名将，如果没有他，也就没有了可以让我们面对历史并可以凭吊先烈的这座墓园。是李根源先生力主在旧有的火山上修建而成了这座墓园，大门上“国殇墓园”四个大字便是李老先生题写。真的是字如其人，那种遒劲中带有的苍凉，是心情的挥洒。这是最好的选择，冷却的火山的岩浆深处，成为烈士的归宿，当初喷发的炽热岩浆，曾经是烈士的一腔热血，烈士冢选择了好地方，火山是他们形象与心灵最好的写照，是他们死去的灵魂最好的外化和寄托。地热与心热，一起温暖到现在，让我们任何一个中国人到这里来，都会忍不住血流加速。熄灭了曾经冲天的火焰，储存在煤层一样，把每一寸悲壮的记忆铭刻在山里面，只要一星火苗，立刻就能够把整座火山重新点燃。

上得山来，是忠烈祠，门额是于右任题写。祠堂前的山石上，有蒋介石题、李根源书的“碧血千秋”四个苍劲大字。祠堂内的四壁墙上都满满地镶嵌着石碑，一共76块，石碑上雕刻着全部阵亡的9168位烈士的名字。那一年持续了127天全歼日军惨烈的腾冲保卫战中，有石碑刻录下名姓的每一位烈士洒下的鲜血。那每一个名字，便有了生命，可以呼之欲出，活生生地站在我的面前。

祠堂里布满花圈，除了我，没有一个人。由于阴雨，祠堂里的光线黯淡，一切恍若梦中一般。但我可以细细地仰望着那每一位烈士的名字，想象着他们当时的样子，想象着如果活到今天他们的情景。每一位都是那样陌生，又是那样地熟悉，那样地亲近。我忽然发现墙上有些石碑是凋残的，有些名字已经没有了，或者是残缺了。显然，这是出自人工的破坏。这很正常，在“文化大革命”中，这样的破坏，不仅腾冲一处，那时，我们乱了伦常，忘了历史，混淆了忠奸，不辨了善恶。值得庆幸的是，毕竟忠烈祠和山顶上的纪念塔，连同烈士冢，被整体保护了下来。据说是腾冲人先用牛粪糊上去，再刷上一层水泥和白灰，在上面写上毛主席语录和标语，才免于红卫兵下手。

出祠堂，攀山而上，四周布满一排排烈士的墓碑，一共3346块，每一块碑上刻着烈士的名字和军衔，简洁干净得如同一首荡气回肠的绝句。风霜剥蚀，墓碑残破斑驳，被苔藓浸透，字迹却依然那样地清晰，刀凿斧刻，每一道笔画，都浸透着方刚的血气，都迸发出心底的呼声，都有一段碧血丹心的故事。一路拾阶而上，一路的墓碑像行注目礼一样紧紧地跟随着你，铺铺排排，整齐的方阵，黑色的浪一样，由远到近，无声却极其有韵律地起伏着，蔓延在你的脚下，激荡在你的心里。看着碑上那些雕刻着中士下士上尉少校的字迹，像是一幕幕画卷轰然展开，像是这些中士下士上尉少校……还是按照当年作战的序列一样，整齐列队，手握刀枪，半跪着掩映在丛林草莽之中，在听候进攻的号角，随时都可以冲出来，腾空而越，一片呐喊，杀进血泊之中。你能够感觉到每一块墓碑上面都睁大一双血红的眼睛，在注视着你，在注视着前方。

蒙蒙的细雨中，萋萋芳草摇曳的山坡上，有一种湿漉漉的感觉，总觉得墓碑像是被水浸泡过一样，仿佛沉船刚刚被打捞上来，让你想蹲下来为它们擦拭。松风萧萧，吹得我的心头弥漫起哀婉却又深沉的乐声，像是一曲安魂曲，又像是一支肃穆悠长的弥撒，忍不住垂下头，强忍着没有落下泪来。在那场收复腾冲城的惊心动魄的战斗中，全腾冲的人同仇敌忾，敲着各家的洗脸盆为他们助阵。激烈的巷战，刀光剑影，血流成河，我们付出了9168名将士的性命，却将6000多敌人全部歼灭。面对日本侵略者，中国人视死如归的英雄血气，在腾冲得到最淋漓尽致的体现。尽管腾冲全城毁于战火之中，2万多间房屋成为一片焦土，所有的树木都被炸倒烧毁，腾冲人讲，树上每一片树叶都有弹孔。腾冲却像是火中涅槃的凤凰一样，挺立在世人的面前。腾冲，配得上这样雄姿勃发的名字。

山道两侧的墓碑上，都已经有人插上了白色或黄色的菊花。我走了进去，走到里面几排，不知该把手中的菊花献给谁，因为每一个人都应该敬献。我来到一块墓碑前，上面刻着“上士王玉龙”。我不知道他来自哪里，他有多大年龄，又是在哪天在腾冲的哪个地方牺牲的，现在还有没有他的家人，又会是在哪里，会不会有一天到这里来寻找他。我只知道他的名字叫王玉龙，我相信他一定很年轻，我相信他一定很自豪。他睡在这里，而我只能俯下身来为他献上一支白菊花。

走出烈士陵园，参观完新建的滇缅抗战博物馆，我想起上次来时腾冲的朋友告诉我的一件事情：当年克复腾冲的战役打得正激烈，一位战地记者拿着好几卷胶卷，到腾冲当时唯一的一家照相馆冲洗，照相馆的老板冲洗完之后一看，全部都是战火纷飞的场面，有的就是人面对着人，刺刀对着刺刀呀，他赶紧连夜又冲洗一套，整整96张照片，一直保存到新中国成立以后，到了“文化大革命”，因为照片上拍的都是国民党的第二十集团军的军人，生怕出事，就埋在他家的地底下。就这么着，把这96张照片保存了60来年，要不现在展览中都找不到那么多珍贵的照片了。

这位照相馆的老板姓张。正义，是毁灭不掉的；英雄，是无法从人民心头抹去的。这就是世道人心，这就是正义，这就是英雄，这就是腾冲。

离开腾冲，心还在国殇墓园里。坐在飞回北京的飞机上，忍不住写下一首小诗，留给自己一份缅怀和纪念：

重到腾冲访旧游，壮魂又是欲相留。
云深难忆惊山岫，草密伤情哭石头。
铁血如潮真气概，野花似火叹风流。
国殇馆里悲风起，扑面萧萧雨落秋。

2014 年 11 月 22 日于昆明归来

荒原记忆

在我国传统文化中，只有大地、乡土或原野，没有荒原这个词。荒原这个词最早出现，应该是在五四时期。那时候，有艾米莉·勃朗特的小说《呼啸山庄》和奥尼尔的剧本《荒原》翻译出版，荒原才不仅作为一种文学中的情境与意象，也作为新时代的一种新词汇、新象征。特别是五四之后，在冲破了旧文化的藩篱而渴求新生活的时代动荡中，荒原成为人们向未知世界挑战或征服的欲望和精神的一种存在。

曹禺就是在那个年代受到奥尼尔的影响，写作了《原野》。在曹禺的创作中，在我看来，这是他最好的一部剧作，他将荒原这个富有象征意义的意象，引入他的这部剧中。去年，他的《雷雨》重新演出遭到年轻人的哄笑，但在《原野》中，不会出现这样由渐行渐远时代造成的精神隔膜，由过于人为巧合造成的审美错位，而引发跨时空的笑声。因为《原野》中的背景，不仅仅是时代更是人类共同生存的窘境，完全可以和现代人共鸣。而这恰恰是“原野”不受时空限制的永恒的象征意义。其实，在奥尼尔剧中的“原野”一词，应该翻译为荒原；曹禺的原野，更准确地说，是那时中国的一种荒原。

荒原不是作为文本意义和象征意义，而是作为实实在在的存在，真正出现在我的面前，是1968年7月的夏天。那一年，我21岁。我从北京来到北大荒生产建设兵团一个叫作大兴岛的地方。一个北大荒的“荒”字，就命定了它荒原的归属。大兴岛，被蜿蜒的挠力河和七星河包围。那时候，我们必须乘坐一艘柴油机动船，才能到达那座岛上。乘船渡过七星河的时候，放眼望去，宽阔河水两岸都是长满芦苇的沼泽地，再远处，则是一片荒草萋萋的荒地，风吹草动，一直平铺到天边，连接到看不清的地平线。那块看不清的地方，就是大兴岛，其实，就是一片荒原。我才见识到了什么是荒原。在这样一片荒原包围下，机动船轰轰作响，柴油马达声，被风声吞没，船和船上的我们，显得那么渺小。

后来，我们扎起了帐篷，开荒种地；再后来，我被调到生产建设兵团六师的师部，一个叫建三江的地方——这个名字是当时我们的师长取的，为的就是开发这一片三江荒原。所谓三江，指的是黑龙江、松花江和乌苏里江三条江包围的地盘。向荒原进军，是当时喊出的响亮口号。我奉命调到那里去编写文艺节目。记得我和伙伴们编写的第一个节目，是叫作《绿帐篷》的歌舞，里面的第一段歌词是这样唱的：“绿色的帐篷，双手把你建成；像是那花朵，开遍在荒原中……”

现在才知道，当年我们开发的荒原，其实是湿地，被称作“大地的肾”。这些年，知青重返北大荒，成为一种热潮。前些年，我也曾经回过北大荒，看到如今的人们在把当年我们开发出来的地，重新恢复为湿地，保护湿地，成为和当年开发荒原一样响亮的口号。看着已经瘦得清浅的七星河，和变幻了色彩的原野，觉得历史和我们开了个玩笑。

后来看学者赵园的著作，她在论述荒原和乡土之间的差别时说：乡土是价值世界，还乡是一种价值态度；而荒原更联系于认识论，它是被创造出来的，主要用于表达人关于自身历史、文化、生命形态和生存境遇的认识。她还说，乡土属于某种稳定的价值情感，属于回忆；而荒原则由认识的图景浮出，要求对它的解说与认指。

赵园的话，让我重新审视北大荒。对于我们知青，它属于荒原，还是乡土？属于乡土，可当时那里确实是一片兔子都不拉屎的荒原，当年我们青春季节开发的荒原大多是对湿地的破坏，严格意义上讲，并没有什么价值；属于荒原，为什么知青如今把它当作自己的故乡一样，一次次频频含泪带啼地还乡？过去曾经经过的一切，都融有那样多的情感价值的因素？

我有些迷惘。仔细想当年荒原变良田，北大荒变北大仓的情景，和如今又恢复湿地的翻云覆雨的颠簸，该如何爬梳厘清这一切错综复杂的关系？或许对于我们知青而言，北大荒这片中国土地上最大的荒原和乡土的关系，并不像赵园分割得那样清爽。这片荒原，既有我们的认识价值，又有我们的情感价值；既属于被我们开垦创造出来的荒原，又属于创造开垦我们回忆的乡土。

我想起四十四年前，1971 年的春节，我在师部，由于有事耽搁，等年三十要走了，突如其来的一场暴风雪，让我无法过七星河回原来的生产队和朋友老乡聚会一起过年。师部的食堂都关了张，大师傅们都早早回家过年了，连商店和小卖部都已经关门，命中注定，别说年夜饭没有了，就是想买个罐头都不行。

暴风雪从年三十刮到了年初一，我只好畏缩在孤零零的帐篷里。就在这时候，忽然听到有人大声呼叫我的名字。由于暴风雪刮得很凶，那声音被撕成了碎片，显得有些断断续续，像是在梦中，不那么真实。但那确实是叫我名字的声音。我非常地奇怪，会是谁呢？在师部，我仅仅认识的宣传队里的人一个个都早走了，回各团去过年了，其他的，我没有一个认识的人呀！谁会在大年初一的上午来给我拜年呢？

满怀狐疑，我披上棉大衣，下了热乎乎的暖炕，跑到门口，掀开厚厚的棉门帘，打开了门。吓了我一跳，站在大门口的人，浑身是厚厚的雪，简直是个雪人。我根本没有认出他来。等他走进屋来，摘下大狗皮帽子，抖落下一身的雪，我才看清是我们二连的木匠老赵。他从怀里掏出一个大饭盒，打开一看，是饺子，个个冻成了梆梆硬的坨坨。他笑着说道："可惜过七星河的时候，雪滑跌了一跤，饭盒撒了，捡了半天，饺子还是少了好多。凑合吃吧！"

我立刻愣在那儿，半天没说出话来。他是见我年三十没有回大兴岛，专门给我送饺子来的。如果是平时，这也许算不上什么，可这是什么天气呀！他得多早就要起身，没有车，三十来里的路，他得一步步地跋涉在没膝深的雪窝里，他得一步步走过冰滑雪滑的七星河呀。

那一刻，风雪中的荒原和帐篷，因老赵和这盒饺子而变得温暖。真的，哪怕只剩下了这盒饺子，北大荒对于我既属于荒原，也属于乡土。

2014 年 8 月 14 日于布卢明顿

人生除以七

看罢英国导演迈克尔·艾普特的电视纪录片《56UP》之后，心里不大平静。这部纪录片，拍摄了来自伦敦精英、中产和底层不同阶层的14个人，自7岁开始，一直到56岁的生活之路。导演每隔七年拍摄一次，看他们的变化。七个七年之后，这些人56岁了，这么快就从童年进入了老年。150分钟的电视，演绎了人生大半，逝者如斯，真的让人感喟。

我不想谈论这部纪录片所要表达的主旨。让我感兴趣的是，它选择了将人生除以七的方式，来演绎并解读人生。为什么不是别的数字，比如五或六，而偏偏是七？不管有什么样对数字特别膜拜的深意或禅意，乃至宗教的意义，七，可以是一个很好的选择，让我也来一回这样的选择，将自己的人生已经走过的岁月除以七，看看有什么样的变化。

不从7岁而从5岁开始吧。因为，那一年，我的母亲去世，我人生的记忆也就是从那时开始。记忆中那一年，夏天，院子里的老槐树落满一地槐花如雪，我穿着一双新买的白力士鞋，算是为母亲穿孝。母亲长什么样子，一点印象也没有了，只记得姐姐带着我和2岁的弟弟一起到劝业场的照相馆照了一张全身合影，特意照上了白力士鞋，她便独自一人到了内蒙古修铁路去。那一年，姐姐 17 岁。

七年之后，我 12 岁，读小学五年级。第一次用节省下来的早点钱，买了我人生的第一本书，是本杂志《少年文艺》，一角七分钱。读到我人生的第一篇小说，是美国作家马尔兹写的《马戏团来到了镇上》。那是马戏团第一次来到那个偏僻的小镇。那两个来自农村的小兄弟，没有钱买入场券，帮助马戏团把道具座椅搬进场地，换来了两张入场券。坐在场地里，好不容易等到第一个节目小丑刚出场，小哥俩累得睡着了。这个故事给我的印象那样深刻，小说里的小哥俩，让我想起了我和我的弟弟，也让我迷上了文学。我开始偷偷地写我们小哥俩的故事。

19 岁那一年的春天，我高中毕业，报考中央戏剧学院，初复试都通过，录取通知书也提前到达了。“文化大革命”爆发了，大学之门被命运之手关闭。两年后，我去了北大荒，把那张夹在印有毛体中央戏剧学院红色大字的信封里的录取通知书撕掉了。

26 岁，我在北京郊区当一名中学老师。那时我已经回到北京一年。是因为父亲突发脑溢血去世，家中只剩下老母亲一人，才被困退回京的。熬过了近一年待业的时间，才得到教师这个职位的。和父亲一样，我也得了血压高，医生开了半天工作的假条。每天下午，我骑着自行车回家，写我的第一部长篇小说，取名叫《希望》。在那没有希望的年头，小说的名字恶作剧一样，有一丝隐喻的色彩。

33 岁，我“二进宫”进中央戏剧学院读二年级。那一年，我有了孩子，1 岁。孩子出生的那一年，我在南京为《雨花》杂志修改我的一篇报告文学，那将是我发表的第一篇报告文学。我从南京回到家的第二天，孩子呱呱坠地。

40 岁，不惑之年。有意思的是，那一年，上海《文汇月刊》杂志封面要刊登我的照片，电报要立刻找人拍照寄去。我下楼找同事借来一台专业照相机，带着儿子来到地坛公园，让儿子帮我照了照片，勉强寄去用了。那时，儿子 8 岁，小手还拿不稳相机，照片晃晃悠悠的。

47 岁，我调到了《小说选刊》。从大学毕业之后，我从大学老师到《新体育》杂志当记者，几经颠簸，终于来到中国作协这个向往已久的地方，以为是文学的殿堂。前辈作家艾芜和叶圣陶的孩子，却都劝我三思而行，说那里是名利场，是是非之地。

54 岁，新世纪到来，我自己却乏善可陈。两年之后，儿子去美国读书，先在威斯康星大学读硕士，后到芝加哥大学读博士，都有奖学金，是他的骄傲，也是我的虚荣。

61 岁，大年初二，突然的车祸，摔断脊椎，我躺在天坛医院整整半年。家人朋友和同事都说是大难不死，必有后福。我相信他们说的，我相信命运。福祸相依，我想起在叶圣陶先生家中曾经看过的先生隶书写的那副对联：得失塞翁马，襟怀孺子牛。

68 岁，正好是今年。此刻，我正在美国印第安纳大学旁边儿子的房子里小住，两个孙子已经前赴后继地出世，一个两岁半，一个就要 5 岁，生命的轮回，让我想起儿子的小时候，却怎么也想不起自己的小时候是不是也是这样子。

人生除以七，竟然这么快，就将人生一本大书翻了过去。《56UP》中有一个叫贾姬的女人说：尽管自己是一本不怎么好看的书，但是已经打开了，就得读下去，读着读着，也就读下去了。人生除以七，在生命的切割中，让人容易看到人生的速度，体味到时间的重量。流水带走光阴的故事，改变了一个人。漫漫人生路，能够有意识地除以七，听听自己、也听听光阴的脚步，看看自己也看看历史的轨迹，是件有意思的事情。

2014 年 7 月 23 日于布卢明顿雨中

世界杯和 NBA

此次巴西世界杯开战之时，正赶上 NBA 总决赛之际，酒吧里围在电视机前的，都是看马刺对热火队的决赛，尽管此次世界杯上美国队表现不俗，小组出线在望，但一般美国人很少看他们的比赛。很明显，美国人关心 NBA 的热度远远高于世界杯。在很多美国人眼里，NBA 是一杯滚烫的热酒，世界杯不过是一杯饮料。

对于我这样热心四处找世界杯看的人，他们有所不解，然后拔出萝卜带出泥，对中国居然有那么多世界杯的球迷，不仅点灯熬夜看世界杯的电视现场直播，还要花那么多钱大老远地跑到巴西来看球，实在是难以理解。他们常这样问我：世界杯又没有你们中国队，为什么还那么关心？然后，又会紧接着问我：你说说世界杯和 NBA 有什么区别？

我仔细想想，还真是有区别，而且是挺大的区别。

NBA 远没有世界杯的场面大，纵使比赛激烈的程度大同小异，但气势就无法和世界杯比了。这就是足球的性质，场面宏伟，决定气势的排山倒海，进攻或防守的排兵布阵，无论进军气势如虹一泻千里，还是防不胜防兵败如山倒，都会看得清清楚楚。所以说，足球比赛是战争的缩写版，是袖珍化的战争，它是由战争衍化而来的和平年代里人们对世界征服的一种欲望和梦想。从来没有听说过篮球和战争的比附。因此，坐在看台上，看足球顶级赛事的世界杯，和看 NBA 是无法同日而语的。如此对比之下，看 NBA 如螺蛳壳里做道场，显得有些杯水风波，有些舞台化，戏剧腔；而世界杯则大开大合，高歌击筑，荡气回肠，是一幅泼墨的画，是一首无韵的诗。因此，世界杯绝无 NBA 的暂停而中断比赛；NBA 也绝无世界杯的红牌那样一举定终身的生死牌。红牌，便是战争中壮烈的死亡；暂停，则是战争中虚妄的玩笑。

NBA 一场比赛进球可以数十个计，如进山采蘑，无需走出多远，便会左右逢源，一时即可采得盈筐，分数过百，不算奇迹。世界杯一场比赛进球则只有区区几个，甚至一个都没有，如进山打猎，踏雪冒寒，进入深山老林腹地，只为寻找一个猎物，枪响中的，背一只胜利品即可得胜回朝，却也很可能最后是无功而返，反而被猎物咬伤了自己。如此赛事的结果赫然不同，便越发显得世界杯的独一无二，物以稀为贵，为一个进球而苦苦鏖战九十分钟，甚至打入加时赛，便显得那一个球的价值连城。NBA 如果是快餐时代的代表，世界杯则是古典时代的遗迹。NBA 代表着欲望，多多益善，速战速决，千里江陵一日还；世界杯则代表着理想，漫漫长路兮，吾将上下而求索。如果前者可以比喻为性，后者可以比喻为爱情；性披挂上阵气宇轩昂可以在瞬间完成，而爱情则要有一个你来我往百折千回追求的过程，甚至如罗密欧朱丽叶一般拼得个死去活来，还很可能最后是一无所获。

NBA 和世界杯都会有奇迹发生。但奇迹的含金量有所不同。当年乔丹比赛最后一秒钟的压哨三分，为比赛赢得关键的胜利，那一刻非同寻常，让我们感到更多的是激动，如同看一场大戏，落幕之前有了意外而惊险的大转折，让我们久久回味；今天的世界杯，美国队开场仅仅 29 秒邓普西便神速地射进一球，那一刻同样非同寻常，让我们感到更多的则是惊异，还是如同看一场大戏，开场之际，还没有进入剧情，缓过神来，便惊雷炸响，先声夺人，让我们忍不住先叫一声“挑帘好”。由于篮球和足球进球的难易程度不同，邓普西的那一粒进球，和乔丹的那一粒进球，便在价值与意义上有所不同。或许乔丹那一粒进球更具比赛输赢的实际价值，但邓普西那一粒进球则更具比赛美学的艺术意义。

同样，墨西哥门将奥乔亚此次世界杯神奇地扑救出那么多的险球，也属于赛场上绝无仅有的奇迹。在 NBA 的赛场上，也会有“盖帽儿”封堵住势在必得的进球，但从来不会有奥乔亚这样在一次比赛中封堵住所有进球的事情发生。所以，我说 NBA 和世界杯都会有奇迹发生，但奇迹的含金量和意义就是有所不同。NBA 可以让我们看到在平常日子里夺目而艳丽的花开花落，世界杯则能够让我们看到在雷电交加的日子里森林中大树呼啸的起伏和惊心动魄的折断。NBA 和世界杯都会有英雄诞生，这次 NBA 总决赛带领马刺队夺得冠军的邓肯，便是 NBA 的英雄，但他是夺得胜利的英雄，而奥乔亚则是保护胜利的英雄。邓肯是那种振臂一呼昂扬的战旗，奥乔亚则是风雨不动安如山的中流砥柱。邓肯让我们想到的是一扇扇我们渴望打开的城门，奥乔亚则是我们希望安全归来的家门。邓肯让我们感到理得；奥乔亚则让我们感到心安。同样充满着激情，邓肯是浪漫主义，奥乔亚则是现实主义。

当然，尽管比赛激烈充满火药味，但 NBA 没有世界杯那样多的铲人、踩人、推人、绊人，甚至如乌拉圭的苏亚雷斯的咬人等更恶意犯规的动作。那些明铺暗盖和明目张胆的犯规，可以说是野蛮。这便是足球相比篮球从野蛮的战争和原始的厮斗的脱胎换骨中未能彻底进化的表现，世界杯让其显示了留存的那一截未能剔除干净的野蛮的尾巴。同时，也说明了人类人性与兽性并存的两面性长期搏杀并长期存在的现实，在世界杯中显现得比 NBA 更充分。如果说，看 NBA 和看世界杯，其实都是在看我们自己，那么比起 NBA 来，世界杯和我们，彼此更是互为镜像。

2014 年 6 月 24 日于布卢明顿

足球与艺术

足球和艺术确实有得一拼。

有些地方，足球要胜过艺术。比如，足球的绿茵场要比世界任何一个舞台都要阔大。世界杯更是无限放大了足球的舞台，全世界几十亿的观众的日夜簇拥观看，实在是别的舞台无法比拟的。在欧洲也曾经有艺术扩充自己的容量而扩大舞台，比如马勒著名的千人交响乐，规模浩大；著名的“柏林森林音乐会”，将舞台扩展到了森林，舞台利用了一面轩豁山坡的底部，观众席随坡就势环抱在半环形的山坡上；但即便如此，和足球比赛的绿茵场一比，就小巫见大巫了。可以说，没有一项体育项目比赛的场地有足球场大，这样宏大的场地，天生造就了足球成为第一体育运动，方才有可能一次世界杯就搅得环球同此凉热，从国家总统到平民百姓，都要把目光聚集在绿茵场上，再恢宏的艺术舞台，当然也就相形见绌了。

再比如，足球比赛尽管上场的人员可以走马灯一样千变万化，也可以演尽悲欢离合或爱恨情仇，甚至颠覆乾坤或血洗豪门，但所有的大戏小戏乃至运筹帷幄或阴谋诡计，都是集中在绿茵场一个光天化日般的舞台上尽情演绎，比古典的三一律还要三一律。而且，戏码最长，在世界杯期间要演出一个月，即使是瓦格纳的大歌剧《尼伯龙的指环》，或我们的连台本的昆曲《长生殿》、京戏《王宝钏》，也不过是连演几天而已，无法和世界杯的足球相比，便也没有世界杯足球如此长久阔大的时空交错对人心的占领和征服力量。

再比如，足球比赛拥有世界一切艺术所没有的即时性和现场感，也就是说一切艺术的情节和结局，都是事先预设好的，即使是即兴的艺术，也有一个基本的框架，万变不离其宗。足球比赛的情节变化从来都是不确定性的，没有一星半点的程式化，波诡云谲，结局更是常常出乎人们的意料。艺术也有意外，但那意外是编导者拉着观众一起跌进他们事先挖掘好的陷阱，编导者自己偷着乐；足球的意外却是观众和球员、教练一起掉进比赛自身突然地震般坍塌的陷阱里，一起或兴奋发狂或欲哭无泪。南非世界杯，谁会料到卫冕冠亚军在小组赛中翻船，谁又料到巴西和阿根廷双双止步四强？如今，世界杯即将落下帷幕，谁又敢肯定最后争夺冠亚军的，一定还是欧洲那老几位呢？

再比如，足球舞台的演员和观众互动性远胜过所有的艺术。球员如果算作这个舞台上的职业演员，看台上的球迷不过是来自世界各地的业余演员，但夺人眼目的从来不仅仅是职业演员，看台上的业余演员的风光，常常会喧宾夺主压过球员的风头。那一届是小贝的夫人，上一届是罗纳尔多的情人。这一届，太太团和情人连，都赶不上巴拉圭一个叫拉里萨·里克尔梅的乳神，她乳沟夹着手机激情狂呼的照片，风情万种，性感十足，赛过了麦孔的零角度射门和克洛泽的凌空抽射，让看台上的观众可以一跃而成为主角，成为参赛球队中的第十二人。这恐怕是所有艺术都望尘莫及的。

但是，足球毕竟只是圆的，无法伸缩自如成为其他形状，便有自己的局限性，也有永远赶不上艺术的地方。

比如，足球有自己的理想，但足球的理想一般都会夭折在足球的赛场上，绿茵场是埋下足球理想种子的地方，也是风吹雨打让繁花凋零落尽的地方。这一点，足球永远无法和艺术相比。在艺术的舞台上，再颓废的演出，也曲折地含有现实所缺憾的理想成分，而激情四溢的浪漫艺术更是把理想张扬得如火如炽，一直激情澎湃地燃烧到演出结束之后，长久地激荡在你的心里。这一届南非世界杯的理想是屎壳郎推动足球，这是一个草根的理想，是一个平凡却温暖的理想。但比赛即将结束了，屎壳郎推动足球了吗？豪门阔少和富 N 代，依然统治着世界杯的舞台，草根过早地纷纷离开了赛场，四强之中唯一的平凡英雄乌拉圭，今天也被荷兰击败，成为南非夏日里的最后一朵玫瑰。

因此，足球永远比艺术更容易臣服世俗，委身功利，屈膝势力，匍匐金钱名誉。难道不是吗？以前的绿茵场，还曾经盛开过艺术足球之花，让我们赏心悦目而沉醉迷狂。但这届南非世界杯，我们已经看不到了。荷兰郁金香般芬芳华丽的艺术足球，和巴西桑巴式风情万种的艺术足球，我们都看不到了。代之而起的是实用主义，他们甩掉艺术足球，就像甩掉自己的鼻涕。世界杯的冠军比什么都重要，方法从来只为目的服务，过程已经不是最主要的了。好听好看的艺术，那只是银样镴枪头，是绣花枕头。世界杯又不是歌手大奖赛或舞剧演出，非要要什么花腔高音或华丽的表演。他们不愿意只是做满场飞的花蝴蝶，陪花朵跳舞不是目的，因此，他们要做能够采来花蜜的蜜蜂，虽无蝴蝶好看的翅膀，但多了实惠。他们也不愿意做只会开谎花的果树，即使花朵再多再璀璨耀眼，也无济于事，他们不愿意再把鲜艳的花朵华而不实地插在花瓶里，他们要把实实在在的功名利禄像旗帜一样插在大力神杯上。

足球，可以成为艺术，但就像我们人可以成为天使，只是现实的力量太强大、太残酷，需要我们自身的历炼一样，还需要假以时日。在艺术的天国里，天会比现实中的更蓝，绿茵场也会比世界杯中的更绿，风吹过每一株草尖上跳跃的阳光，都会比金子更灿烂。

只是，这一切离我们还太遥远。太臭的中国足球现实，让我们背气，唯一不可阻挡我们的，是对足球的想象。

2010 年 7 月 7 日于普林斯顿

2014 年 6 月 10 改于布卢明顿

塔夫特夫人的选择

在美国的城市里，辛辛那提不算大，却一直以为是座富有艺术气息的城市。对我而言，不为它有驰名世界的辛辛那提交响乐团和那古老而美丽的音乐大厅，更为它有家私人美术馆，给这座城市提气，为这座城市平添一抹异样的艺术色彩。

这座美术馆叫作塔夫特（Taft）。它坐落在辛辛那提第四大街附近派克街316号。离俄亥俄河很近，是一座漂亮轩豁的别墅。展厅在二楼，从二楼的咖啡厅可以步入宽敞的露台，从露台可以下到一层花木扶疏的花园。作为私人美术馆，它的规模足可以和巴黎一些大都市里的私人博物馆相媲美。

引我慕名而来的主要原因，是美术馆的主人安娜·塔夫特夫人。她是辛辛那提历史上第一位百万富翁塔夫特先生的独生女，从父亲那里继承下万贯家财，按照我们现在的说法，属于富二代。她完全可以过一种贵妇人的生活。看美术馆里陈列着她的雕像和油画肖像，雍容富贵，真有贵妇人的容颜和姿态。她不仅是富二代，而且属于美女级的富二代，无形中为她锦上添花。她的丈夫是位毕业于哥伦比亚大学法学博士的律师，收入不菲，家境也很富有。那么多的钱怎么花，是摆在所有富二代面前的一道人生课题。她对她的丈夫说，与其我们拿钱去投资股票或置办房产，不如用来投资艺术品。她的丈夫欣然同意。他们一共拥有十个孩子，没有把钱给孩子们，却开始了艺术品的收藏。当收藏到一定规模的时候，他们没有把这些藏品送到拍卖会上，让其金钱的数字翻着跟头地上涨，而是将这些价值连城的藏品，外加自己住的别墅，一并让出来，辟为美术馆。

1931 年，安娜·塔夫特夫人去世。1932 年，美术馆在这座 1820 年建成的老建筑里正式对外开放。

在美术馆展览手册上，有一幅他们的全家福，旁边写着这样一段话："欢迎来到我们的家，也是你们的家。这个 HOUSE，这艺术，属于你们，如果换一个视角来看，你们会有新的发现。"这就是塔夫特夫人和他们全家创建这座美术馆的意图，或者说是他们的心愿。当然，也是他们为那些万贯家私和自己心的归宿的一种选择。

这种选择，让我感动，值得尊敬。并不是每一位富二代都能做出这样的选择。我们看到的一些富二代，更多的是如塔夫特夫人所说，愿意选择投资股票和房地产，还有不少则愿意投资可以赚钱而喧嚣的餐馆酒店会所或影视，甚至可以一掷千金地豪赌，包养女人，去酒吧里胡作非为，花天酒地，醉生梦死。如塔夫特夫人一样愿意拿自己毕生的财富，投资艺术品，并创建美术馆，不为自己独自鲸吞，而让更多人一起分享，为社会服务，在我们这里还很少见。

二楼的十四个房间，成为展厅。藏品很丰富，甚至有的藏品比我们一些国家博物馆还要丰富。比如，它的美术作品，从 17 世纪到 20 世纪，包括了伦勃朗、英格尔、特纳、科罗、卢梭、米勒的珍贵油画。其中有美国早期著名印象派画家詹姆斯·惠斯勒（James Whislter）的代表作《钢琴旁》，成为镇馆之宝。还有一位辛辛那提本土画家弗兰克·杜韦内克（Frank Duveneck），他是辛辛那提美术的奠基人，他画的那幅有名的辛辛那提少年的油画也收藏在这里，如今被画成巨幅壁画，在辛辛那提的街头顶天立地，成为辛辛那提的标志和骄傲。

它的藏品另一个打眼之处在于中国瓷器，从唐代到清代，琳琅满目，每一个展厅，甚至走廊里，都在摩肩接踵密集地陈列着，真有些乱花迷眼。其中清康熙的瓷器尤为多，不少是在中国少见的外销瓷，外形和色彩都有些古怪，有些替洋人做审美想象的东方意识。还有一个打眼处，便是很多展厅里都陈列着塔夫特夫妇的画像和雕塑，都是左右对称的匹配，仿佛依然蝶双飞一样在出双入对。看这些雕塑和画像，丈夫风流倜傥，夫人风姿绰约，会不会多少有些是画家雕塑家对他们的美化？马上又打消了自己这个小心眼儿的猜想，应该是对他们的敬意，难道不应该为他们的这种选择而心怀敬意和感激吗？

还值得一提的是，它每年都会从世界各地请来一些展览，作为自己的特展。这一点，和正规的美术馆一样。今年它便有五次特展，我来这里，赶上的是美国早期摄影作品展，都是19世纪中期的作品，被镶嵌在项链坠、首饰盒或小型镜子里，成为艺术，也成为历史。当然，这是需要花钱的。我们的美术馆常常也有一些莫名其妙的特展，不知是什么人的画和字，都可以堂皇入室摆在那里，是为美术馆挣钱的。选择就是这样的不同，不仅仅止于富二代的选择。

2013年8月18日记于辛辛那提

水袖的绝唱

水袖是京戏里一大发明。没有水袖，旦角精彩的表演，发挥的余地，难有如今的天宽地阔。水袖让她们腾云驾雾，让她们行雨剪水，让她们如梦如仙，让她们魂飞魄散。即使我们听不懂京戏里一句唱词，但只要有了水袖的尽情飘舞，也会看懂戏的一半，更会是一种艺术的享受。读白居易写的关于唐代歌伎演出的诗句："有风纵道能回雪，无水何由忽吐莲"，想写的应该就是那飘舞的水袖，其中的雪和莲都是白色的，在风中起舞，在水中摇曳，不是水袖最形象的代言吗？

如果说唱腔是京戏的一件有漂亮纹饰的外衣，是京戏的血肉和情感，水袖则是京戏的魂儿。

如果说脸谱是京戏的一种象征，以色彩和造型，让京戏的人物类型化、概括化和抽象化，水袖则是京戏的神来之笔，以有形的舞动和无形的韵律，让京戏更具想象性、艺术性和经典性。

很难想象，京戏可以缺少水袖。缺少了水袖的京戏，便是塌了架的房，是拉了秧的瓜，是没有了星光月色和清风花香的夜。清汤寡水，只剩下了唱腔，便是西洋的歌剧，永远难以追赶得上京戏的精彩。

京戏少不了水袖，相反，其他剧种里，如果增添了水袖，可以为其锦上添花，一下子焕发异彩。看任鸣新导演的话剧《风雪夜归人》，结尾处戏子莲生倒毙于大雪纷飞之中，天幕中莲生复活，一袭红衣，红衣袖带那长长的白色水袖翩翩起舞，真的令人遐思悠悠，增添了人们想象和舞台延展的空间。那尽情飘舞的水袖，借鉴京戏艺术手法的运用，点到为止，一点不造作，和人物与情景融为一体，留有无穷的余味，剧终而魂还在，曲终而人不散。

水袖，让从西洋舶来的话剧，有了一种属于中国的别样味道。真的很难想象，如果没有这样的水袖，这出老话剧该怎么收尾？怎样收尾，都赶不上水袖收尾的精彩而独到。精彩和独到，要归功于水袖。

京戏里，水袖最精彩的，要属程砚秋。水袖到了他那里，有了一种出神入化的新境界，有了一种别开生面的新天地，有了一种风生水起的表演新方式。可以说，他将水袖发挥到了一个极致。其实，程砚秋个头偏高，按理说不适合旦角。他扬长避短的手段之一，便是他的拿手好戏——水袖。在他的打磨下，水袖里有他自己的创新，有他自己的玩意儿。他便如身怀绝技的大侠，可以闯荡京戏江湖，有了安身立命之本。

无论在《春闺梦》里，还是在《锁麟囊》中，程砚秋那飘飘欲仙充满灵性的水袖，总会让人过目难忘。看《春闺梦》，新婚妻子经历了与丈夫的生离死别之后，那一段哀婉至极的身段梦魇般的摇曳，洁白如雪的水袖断魂似的曼舞，国画里的大写意一样，却将无可言说的悲凉心情诉说得那样淋漓尽致，荡人心魄，充满无限的想象空间。看《锁麟囊》，最后薛湘灵上楼看到了那阔别已久的锁麟囊那一长段的水袖表演，如此地飘逸灵动，真的荡人心魄，构成了全戏表演的华彩乐章，让戏中的人物和情节，不仅只是叙事策略的一种书写，而成为艺术内在的因素和血肉，让内容和形式，让人物和演唱，互为表里，融为一体，升华为高峰。

前些年到台北，在市中心的捷运站前，看到台湾著名雕塑家杨英风先生的一尊雕塑，题名为《水袖》，不禁想起了程砚秋的水袖。当然，杨英风的《水袖》不是程砚秋的水袖，但要承认京戏里水袖最有特色最有代表性的是程砚秋。他的水袖翩翩起舞，风情万种，风中或月下的抖动，如仙如禅，变化万千，水一样恣肆，风一样蔓延，如无韵的诗，如流动的画。杨英风的这尊雕塑，肯定有程砚秋水袖的影子，尽管他已经将水袖雕塑得更为抽象化，但那岩石上的皱褶，依然属于水袖，尽管定格在坚硬的石头上，只要有一阵风吹来，它依然可以飞起舞起。

水袖和脸谱，几乎可以成为京剧简约的名片。其独特的魅力和价值，不囿于京剧，而蔓延开来成为中华民族历史悠久的传统艺术和想象的一种象征。

如果你没有看过京戏，你真的等于没看过中国的艺术；如果你没有看过水袖，你真的等于没看过京戏。

2014 年 3 月 29 日于北京

大年夜

我家住的小区里，有家小理发店。十五年前，我刚住进这个小区，它就存在。十四年来，花开花落，世事如风，变化很大，它依然偏于小区一隅，没有任何变化。别的理发店都重新装潢了门面，在门前还装上了闪闪发光的旋转灯箱什么的，连名字都改作美发厅了。它依然故我，很朴素，也很有底气地存在着，犹如一株小草，自有自己的风姿，并不理会花的鲜艳和树的参天。而且，别的理发店里伙计不知换了几茬儿，甚至老板都已经易人。它的伙计一直是那几个，老板始终是同一个人。什么事情，能够坚持十四年恒定不变，都不容易，都会老树成精的。

想说的是去年大年三十的事情。虽然事情已经过去了快一年，但印象很深，每一次去小店理发，见到老板都忍不住想起这件事情，而且会和他谈起。他总会哈哈大笑，笑声震荡在小店里，让回忆充满暖意和快乐。

因为常去那里理发，我和这位老板很熟，其实，小区好多人图个方便，更图老板手艺不错，都常去小店。大家都知道每年春节前是他生意最好的时候，他会坚持到大年三十的晚上，一直送走最后一位客人，然后回江西老家过年。他买好了大年夜最后一班的火车票，他说虽然赶不上吃团圆饺子，但这一天车票好买，火车上很清静，睡一宿就到家了。

一般我不会挤在年三十晚上去理发，那时候，不是人多，就是他着急要打烊，赶火车回家。但那几天因为有事情耽搁了，我一直到了大年三十的晚上，才去他那里。时间毕竟晚了，进门一看，伙计们都下班回家了，客人也早已经不在，店里只剩下他一人，正弯腰要拔掉所有的电插销，关好水阀和煤气的开关，准备关门走人了。见我进门，他抬起身子，热情地和我打过招呼，把拔掉的电插销重新插上，拿过围裙，习惯性地掸了掸理发椅，让我坐下。我有些抱歉地问他会不会耽误他乘火车的时间。他说没关系，你又不染不烫的，理你的头发不费多少时间的。

我知道，理我的头发确实很简单，就是剪一下，洗个头，再吹个风。不到半个小时，就完活儿了。但毕竟有些晚了，还是有些抱歉。迎来送往的客人多了，理发店的老板都是心理学家，一般都能够看出客人的心思。他看出我的心思，开玩笑对我说，怎么我也得送走最后一个客人，这是我们店的服务宗旨。

就在他刚给我围上围裙的时候，店门被推开了，进来一位女人，急急地问：还能做个头吗？我和老板都看了看她，三十多岁的样子，穿着件墨绿色的呢子大衣，挺时尚的。我心想，居然还有比我来得更晚的。老板对她说：行，你先坐，等会儿！那女人边脱大衣边说，我一路路过好多家理发店都关门了，看见你家还亮着灯，真是谢天谢地。

等她坐下来，我替老板隐隐地担忧了。因为老板问她的头发怎么做，她说不仅要剪短，要拉直，而且关键是还要焗油，这样一来，没有一个多小时，是完不了活儿的。等她说完这番话时，我看见老板刚刚拿起理发剪的手犹豫了一下。

显然，她也看出了老板这一瞬间的表情，急忙解释，带有几分夸张，也带有几分求情的意思说：求您了，待会儿，我得跟我男朋友一起去见他妈，这是我第一次到他家，而且还是去过年。虽说丑媳妇早晚得见公婆，但你看我这一头乱鸡窝似的头发，跟聊斋里的女鬼似的，别再吓着我婆婆！

老板和我都被她逗笑了。老板对她说：行啦，别因为你的头发过不好年，再把对象给吹了。

她大笑道：您还是真说对了，我这么大年纪，也是属于“圣（剩）斗士”了，找这么个婆家不容易。

我知道，时间对于老板的紧张，赶紧向老板学习，愿意成人之美，便让出了座位，对老板说：你赶紧先给这位美女理吧，我不用见婆家，不急。她忙推辞说，那怎么好意思！我对她说，老板待会儿还得赶火车回家过年。她说，那就更不好意思了。但我抱定了英雄救美的念头，把她拉上了座位，然后准备转身告辞了。老板一把拉住我说，没你说的那么急，赶得上火车的。正月不剃头，你今儿不理了，要等一个月呢！我只好重新坐下，对老板说，那你也先给她理吧，我等等，要是时间不够，就甭管我了。

那女人的感谢，开始从老板转移到我的身上。我想别给老板添乱了，人家还得赶火车回家过年呢，便想趁老板忙着的时候，侧身走人。谁知悄悄拿起外套刚走到门口，老板头也没回却一声把我喝住：别走啊！别忘了正月不剃头！看我又坐下了，他笑着说，您得让我多带一份钱回家过年。说得我和那女人都笑了起来。

老板麻利儿地做完她的头发，让她焕然一新。都说人是衣服马是鞍，其实人主要靠头发抬色呢，尤其是头发真的能够让女人焕然一新。但是，时间确实很紧张了，老板招呼我坐上理发椅时，我对他说，不行就算，火车可不等人。老板却胸有成竹地说，没问题，你比她简单多了，一支烟的工夫就得！

果然，一支烟的工夫，发理完了。我没有让他洗头和吹风，帮他拔掉电插销，关好水阀和煤气的开关，拿好他的行李，一起匆匆走出店门的时候，看见那个女人正站在门前没几步远的一辆丰田 RV4 的旁边，挥着手招呼着老板。我和老板走了过去，她对老板说：上车，我送你上火车站。看老板有些意外，她笑着说，走吧，候着您呢。老板不好意思地说，别耽误了你的事，她还是笑着说，这时候不堵车，一支烟的工夫就到。

丰田车欢快地跑走了。小区里，已经有人心急地燃放起了烟花，绽放在大年夜的夜空，就像突然炸开在我的头顶，挺惊艳的。

2014 年 2 月 5 日立春后一日写于北京

赛什腾的月亮

又到中秋节了，不知道柴达木赛什腾山上的月亮，今年和往年是不是一样地圆？

赛什腾山应该算是昆仑山的余脉，那时候，在青海石油局的冷湖四号老基地，从哪个井队的位置上都可以望到它。望着它，觉得很近，却是望山跑死马，跑到山脚下，至少要花上半天的时间。

那时候，是指 1968 年。这一年，北京的初三学生甘京生和一批北京的中学生来到冷湖，成为一名石油工人。那时候，他还不到十八岁。就在那一年的中秋节，井队放假，他和几个同学约好，一上午就从四号老基地出发，往那座已经望了大半年的赛什腾山走去。那座每天都会映入眼帘的赛什腾山，在柴达木明亮得有些刺眼的阳光照射下，有时候会如海市蜃楼一般缥缈，让甘京生对它充满无数的想象。甘京生喜欢幻想，或许这是他从小时候就养成的习惯，他喜欢独自一人望着天空或树林或校园里的篮球架遐想联翩。大概和他喜欢读文学的书籍有关，那些书让他常常禁不住心旌摇荡，天马行空。

否则，他不会和同学约好向那座秃山走去。去之前，师傅就对他说过：那山上什么也没有，从来就没有人爬上去过，你去那儿干啥？他还是执意去了，累了一身的大汗，走了整整一个上午，下午一点多的时候才走到山脚边，吃了点东西继续爬，下午四点多的时候，终于爬到了山顶。山上除了有些芨芨草和星星点点的黄色的野花，真的什么都没有，都是一些裸露的灰色石头，仿佛月球的表面，显得那样荒寂。

但是，甘京生很兴奋，他管这些小黄花叫作赛什腾花，就像老一辈石油人找到了石油把山下那一片井架林立的地方命名为冷湖一样。青春年少能够燃烧激情和幻想，让平凡琐碎的日子焕发出光彩。中秋节的天气在柴达木盆地已经冷了，天黑得也早了。爬上山没有多久，天色就渐渐暗了下来，秋风一吹，有些萧瑟沁凉如水的感觉，同学们都说赶紧下山吧，天再黑下来，下山的路就不好找了。他却坚持要等到月亮出来，好不容易来一趟赛什腾山，又赶上中秋节，没看到月亮怎么行？他对同学说。同学只好陪他一起看月亮。

那是甘京生第一次在赛什腾山看到月亮。那赛什腾的月亮，令他一生难忘。他能说出赛什腾的月亮和北京的月亮有什么不一样吗？他说不清楚，只觉得天远地阔，四周一片荒凉，月亮却和照在北京城里一样，那样浑圆明亮地照在这没有一点生命气息的石头和萋萋野草，还有他刚刚命名的赛什腾花上。他觉得月亮真的非常伟大，对世界万物无论尊卑贵贱无论远近大小，都是一视同仁地那样平等。

这是第二年我在北京见到甘京生时，他对我说起中秋节爬赛什腾山看月亮时候讲的话。那一年夏天，他回北京探亲，专程来家看我，从青海回京的途中，他一路下车，不停游玩，在洛阳看过云冈石窟，他还在那里买了几本旧书，带回来送我。他的这一举动，让我刮目相看，好不容易有了天数规定好的探亲假，还不早早回家，谁舍得把时间浪费在路上，还惦记逛书店，买几本当时看来无用甚至被视为有害的书？他的浪漫之情，和当时正在热热闹闹搞阶级斗争的气氛是多么地不谐调。

那是我第一次见到他。他和我弟弟是同学，又同在冷湖为石油工人，他是受弟弟之托来看我的。那一天晚上，他住在我家，我们抵足未眠，秉烛夜谈，聊了很多，他说这番话时，像一个文艺青年。如今，文艺青年像一个贬义词了，其实，真正成为一个文艺青年，并不容易，他除具有文艺气质，更需要一颗怀抱对生活和对文学一样真正的赤子之心。这不是装出来的，而是一生的追求。

甘京生难得，是他并不止是在他十八岁那一年心血来潮爬了一次赛什腾山，看了一次中秋节赛什腾的月亮。从那一年开始，每年中秋节他都会爬一次赛什腾山，看一次赛什腾的月亮。上个世纪八十年代，他调到冷湖石油局中学里当语文老师，兼班主任。他开始带着他班上的学生，每年中秋节爬赛什腾山，看赛什腾的月亮。那些生在柴达木长在柴达木从未出过柴达木的孩子们，从来没有特别注意过中秋节的月亮，更没有爬上赛什腾山看月亮的习惯。甘京生当了他们的老师之后，赛什腾的月亮，成为他们日记和作文中的内容，成为他们学生时代最美好而难忘的回忆。他让这些孩子们看到了虽旷远荒寂却属于柴达木自己独特的美。

甘京生离世已经二十多年了。他是因病去世的，他走得太早。如今，他教过的第一批由他带领爬赛什腾山看月亮的学生，已经四十多岁，他们的孩子到了读中学的年龄，不知道还会有哪一位老师带他们爬赛什腾山看中秋的月亮？

赛什腾的月亮！

2013 年 9 月 18 日中秋节前夕写于印第安纳

消失的年声

如今，年的声音，最大保留下来的是鞭炮。随着大都市雾霾的日益加重，人们呼吁过年减少鞭炮甚至取消，鞭炮之声，越发岌岌可危，以致最后消失，也不是不可能的事情。

其实，年的声音丰富得多，不止于鞭炮。只是岁月的流逝，时代的变迁，让年的声音无可奈何地消失了很多，以至于我们如老朋友一样遗忘了它们而不知不觉，甚至觉得理所当然或势在必然。

有这样两种年声的消失，最让我遗憾。

一是大年夜，在吃完年夜饭之后，在燃放鞭炮之前，老北京曾经有这样一项节目，即要把早早在节前买好的干秫秸秆或芝麻秆，放到院子里，呼叫着街坊四邻的孩子们，从各家跑出来，跑到干秫秸秆或芝麻秆上面，去尽情地踩。踩得秆子越碎越好，越碎越吉利；踩得声音越响越好，越响越吉利。这项节目，名曰“踩岁”，是要把过去一年的不如意和晦气都踩掉，不要把它们带进就要到来的新的一年里。这是孩子们最爱玩的，民俗中带有游戏的色彩。这样满院子吱吱作响欢快的“踩岁”的声音，是马上就要响起来的鞭炮声音的前奏。

这真的是我们祖辈一种既简便又聪明的发明，不用几个钱，不用高科技，和大地亲近，又带有浓郁的民俗风味。可惜，这样别致的“踩岁”的声音，如今已经成为绝响。随着四合院和城周边农田逐渐被高楼大厦所替代，秫秸秆或芝麻秆已经难找，即便找到了，没有了四合院，在高楼簇拥的小区里，缺少了一群小伙伴们的呼应，别看“踩岁”简单，却成为一种奢侈。

另一种声音，消失得也怪可惜的。大年初一，讲究接神拜年，以前，这一天，卖大小金鱼儿的，会挑担推车沿街串巷到处吆喝。在刚刚开春有些乍暖还寒的天气里，这种吆喝的声音显得清冽而清爽，充满唱歌一般的韵律，在老北京的胡同里，是和各家开门揖户拜年的声音此起彼伏的。一般听到这样的声音，大人小孩都会走出院子，有钱的人家，买一些珍贵的龙睛鱼，放进院子的大鱼缸里，讲究的是“天棚鱼缸石榴树”；没钱的人家，也会买一条两条小金鱼儿抱回家，养在粗瓷大碗里。统统称之为“吉庆有余”，图的是和“踩岁”一样的吉利。

在老舍的话剧《龙须沟》里，即使在龙须沟那样贫穷的地方，也还是有这样卖小金鱼儿的声音回荡。那是北京解放初期，虽然经济不富裕，民俗的东西流失得还不多。如今，在农贸市场里，小金鱼儿还有的卖，但沿街吆喝卖小金鱼儿那唱歌一般一吟三叹的声音，只能在舞台上听到了。不过，那只是拟声和仿声。试想一下，即使那叫卖小金鱼儿的声音还能存活到今日，那些胡同今天在哪儿呢？即便那些胡同也还在，四周数量暴涨的小汽车的轰鸣声，也早就把那单薄的叫卖声淹没了。

年的声音，一花独放，只剩下鞭炮，多少变得有些单调。

过年，怎么可以没有年的味道和声音？仔细琢磨一下，如果说年的味道，无论是团圆饺子，还是年夜饭所散发的味道，更多来自过年的吃上面；年的声音，则更多体现在过年的玩的方面。

再仔细琢磨一下，会体味得到，其实，通过过年这样一个形式，前者体现在农业时代人们对于物质的追求，后者体现人们对于精神的向往。年味儿，如果是现实主义的；年声，就是浪漫主义的。两者的结合，才是年真正的含义。不是吗？

2014 年春节前夕于北京

窗前的花开了

上午小区的儿童乐园里人不多，我陪小孙子去玩的时候，只有一个老太太带着一个四岁左右的小男孩在玩滑梯。小孩子见小孩子，就跟小狗相见一样，分外来情绪，立刻摇头摆尾地凑在一起，即使不讲话，眼神里透露出的信息，都明白彼此心里的意思。是个连体的双滑梯，两个孩子在滑梯上一边一个比赛了起来。每个人手里都拿着一个玩具小汽车，每一次都先把小汽车顺着滑梯滑下去，自己再滑下去追汽车，看谁滑得快，玩得不亦乐乎。

我和老太太在一旁乐得清闲，闲聊起来，知道这是她的外孙子。女儿从河北保定考上北京的一所大学，毕业后留在北京民政部工作，女婿从山东来北京读大学，如今在一家大银行工作，赶上单位最后一拨福利分房，在长安街边上分得一处楼房，面积不大，位置绝佳。没有房子之累的年轻人，就是最有福气的了。我对老太太说。

老太太同意，不过，又说，这小孩子一出生，福气就打了折扣。得有人帮忙照顾孩子吧，爷爷奶奶身体不好，来不了北京，我和老伴就来了。房子太小，住不下了，这不才搬到这里来，一图房子宽敞，二图旁边就有个双语幼儿园。是租的房子，每月六千，把长安街的房子也租出去了，每月七千元，两相一去，富裕的那点钱，给孩子他爸爸当来回开车的油钱了。

老太太很健谈，女儿和女婿很会周转。我向老太太夸赞了她的两个孩子，老太太乐了，说，孩子一落生，逼得他们，不周转怎么行？这不，刚搬过来，就赶紧在幼儿园报了名，前几天接到通知，等孩子四岁时可以入园了。我说，您的孩子够行的了，未雨绸缪，省了您多大的心，现在幼儿园多难进呀！您也可以尽享天伦之乐了！老太太一摆手，对我说，什么天伦之乐，是天伦之累！我知道老太太是有些得了便宜卖乖，便笑她，您别不知足了。她却说，不是我不知足，确实是有乐趣也有烦恼。我和老伴来北京快四年了，保定的房子门一锁，就再也没回去过。天天是我带孩子，老伴做饭，忙得脚不拾闲。当然，孩子也不容易，最头疼的事是孩子六岁就得上小学了，得找一所好小学，可找好小学比找好对象都难。花钱不怕，怕的是得走门子，托关系，可你说我们这俩孩子都是从外地来北京的，烧香都找不着庙门。

话题转到这里，一下子沉重了起来。如今的社会就是这样子，孩子一落生，就得为幼儿园为学校头疼，一家人就像蜘蛛一样，跌进了关系织就的密密的网中，想出都出不来。没孩子，想要孩子；要了孩子，生活的负担和心理的负担都加重。望着在滑梯上下玩得兴高采烈的两个小孩子，一副吃凉不管酸的样子，熟得把彼此的小汽车交换着玩，我的心里忍不住叹了口气，年轻人，活得不容易。想起屠格涅夫曾经讲过的话，说是人生就是一个苦役，只有把一个个的荆棘都走过去了，最后才能够编织成一个花环。这话说给今天的年轻人正合适。只是等他们把荆棘编织成花环的时候，就和我们一样老了，而他们的孩子也长成他们一样的年纪，开始新的轮回。

所幸的是，老太太没有我多愁善感，脸上的云彩一会儿就散去了。她对我说，前些天，女儿和女婿终于买到了一套学区房，外孙子上学的问题算是落定了，免去了托人找关系的烦恼。你知道，买学区房有时间的问题，户口才能落上，人家学校才认。这一段时间，可是急死了人！我赶忙恭喜她，这可是件大事。不过，学区房可是不便宜。老太太说，可不是，要不这么说，有了小孩子，你身上的皮就得一层一层往下扒。房子五万多一平方米，买的只是一套50多平方米的老楼房，首付就花了他们全部的积蓄，还得加我们添上的。年轻人的小夹板算是套上了。我劝她，这就不是您操心的事情了，年轻人为孩子付出是天经地义的。老太太反问我：那我呢？快四年了，我连自己的家都没回去过，我付出为了谁？没等我接茬儿，她自言自语道，人老了，就是贱骨头！

太阳照当头了，天有些热了。两个孩子玩得差不多了，交换回各自的小汽车，跑了过来，嚷嚷喊着要回家了。我和老太太道别，临走时，老太太忽然想起了什么，转身对我说了句：前两天，保定的亲戚来电话，说我们家窗前的花今年开了。快四年了，也没人浇水，居然还开花了。我对她说，好兆头呢，您的外孙子一到来，您家的好日子在后头呢。我想，这一定是她心里的潜台词。

2013年5月19日于北京

飞机延误之后

那天，从广州回北京，下午三点半的飞机，一点多钟便赶到了机场。但是，在去往机场的路上，暴雨突然袭来，车子像在浪中飞奔。心里就有了准备，这么大的雨，飞机肯定准时起飞不了。没有想到，竟然延误到了半夜，才得到确切的消息，凌晨十二点一刻起飞。这让在机场苦苦等候的人们松了一口气，又无奈地叹了一口气。

这时候，坐在对面的一位中年妇女走到我的身边。因为整整一个下午和晚上，我们都在机场这个候机厅里苦熬，同是天涯沦落人，彼此比较熟悉了，我知道她是广东人，此次是带着女儿和母亲到北京旅游的，那一老一少就坐在对面的位子上打瞌睡。她知道我是北京人，是来问我，飞机到北京半夜了，打车的话，该怎么打？我知道，大半夜的，人生地不熟，她是怕打车挨宰。这时候，确实有黑车夜游神一般在机场趴活儿的，专门宰客，尤其是外地游客。便对她说首都机场有机场大巴，甭管多晚，都要等最后一班飞机下来的乘客，你可以坐大巴走。

她说她要到海淀培黎学校附近的一家快捷酒店，她听说了大巴只到中关村，想问我的是，如果打车是在机场打好一些，还是坐大巴到中关村下车再打好一些？也就是说，在哪里打车，挨宰的概率能够小一些？

这个问题还真的难住了我，要我说挨宰的概率一样多。黑车司机，挣的就是黑心钱，在哪里心都是一样地黑，不会像橘子易地而变为枳的。可望着她那对我信任的眼光，怎么对她说出口呢？想了想，说：还是坐大巴到中关村下车再打车好一些。那里离你要去的酒店近一些，即使多跟你要钱，也比在机场到你去的酒店会少，免得为付车费而闹得不愉快。你带着孩子，又带着老人，安全第一。

她点点头，同意我这个退而求其次的选择，走回了她的座位上，搂着女儿，开始打起盹儿，头像断了瓜秧的瓜一样垂了下来。我知道她是从粤北赶到广州的，这一路就够辛苦的了，又赶上飞机延误，在机场吃没的吃，喝没的喝，待了这么久，已经是身心交瘁。

没过一会儿，我看见她突然激灵了一下，头抬了起来，又走过来，问我：你说我去的那个地方是不是很偏僻呀？我是在网上订的酒店，图的便宜一些。如果偏僻，黑灯瞎火的，司机再拉着我们故意绕道，不是一样多花钱？她的这个问题，还真的难以预测。

而且，飞机到北京要夜里三点多了，你说这时候在中关村下了车，在中关村那地方会有出租车吗？她接着问我的这个问题，我还真的没有想到。这时候了，在首都机场怎么说还趴着黑车，在中关村还有没有出租车，还真的是个问题，万一等半天也等不着一辆车，这一家三个女人可真的是叫天不灵呼地不应了。

仿佛她知道我回答不出这个问题，或者说，她在刚才打的那个盹儿里，已经把乘大巴到中关村这个选择否定了。她便不等我回答，接着问我：你说我就在机场打车，给司机二百元钱，再递给他这张纸，让他拉我们到这个地址，行不行？说着，她从衣袋里掏出写着酒店地址和电话的纸。

我摇了摇头，对她说，这么远的路，两百块钱，黑车恐怕不干。她叹了口气说：那他要是跟我漫天要价，我可怎么办呀？

一时，我们都没有了办法。望望窗外，雨早已经停了，灯光映得停机坪上的积水闪着迷离的光斑，好像是一个另外的世界。飞机场能够把延误了这么长时间的旅客送走就已经气喘吁吁了，怎么还顾得过来一个带着一老一少的女人半夜在北京下了飞机之后的问题呢？但是，这个问题应该由谁来管呢？管不了一个孤独无助的女人，也管不了黑车司机，一时，我和她的心都如夜色一样沉沉。

她又叹了口气，对我说：实在不行，只有在机场等到天亮了。我自己倒是没有什么，就是孩子和老人受罪了。看着她心里万般纠结的无奈回到自己的座位上，我也叹了口气。

快到登机的时候了。人们早耐不住性子，排起了长队，恨不得赶紧登机让飞机起飞。可是，等到十二点已经过了，长队排得更长，却没有一点登机的意思。机场的广播睡意朦胧地嗡嗡响了：飞往北京的旅客，我们抱歉地通知你们……飞机继续在延误。

等我们真正地登上这架飞往北京的747，已经是又过了两个多小时之后。这样的一再延误，飞机到达北京是凌晨了，天都要亮了。想起这位女人，可以不必再为打车或在机场守候天亮的事纠结了。谁都不管或不解决的问题，时间帮助解决了。在通往飞机的甬道上，我看见了这位女人，她咧嘴对我苦笑了笑。

2013年5月5日于广州归来

后知青时代的“老三样”

最近，先后去了哈尔滨、天津、珠海、海南等地，见到当地的知青朋友，他们都有自己的知青联谊会和网站，联络起来很方便，一呼百应，如同散落的蒲公英立刻复原聚拢一起。忽然发现，天南地北，虽相距遥远，但心有灵犀，如今热衷的事情，不忌讳雷同，竟然如出一辙。便都是大聚会、出书和文艺演出这样“老三样”，就像当年聚在一起齐声朗读“老三篇”一样。

聚会，不只是三五朋友的小酌，也不满足于当年一个生产队里插队知青的碰面，而是一地乃至几地知青的大 Party，千条江河归大海一般，云集一起，声势浩大，甚至每地每个生产队都有自己专属的大红旗，让人想起当年上山下乡时红旗漫卷西风的壮举。

出书，近几年知青中颇为风行，如水漫延出堤坝，几乎浸透各地，越出越多，越出越厚。以我们北大荒为例，三十年前，只有《北大荒风情录》和《北大荒人名录》两本；如今，几乎每个农场甚至有的生产队都有自己砖头一样厚厚的专著，像我当年所在的大兴农场，去年刚出过一本，今年觉得不过瘾，马上就要出第二本。

文艺演出，则是聚会的附件。尽管是附件，投入的热情和财力却是不小，成为知青聚会的重头戏。不仅当年农村、农场或兵团的毛泽东思想文艺宣传队的老演员有了梅开二度的机会，也让平常日子里在公园或立交桥下唱歌跳舞健身的一般知青有了用武之地。有的地方，比如海口，还特别从北京请来专业演员助阵，急管繁弦，好不热闹。

冷静下来细想，如此“老三样”，三箭齐发，回溯的靶心都是青春之地。难怪赵薇的电影《致青春》那样火，“致青春”是人生和艺术永恒的主题。尽管后知青时代的知青已经是一脸褶子了，并不妨碍一样可以“致青春”，这样的“致青春”是涂抹在心灵上的去皱霜；是让过去的回忆成为今天早已经变幻了的语境中的编码，以此进行交流沟通，以此虚拟了眼下早已变化了的等级乃至权力与财富的人们，在知青的共同称谓与命名中寻找消失的身份认同。

所以，才有了这样无师自通的“老三样”，不用一位指挥家即可集体一起齐刷刷演奏，且回荡着青春同样的交响共鸣。这种三位一体系列化的活动，已经成为后知青时代一种不约而同的仪式。聚会是仪式最外层的包裹，文艺演出是仪式里面最美味的馅，而出书则是为仪式留下文字的记录，让这种仪式更有庄重感，也让进入后知青时代大多数已经退休甚至拿到了“痴呆证”（北京 65 岁以上的老人可领取老年证，获取免费乘车等优惠，“痴呆证”乃戏谑之称）的老知青，在早已被边缘化甚至被人们遗忘的状态下，觉得逝去的青春和今天的生活都有了无缝地连接，甚至有了些许的意义。

其实，任何一代人都有权怀旧，致敬自己的青春。只是知青一代越发显得恋旧，而且不愿意孤杯自饮，而是愿意聚集在一起抱团取暖。抱团取暖，便是自己觉得有寒意在身，其背后的文化诠释，除了孤独寂寞之外，更多的是对逝去的知青时代一团乱麻的难解难分之情。这也就是为什么自新时期三十多年以来知青文学虽然时有热闹的泡沫涌现却鲜有突破的原因，或者基础。

因此，在聚会中，容易让怀旧淹没了一切，企图以青春的回忆照亮今天的生活，成为后知青时代自造的幻象。因此，在书中，看到的同质性、互文性和重复性的东西更多，对抗性、差异性和审视性的东西少，大家更多是在相互阅读中而得到自我认同和相互抚慰。而文艺演出，让我们看到的是回光返照，甚至是当年热歌劲舞原封不动的照搬，在慷慨激昂的拟仿和抒情中，恍惚中，错觉并模糊了回忆与现实的边界。

前些天，我们农场知青大聚会后的第二天清晨，一位北京知青突然死去。不能说完全是因为我们的聚会所致，大家都喝了很多的酒。但聚会所暗含的悲剧性，如一出剧目结尾处给人意外的一击，还是让我蓦然一惊。就像当年契诃夫所说的，最后一幕枪突然响了，是因为第一幕枪就挂在那儿呢。

2013年4月19日于北京

养老院踩点

聚会一拖再拖，本来想约在春节期间，谁知各家都忙，有的人家还添了第三代，更是忙得掰不开镊子，弄得人马总是锣齐鼓不齐。一直到前两天，才终于凑齐了多年未有的聚会。

都是当年的中学同学，插队时风云流散，转眼四十多年，好几位都是多年未见的老朋友。席间，听见几位女同学在商量着什么事情，仔细一听，才知道她们开春暖和时要一起去昌平和顺义看看养老院的事情，如果条件不错，价钱合适，准备就先订下。

另几位听说，都凑过来，很惊讶地问：现在就去找养老院踩点，是不是早了点儿？起初，我和大家的想法一致，都是六十岁刚过，离养老院的生活还远着呢。但是，我马上改变了自己的这个想法，因为我想起了另外的一个曾经在吉林插队的同学，忽然觉得也许并不早。

去年十月，他的妻子因颈椎病做的手术。其实，妻子的病早就有了，退休之后，被单位返聘，工作的辛苦，也加重了病情。而且，起初一直以为是腰椎的问题，怎么治都没有效果，一直就这么咬牙忍着，拖着，最后走路都困难。现在终于找到病根，做了手术，走路一下子轻松多了，只是还需要戴着颈套，需要一段时间的康复。这位朋友对我讲：我忽然想起父亲当年病重时的情景，日子过得可真是快，转眼到了自己和父亲当年老的时候一样大的年龄了，想想父亲病重的期间，我家里八个孩子伺候，现在，咱们都只有一个孩子，以后可怎么办呀？

不得不承认我们都已经老了，尽管心理年龄还年轻幼稚。由于插队时干活不知轻重，这一代人已经始到了很多莫名其妙的病找到头上的时候了。大多数家庭只有一个孩子，却要伺候两个老人，如果结婚，还要伺候对方家里的老人。像我的这位吉林插队的朋友，现在还好，只是爱人一个人病了，而自己身体也还好，可以伺候爱人，用不着动用儿子，如果有一天，自己也病了呢？虽然孩子是个非常懂事的孩子，在妻子住院期间天天下班后做好饭跑到医院里看望他妈妈，但生活的现实就这样沉甸甸地摆在面前，做父母的和做孩子的，都该怎么面对？他都不敢想，那样的一天真的到来了，会是一种什么样的情景？

一代人有一代人的矛盾和苦楚，如果说老三届这一代经历了“文化大革命”和“上山下乡”运动，蹉跎了青春，把最美好的年华葬送在那样残酷的岁月里；那么，下一代所经历的青春岁月，即使再不会出现无论从物质到精神都那样贫瘠和动荡的情况，却将面对一对对垂垂老矣且体弱多病的父母，到了那时候，会比他们父母多了一层难以体会到的心理和精神的压力。

想到这里，便忍不住想曾经看过的获得奥斯卡奖的电影《一次别离》，那个儿子给年老多病而失禁的父亲擦洗的时候，忽然抱着父亲哭泣的情景，让我想起我们自己和我们的孩子，仿佛电影是我们未来的预演。青春，无论是哪一代人的青春，除了美好的一面外，都会有自己独特的痛苦。

生老病死，是任何人都必须经历的，这一代人的特殊性，不仅在于青春的经历与国家的动荡命运相关，而且和国家的独生子女政策命运与共，我们的孩子都是共和国的第一代独生子女，在面对这样人生必须经历的问题的时候，无论对于我们还是孩子，都是第一次，会是陌生的、艰难的，也会是痛苦的。这几位女同学的未雨绸缪，只不过是比一般人提前走了几步。她们对我说想找个合适的地方，以后她们能住在同一个养老院里，彼此有共同语言，让晚年过得顺畅一些。此外，是不想给孩子添麻烦，免去他们的后顾之忧。

听完她们的话，我的心里不是滋味。并不是感慨我们这么快就到了要进养老院的时候，而是觉得她们这样的心态，这样的举动，这样的心意，她们的孩子会懂吗？能理解吗？那是一代人历经了沧桑之后在身体变得逐渐萎缩后的一种多么复杂又委婉又夹杂着些许无奈的心绪。难道这就是她们也是我们唯一的选择吗？

2013 年 3 月 9 日改毕于北京

书虫书屋

小红莓镇，是我的翻译，其实英文和小红莓差着一个字母，这样方便记。它在新泽西州，离普林斯顿有几十公里，比较僻静。在美国东海岸，算是一个年头老的古镇了，有两百多年的历史，最早英国人占领，所以这里的老房子大多是新英格兰殖民地的风格。古朴的小镇不大，唯一的一条街上有教堂、学校和邮局，还有一些餐馆，各样的小店。街后面有开阔的草坪和更开阔的湖。人不多，有普林斯顿更是北京难得见到的清静。

每次来新泽西，我总要到小红莓镇来。倒不是为了寻幽，而是这里有两样东西，我非常喜欢。一是有一家名字叫“蓝公鸡”的法国餐馆，卖的杏子面包很好吃；一是有一家名字叫“书虫书屋”的二手书屋，卖的旧书琳琅满目，总不会让我空手而归。

两家店正对着小镇那一条街的中心两侧。一般，我会先到“书虫书屋”翻书，然后买几本书，再到街对面的“蓝公鸡”买一个两磅重的杏子面包回住地，精神食粮和物质食粮，便都有了。

最先吸引我的是“书虫书屋”的名字，这个名字起得真好。不知道世界上其他的地方，还有没有也叫这样名字的书店，在北京，没有。北京，如今愿意把书店的名字起得雅致一些，“三味书屋”呀，“风入松”呀，“国林风”呀，“万圣”呀……尽管读书风气日渐衰落，但驴死不倒架，书店的名字还是要起得有那么股子“书中自有黄金屋，书中自有颜如玉”的味道。其实，读书没有那么多的高雅，也没有那么多的实用价值，黄金和美女，过去的读书人可能有这样的福分，如今能够拥有这两样宝贝的，是权力和关系，它们早已打败了书籍。读书，是最朴素的一件事，用书虫比喻真正的读书人，是这样朴素的表达。我喜欢。做一个书虫，如今已经不如做一个掮客容易了。

“书虫书屋”年头比小镇年轻，它建于上个世纪的七十年代。是一座独栋别墅（在小镇所有的建筑几乎都是独栋别墅），两层楼，进门左右两间，往里面走，还有两间；房门正对面是窄小的木楼梯，走上楼，格局一样，也是对称的四间，典型美国老式住宅。书架高抵屋顶，地上地下堆的都是书，几乎难以下脚。每间屋门上都有标识，写着书的种类，历史、小说、诗歌、画册……很方便查找。

一楼左侧房间专门卖儿童书籍，我在那里面看到很多上个世纪五六十年代甚至二十年代的童书，有的扉页上写着父母当年赠送儿女留下的文字，感到特别地温馨。那些特别的文字，经过岁月的发酵，像是陈年的老酒一样散发着动人的芳香，让那些发黄的纸页有了感情和生命。

一楼右侧是书屋办公的地方，四周被书籍包围，书桌上摆着电脑和计算器，作为结账之用。书桌对面的柱子上贴着一张旧报纸，上面刊载着半版对书屋的报道，还有一张照片，照片上书桌前坐着一个胖胖的老头儿，书屋的经营者，我每次来，都能看见。不管有人没有人买书，他都坐在那里，有时候翻一本书，有时候参禅入定般枯坐，不知会有什么心思飞出窗外，在小镇上游荡。

从报纸的报道上，知道这里的书一部分是主人收购来的旧书，一部分是小镇居民把看过的旧书捐献给书屋的。书屋里的书越来越多，有一次，我不是从住地而是从其他地方玩完之后，顺路拐了一个弯儿到这里来，车子开到了它的后门，方才发现后门的屋檐下和草坪上摆满的也是书，不知道到晚上书屋打烊后，这么多的书，该怎么收进屋里，或者就这样放在外面看星星？

只是，每次来书屋，看到的读者稀疏零落，心里想，这样冷清，如何赚钱，如何维持呀？北京好多这样个体经营的书屋都先后倒闭了。看书屋的主人却一副恬淡自如的样子，不管潮起潮落，任凭云卷云舒，好像图的就是和书厮守在一起的一个乐儿，仿佛那些书就像是他的恋人和孩子，或者如农人田里的那些谷粒麦穗和牛羊。反正房子是自己的，经营成本不高，天天书香弥漫，自得其乐，自给自足，这才方显书虫本色。

印象最深的是，我在这里花十美金买了一本《500年世界文学书籍插图集》，花二十美金买了一册《凡·高的速写》，都是难得一见的好书，便宜得很。还有一套七卷本的《奥尼尔剧本全集》，墨绿色布面精装，上个世纪六十年代奥尼尔去世不久的老版本。每本七八到十一二美金不等，第一集的扉页上还有购书者的签名和留言。每次去看，都想买，但因英文水平太差实在是看不懂，只好依依不舍又放回了书架。

又有一年多过去了，这一次来新泽西，第二天，孩子就开车带我到小红莓镇，先到了“蓝公鸡”，杏子面包却没有了，问了服务员，服务员又跑到后面问了后厨，最后老板娘出来了，告诉我这款面包买的人少，已经不再做了。还好的是，进得“书虫书屋”，上得二楼，在那个老书架上，那一套七卷本的《奥尼尔剧本全集》居然还在。有来有去，水流水还，它立在这里，礁石一样不动不摇，好像和我有个约会。

我一直有一个梦想，开一家小小的书店，取名叫“复兴书屋”，尽管只是止步于心里而没有任何行动。但每每想起，心里总有些幻想，幻想如果真的能够有这家“复兴书屋”，会是一种什么情景？这一次重到“书虫书屋”，心想，应该就是这个样子吧？即使没有它两层楼这样大，哪怕只是一间窄窄的小屋，但那种悠闲恬静，那种只问耕耘不问收获的劲头，那种细考虫鱼、广收草木在书中自娱自乐的情趣，那种架插魏晋、桌摆唐宋在书中得意满足的劲儿，应该相差不多。真的羡慕这位老头儿，羡慕这家“书虫书屋”。

2013 年元月 22 日写于北京

我们便身在天堂

一般人们会更关注奥运会的比赛，我却更关心奥运会的音乐。在赛场上听到的歌声，和在音乐厅里听到的，感觉完全不同。其实，从音响效果上讲，奥运会赛场上远远赶不上音乐厅。但是，无论身在其中，还是坐在电视机前，听得我总是非常地感动，甚至激动。记得 20 年前的巴塞罗那奥运会的闭幕式上，我坐在体育场内，听到卡雷拉斯和莎拉·布莱曼合唱一曲，特别是看到他们在自己的歌声随圣火渐渐熄灭而终止后激动地拥抱在一起的时候，我忍不住流下了眼泪。后来，我买了一盘闭幕式现场录音的 CD，但是，拿回家放进音响里再听，满不是一回事，再无法听出当时的感觉。

今年夏天伦敦奥运会闭幕式上的音乐，歌声占据了绝对的主角，简直成为一个简版英国摇滚史一样的专场音乐会，是历届奥运会都没有出现过的奇迹。其中，有一个 68 岁的老歌手叫雷·戴维斯，是英国老牌“奇想乐队”的主唱。他唱了一首《日落滑铁卢》的老歌，令我非常感动，至今依然清晰在耳。他唱得非常幽婉抒情，其中有一句“只要注视着滑铁卢的落日，我们便身在天堂”，那种真切却又格外珍惜的感情，真的很动人。

滑铁卢是伦敦一座有名的桥，电影《魂断蓝桥》里说的那座蓝桥，就是戴维斯歌里唱的滑铁卢桥。是因为它的历史，它的故事，才让它的落日不同寻常又韵味悠然，以至于让戴维斯如此深情缅怀地吟唱，并那样坚定地认为便身在天堂吗？

其实，那不过是伦敦的一座古桥而已，就像我们北京天安门的金水桥，或者天津海河上的解放桥一样的吧。可是，我又在想，我们何曾注视着金水桥或解放桥的落日，然后能够感动得感觉到自己便身在天堂呢？起码我自己，无论年轻的时候，还是后来的悠悠岁月里，无数次经过金水桥和解放桥，无数次看过荡漾在金水河和海河水里的落日，但是，我没有一次感受到雷·戴维斯唱道的“我们便身在天堂”的感觉。

是的，天堂是一种感觉，而不是一个如教堂、如饭堂、如酒店、如别墅，或者像马尔克斯所幻想的如图书馆一样的实体。天堂不是为了满足我们物欲要求的地方，也不是安放我们死后的身体并能够将我们灵魂升天的地方。天堂只是抚慰我们精神、栖息我们感觉的地方。你感觉到它了，它便存在；你感觉不到它，它便不存在。

只是如今，在强大的物欲横流的冲击下，身为物役的我们，感觉已经迟钝，远远赶不上对于金钱和权力的嗅觉、对于美食和美女的味觉、对于古瓷或古画的触觉，来得更灵敏一些。

我们也可能会想起看看落日，但一般更乐于到长江黄河边看那长河落日圆，或到大西洋边看那半洋瑟瑟半洋红。是那种旅游中的落日，是那种彩色照片上的落日。我们更注重那背景，那情调，那新买的新款尼康或佳能单反相机拍下的照片的效果和回味的说辞。我们常常忽略掉身边的常见易见的事物，便也就容易常常从金水桥或解放桥或任何一座比滑铁卢桥还要古老的桥旁边走而视而不见。那曾经无数次灿烂而动人的落日，可以让我们感动得觉得那一刻“我们便身在天堂”的情景，便也就无数次地和我们失之交臂。

说到底，我们对于天堂的要求过于实际，或者过于奢侈，不像雷·戴维斯唱得那样简单，简单得如同一个孩子得到了一支棒棒糖或一个氢气球，就可以欢蹦乱跳，将发自心底的笑声飞迸而出，变为美丽的歌声。

真的，如果不是雷·戴维斯在伦敦奥运会上重新唱起了这首《日落滑铁卢》，我根本不知道这个世界上还曾有过这样一首动听的好歌。是戴维斯将一首老歌点石成金，仿佛一位梅开二度的老树，重新焕发出魅力和活力。

不过，有一点，我想如果没有奥运会的背景，没有圣火随美好的音乐一起渐渐熄灭，雷·戴维斯的歌声还会这样动听而让我们难忘吗？会不会被我们忽视，甚至擦肩而过而素不相识呢？真没准就是这样呢。想到这里的时候，雷·戴维斯的滑铁卢落日和奥运会的圣火，一起升起，又一起消逝，更一起燃烧并灼伤我的心头。

如今，我们的各种音乐大赛很多，出的各种唱盘更是多如牛毛，但是，我们似乎缺少这样的歌。腾格尔的《天堂》，唱的是他的草原故乡，当然，故乡也可以是我们的天堂，腾格尔唱得也很美，但毕竟还是实体。天堂是不存在的实体，它只存在我们的想象中，我们的感觉里。我们的歌，往往愿意唱的内容很大，天堂便显得离我们很远。我们往往愿意唱得很空泛，天堂便显得越发的虚无缥缈，让我们只是唱唱而已，自己并不相信。

2012年夏写于北京

苍蝇馆子和洗脚泡菜

过去说起成都，都说是茶馆多，有江南十步杨柳，成都步步茶馆；和一街两个茶馆之说。但是，我查阅的资料告诉我，成都的茶馆虽多，但比起餐馆来说，是小巫见大巫。仅以 1935 年的资料为例，成都茶馆共有 599 家，而餐馆却有 2398 家，其比例是 1 比 4。也就是说，如果一条街上有一家茶馆的话，那么，这条街上就会有四家餐馆。根据傅崇矩的《成都通览》所载，清末成都有大小街巷 516 条，恰是这样子的格局。即使如今城市格局发生了巨大的变化，但是，餐馆还是遍布街巷这样一种景观没有变化。在成都街头，无论什么时候想吃饭，都比北京要方便很多，而且无论大小餐馆，味道要好很多，价钱也要便宜很多。可以想象，大街小巷，处处都会有餐馆在时刻等着你，会是一种什么样的情景？如此多的餐馆，自然会烘云托月般托出好的餐馆，好的吃食来的。

如今的成都，由于大餐馆将川菜改良，做得越发注重形象，花团锦簇般的精致，连本是热烈的火锅都变得皇城老妈江南丝绣一般针脚细密温文尔雅起来，多少将成都本土的味道用精致的刀剪给剪裁下了许多。不少成都本土人更热衷的是到那些巷子深处闻香寻美味，一般这些地方，因为地方狭窄，卫生条件差，尤其是到了夏天，人没有围上桌，苍蝇已经嗡嗡地团团地围将上来，先睹为快。成都人称这样的小餐馆叫苍蝇馆子，常常是成都人的至爱，别看藏在巷子里的陋篷茅舍，却人满为患。据说，成都人曾经专门网上投票选出成都十大苍蝇馆子，居榜首的是在猛追湾的一家叫“三无餐馆”，之所以叫三无餐馆，是因为它根本没有名字，全靠着饭菜吸引回头客。听说它的凉拌白肉和肥汤牛排骨名气最大。前十名中，还有一家在北顺城街的苍蝇馆子，也是没有名字，因为紧靠着一个公共厕所，人们便叫它“厕所串串”，无疑卖的各种串串最为食客得意。

那天中午，正赶上饭点儿，朋友说请我吃饭，我说别到饭店，就找一家苍蝇馆子吧。他立刻打电话，说找一位苍蝇馆子的专家，这位专家可以说是成都苍蝇馆子的活地图，曾经在报纸上开过专栏。不一会儿，电话打通了，活地图问朋友你们现在在哪儿呢？朋友告诉他我们的地址，他立刻脱口而出：就去吃倒桑树街的黄姐兔丁。然后告诉怎么走，这个苍蝇馆子对面的标志性建筑，老远一眼即可望见。

倒桑树街，很好找，靠近锦江，离武侯祠不远。这是一条老街，街上的居民多以种桑养蚕为生。清末时，街中一株老桑树长疯了，恣肆倾斜弯曲，犹如倒长，人们便给这条街取名为倒桑树街。有活地图导航，黄姐兔丁的馆子一下子就找到了。这是一家二层小楼的苍蝇馆子，楼下楼上各能摆几张桌子，显得很拥挤。楼下已经客满，踩着木板楼梯上楼，感觉摇摇欲坠似的。拣了个临窗的座位坐下，朋友点了店家的招牌菜兔丁，又要了一盘拌折耳根，一盘清炒豌豆苗和一份水煮鱼。很快，一位大姐就把菜端上楼来，我问她可是店主黄姐，她摇头说我是给黄姐打工的，然后对我说，这个店马上就要拆了，要吃赶紧来。

都说苍蝇馆子卫生差，这里倒是干干净净，桌椅黑乎乎的，菜却做得绿是汪汪的绿，白是雪雪的白，折耳根的红头红得娇艳，特别是那一锅水煮鱼，味道确实不错，并非北京一些川菜馆里只剩下了死辣死辣的辣味，而没有了香气撩人，就像唱歌的只会用嗓子吼，却没有了一点韵味和余音袅袅。一顿饭才花了几十元，可谓物美价廉，是我此次来成都吃得最可口的一顿饭。

成都人讲究吃，和南方人不同，不是那种精雕细刻或繁文缛节，将味道蕴藏在大家闺秀的云淡风轻或排场之中，而是更注重家长里短，注重平民气息，注重大之外的小。我住锦江饭店，吃饭时，不管你点什么菜，在端上饭的同时，必要免费给你端上一小碟泡菜。不是那种腌制多日发酸且咸的泡菜，与韩国泡菜那种重口味也不同，而是像刚泡过不久，非常地鲜嫩滑脆。虽是几粒青笋丁、萝卜丁和胡萝卜丁，却搭配得姹紫嫣红。

那天，朋友来访，我问这种泡菜的做法，很想学学回家如法炮制。我知道，有人曾总结成都有十八怪，其中一怪便是“一日三餐吃泡菜”，想一定都会做这种泡菜的。果然，朋友立刻说：我们管这种泡菜叫作洗脚泡菜，意思说头天晚上睡觉前用洗脚的工夫就把它腌好了，第二天一清早就可以吃了，是最简单的一种泡菜，什么也不要，只放一点盐，点几滴香油就可以了。

我对朋友说，我对这种泡菜感兴趣，还在于它的名字。成都人给菜和菜馆起名字很有意思，往往愿意拣最俗的名字起，你看，管小饭馆叫苍蝇馆子，管泡菜叫洗脚泡菜，在北京，没有这么起名的。朋友笑着说，北京不是皇城吗？起名字当然得气派些了。我说，北京如今起名愿意起洋名字了，你看那楼盘不是叫枫丹白露了，餐馆都得往什么塞纳河上招呼了。我们都笑了起来。起名字，其实是民俗，更是一种文化情不自禁地流露。对自己的文化有自信，才会雅俗一体，大雅即大俗，不怕叫苍蝇馆子就来不了食客，叫洗脚泡菜就没有人吃。

想起前辈作家李劼人解读川菜时将其分为馆派、厨派和家常派三种，馆派即公馆菜，类似我们今天的私房菜或官府菜，食不厌精，脍不厌细，一般认为顶级；厨派即饭馆做出的菜，为第二等级。但李劼人说："馆派是基层，厨派是中层，家常派则其峭拔之巅也。"李劼人是最懂成都的人了，他道出了川菜的奥妙，也替我解开洗脚泡菜和苍蝇馆子至今依然为成都人所爱之谜。那最最俗的，恰恰是在最最雅的巅峰之上一览众山小呢。

2012 年 5 月 24 日于新泽西

理发记

我来美国新泽西小住，在社区散步的时候，常常碰见一对华人老夫妇。几乎是掐着点儿，每天早晨和傍晚，他们都会推着一个孩子，绕着社区的湖边转上一大圈，然后，坐在湖边的凉亭里，逗孩子玩。总打照面，渐渐地熟了，坐在凉亭里聊天，我知道他们是来自江西南部农村的农民，来这里是看望孙子的。孙子长得很可爱，胖乎乎的，白白净净，刚刚六个月。

我对他们老两口说：你们多幸福啊，来享受天伦之乐！老婆婆撇撇嘴说：什么天伦之乐，我听人家说是天伦之累。老婆婆嘴上还蹦新词儿。也是，说是来看望孙子，其实是来带孙子的。儿子今年博士毕业，刚刚找到工作，在纽约上班，每天路上要走一个多小时，出门进门，两头不见阳光。儿媳妇在读博士后，每年的收入只有四万，刨去百分之三十的税，剩不下几个钱。如果请个保姆每月要花 1500 美金，如果送幼儿园，比请保姆的钱还要多。一时间，小两口的日子过得拘谨，老人便是最好的选择。老婆婆口含机锋地说：就是免费保姆。

天伦之累也好，免费保姆也好，话是这么说，我看得出，老两口还是有些得意的，家乡附近几个村子，只有他们家出来了这么个大博士，还是美国康奈尔名牌大学的博士，多少人羡慕，他们能够感到，自己的背后都落有乡亲们赞赏的目光，暖暖的烫人。我有时对他们开玩笑：别不知足了，有这么好的孙子，儿子儿媳妇又都是名牌大学的博士，偷偷地乐吧！我看见，他们抿着嘴笑了。

有一天，又在凉亭里碰面，聊着天，老头儿忽然问我：你知道这里理个发要多少钱吗？我说：大概十几美金吧，加上小费，得十五美金上下。然后，我告诉他社区前面不远的“摩儿”里就有个理发店。

过了些日子，我发现，他的头发没有理，才注意到，花白的头发确实很长了。小孙子已经八个多月了，算算他来美国已经三个月了。我猜得出来，理一次发，要花十多美金，人民币是一百元钱呢，他有些舍不得，才这样咬牙坚持着。可是，毕竟还要在这里再待三个月，总不能半年后回国再理发吧，还不成长毛贼了？看得出，他的心里在纠结。

那天，我看见他的小孙子的头发剃得光光的，问他是谁给理的发？他说是儿媳妇。我对他说：那就叫你儿媳妇给你理不就得了？他对我苦笑一下，没有说话。

后来，从老婆婆的嘴里，我才知道，儿媳妇是山东青岛人，城乡的差别和矛盾，在这个家里一开始就存在着。儿子和儿媳妇虽然都是博士，却像《伊索寓言》里的狼和小羊，一个站在河的上游，一个站在河的下游，做儿子的首先底气不足，儿媳妇的脾气就更上一层楼。他们是在美国结的婚，结婚后回国，两人一起回了一趟娘家，儿子单独回老家看看，儿媳妇连江西去都没有去，说是假期短匆匆忙忙又回美国了。

老婆婆非常不满地对我说：前些天，我向儿媳妇提出，等我们回国时候把孩子带回江西，婚礼也没有在村里办，孙子过周岁得在村里摆个酒席吧？孙子的太爷还在村里等着呢……

不用她继续说，我也猜得出，儿媳妇一准儿不同意。理由可以说出一箩筐，农村如今再富，也是农村。但是，我没有想到，儿媳妇的回答是，让他们老两口把孩子带回国，她自己的父母到北京的首都机场接孩子，直接回青岛，给孩子过周岁。她早已经把老两口的路给堵死了。

比起快人快语的老婆婆，老头儿像个扎嘴的葫芦，任老伴雨打芭蕉地数落一通儿媳妇，在旁边不说话。不过，我也就明白了，为什么他不会找儿媳妇为自己理发。

带孩子的日子，是很辛苦的，每一天像蜗牛在爬，过得很慢。社区的环境不错，有树有花有湖有游乐园，日复一日琐碎又单调地重复，除了孩子一天一个样儿在变化，能够给他们带来一点儿快乐，日子和心里都寂寞得很。看见他的头发越来越长，花白着，蓬乱着，如同顶着一个乌鸦巢，我对他说：如果你不嫌弃，你把你儿媳妇的推子找来，我帮你理个发吧，只是我的手艺不行，你别在意。他连连道谢：嫌弃什么呀，只要理短就行，我们农村人又不像城里人讲究。然后，他又对我说：我算计好了，三个月理一次发，再过三个月，我就回国了，可以回去理了。

一连几天，没有见到老两口。再见老两口，却没有见他们推孩子。忙问孩子哪儿去了，才知道，这几天，家里忙翻了天，儿媳妇临时有事要回国，把孙子也带走了，提前给她的父母那边送去，一下子把老两口孤零零地闪在了这里。没有了孙子可带，还有将近三个月的时间，他们干什么呀？他们向儿子提出能不能把飞机票改签，提前回国。儿子打听了，每张机票的改签费是250美金，还要外加现在机票票价上涨的部分，正赶上学生放暑假，机票紧张，票价随行就市。老两口心里算了算，每个人得多花好几千块人民币。再想回家的念头，也嚼碎咽进了肚子里，不再说话。忙忙叨叨送儿媳妇回国之后，气火攻心，又着了点儿凉，老婆婆没事，老头儿发起烧，病倒了，躺在床上，几天下来，都是老婆婆伺候。病好了，儿子才忽然发现父亲的头发居然那么长了。说起这些天一直纠结的理发的事，儿子说就别麻烦别人了，我来给你理吧。

老头儿说完这番话，摘下头顶戴着的帽子，那是一顶旧了的棒球帽。我刚才就看见了，还以为是他病刚好怕着凉。现在，才发现那头发理得黑一块白一块，长短不齐，凹凸不平，像是羊啃过的树皮，手艺还不如我。老婆婆在一旁说：儿子哪里会理发，他的头发还是他媳妇给理呢。我说：不管怎么说，也是儿子的一番心意。老头儿苦笑了一会儿，喃喃道：这是儿子第一次给我理发。

2012 年 5 月于新泽西

重逢仙客来

两年前住新泽西，每天在所住的社区散步，路过湖边的一家人家的房前，总能看到门前的阳台上，一左一右摆着两盆仙客来怒放。那两盆仙客来都是紫色的，很是浓艳欲滴，这是仙客来中少见的品种。一般的仙客来都是开海棠红的花朵，在北京，我从来没有见过这样颜色的仙客来。因此，每天路过这里的时候，都会忍不住看几眼。

这一家在一楼，门前的阳台，由于和院子相连，便显得轩豁。他们家的房门总是敞开着，隔着门纱，里面影影幢幢的，树荫打在门前，绿色的影子被风吹得摇摇晃晃，显得几分安详，又有几分神秘。

听说是住着一对白人老夫妇，但我只是偶尔看见过老头儿出门，穿着臃肿的睡衣，闭着眼睛，坐在阳台上的摇椅上晒太阳，或者抱着一罐啤酒独饮，从来没有见过老太太，也从来没有见过他们的孩子。谁也不清楚他们有没有孩子，或者有孩子，为什么总也不见孩子的到来？

有一天，看见一辆小汽车停靠在他家的院子里，从车上跳下一个年轻的小伙子，以为是他们的孩子，走近一看车子打开的后备厢里放满修理管子的各种工具，知道是来帮助修理他们家的水管的工人。还有一天的黄昏，看见阳台上，老头儿和一个年轻的女人面对面相坐，远看是一幅温馨的父女图。走近看，年轻的女人手里拿着笔和本，面无任何表情，在向老头儿询问着什么，并机械地在本上记录着什么。显然，也不像是老头儿的孩子。

引起我最大兴趣的，还是他们家门前的那两盆仙客来，因为它们一年四季开着花。院子里春天的郁金香败了，夏天的蝴蝶花谢了，秋天的太阳菊落了，它们照样开着花。即使是冬天，大雪纷飞的时候，照样开放着，紫色的花朵迎着寒风摇曳，跃动着一簇簇紫色的火焰。而且，不管下多大的雪，他们从来不把花搬进屋里，就这样摆在门前，好像故意要让大雪映衬一下，好使得花显得格外明亮照眼。再大的风雪，居然难使花朵凋谢。这让我非常奇怪，因为我从来没有看见过一年四季都花开不断的仙客来。都说是花无百日红，莫非这是只有美国才有的什么神奇品种?

今年春天，我再次来到新泽西，还是住在了这个社区。每天散步路过这家门前的时候，又看到了这两盆仙客来，依然是一左一右地摆在门前的阳台上，依然怒放着那鲜艳欲滴的紫花。好像老朋友一样，在等待着我的重来，又好像是将两年的时间定格，它们依然活在以往的岁月里，青春永驻，花开不败。

我真的非常好奇，好几次冲动地想走过去，穿过小院的草坪，走到门前，仔细看看那两盆仙客来，到底有什么样的神功，居然可以总能够开得这样娇艳，这样长久。不过，这样不请自入的话，实在不礼貌，我只好把这种冲动咽回肚子里，任好奇心与日俱增。

夏天到来了，蒲公英在漫天飞舞，天气渐渐地热了起来，小区里人都不怎么出来了。好在今年夏天的雨多，一阵云彩飘过来，就会有一场雨，让空气凉爽也湿润些。那天早晨，天下着淅淅沥沥的小雨，沾衣欲湿，是个好天气，我照样出去散步。路过这家时，老远就看见门前晃动着老太太的身影。这真是难得的事情，因为老太太很少出屋。前后两次来这里住了这么久，我还从来没有见过老太太一面呢，不仅是我，我问过别人，也都从来没有见过老太太。神秘的老太太，和神奇的仙客来有一拼呢。我不由得加紧了脚步。

走近看见老太太站在一盆仙客来前，手里提着一个硕大的喷水壶，在给仙客来浇水。这真的是一个怪老太太，外面正下着雨，虽然不大，但已经下了好久，只要把花盆搬到院子里，慢慢地也能把花浇好了呀。干吗放着河水不洗船，非要多此一举呢？

待我走得更近时再一看，忽然惊了一下，因为怎么想我都没有想到，老太太把那一朵朵仙客来拔了下来，然后又插进花盆里，如此机械地重复着这样的动作，让我不得不相信，原来仙客来是假花。

我确实有些惊呆住了，愣着神，站了一会儿。就在我愣神的工夫，老太太转身向另一盆仙客来走过去。我发现，老太太是有些半身不遂，似乎也有些老年痴呆，蹒跚的步子，挪动得非常吃力，不过几步的路，腿像灌了铅一样，头也如拨浪鼓在不住地摇晃着。她穿着一件月白色的亚麻长袍，长袍宽松，随着她的身子晃动着，像个慢动作的幽灵，让人心忍不住和那长袍一起隐隐地抽动。她手扶着门框，走了好长的时间，去给另一盆仙客来浇水，然后，机械地重复着刚才的动作，把一朵朵的仙客来拔下来，再一朵朵地插进花盆里。喷壶里的水珠如注，从花朵上滴落下来，溢出了花盆，打湿了她的亚麻长袍，一直湿到了脚上。

以后，每天散步的时候，路过这里，再看那两盆仙客来，心里总会酸酸的。不忍看，却偏偏忍不住看。

2012年春于新泽西

劝业场记忆

劝业场在今年将要恢复原貌，重张旧帜。这个消息，让我高兴。在北京前门地区，老的遗址不仅保存着历史的符号，也保存着这个街区的文化记忆，既属于地理的空间，也存活于人们的心间。如今，前门地区因为历史和现实的种种原因，如劝业场这样完整保留的遗存已经屈指可数，恢复它的原貌就更具有重要的价值和意义。

劝业场当年和王府井的东安商场、菜市口的首善第一楼，观音寺街的青云阁并列为京城四大商场的，名气曾经冠盖京华。陈宗蕃先生在他的《燕都丛考》中说它“层楼洞开，百货骈列，真所谓五光十色，令人目迷。”由于是西洋式建筑，有着那个时代西风东渐的痕迹。如今报纸说它建于清末 1905 年，是没错的，但有的报纸说它地下一层地上三层，则有误。其实，它地上是四层。只是这四层是后来加盖的。在当时，这样四层高楼的商业大厦，在北京是非常惹眼的，也可以说是绝无仅有的。

劝业场的建立和发展，和清末民初变革的时代密切相关。戊戌变法之后，清政府不得不实行一些维新之举，学习日本，全国各地先后新添劝业道和劝工局的设置，其宗旨是“振兴实业，发展工商”。当时，除了北京，天津、成都等地，都先后建起了中西结合的商业大厦，而且，取名都叫作劝业场，名字如此雷同，是和时代契合，如同建国初期人们起名多叫“建国”或“建设”一样，涂抹上那个时代鲜明的色彩。

北京的劝业场建于清末，但那时主要是作为“京师劝工陈列所”，展览的作用大于商业。劝业场真正被正式命名并作为商场而发展，是在上个世纪 20 年代到 30 年代末之后的事情。

经历第一次大火之后，劝业场于 1920 年 4 月 15 日重新开张，劝业场的名字才正式叫响。短暂的辉煌之后，1927 年，又经历一次大火，这一次到了 11 年之后的 1938 年才恢复了元气，或许真的是火烧旺运吧，从此劝业场有了一段为期长一些的稳定发展。

也就是为发展起见，这时候才在原来三层的基础上加盖了一层，又在楼顶开辟了屋顶花园。在四层，主要是增加了一个叫“新罗天”的剧场。道教里三十六天最高一层，称之为大罗天，号称天玉清境，剧场取名新罗天蕴其美意，唐诗人王维曾有诗“大罗天上神仙客”，来这里看戏的人就应该都是神仙客了。新旧结合的立体舞台，画着《刘海戏金蟾》的背景。聘请当时在西长安街新开张不久的新新大戏院（解放以后更名为首都电影院）的经理万子和来打理。并将三楼进行了改造，东西各新辟了书场和魔术场，南部扩大为游艺场，中间一圈跑马廊前为茶座。在商业功能之外，增添了娱乐功能。提出“劝人勉力，振兴实业，提倡国货”的口号，应该也是那时候提出来的。同时，还从天津的义记公司购买了厢式电梯，每层安装了防火的消防器，开辟了天平门。这在当时都是新鲜的玩意儿，来看热闹的人络绎不绝，一直到解放初期，我还看到天平门上闪着红灯的醒目的指示牌。

我从小就住在西打磨厂，五分钟的路程，过前门大街往西，进西河沿，就到了劝业场的后门。所以，我是那里的常客，买东西是其次，主要是玩。放学之后，或是星期日，溜到那里，楼上楼下地疯跑，躲在大柱子后面、各个店铺里，和小伙伴们玩捉迷藏，那里是我的免费游乐园。民国时期有《竹枝词》："放学归来正夕阳，青年士女各情长。殷勤默数星期日，准备消闲劝业场。"虽然说的是大一些的学生，但和我们那时候的情景很相似。

记得那时候，游艺场和新罗天都还在，但由于兜里没钱，没进去看过戏或曲艺。听说游艺场曾经是架冬瓜演滑稽、郭筱霞说梅花大鼓、郝寿臣说相声、连阔如说评书的地方，现在看来个个都是了不起的角儿；新罗天白天是鸿巧兰等人演评戏，晚上刘宝全说京韵大鼓。鸿巧兰那时候和喜彩莲、小白玉霜号称京城评戏三大名角儿，那时候的鸿巧兰正是风华绝代的好年华，要扮相有扮相，要嗓子有嗓子。刘宝全一人单挑整个舞台，和白天的大戏抗衡，更是足见当时他的魅力。可惜，我都未能赶上。在我和小伙伴们在它旁边疯跑的时候，上海的滑稽演员韩兰根专门从上海来，在那里演出过《钦差大臣》的话剧。后来看到一个材料，说新罗天剧场能容纳500个观众，想这不就是今天红火的小剧场吗？

那时候，三层还有画像馆、照相馆、台球馆和乒乓球馆。记得1952年我生母去世的时候，我5岁，弟弟2岁，姐姐17岁，姐姐领着我和弟弟到这里照了一张相。但记忆已经不深了，是后来长大以后，姐姐告诉我，先带着我和弟弟到劝业场的楼下买了两双白力士球鞋，让我和弟弟穿上，然后上的三楼照相馆，让人家照一张全身的，为的是照上白鞋，算是给母亲戴孝。

记忆中劝业场留给我童年最初的印象，是我刚上小学不久，姐姐给我的一支钢笔的笔帽怎么也拔不出来了，我便拿着钢笔来到劝业场。当时，进后门有高高的台阶，上去后才进入一层的商场，在台阶的两侧有一些小店次第排列，修钢笔的店铺就在靠右手的一侧。那个师傅接过我递给他的钢笔，划着一根火柴，让火苗在笔帽四周绕了几圈，又点着一个火柴，接着在笔帽四周绕，然后，拿过来一块绒布包裹住笔帽，就那么轻轻用手拔了一下，笔帽就出来了，也没跟我要钱，笑吟吟地把钢笔递还给了我。当时，我觉得特别奇妙，像看魔术一样。后来四年级学了自然课，知道这其实很简单，不过是热胀冷缩的原理。但当时劝业场留给我奇妙的印象，却一直到了现在，50 多年过去了，还依然清晰如昨。

那时候，我没去过地下，地上的一楼二楼都是卖东西的，前后分为三个大厅，一层的每个大厅里，都是中间围成一个圆形的柜台。楼上是围合式的，一楼的大厅便成为楼上的天井，四围是一圈跑马廊，廊的栏杆是铁艺镂空的那种，商铺又是敞开的，所以，无论你站在哪里，楼上楼下一目了然，熙熙攘攘，人影幢幢的，有些像是过年逛庙会的感觉。小时候，特别觉得整个劝业场就像一只编制精致又巨大的鸟笼子，人们就像笼中的鸟来回地飞，琳琅满目的货物就像花枝缤纷地招摇。记得有一个星期天，警察押着一个流氓犯，站在二楼的廊栏前示众。那个被称作流氓的是个小伙子，弯腰低头，警察在宣读他的罪行。一楼所有的人都像鸭子一样仰着头观看，三楼二楼的人都把头探出栏杆观看。除了商贸餐饮和娱乐，劝业场还有了这样一种政治的功能，抹上了那个时代的特色。

劝业场前后两门，正门在廊坊头条，比较宽敞，但我觉得没有后门漂亮。后门立面是巴洛克式，下有弧形的台阶，上有爱奥尼亚式的希腊圆柱，顶上还有拱形阳台，欧式花瓶栏杆和雕花装饰，包子的褶似的，都集中在一起，小巧玲珑，有点儿像舞台上演莎士比亚古典剧的背景道具，尤其是夜晚灯光一打，迷离闪烁的，加上从前门大街传来的市声如乐起伏飘荡，真是如梦如幻。

我觉得，新中国成立前后，是劝业场最发达的时期。那时候，首善第一楼没有了，青云阁沦落了，京城四大商场，便只剩下劝业场能够与东安市场抗衡。相比较，劝业场的体量没有东安市场大，但多了一点儿洋味儿。在我记忆中，劝业场一直到上个世纪80年代初，虽然几经更名，还依然是红火的。那时候，我的孩子快要上小学了，我还专门到那里给他买过衣服之类的东西，其中还买了一双出口转内销的小皮鞋，羊皮，式样新颖，见到的人都问哪儿买的，我告诉他们在劝业场，劝业场便成为那时一个和现在的新世界一样挂在嘴边醒目的商场。那一阵，那里卖出口转内销和罗马尼亚进口的东西很流行。

让记忆中和历史中的劝业场，在现实中重现，不会如梅开二度那样简单。建筑的生命在于历史，同时也在于现实，希望重现的劝业场不要仅仅走商业开发的一条路，而是要将其本身具有的文化意义提炼出来，展示出来。前年，青云阁重张旧帜，便只是一条单调的商业路在走，走得不到一年最后匆匆地关张大吉。而眼前前门大街、鲜鱼口，以及大栅栏的瑞蚨祥，也仅仅是商业老路惯性在走，走得也并不理想。希望在商业的功能之外，更多着眼于劝业场的文化与历史的元素与内涵，让历史走进现实，让现实照亮历史，让劝业场在前门地区乃至整个老北京遗存中，彰显更大的功能，发挥更大的作用。想放翁的诗句："八千里外狂渔父，五百年前旧酒楼"。虽然劝业场的历史不到500年，才108年，但相信在今年它重新开张的时候，会有各地的旧友新朋大老远地跑来观看它的姿容，毕竟这样的老玩意儿不多了。

2012年2月19日写于北京

明信片

有时想，为什么我国的明信片会比国外的品种要少，而且设计得单薄？我们愿意毕其功于一役，在春节期间发行大量的有奖贺岁明信片，但画面变化很少，几乎都是千篇一律。或许是在平日里，人们已经很少用明信片作为传递信息和心情的一种信件了。在我的印象中，好像只有孙犁先生愿意用明信片替代书简，言简意赅，朴素清淡，宁静而致远。但是，后期孙犁先生基本也不用明信片了。我现在非常后悔，当初先生在世的时候，为什么没有在通信中请教他为什么不再用明信片了。

明信片在我们这里的沦落，我不知道说明了什么，在我的心里却是很有些失落。或许在一个崇尚奢华的时代，素朴典雅的明信片，就像素朴童贞的姑娘，必定会随着这个时代而长大而沦落风尘吧，便也一样无可奈何花落去而难得追寻了。

对于我，明信片却显得很重要，我对它一直情有独钟。如果有朋友出国问我需要帮我带点儿什么东西，我会说帮我寄一张当地的明信片吧。今年春节前夕，我的一个朋友去芬兰的赫尔辛基执教三个月，临行前，我也是这样对他说：帮我到赫尔辛基的西贝柳斯公园买一张印有西贝柳斯雕塑头像的明信片吧。如果是我出国到一个陌生的地方，我总要买一张当地的明信片寄回家。虽然现在电话和伊妹儿方便得很，我却总固执地觉得没有什么比明信片可以长期保留着当时的信息和气息。即使和信件相比，明信片上面多出的画面，时过境迁之后看到它，一下子就能够想起当年的情景，一目了然而活色生香起来。特别是国外的明信片印制得都非常漂亮，无论是当地的风光风情，还是名胜名人，构图都比较别致，可以当成美术作品来欣赏。当然，更重要的是流年暗换之后，明信片能够唤回我许多回忆，清新如昨而不被尘埋网封。将那些明信片摆出长长的一串，雪泥鸿爪，像是回头看自己曾经走过的足迹。

在国外买明信片，一般比较容易，旅游点都会有卖的，琳琅满目，随你可劲儿地挑。寄明信片，有时就难点儿，因为人生地不熟，有时时间又紧迫，找邮局就显得捉襟见肘。于是，在匆忙之中找邮局，就成了我旅行中有意思的经历。

那年到土耳其和波兰去了一趟。在伊斯坦布尔住郊外，根本找不到邮局，到城里，不是去参观去购物就是去吃饭，完了事立刻上车走人，不容我有片刻时间去找邮局。那一天，到 Carusel 购物，那是伊斯坦布尔的一家很大的商厦，位于闹市，门前的街道不宽，但商店林立，人流如鲫。我想附近总该有邮局吧，匆匆在 Carusel 逛了一圈，便走了出来，在四周的大街小巷找了半天，也没有找到邮局。问了好几个人，也都是一问摇头三不知。这时候，同行的大多已经逛完了商厦出来坐在车上，车子很快就要开了。我不甘心，临上车前又问了一位在街边上好像在等人的老头，听完我的问话，他也是摇头，我正要失望，他却紧接着用英语对我说："请等等。"说罢，拔腿穿过车水马龙的街道。隔着一条街，我看见他一连问了好几个过往的行人，听不见他说话，只看见他的嘴和胡子以及手一起在动，中间不断有汽车遮挡住了我的视线，那情景就好像在看电影里的默片。我看见他似乎终于问到了，腿迈下马路牙子要往我这边走，我赶紧向他招手，跑了过去。果然，他问清了，邮局离这里并不远，只是藏在一条很窄的小巷里。他怕我找不到，一直送我到了那条小巷的巷口。

在华沙，从肖邦故居回来，直奔到文化宫看演出，演出要在晚上开始，时间很充裕。正好刚在肖邦故居买了几张明信片，便放心去找邮局。文化宫在元帅大街上，那里是华沙的市中心，想找一家邮局该不是难事吧，谁想一直找到了夜幕垂落华灯初放，也没有找到邮局，心想莫非华沙人都不寄信怎么着？天黑路又不熟，那时已经不知自己在哪里，方向都弄不大清了，不敢恋战，正想打道回府，看见一个学生模样的人夹着书走过来，想就再问最后一个人。他扬起年轻的脸听完我的问话，让我跟着他走，我便跟着他穿街走巷一路迤逦而去。迷离的夜色和闪烁的灯光洒落在他的肩头，在我们的交谈中，我知道这位华沙大学历史系三年级的学生，对中国了解还真不少，不仅知道我们的孔子，还知道我们去年举办的肖邦音乐会。有了有趣的交谈，路显得短了，面前出现绿色的邮筒，他指指说到了，然后带我走进门，替我从一个机器前取下一张纸片，上面印着号码，他告诉我先在这里等候，等到柜台前的电子荧屏上出现我的号码再去寄我的明信片。

最有意思的是前年春天去法国，在南部阿维尼翁，因为那里是个中世纪的古城，又是世界有名的戏剧之城，所以街巷中商亭前的明信片格外五彩缤纷。乱花迷眼之后，挑了一张明信片，想问人邮局在哪儿，迎面来了一位英俊的小伙，匆忙之中将 post office 说成了 police office，小伙子一愣，脸上现出惊愕的表情，我才知道自己说错了，他以为我要找警察局呢。我赶紧扬着手中的明信片告诉他是找邮局寄明信片。他带我走进一条商业街，走进一个不大的杂货铺，向店主人说了几句我听不懂的法语，店主人拿出一张邮票，我付完钱，在明信片贴好邮票，小伙子和我一起走出店铺，指着旁边的一个邮筒，笑笑对我说了句那里就是police office，然后和我告别。

我不知道如果有外国人来到中国也想找邮局寄明信片，在时间就是金钱的今天，我们能不能有耐心和诚心为他带路去找附近的一家邮局。但我会的，因为我曾经受惠于人，可以说，在国外的任何一个地方，只要我寻找邮局，都曾经有一个陌生人帮我带过路。

明信片带给我的回忆和回味，远远超过明信片自身。

知道我有积攒明信片的习惯，我的一个学生，大学毕业后到国外留学，然后定居，十多年了，到过许多国家，每到一个新的地方，不管多么匆忙，即使后来她已经是三个孩子的母亲，拖儿带女的，都不忘给我寄一张当地的明信片。什么事情能够坚持十多年，都不那么简单，水滴石穿，就这样湿润着漫长的岁月和枯燥的日子。每次收到她的明信片，我都很感动。细心的她更不忘找当地几枚纪念邮票贴在明信片上，让明信片更加漂亮。那一年是凡·高逝世一百周年，她正好在荷兰一个叫作Delft的小城，特意买来荷兰新发行的纪念凡·高的一套邮票，全部贴在一张明信片上。我可以猜想得到在一个陌生的小城找邮局，一定和我曾经有过的经历一样，虽然有意思，但也不那么容易。

儿子到国外留学之后，自然也不会忘记给我寄来明信片，在短短的一年时间里，寄来了六张。他到达学校的时候，是半夜，第二天起床办的第一件事，就是寄来一张明信片，画面是一头肥壮的牛。一个月后，他又寄来第二张明信片，上面印的是草原上的猪。我和他妈妈一个属猪一个属牛，他在明信片上写着：亲爱的爸爸妈妈，这几天我们这里的气温突然下降了，中午还好，早晨和晚上已经很冷了，很多人都感冒了。我倒还好，只是有点嗓子疼，再有就是很想你们。

感恩节放假时，他和美国同学驱车近一千公里，到同学家过节吃火鸡，感受美国人的生活。那是一个最早由斯堪的纳维亚移民建设的小城，他没有忘记在那里买一张当地的明信片寄来。那是一张别致的明信片，是用当地的木片做成的，上面印有当地斯堪的纳维亚历史博物馆的黑白图案。匆匆之中，他在旁边写着几个字：爸爸妈妈：我在诺迈特，北达科他州，感恩节。很想你们。

那年的暑假，他去了密尔沃基，那是一个靠着密西根湖的漂亮的城市，他从那里一下子寄来了两张明信片，一张是密尔沃基艺术博物馆现代派的建筑，一张是米罗的画，他在后一张明信片上面写着简单的两行话：这是米罗的画，挂在密西根湖的边上，想起过去我们在北京看的米罗画展。等你们来了，再一起去这里看吧。

最有意思的是，我给自己寄了一张明信片。是前年在纽约，孩子陪我和爱人一起去联合国总部参观，那一天正好赶上是9·11事件，我买了一张印有联合国大厦前各国国旗飘扬的全景明信片，贴上张纪念联合国成立65周年的纪念邮票，在明信片上写了这样一句：今天正好是9·11事件纪念日，参观联合国大厦，祈祷世界和平。然后让全家人各自签上自己的名字。因为全家都出来了，家中无人，只好在明信片上写上我自己的名字收。那是给自己的纪念，也是给自己的祈愿。

明信片就这样在不知不觉中成为我和孩子乃至全家生活的一部分。在分离的时候，它不仅是到此一游的纪念，更是传递我们彼此思念和牵挂的感情方式。在一起的时候，它是我们共同留给岁月的纪念，刻在日子里的脚印，就像放翁的诗：灯下幸能读，梦中时与游。特别是寄明信片时，都是在行色匆匆之中，明信片上空白的位置有限，有限的字落在方寸之间，地远天长之外，纸短情长，要的是功夫。

曾经读过法国诗人安·沃兹涅先斯基写过的一首诗，名字就叫《明信片》，诗很短，一共八行：“从巴黎给你捎点什么？/除了衣裳，及其他杂物，/一张我们发黄的海报，/还有思念你的一丝凄楚。/这些礼品价值不高。/我看中了白色的凯旋门，/脑子里试量着你的身材，/它像袒露背的连衣裙。”这是我看到的有关明信片最好的一首诗了，明信片带给诗人的想象，其实也是我们到达一个新地方特别是陌生国度，常常会触景生情而涌出的想象；而明信片带给诗人的感情，更是我们所赋予明信片的感情。即使我们不会写诗，那些明信片已经成为我们生活里别致而温馨的诗。

2012年2月改毕于北京

莎士比亚书店

在最新一期《三联文化周刊》上，读到一篇署名里克的短文《乔治·惠特曼》。才知道在巴黎颇负盛名的莎士比亚书店的老板叫乔治·惠特曼，而这位已经98岁的老人，在刚刚过去的2011年的年底去世了。禁不住心里涌出一阵伤感，也有一份敬意。

开在巴黎左岸拉丁区的莎士比亚书店，是巴黎的一道风景。虽然它的门前赶不上卢浮宫或巴黎圣母院那样人流如织，但喜欢书籍和文学的人，那里是不可不去流连的地方。我一直以为，在巴黎的左岸，莎士比亚书店和黑猫咖啡馆是对称的两极，如同我们古典诗歌里的精美的比兴和对仗，让巴黎有了诗的韵味。

这两个地方，都曾经是作家艺术家常来的地方，当然，是那些潦倒的作家艺术家，绝对不是如今我们这里经常光顾摆满精致座签前或财富排行榜上的作家艺术家。但是，在这两个地方，却诞生了杰出的作家艺术家，比如乔伊斯便是诞生在莎士比亚书店，德彪西诞生在黑猫咖啡馆。那里充满艺术的气息和自由的呼吸，让巴黎这座城市海纳百川，真正的是大狗可以叫，小狗也可以叫。

和黑猫咖啡馆不大一样的，是莎士比亚书店还为那些潦倒的作家提供免费饭菜和住宿，老乔治腾出来的是自己在三楼的卧室。他让他们在这里看书写作，过几天或几个月自由自在和莎士比亚和缪斯接近的日子。他喜欢看年轻人天真快乐有点伤时感怀的样子。

三年前的五月，我从巴黎圣母院出来，本要去拉丁区看我曾经在北大荒的一位朋友在那里开的一家小店，谁想过了塞纳河没走几步，一眼就看见了莎士比亚书店。绿色的店铺门窗，如同春天的绿叶一样清新醒目，顿时立在那里，然后跑了几步奔了过去。那感觉，有几分他乡遇故知的意思。想起在电影《爱在落日前》里第一次曾看到莎士比亚书店的样子，电影专门把两个分别多年的恋人安排在书店里见面，看两位恋人激动不已的样子，大概和那个细雨霏霏的五月天我见到它的真容时差不多吧，只不过，彼此的心情不同。

其实，书店很小，但到处堆满了书，从楼梯口到天花板。和我们这里的书店不一样，和台湾有名的诚品书店也不一样，我们的书店过于讲究，装潢修饰得如同光鲜的贵妇，或小资味道洋溢，让书和店一起都扮演装饰的角色。莎士比亚书店却呈书的本色，纷乱拥挤的书，如同家的柴门前随意堆放烧火用的木柈，也如同褪去华丽服装和妖冶笑靥的村妇，给你备好的是家常饭菜和浊酒老茶，有一种放翁诗中“浅倾家酿酒，细读手抄书”的亲切感觉。

那一天，店里客人不多，几个年轻人拿着书坐在书店外面的椅子上读，和着书香，享受着五月巴黎的和风细雨。遗憾的是没有看见老乔治，只看到有一位年轻的女人安静地坐在一张书桌前。现在想来，一定是里克在文章里写到的，是老乔治的女儿希尔维亚·惠特曼了。老乔治是68岁才得此宝贝女儿的，爷儿俩前仆后继经营着这家书店已经60余年了。想想居然可以把一家书店原封不动地经营了60多年，真的是个奇迹。

想起三年前曾经和莎士比亚书店不期而遇，也想起我们的书店。我们个体经营的书店不少已经关门，就不要奢望能够有半个多世纪历史的老书店了，让你感受岁月沉甸甸的沧桑，让你的怀旧心情有一个落脚的去处。如今的我们什么都是要讲究效益的，已经绝对不干老乔治这样赔本赚吆喝的买卖了。想当年，老乔治用500美元就盘下了这个寸土寸金的地方将其改造成了书店，如今更如天方夜谭一样令人瞋目了。如今，会有不少精明人劝说老乔治父女赶紧改换门庭，将书店摇身一变为酒吧歌厅或餐馆。

但是，如今我们不是在讲文化的建设和发展吗？一座现代化的都市，如果仅仅有酒吧歌厅餐馆或摩天大楼，没有一个类似莎士比亚书店这样的老书店，如一株老梅树顽强地摇曳着嶙峋老枝的话，这座都市只能是一个文化单薄的暴发户。

2012年1月于北京

丝瓜的外遇

那天，到菜市场买了几条丝瓜，因为已经买了好多的菜，手里拿着满满的好几个兜子，给小贩交完钱，提着菜兜转身就走了。等到晚上做饭时候找丝瓜，才想起了放在菜摊上忘记拿了。

几条丝瓜，没几个钱，但第二天到菜市场去买菜时，忽然想到那个菜摊前问问，看看菜贩兴许好心地帮我收起了丝瓜，守株待兔等着我回去取。走到那个菜摊前一问，菜贩摇摇头，一脸无辜的茫然。我向他道了谢，转身走了，这事本来怨我而不怨他，不见得就一定是他将几条丝瓜“眯”了起来，也可能是别人顺手牵羊拿走了丝瓜。买菜的人来人往，菜经他的手各种各样，他哪里顾得过来这几条小小的丝瓜？

也是退休后无所事事，那一刻，脑子里忽然冒出这样一个念头，就在这个每天都喧嚣热闹的菜市场，做个小小的试验。便找了三家菜摊，各买了三条丝瓜，然后，交完钱，都放在了菜摊前那一堆有青有绿有红的蔬菜堆儿里，转身就走了。我想明天再去菜市场，看看这三家菜摊，会有哪家能够看到了我忘在菜摊上的丝瓜，替我保存，等着我回去取；或是，哪家都没有了丝瓜，只剩下了今天看到的那个菜贩的一脸无辜的茫然。小小的丝瓜，会是一张 pH 试纸，能够试探出人心薄厚和人情暖凉呢。

第二天，我去了这三家菜摊，两家，没有了丝瓜，只有了茫然；一家的菜贩却没等我问话，就从菜摊下面提出了装着那三条丝瓜的塑料兜，笑吟吟地递给我。

应该说，试验的结果，还算不坏，二比一，毕竟没有让人完全失望，九条丝瓜没有全部不翼而飞，留下了三条，锚一样，还沉稳地留在了水底，缆住了小船没有被风浪吹走，不知所终。

不过，有意思的是，这家替我保存住遗忘的丝瓜的菜贩，是我认识的，我常常到他那里买菜，特别是西红柿，我都会到他那里买，因为彼此熟了，他会连问都不用问我，直接从西红柿筐里替我挑最好的给我。有时候，差个几分钱几角钱，他也会抹去了零头，甚至忘记了带钱或者钱不够了，他会让我赊着，明天来买菜时再带给他。

我在想，如果不是我们已经很熟识了，他会为我保存下这三条丝瓜吗？

我又想，以前老北京，几乎每条胡同都会有一家菜摊或菜店，因为都是街里街坊的，无论卖菜的，还是买菜的，每天抬头不见低头见，彼此都熟悉得不能再熟悉了，别说是买了菜忘在菜摊或菜店里了，就是你把别的东西甚至钱包忘在那里了，一般回去都会找得到的，菜摊或菜店里的人都会替你保管好。这原因其实也很简单，因为在一条街上，大家都认识，彼此的信任和信誉，以及常年积累起来的感情，比贪一点儿小便宜要重要得多。所以，那时候，尽管物资匮乏，大家都不富裕，但很少会出现缺斤短两或假冒伪劣之类的欺诈。对比那时农耕时代的商业模式，如今琳琅满目的菜市场，发展了好多，也流失了好多东西。其中流失最多的，就是买卖之间的那种邻里之间的人情味。

我将自己这样的想法，对那位替我保存丝瓜的菜贩说了，他笑笑对我说：人情味，也不是说现在就没了，你们买菜的看得起我们，我们卖菜的自然就会高看你们一眼。这东西，就跟脚上的泡，走得日子多了，自然就长出来了。你说，那几条丝瓜能值几个钱？

他说得有道理，丝瓜不过只是人情味的一种外化，是彼此心情的一次外遇。

2011 年 11 月于北京

应无所住

世上有一些人是应该记住的。如果根本就不知道，是见识的浅陋；如果知道了而没有记住，是心无所持，犹如荒漠，撒下再多的种子，也难以发芽。

在南华寺，我见到了虚云大师。说准确些，是见到了虚云大师题写的一块碑刻。

南华寺在广东韶关曲江东六公里处，北靠青山，南邻绿水，始建于南朝，有一千六百年的历史，是六祖惠能弘扬禅宗的道场，香火鼎盛，可谓岭南名寺。我是在快出寺门时看到的这块碑刻，不大，青石板上镌刻着清秀的四个大字“应无所住”，题款是“虚云时年一百二十岁”。我知道，虚云大师长寿，活了一百二十岁。这是他临终前留给世上最后的一幅墨迹，可以和弘一法师最后留下的“悲欣交集”媲美。据说虚云大师圆寂的时候，老梅枯枝突然开起梅花，而寺中菜园里的青菜尽放出了莲花。

有意思的是，旁边一位朋友指着这块碑刻上的“住”字对我说：“这是虚云大师故意少写了一笔，应该是‘往’字，应无所往。”立刻，旁边有人反唇相讥：“不对，就应该是‘住’字，《六祖坛经》里有记载：‘应无所住，而生其心。’”两种解释，两种意思，如果是“往”，则来路茫茫心无所依而虚无；如果是“住”，则了无牵挂而心静禅明，即六祖所说最有名的那一偈：菩提本无树，明镜亦非台。本来无一物，何处惹尘埃。

我对《六祖坛经》一无所知，查了书，知道后者是对的，这是五祖传授衣钵之前，对惠能讲述《金刚经》时说的一句话："应无所住，而生其心。"惠能听后大悟，五祖方才授其衣钵，命其六祖。对惠能，五祖还说了关于衣钵与经法的另外一段话："法则以心印心，皆令自悟自解，衣乃争端之物，止汝勿传。"以我浅薄之见，觉得这应该是对"应无所住，而生其心"的进一步解释，精神上的追求，永远高于身外之物的无谓争端，心才能够澄清明净。

虚云大师就是这样的一个人。1935 年，南华寺已经一片凋败，时任国民政府广东省主席李汉魂将军力邀虚云大师来主持修建南华寺，当时虚云大师已经九十六岁高龄。历时十年，艰苦卓绝，才有了我们现在看到的南华寺。要知道，这十年中正有抗日战争的八年，战火连绵之中，依然痴心不改，一意孤行，修建古寺，这可是巨大的工程，该是多么地"应无所住，而生其心"。

在参谒南华寺时候，我听说了关于虚云大师这样一件往事，心里对他更加景仰。日本鬼子的战火即将烧到南华寺的时候，是虚云大师将寺中五百木雕罗汉，都藏在了大雄宝殿的三宝佛像的肚子里，逃过了战火一劫。这五百木雕罗汉可是南华寺的宝贝，北宋的作品，全部紫檀，高五十公分，和大雄宝殿墙上的立体泥塑的五百罗汉相对应，须眉毕现，极为罕见，如今成了国宝。为了保险，这个秘密只有虚云大师一人知道，一直到上个世纪六十年代，人们打扫大雄宝殿的卫生的时候，才偶然发现了三宝佛像肚子里的秘密。"应无所住"，是指个人的修行，洗去尘心；而面对国家面对正义尊严的时候，佛心所向，则是另一番景象。

1935 年到 1942 年这七年中，虚云大师都在南华寺，也就是说，从九十六岁到一百零三岁，他都在这里，他在这里度过了自己的百年寿辰。战乱的绵延与繁重的修建南华寺过程之中，不知道是否有人为他祝寿。在大雄宝殿的旁边，见到一株拥有二百五十年树龄的菩提，禁不住心中一动，想起古罗马的哲人奥维德，希望自己死后能够变成守护神殿的一株树。这株枝叶参天的菩提，应该就是虚云大师的寿像。我仰头观望，秋高气爽，夕阳辉映下，树冠袅袅升腾起一团红云。

2011 年国庆节于南华寺归来

萤火虫

想起去年夏天，在美国普林斯顿一个社区里，我和一对来自上海的老夫妇聊天，都是来看望孩子的，便格外聊得来，家长里短，上至天文地理，下至鸡毛蒜皮，聊得兴致浓郁，竟然忘记了时间，从夕阳落山聊到了繁星满天时分。那时，我们坐在一泓小湖旁边的长椅上，面前是一片开阔的草坪，一直连到湖边。当夜色如雾完全把草坪染成墨色的时候，抬头一看，忽然看见草坪中有光一闪一闪在跳跃，再往远看，到处闪烁着这样一闪一闪的光亮。由于四周幽暗，那一闪一闪的光显得格外明亮，最开始的感觉，它们是上下在跳，高低不一，但跳跃得非常有节奏，仿佛带着音乐一般，让人觉得有种置身童话世界的感觉

起初，我没有反应过来，那光亮是什么东西，感到非常惊讶，竟然傻乎乎地叫道：这是什么呀？老夫妇去年就来过这里，早见过这情景，已经屡见不鲜，笑着告诉我：是萤火虫。我不好意思地对他们说：我都有好几十年没有见过萤火虫了。他们连声道：是啊，是啊，在我们的城市里，已经见不到萤火虫了。

想想，真的是久违了，我以前看见的萤火虫，还是童年，住在北京胡同里的大院的时候。算算日子，至少有五十年的光阴了。那时，我住在一个叫粤东会馆的三进三出的大院里，在花草中和

墙角处，不仅能见到萤火虫，还能听得见蟋蟀、油葫芦和纺织娘的叫声。夏天的夜晚，满院子里疯跑捉萤火虫，然后把萤火虫放进透明的玻璃小瓶里，制作我们自认为的“手电筒”，再满院子里疯跑，是我们孩子最爱玩的游戏。

如今，在北京，不仅这样的四合院越来越少，就是有这样的四合院硕果仅存，孩子们也再见不到萤火虫，玩不成这样的游戏了。如今的城市，有霓虹灯和电子游戏，比萤火虫的闪烁要明亮甚至炫得神奇，但是，那些毕竟是人工的，不是来自大自然的光亮。如今，童话般的心理感觉和视觉冲击，往往来自电脑制作或3D电影。其实，对于孩子，乃至成年人，那种童话般的感觉和感动，更多的应该是来自大自然。越来越高科技现代化的城市，隔膜住了大自然，让我们远离了大自然。

之所以想起了去年和萤火虫重逢的事情，是前两天在报纸上看到一则这样的消息：如今，在淘宝网上可以买到萤火虫。每只萤火虫卖三元到四元，一般批量出售是一百只萤火虫为单位的。接到订单之后，商家指派人到野外去捉萤火虫，但大多数是在人工仿生态的环境下人工饲养的。把萤火虫捉到后，把它们装进扎了小孔的塑料瓶里，空运过来。这些活体萤火虫用来情侣放飞、婚庆气氛的营造。网上的广告上说：送她可爱的萤火虫，可以营造出非常温馨浪漫的情调。

心里不禁有些感慨。曾经伴我们儿时游戏的萤火虫，如今被发现了身上具有的商业价值。是什么让它们具有了商业价值？城市赶走了它们，再把它们请回来的时候，它们就摇身一变。这样坐着飞机千里迢迢而来的萤火虫，不再是我们的朋友，而成为我们花钱买来的商品，放飞的还是我们以前曾经拥有过的童话感觉或浪漫感觉吗？

想起了法国作家于·列那尔写过的一首题为《萤火虫》的散文诗，只有一句话："有什么事情呢？晚上九点钟了，他屋里还点着灯。"如今，他屋里还能够为我们点着灯吗？

2011 年 7 月 17 日写于北京雨中

孤单的雪人

北京今年一冬天没有雪，开春了，却一连下了三场雪，纷纷扬扬的，还挺大，仿佛憋足了气，赶来赴什么约会，有什么最后的晚餐似的，过了这村就没这个店的感觉。

下最大的那场春雪的那天上午，我刚出楼门口，看见楼前的空地上一个四五岁的小男孩，拿着一个玩具小铁锹在铲雪堆雪人，他的身旁是两位老人，爷爷奶奶，或者姥姥姥爷，帮助他一起堆。不过，那雪人堆得很小，两老一小，总也堆不起来太多的雪。我对他们喊了句：滚雪球呀！那样多快！可老太太对我说：不知今年的雪怎么了，不怎么成个儿，雪球滚不起来！也是，今年的雪松散得很，有人说是春雪的缘故，也有人说是人工降雪的缘故。

正说着话，孩子的父母从楼里出来了，爸爸脖子上挎着一台单反相机，一看就是尼康 D700，妈妈手里拿着一根胡萝卜和一张画报纸叠的帽子，是准备给雪人的装束。然后，就看见妈妈边给雪人插鼻子戴帽子边喊着：快来，宝贝儿，照张相！就看见几个大人开始摆弄孩子，孩子站在、蹲在雪人的身前身后，伸着小手，歪着脑袋，笑着摆着各种姿势，和显得有些瘦弱得营养不良的雪人合影。不用说，在妈妈爸爸的带领下，孩子常照相，已经是老手，习惯的姿势，轻车熟路。

我心想，堆雪人真的是经典的儿童游戏，时代再怎么变，游戏的内容和方式再怎么变，堆雪人如同经年不化的琥珀，是大自然送给孩子们一款最老也是最好的礼物了。不过，想想，我小时候，堆雪人之前，总要滚一个好大的雪球，孩子们用冻成胡萝卜一样的小手滚雪球，呼叫着，边攥起来的雪球瞅冷子打别的孩子或塞进脖领子里找乐，边滚雪球，闹成一团，把雪人越滚越大的时候，最为快乐。如今却是难以把雪球再滚起来了，孩子的乐趣也少了好多。就好像做鱼少腌制的那一道程序，鱼还是那条鱼，做出来却不怎么入味。

回头看时，看到那孩子噼里啪啦一通照，已经照完了，一家四口大人正领着孩子回家走呢。心里想，雪人还是雪人，堆的过程简化了，堆完后玩的过程也简化了，最后就成了照相，雪人只是一个陪衬。

走不远，看到一个小姑娘，大约也就三岁的样子，她的身旁一个小小的雪人已经堆好了。同样，一对父母正在给她拍照，几乎和那个小男孩一样，也摆着各种熟练的姿势，大多相同，是那种歪着脑袋小手伸出两根手指，做出 V 字形的样子。数码相机的普及，可怜的雪人的功能，就剩下了一种，孩子照相时候的一个道具或背景，就像儿童照相馆里那些一样。留念，比玩本身重要了。

还想，这个女孩，和那个男孩，各堆各的雪人，各照各的相，两条平行线一样，很难交叉。也许都是独生子女的缘故吧，又各住各的楼，即使住同一栋楼，各家防盗大铁门一关，老死不相往来，雪人跟着他们一起孤单起来。想起我小时候，大院的孩子从各家的玻璃窗户里就看见有人在堆雪人了，呼叫着跑出屋，香仨臭俩的，天天上房揭瓦疯玩在一起，拉都拉不开，不凑在一起都不行。忽然明白了，这也是那时候的雪人大的一个原因吧。

中午回来时候，雪已经停了，毕竟是春天，再大的雪化得也快。走进小区，看见那两个孤单的小雪人，已经如巧克力一样黑乎乎的坍塌一地。我想起曾经看过的一部叫作《雪孩子》的动画片，那里的雪人充满想象，变化无穷，活得或者说陪伴孩子们时间那样长久，发生过那样多美好的故事。当然，那是个童话。如今的雪人，还属于孩子，却难有属于孩子的童话了。

2011 年 3 月 4 日于北京

山的传奇

韶关在广东最北端，地处南岭山脉之中，山便是它的盛产，是它的代表作，是它地理与历史醒目的文化符号。

最值得一看的是丹霞山和大峡谷。

丹霞山离韶关60公里，绚丽的丹霞地貌，让它去年申遗成功，如今名声大噪。其实，发现它的历史已经很悠久，徐霞客来过，韩愈来过，苏轼来过……丹霞山早有了属于自己的诗文和传说。传说中最美的，是最早到来的舜帝，帝子乘风下翠微，南巡登临此山奏韶乐，四围群山中有三十六石闻之动容，立刻变为奇形怪状的山峰。韶关由此而得名，方圆300平方公里丹霞山上演的为世人瞩目的争奇斗艳之大戏，由此而拉开了帷幕。

丹霞地貌的山，在中国有很多，和丹霞山一起申遗成功的就还有其他五座山。丹霞山与众不同的，在于它有醒目的阳元石和阴元石，而且遥遥相对，中间隔着一道清澈碧绿的翔龙湖。还有意思的是，阳元石位于丹霞山主峰长老峰的正对面，一柱擎天，分外醒目。由于石为赤色，间以千年风化的皴痕和雨水冲刷的道道黑色纹理，真的是形神兼备，正对南国辣辣阳光之下，雄风凛凛，不可一世。人们站在它的面前，都会惊叹，实在是像极了昂昂乎男性伟岸的雄根，每一道阳光都在它的上面迸射出嘹亮的回声。而阴元石则藏于背阴处的清秀山林之中，修竹茂树将它掩映，风吹拂时，她仿佛能够摇曳生姿，绿色的枝影叶影随它一起风情万种。

尽管随物赋形是中国人欣赏山水的一种惯用的老套方法。但是，更多是取其神似而已，丹霞山居然如此具象得须眉毕现，而且对称地出现这样阴阳两道绝佳风景，至今在全世界都未曾有过。据说，前些年，丹霞山因阳元石一目了然，而希望寻找到与之相对应的阴元石而始终未果，却在福建龙虎山发现了一座而庆幸的时候，丹霞山的一位老猎手看到龙虎山那照片不以为意。早在上个世纪的60年代，他打一头箭猪，箭猪受伤而逃，逃到一座山洞被洞的一道狭长的山缝夹住，那一道山缝可比龙虎山的像多了。人们随猎手过翔龙湖攀山而去，果然大为惊叹，实在太像女阴了，那没有一点雕凿痕迹的柔美线条，仿佛神笔信手一挥，便使整座山成为艺术品。大自然的神奇，中国山水的阴阳匹配，实在令人叹为观止。

这就是中国山水的特色了。寄情山水，山水永远是我们生活的一个亲近的近邻，是我们精神的一种外化的象征。不是我们的想象，让山水变得像我们生活甚至我们身体的某一部分，而是上天赐予我们的神明，让山水变得如此激情无限，让我们接近它们而陶冶自己。丹霞山，便有了一览众山下的独一无二。阳元石与阴元石，成为丹霞山的图腾。它们二位呼唤着风，呼应着水，映衬着日月星辰，让它们的生命和人的生命彼此交融。它们不是山水里的《金瓶梅》，而是大自然里的《红楼梦》，它们毫不隐讳地展现，让生命的渴望有了张扬的文本，让大自然不再是隐喻，而有了与之相呼应的明喻的爽朗世界。它们不仅让山水人性化，更让山水和人一起少了束缚而张开了飞翔的翅膀。可以说，因为有了阳元石和阴元石，丹霞山才有了自身独具魅力的文化意义。它们让丹霞山成为生命之山，它们是自然之神，是山的亚当夏娃，是山的伏羲女娲。

大峡谷在韶关100多公里以外。对比丹霞山，这里发现得晚，交通又不便，来得人远不如丹霞山人流若织。但是，好的风景常常容易被摩肩接踵破坏。放翁诗：人情静处看方见，说得正是。趁着人少时静，地僻路遥，风景和人才彼此相悦，两厢相宜。

到达大峡谷，已经是晚霞快要落尽的时候，以为来的时间有些晚。苍茫的暮色中，站在它的面前，才知道来得正是时候。仿佛有一列神兵天将横空出世，铁马冰河，呼啸而来，一道绵绵山脉，在刀起刀落之间，立刻訇然裂开两半，张着悚然裂开的大口，却霎时无声，连松风草语的回音也一时尽消，只剩下了眼前的残阳如血，霞光壮烈地辉映在两边笔立陡峭的山壁上，像垂挂着一道道英雄淌下来的碧血。

面对着这样惊心动魄的景象，才知道中国词汇中“鬼斧神工”的真正含义，仿佛就是为了它而创造。一道裂谷，宽100多米，深300多米，长，如今只开发了15千米，其实，它南北走向，绵延一直有100多千米。由于是属于石英砂岩地貌，两边的山岩层层分明，呈橙黄色和钢青色；又由于山洪的冲刷，一道道漆黑色的沟壑，拔天垂地，深刻在山体上，让山的线条纵横交错，显得格外沧桑。单看一面山岩，像是罗中立那幅著名油画中父亲皱纹密如蛛网的脸；整体看悬崖绝壁，如同浑身披挂盔甲的将士组成的仪仗队，列队两排，威风凛凛，迎着猎猎山风和血红的夕阳，群山万壑间响起了雄浑的军乐声。让你哪怕是干话梅核一样萎缩的心也会为之一震，抖擞成和它们一样迎风招展的旗。这里的山与人相遇，才是金风玉露相逢，胜似人间无数，让人和山水精神有了交会点。

这样壮观的山，应该出现在北方，出现在荒野的祁连或昆仑山谷里才对，却偏偏出现在了灵秀的南方。强烈的反差，让这道大峡谷居然长年藏在深闺人未识。以前，这里只有水利发电站。前几年，懂旅游的人来了，扛着帐篷，沿着峡谷上上下下爬了多日，才发现了它的壮美。水季到来的时候，那沿着陡立的石壁飞天而下的瀑布，是李白庐山瀑布都没有的奇观；那绵延横亘的裂谷，因为刀劈斧剁般险峻陡立，是别处峡谷没有的风景。即便是枯水季节，谷底依然有蓄水而成的天然湖泊，大大小小，宛如珠串，静若处子，站在上面看，如同九寨沟的那些美丽的湖泊，沉静得如同一个个幽静的梦，一个个结晶的童话，绿得那样地清新醉人，好像有意要和陡峭的危岩悬壁做个对比。

如果要下去，和湖泊亲近，没有山路，没有缆车，只有水文站的石梯，那石梯有 1300 多级，每一级有半米高，那是勇敢者的游戏，当地人称之为“天梯”。踩着这样的“天梯”下去，仰天观山，是另一番风景。湖泊只是山的点缀而已，是绣在山谷底的一枚枚纽扣而已。那时的山高大如同巨人，列阵威仪，剑戟刺天，逶迤而走，挟风带雷，像是举行节日里的一种盛大的仪式，激越回响着山之交响。这时候，人真的很渺小，大自然才是不朽的，它用自己石质坚韧并雄奇的语言，书写着属于自己的传奇。

天人合一，神与物游，从来是中国人寄情山水的哲学。如果说丹霞山能够给予我们的是文化意义的昭示，大峡谷则能够给予更纯粹自然精神的启迪。站在丹霞山，给人的感觉是惊叹，是想象，是激动；站在这里的感觉，是震撼，是敬畏，是感动。

我更愿意把丹霞山比喻成画中的山，而把大峡谷比喻成诗中的山。丹霞山更充满世俗的烟火气，大峡谷更洋溢激情的精神气。

丹霞山如一个小说家，有点儿像写历史的那种小说家，在时间的流淌中讲述山与人的故事；大峡谷如一个戏剧家，是专门写悲壮的悲剧的那种戏剧家，在空间的舞台上普度众生。

2011 年 9 月 5 日重阳节写于北京

水的传奇

我一直以为，如果看水，有两个地方的水最值得看，一个是九寨沟的水，一个是尼亚加拉大瀑布。可以毫不夸张地说，看过这两个地方的水，其他地方的水可以不必再看了。

如果看水的柔韧劲、可塑性，看水是如何将绚烂归于平淡，将刚劲寓于柔顺，将流动化为宁静，将一时融于永恒，那一定要去看九寨沟的水。那里的水化繁为简，化整为零，将浩瀚的水天女散花成一个个珍珠般串联的湖泊。每一个湖泊都是那样清澄透明，纤尘不染，将水本来的无色透明，幻化成孔雀蓝的蓝色，蓝得让人心醉，让人如同看到教堂里洗礼用的圣洁露水，如同听到教堂里管风琴演奏的《圣母颂》，而不敢有丝毫的俗尘杂念，懂得并真真地看到人世间居然有纯洁美好和透彻的净，就在这里远避尘嚣而静静地存在。

如果看水的激扬、水的冲动、水的澎湃，看水是如何将平常琐碎的嘈杂的泡沫般的一切变为顶天立地的世界，将儿女情长的喃喃细语化为誓言一般的慷慨悲壮，将千年的积蓄爆发于瞬间的一时，将压抑的心情冲出胸膛，将万马齐喑的场面搅成冲天怒吼，将风花雪月的迷恋变为金戈铁马，那一定要去看尼亚加拉大瀑布。

九寨沟的水，是阴柔的，是女性的，尼亚加拉大瀑布则是阳刚的，男性的。上天在造水的时候，和上帝造人一样，故意要造成这样对称的两极，让这样性别和性格迥异的水，呈现在人类的面前，仿佛上苍抛向人间的两面镜子，让我们能够时时照亮自己的容颜和心地，看看我们和大自然的距离。

我终于看到了心仪已久的尼亚加拉大瀑布。

是晚上，夜色和灯光双重作用下的瀑布，以那样轩豁而宽阔的幅度和面积，从你的身旁直直地坠落下去，不惜粉身碎骨，也要举身赴清池一般决绝地直冲而下，真的是烈性十足。而就在刚刚，就在一步之遥，它的水还是平静地流淌着，和我们平常见到的水没有什么两样。突然间，它就像我们的川剧里的变脸一样，一跃而起，冲天一怒，将平静庸常的水迸发出另一种形态，崩落成一天飞溅四溢的雪浪花，宛若千树万树梨花开，宛若欢蹦乱跳着拥挤着互不相让赶赴约会的夜精灵，宛若义无反顾地高空蹦极的无畏勇士。

要我看来，看尼亚加拉大瀑布，白天比夜晚更要精彩，更要真实。夜色下的大瀑布，有些像是王尔德笔下穿戴着朦胧的七层纱跳舞的魔女莎乐美，带有拉美的魔幻色彩，却也多少让大瀑布变形，让大瀑布变得亦真亦幻，事实而非，变得加入了夜色迷离的色泽，和灯光闪烁的科技元素。白天看大瀑布，大瀑布才是本色的，原装的，未经化妆和加色的，彻底地脱下了七层纱，就像雷诺阿笔下那些壮硕的裸女，将美丽而健康的胴体展示在光天化日之下，水花如雪，是那样的洁白；激流如歌，是那样地壮烈；排阵如兵，是那样的气势雄伟，如同看到了一场古罗马冷兵器时代的战争。

第二天上午，我又去看了大瀑布。大瀑布从山崖跌落下去成为瀑布，虽然只是瞬间的事情，却是经历了从平缓到崩落到激流到云雾到彩虹，这样几个步骤，层次是那样的鲜明清晰，衔接又是那样的缝若天衣，贯穿又是那样的一气呵成。特别是彩虹，无论你站在哪个角度，都可以看到瀑布跌落时被猎猎天光映射出来的七色虹霓，如同从水中钻出来的彩色蜥蜴或珊瑚，弱若无骨，袅袅婷婷，在和气势不凡旁若无人的瀑布调情。

想起宗璞先生八十年代里笔下的尼亚加拉大瀑布，她说大瀑布是“整个的雪原从天上崩落了”，是“崩落了还在奔跑的雪原”。我以为是迄今描写尼亚加拉大瀑布最美也最真的意象。

来看尼亚加拉瀑布的人，一般都要乘船近距离再看大瀑布的。因为，从美国一方看大瀑布，只能看到美国这一面的两道瀑布，即名曰美国瀑布和新娘面纱瀑布，而尼亚加拉大瀑布是由三道瀑布组成的，其中最大的马蹄瀑布在加拿大一方，必须乘船而游。这时候，三大瀑布方可一览无余，也才更能够体验三道瀑布的气势，因为这时候人是仰视的，瀑布显得越发地雄伟，人在这样的大自然壮观面前，真的是很渺小的。说尼亚加拉大瀑布是世界的第七大奇观，确实名不虚传，这时候的感受就犹如三道瀑布同时在心里激荡，那种感觉好像你在等待着一次充满期待的旅程，即将出发，心里跃跃欲试，鼓胀着八面来风。

船行一会儿的工夫，马蹄瀑布便越来越清晰，它确实呈马蹄形，敞开怀抱，伸出双臂，在招呼着人们。据说它宽有 2500 英尺，宽阔得如同巨人的胸膛。当船越来越靠近它的时候，水的轰鸣声音越来越响亮，水的雾气也越来越浓烈越来越清冽。等船行至瀑布下面的时候，水的形态完全不见了，只感到包围在身边的是白茫茫的雾气，仿佛整个世界在这一刻都变成了霭霭雾气，载我们湿漉漉地飘飘欲仙。

那一刻，其实，我已经看不见什么马蹄形的瀑布了，只好像进入了一个水晶般的巨大的罩子里面。它让我第一次感觉到，水居然可以形成这样一个神奇的世界，虽然穿着雨衣，你的身子已经几乎全被水打湿了，但你看不见一滴水，看见的只是白茫茫一片，像雪，像雾，像千古的冰川。如果站在上面看，就像宗璞先生说的，瀑布像是“崩落了还在奔跑的雪原”。那么，在这里近距离地和瀑布亲近，瀑布就像是一个凝固的童话世界。如果站在上面看瀑布，还只是乐曲的第一章，那么，这里则是瀑布的华彩乐段了。

我又想起了九寨沟的水，和尼亚加拉大瀑布相比的话，那像是一部温馨浪漫的生活影片，荡漾着属于东方的审美情调；尼亚加拉大瀑布则是一部桀骜不驯西部牛仔影片，每一滴水珠里都仿佛有一个神灵在横刀跃马，仰天长啸。

如果说九寨沟的水是上天留给人间的一个童话，那么，尼亚加拉大瀑布则是上天留给我们的一个神话。

如果九寨沟的水是一首诗，尼亚加拉大瀑布则是一段传奇。

2010 年 9 月尼亚加拉大瀑布归来

2011 年 8 月写毕于北京

遭遇雷雨

从深圳飞北京，应该下午 2 点 40 分降落首都机场。偏偏，这时候，北京上空有雷阵雨。飞机盘旋了几圈之后，告诉大家只好暂时到天津机场降落，一律在机舱待命。

我身后坐的是一对情侣，虽然看不到他们的面容，却能够感觉到他们的柔情蜜意，因为他们一直依偎在我的身后喁喁细语。不知道他们在说什么，但能够听得出来，男的是典型的广东口音，女的则是地道的北京腔。短暂的异乡停留，让他们有了更多缠绵的机会。于是，身后蜜蜂嗡嗡一般响动着的声音，一直如音乐一样甜蜜。

一个小时过去了，飞机还没有起飞。音乐消失了，蜜蜂飞走了，焦躁开始如飞蛾扑来了。不是说雷阵雨吗？怎么这么久还不起飞？他们一唱一和地嚷起来。一脸汗珠的女乘务员跑过来，解释说迫降的航班很多，需要听命令。

两个小时过去了。他们彻底失去了耐心，只听见男的向乘务员要求下飞机，他们有急事，必须赶回北京去，不能总坐在飞机里死等。乘务员不住向他说再等一等，快起飞了，现在一律不允许下飞机。而那个女的不停在打手机，由于心急，话音都很响。听得出来对方是她的母亲，她在问妈妈你们到饭店了吧？生日蛋糕订好了吧？送过来的话，你们就先吃吧，不要等我们了，飞机现在还在天津呢，不知道什么时候能够起飞。对方似乎在叮问：你是不是和他一起回来的？她说：是，是我和他在一起。说到“他”这个字的时候，她停顿了一下，我猜，她可能脸有些红了。然后，能够听见话筒里传来很大的声音：那就等你们回来一起吃嘛，让饭店等！

我已经彻底听明白了，既是母亲的生日，也是未来的女婿第一次登门见面。今天的晚宴，这一对情侣是专门从深圳赶回来的。无论对于他们，还是对于母亲，晚宴都异常重要。突然的雷阵雨，却让他们耽搁在了天津，生活的戏剧性一下子比电视剧还电视剧。

又耽搁了一个多小时，男的嚷嚷叫机长，刚才说快起飞了，现在还没有起飞，如果刚才让我们下飞机，我们都到北京了。他的叫喊赢得很多人的呼应，都被传染了一样，也纷纷要求下飞机。机长没有办法，只好和地面联系，不一会儿，悬梯来了，舱门打开了，摆渡车也开过来了，乘务员满机舱里喊：没有行李托运在天津终止旅行的，现在可以下飞机了。

我看见了这一对情侣背着简单的挎包匆匆走了下去。一个梳马尾辫的漂亮姑娘，一个戴眼镜的帅气小伙子。他们边走边商量是打车直接回北京，还是打车到天津火车站乘城际动车，谁也说不准哪个更快。

呼啦啦下了一小半人，机舱里显得空旷起来，喧嚣如雷阵雨过后，也平息了下来。

人生中有时候真的是充满了阴差阳错，大概过了没有十分钟，摆渡车也许还没有停靠出站口，机长从驾驶舱里走了出来，招呼乘务员赶快准备好，说飞机可以起飞了。

飞机开始在跑道上滑行，这时候如果能够打开机舱的舱门，也许还来得及能够喊回那一对情侣。可是，很快，飞机已经收起了起落架轰轰响着仰着脖子离开了地面，飞上天空了。

二十分钟后，飞机降落在首都机场。雨后的北京，清凉而湿润，我还在想那一对情侣，这时候走到哪里了？

2011 年夏写于北京

除夕的荸荠

在老北京，除夕的黄昏时分，是街上最清静的时候。店铺早打烊关门，胡同里几乎见不到人影，除了寒风刮得电线杆上的线和树上的枯树枝子呼呼地响，听不到什么喧哗。只有走进大小四合院或大杂院里，才能够听到乒乒乓乓在案板上剁饺子馅的声音，从各家里传出来，你应我和似的，嘈嘈切切错杂弹，像是过年的序曲，是待会儿除夕夜轰鸣炸响的鞭炮声的前奏。

就在这时候，胡同里会传来一声声“买荸荠喽！买荸荠喽！”的叫喊。由于四周清静，这声响便显得格外清亮，在风中荡漾着悠扬的回声，各家都能够听得见。如果除夕算作奏响辞旧迎新的一支曲子的话，前奏是剁饺子馅欢快的声响，高潮是放鞭炮，那么，这寒风中传来的一声声“买荸荠喽！买荸荠喽！”的叫喊，则像是中间插进来的一段变奏，或者像是在一片剁饺子馅的敲打乐中突然升起的一支长笛的悠扬回荡。

这时候，各家的大人一般都会自己走出家门，来到胡同里，招呼卖荸荠的：“买点儿荸荠！”卖荸荠的会问：“买荸荠哟？”大人们会答：“对，荸荠！”卖荸荠的再问：“年货都备齐了？”大人们会答：“备齐啦！备齐啦！”然后彼此笑笑，点头称喏，算是提前拜了年。

荸荠，就是取这个“备齐”之意。那时候，卖荸荠的，就是专门来赚这份钱的。买荸荠的，就是图这个荸荠的谐音，图这个吉利的。那时候，卖荸荠的，一般分生荸荠和熟荸荠两种，都很便宜。也有大人手里忙着有活儿，出不来，就让孩子跑出来买，总之，各家是一定要几个荸荠的。对于小孩子，不懂得什么荸荠就是备齐了的意思，只知道吃，那年月，冬天里没有什么水果，就把荸荠当成了水果，特别是生荸荠，脆生生，水灵灵，有点儿滋味呢。

记忆中，我小时候，除夕的黄昏，已经很少听到胡同里有叫卖荸荠的声响了。但是，这一天，或者这一天之前，父亲总是会买一些荸荠回家，他恪守着老北京这一份传统，总觉得是有个吉利的讲究。一般，父亲会把荸荠用水煮熟，再放上一点白糖，让我和弟弟连荸荠带水一起喝，说是为了去火。这已经是除夕之夜荸荠的另一种功能，属于实用，而非民俗，就像把供果拿下来吃掉了一样。我们的民俗，一般都是和吃有关的，所以尤其受小孩子的欢迎。

如今，这样的民俗传统，早就失传了。人们再也听不到除夕的黄昏那一声声“买荸荠喽！买荸荠喽！”的叫喊了，也听不到大人们像小孩子一样正儿八经的“备齐啦，备齐啦！”的回答了。我现在想，大人们之所以在那一刻返老还童似的应答，是因为那时候的人们对于年还真的存在一种敬畏，或者说，年真的能够给人们带来乐趣和欢喜。现在，即使还能够听到这样的叫卖荸荠的声响，还有几个大人相信并且煞有介事出门买几粒荸荠然后答道“备齐啦，备齐啦”呢？更何况，如今人们大多住进了高楼，封闭的围墙，厚厚的防盗门和带双层隔音的玻璃窗，哪里又能够听得到这遥远的呼喊声呢？

如今，这样的声音，只存活在老人的记忆里，或在发黄的书页间。前辈作家翁偶虹先生在《北京话旧》一书中，便有这样的记载："除夕黄昏时叫卖'荸荠'之声，过春节并不需要吃荸荠，取'荸荠'是'毕齐'的谐音，表示自己的年货已然毕齐。"只是和我小时候的记忆稍有区别，我父亲说是"备齐"的意思，相比较"毕齐"，我觉得父亲的解释更大众化。

2011 年春节前夕于北京

上一碗米饭的时间

入冬后北京最冷的那天晚上，我在一家小饭馆里。家里的人都出了远门，没有饭辙，要不我是不会在这么冷的天跑出来到这里吃晚饭。正是饭点儿，小饭馆里顾客盈门，只剩下靠门口的一张桌子空着，虽然只要一开门，冷风就会乘机呼呼而入，别无选择，我只好坐在了那儿。

服务员是位模样儿俊俏的小个子姑娘，拿着个小本子，笑吟吟地站在我的面前，一口外地口音问我：您吃点儿什么？我要了三两茴香馅的饺子和一盆西红柿牛腩锅仔。很快，饺子和锅仔都上了来，热气腾腾的扑面撩人，呼啸寒风，便都挡在了窗外了。

埋头吃得热乎乎的，觉得忽然有一股冷风吹来，抬头一看，一位老头已经走到我的桌前，也是别无选择地坐了下来。在我的对面坐下来之后，大概看见我正在望着他，老头冲我笑了笑，那笑有些僵硬，不大自然。也许，是为自己一身油渍麻花的破棉袄感到有些羞涩，和这一饭馆衣着光鲜的红男绿女对应得不大谐调。我看不出他有多大年纪，或许还没有我大，只是胡子拉碴的显得有些苍老。我猜想他可能是位农民工，或者刚刚来到北京找活儿的外乡人。

他坐在那里，半天也没见服务员过来，便没话找话地和我搭话，指指饺子，问我饺子怎么卖？我告诉他一两三块钱吧。他立刻应了声：这么贵！这时候，那个小个子姑娘拿着小本子走了过来，走到老头的身边，问道：你吃什么？老头望了望她，多少有点儿犹豫，最后说：我要一碗米饭。姑娘弯下头在小本子上记下来，又抬起头问：还要什么？老头说：就一碗米饭！姑娘有些奇怪：不再要点儿什么菜？老头这回毫不犹豫地说：一碗米饭就够了。然后补充句，要不麻烦你再给我倒碗开水！姑娘不耐烦了，一转身冲我眉毛一挑，撇了撇嘴，风摆柳枝般走了。

过了好长时间，也没见姑娘把一碗米饭上来，更不要说那一碗开水了。在这样一个势利眼长得比鸡眼还多的社会里，人们的眼睛都容易长到了眼眉毛上面，很多饭馆都会这样，不会把只要一碗米饭的顾客放在心上，更何况是一个衣衫褴褛的老头，在他们眼里几乎是乞丐一样呢。姑娘来回走了几次，大概早忘了这一碗米饭。

我悄悄地望了一眼对面的老头，看得出来，老头有些心急，也有些尴尬，又不知道如何是好，如坐针毡。如果有钱，谁会只要一碗白米饭呢？但如果不是真的饿了，谁又会非得进来忍受白眼和冷漠而只要一碗白米饭呢？

我很想把盘子里的饺子让给老头先垫补一下，但把剩下小半盘的饺子给人家吃，总显得不那么礼貌，有些居高临下，就像电影《青春之歌》里的余永泽打发要饭的似的。那锅仔我还没有动，可以先让他喝几口，但一想饭还没吃，先让人家喝汤，恐怕也不合适，而且也容易被老头拒绝。

因此，当姑娘又向这边走来的时候，我远远地冲她招招手，她走了过来，老头看见了她，张着嘴动了动，一定是想问她：我那一碗米饭呢？但如今的小姑娘哪一个好惹？看人下菜碟，已是常态，势利的现实和势利的城市，早完成了她活生生的青春期教育。为了避免尴尬，我先把话抢了过来，对她说：姑娘，你给我上碗米饭！话音刚落，怕她同样嫌弃我也只要一碗米饭，便又加了句：再来三两饺子。姑娘在小本子上记了下来，转身走了。我冲着她的背影喊了句：快点儿呀！她头没有回，扬扬手中的小本说道：行哩！

老头望了望姑娘走去的背影，又望了望我，什么话也没有说，似乎是想看看，同样一碗米饭，到底谁的先上来。一下子，让我忽然感觉偌大的饭馆里，仿佛主角只剩下了老头、姑娘和我三个人，三个人彼此的心思颠簸着，纠结着，一时无语却有着不少的潜台词。

我望了望老头，也没有说话。我是想等这一碗米饭和三两饺子上来，一起给老头，谁家都有老人，谁都有老的时候，谁都有饿的时候，谁都有钱紧甚至是一分钱让尿憋死的时候。

老头垂下头，不再看我。我埋下头来，吃那小半盘的剩饺子，也不敢再望他，我不知道此刻他在想什么，但生怕我的目光总落在他的身上会让他觉得尴尬。有时候，只能让人感慨生活现实的冷漠，比窗外的寒风还要厉害，人与人之间的隔膜，如今是越来越深了，并不是一碗米饭几两饺子就能够化解的。

很快，也就是那小半盘剩饺子快要吃完的工夫，只听姑娘一声喊：您的米饭和饺子来了，便把一碗米饭和三两热腾腾的饺子端在我的桌子上，同时也把老头的那一碗米饭端在桌上。可是，抬头的时候，我和姑娘都发现，对面的老头已经不在了。

其实，只是上一碗米饭的时间。

2010 年岁末写于北京

客厅里的鲜花

朋友丹晨夫妇在美国新买了一套单体别墅，靠近普林斯顿老镇，临达拉维尔河，我笑着打趣说是亲水豪宅呢。她也笑了，说是二手房，上下两层，小巧玲珑，特别是花园，不是面积奢华的那种，但收拾得花是花，草是草的，错落有致，四周一圈柏树，中间几株雪松，靠餐厅落地窗的一面，特意种了一株修剪得矮小的五叶枫，两侧栽的是书带草和玉簪。朋友一看就喜欢上了，本来已经订下了另外一套别墅，且交付了订金，却喜新厌旧地当场决定退掉那套，选择了这一套。

这一套的房主是一对退休的白人老夫妇。在美国，老年人大多不跟子女一起居住，他们的房子，一般是越住越小，因为退休收入减少，也因为体力减弱，收拾房间和花园已经力不可支，便卖掉大房子，搬进老年公寓，拿到卖掉房子的那一笔钱，舒舒服服、手头宽裕地安度晚年了。

拿到钥匙的那一天，朋友约我和其他几位朋友一起看房子。花径缘客扫，先看见花园收拾得干干净净，草坪上新剪的草，剪草机留下的整齐痕迹很明显。走进房间，已经四壁一空，家具都搬走了，但墙壁、地毯、楼梯、壁灯、落地窗和白纱窗帘，都还显得簇新，真想象不出这是住了十多年的老房子。

我对丹晨说，这对老夫妇还真不错，搬走之前，把这里收拾得干干净净。丹晨说，这对老夫妇和这套房子很有感情，他们对我们说你们搬进来一定要好好爱护，特别是这个小花园，从一开始的设计到后来的维护，有这一对老夫妇这十多年太多的心思。

更让我没有想到的是，丹晨指给我看，客厅吧台上摆着一个瓷花瓶，花瓶里插着几支天蓝色的绣球花和几支金黄色的太阳菊，四围还点缀着几簇各种颜色的我叫不出名字的小花。丹晨告诉我，这花瓶和鲜花，都是主人留下的，显然是在搬走的这一天特意买来的。丹晨说上午他们来交接房子拿钥匙的时候，一对老人还在忙着把最后几个大箱子搬上卡车。但他们没有忘记买下瓶鲜花，留给新主人。

那一刻，那一瓶鲜花，在空荡荡的客厅里显得格外醒目，漂亮鲜艳得如同雷诺阿笔下的鲜花。

花瓶旁边，立着一张精美的对折贺卡。我拿起来一看，上面密密麻麻写满了钢笔字，这张贺卡，竟然也是原来的主人留下来的。丹晨大声地对我说：念一念，上面都写着什么？我说：是在考我吗？我英语拙劣，但贺卡上的这些字大致还认得，大意是房间的新主人：今天你们就搬进了这个新家，希望你们能够喜欢它。也希望你们在这里度过你们一生中美好的时光，让这里伴随你们一直到老，到生命的尽头。我大声地念了起来，回声轻轻地在挑高的客厅回荡着。看得出，一起来看新房的人，都有些感动了。

那一刻，我的心头也忽然一热，同样为这对老夫妇感动。因为我实在不知道，在我们这里买二手房的时候，会有多少人能够如这对老夫妇一样，在临搬走之前，不仅为你整理好花园、打扫干净房间，还为你留下一瓶鲜花和这样一帧写满感人肺腑词语的贺卡？我们这里，疯狂的二手房交易，房子的老主人和新主人，已经完全成为赤裸裸的金钱关系，而房间便只剩下了居住面积和建筑面积以及疯长的价格和锱铢必较或水涨船高的心理斗法，少了人居住的气味，更别说人情味和鲜花的芬芳气味了。

丹晨的老公这时候从厨房的壁橱里拿来一瓶香槟和几个玻璃杯，跑进客厅高兴地叫了起来：快来开香槟，咱们来庆祝庆祝乔迁之喜。香槟的泡沫如雪花一样从瓶口喷涌出来的时候，我才知道，这香槟和玻璃杯也是这对老夫妇特意留下来的。

2010 年 7 月 28 日于普林斯顿

芝加哥奇遇

我觉得，那应该算是一次奇遇。

那天，去芝加哥交响乐大厅听他们演奏海顿的大提琴音乐会，在芝加哥大学前的海德公园那站赶公共汽车，紧赶慢赶，还是眼瞅着车门旁若无人般“砰”的一声关上，车屁股冒出一股白烟跑走了。只好等下一辆，心里多少有些懊恼。就在这时候，慢悠悠地走过来一位老太太，满头银发，身板挺括，精神矍铄。我没有想到，下面是音乐会演出之前，老天特意为我加演的一支序曲。我应该感到庆幸没有赶上那辆车，否则，将和这位老太太失之交臂，便也没有了这次奇遇。

等车的只有我和老太太，闲来无事，便和老太太聊起天，偏巧老太太也是爱说的人，一起打发漫长的等车时间。老太太是德国人，开始和丈夫在爱沙尼亚工作，“二战”之后，爱沙尼亚被苏联占领，一直到 1952 年，才有机会离开那里，她和丈夫来到美国。丈夫研究生物学，在芝加哥大学当教授，后来又当了系主任。老太太便落地生根一般，一直住在了芝加哥，再没有动窝。

一边听着，心里一边暗暗算着，老太太得有多大年纪了？从来芝加哥到现在就已经过去了 58 年，再加上在爱沙尼亚工作的时间，起码有 80 多岁了。可看老太太的样子，哪里像呀。我们这里 80 多岁的老太太，谁还敢再挤公共汽车？尽管一般不问外国女人的年龄，我心里的疑问还是忍不住地问出了口。老太太的回答，让我叹为观止，老天，她竟然整整 90 岁了，这简直有点儿像是老树成精了。

她看出来我的惊讶，连说我是 1920 年生人，天真地证明着自己绝对没有错。我忙说没想到您的身体保养得这样好。她笑着摆摆手说，不是保养，是常常听音乐会的结果。

原来，我们是同道，都是去听芝加哥交响乐团的海顿大提琴音乐会。一下子，涌出同是天涯爱乐人，相逢何必曾相识的感觉。心里一个劲儿地想，这个世界上还有几个 90 岁的老太太，能够有如此的兴致，身板如此硬朗，大老远地挤公共汽车去听一场音乐会？不敢说是绝无仅有的奇迹，也实在是难得一遇的奇遇。

车一直没有来，让我们多了一些交谈的机会。我知道了，老太太一生中最大的爱好就是音乐，芝加哥交响乐团是陪伴她半个世纪的朋友，从库贝利克到索尔蒂到巴伦博依姆，几任指挥走马灯一样轮换，她对乐团却葵花向阳一般始终如一，每年在它的演出季里挑选自己钟爱的音乐会，挤公共汽车去听，是她这些年的坚持。听到这里，我对老太太肃然起敬，无论什么事情，能够坚持这么长时间，就都不是一件简单的事情了。许多的经历，一次两次，也许说明不了什么问题，但坚持下来，放在人生的长河里，能随着时间一直流淌至今，即使串不起一串珍珠，也串起了属于自己最珍贵的记忆。尤其到了老太太这样的年纪，人和人之间显现出来的差别，不在于地位、房产或儿孙的荣耀，除了身体，最主要的就是能够拥有属于自己的回忆，这是一笔无人企及的最大财富。

不过，老太太也有属于自己的遗憾，那就是丈夫的工作忙，这辈子没有陪她听过一次音乐会。如今，丈夫早已经先她而去，她依然坚持自己一个人去听音乐会。她对我说，丈夫虽然没法陪她听音乐会，但一直都特别高兴她去听音乐会，每一次去听完音乐会回到家里的时候，丈夫总会听她讲讲音乐会的情景，便也和她一起分享了美妙的音乐，成为最难忘的时光。本来说好的，丈夫要陪她听一次音乐会的，票都提前订好了，丈夫却住进了医院，再也没有起来。

是莫扎特。老太太没有告诉我是哪年的事情，只告诉我听的是莫扎特的音乐，话音里并没有什么特别的哀伤，核桃皮一样皱纹覆盖的眼睛里闪着亮光，那里面也许更多的是回忆和怀念吧。我猜想，在没有丈夫的日子里，听音乐会不仅成为老太太爱乐的一种习惯，也成为她和丈夫相会的一种方式。

车来了，我要搀扶她，她却很硬朗地一个人上了车。这一晚的音乐会，是我听过的音乐会中最奇特的一次。因为有了老太太奇特年龄和奇特经历的加入，就像在乐谱里加入了奇特的配器，在乐队里加入了奇特的乐器一样，让海顿的大提琴多了一层与众不同的韵味。觉得特别低沉的大提琴，那么像是一位饱经沧桑却又保持一腔幽怀的老人。

2010 年 6 月 17 日于新泽西

公交车落下的花瓣

那天等公交车，站台上，我前面站着两个姑娘，看装束模样，像打工妹。寒风中，车好久没有来，两人跺着脚，东扯葫芦西扯瓢地聊了起来。聊得挺带劲儿，时不时忍不住咯咯笑。听她们的言谈话语，才知道已经不是姑娘了，都刚结婚不久，嘴里的“老公，老公”跟蹦豆儿似的，叫得亲得很。

其中一个系着红头巾的女人，对戴着黑白相间毛线帽的女人说起自己和老公的一次吵架，说得兴味盎然。我听得真真的，前些天，她和老公吵架，一气之下，跑出了家门，一走走了老远，走到天快黑了，想起回家，坐上公交车，才发现自己穿的连衣裙没有一个兜，自然没带一分钱。她对戴毛线帽的女人说：你知道我和我老公结婚后租的房子挺偏的，得倒两回车，没钱买票，心想这可怎么办？我就对售票员说我忘了带钱，你让我坐车吧。人家还就真的没跟我要钱。倒下一趟车时候，我又说我忘了带钱，你让我坐车吧，人家又没跟我要钱。我都到家了，我老公还在外面瞎找我呢，等他回来天都黑了，他进门看我在家里，问我是不是打车回来的？我笑他，没带一分钱，还打车呢？说着，两个女人都像收到喜帖子似的笑了起来。售票员的善意，让小夫妻之间不愉快的吵架也变得有了滋味。

“毛线帽”对“红头巾”说：北京公交车售票员小丫头片子的眼睛长得都比眉毛高，没刁难你，让你白坐车，算是让你碰上了！

“红头巾”对“毛线帽”说：要不待会儿来车了，你也试试？你就说没带钱，看看是不是和我一样，也能碰上好人？

“毛线帽”拨浪鼓似的连连摆头：我可不敢，让人家连卷带损地数落一顿，别找那不自在！

“红头巾”却一个劲儿地怂恿，边说边推了一把“毛线帽”：没事，你试验一次嘛！

“毛线帽”回推了一把“红头巾”：要试你试！

“红头巾”撇撇嘴：胆子这么小，我试就我试，给你看看！

正说着，公交车已经进站，停在她们的前面，车门吱的一声开了。两人脚跟着脚地上了车。车上的人不算多，有个空座位，两人让给了我，好像故意让我坐下来好好看她们接下来的表演。

“红头巾”走到售票员的前面，“毛线帽”拽着吊环扶手没动窝，眼瞅着她怎么张开口。售票员是位四十多岁的大嫂，眼睛一直盯着向自己走过来的“红头巾”，以为是来买票的，没有想到“红头巾”说：阿姨，我忘了带钱了，您看看能不能让我坐车呀？售票员面无表情，抬起手，一根细长的食指毫不客气地指指后面的“毛线帽”说：你没带钱，她也没带钱怎么着？

得，今天遇到的售票员不是个善茬儿，试验刚开始，就卡壳了。幸亏“红头巾”反应得快，回过头也指了指“毛线帽”说：我们不是一起的。“毛线帽”只好配合着赶紧点头又摆手。谁知售票员久经沧海，眼睛里不揉沙子，对她们两人说：行啦，进站时候我早看见了，你们俩推推搡搡连打带闹的，还说不是一起的！

像一只气球，还没飞起来，就被一针无情地扎破，满怀信心想试验一把，让夏天那个美好的回忆重现，没想到演砸了。“红头巾”一下子尴尬起来，瘪茄子似的耷拉着头，不知如何是好。售票员步步紧逼，嘴里不停地说：快着吧，麻利儿地赶紧掏钱买票，一块钱一张票都舍不得花？说得满车厢的人的目光都落在“红头巾”的身上，“毛线帽”赶紧走上前去，掏钱替“红头巾”买了票。“红头巾”才像沉底的鱼又浮上水面缓过了神儿，对售票员解释：阿姨，不是我不想买票，我是想试验一下，看看……售票员撕下票塞在她的手里打断她：行啦，试验什么呀？像你这样逃票的，我见得多了！

我心里在想，售票员应该把“红头巾”的话听完，就明白了“红头巾”坚持试验的一点小小的愿望，兴许就是另一种结局。但也说不好，即使知道了“红头巾”试验的愿望，没准照样是这种结局。如今很多事情，结尾常南辕而北辙，美好芬芳的愿望如旷世的童话，早已经被现实磨烂得成了一双臭袜子被随手丢弃。

车开了两站，我到了，车门打开，刚下车，发现那两个女人也下了车，落荒而逃似的从我身旁跑走，只是一边跑一边咯咯地笑。过了很多天，脑子里还总是出现这个场面。有一天，忽然莫名其妙地想起了美国诗人庞德曾经写过一首叫《在一个地铁车站》的诗，很短，只有两句：“人群中这些面孔像幽灵一般显现，湿漉漉的枝条上的许多花瓣。”事后庞德解释这首诗时说，他是在巴黎一个地铁车站，走出车厢的时候，看见了一个美丽的儿童的面孔，一个美丽的女人的面孔。我很难想象，如果庞德看到这两个落荒而逃的女人的面孔，会觉得还像美丽的花瓣吗？

2010 年春于北京

风中华尔兹

那天的晚上，风很大，公共汽车站上没几个人等车，车好久没有来，着急的人打的早走了，剩下的人有些无奈。这时候，走过来一个姑娘，黑暗中看不清她的面孔，但个头高挑，身材苗条，穿着一条长摆裙子，还是很养眼。但公共汽车并没有因养眼的姑娘的到来而提前进站，等车的人们还在焦急地望眼欲穿，有人在骂街了。

不知这位高个的姑娘是刚逛完商厦，还是刚赴完晚宴，或是刚刚下班，总之，她显得神情愉悦，一点儿也不着急，竟然伸展修长的手臂，在站牌下转了两圈。是几步华尔兹，风兜起她的长裙，旋转成了一朵盛开的花，汽车站仿佛成了她的舞台。

这一幕，留给我的印象很深，记得那一晚的站牌下，对这位突然情不自禁地跳起华尔兹的姑娘，有人欣赏，有人侧目，有人悄悄说：神经病！我当时想，同样的夜晚，同样的大风，同样的焦急，人家姑娘的华尔兹，能够在自娱自乐之中化解焦灼，是本事，也是一种平和的心态。

有一天，我路过我家附近不远的一个小区，小区的大门口有一间不大的收发室，收发室的窗前挂着一块小黑板，黑板上密密麻麻地写着几门几号有挂号信，几门几号有汇款单，无论是阿拉伯数字，还是汉字，都写成斜体的美术体，分外醒目。一笔一画，一丝不苟，写得正经不错。走过那么多的小区，还从没见过哪里的收发室前的小黑板上有这样好看的美术字呢。

有意思的是，我看见收发室里坐着的一个小伙子，正拿着支笔，正襟危坐，往纸上写着什么。好奇心驱使我走了过去，和小伙子打招呼，一看他正在练美术字，双线镂空的美术字，满满地写在了一张废报纸上。我夸他写得真好，他笑着说天天坐在这里没事，练练字解闷呗！

其实，解闷的方法有多种，喝喝小酒，看看电视，下下棋，都可以解闷。小伙子选择了写美术字，即使往小黑板上写邮件通知，也要用美术字写得那样整齐，那样好看，就像学校里出板报一样正规。我对这个小伙子心生敬意，因为并不是什么人都有他这样的本事，能够将日常琐碎的事情做成如此赏心悦目，让自己看着，也让别人看着，那么地舒服。

曾经在网上看到浙江湖州一位叫作李云舟的小伙子，和我见过的这个小区用美术字写黑板的收发小伙子，有异曲同工之妙。李是小区的一个保安，他向他的主管提了好多建议，都没有被采纳，一气之下，不干了。不干了，他的辞职信写得不同一般，竟然是用文言文的赋体形式写成。你可以说他怀才不遇，你也可以指出他的赋有这样那样的毛病，但你不得不承认，那赋古风悠悠，洋洋洒洒，有典故，有文采，还有他抑制不住的心情，或者那么一点自尊和自命不凡。于是，这篇赋体的辞职信迅速在网上走红，而李被称之“湖州第一神保”。也可以这样说，这是中国第一赋体的辞职信呢，简称：“中国第一赋辞”。

生活中，并不是每天都会下雨，也不是每晚都出星星；花好月圆总是属于少数人，月白风清总是属于幸运儿。大多的人，大多的日子，却是庸常琐碎、寡淡无味，甚至会有许多苦涩和不如意，怀才不遇的磨折会更多。能够如这两位小伙子，即使写再平常不过的邮件通知，也要写成与众不同的斜体美术字；即使写再卑微不过的辞职信，也要写成一唱三叹的赋体。我想，这也许就是我们常常说的一种对生活的态度吧？是古诗里说的：行到水穷处，坐看云起时；是罗大佑唱过的：胜利让给英雄们去轮替，真情要靠我们凡人自己努力；是那位大风里焦急候车的姑娘，将生活化为华尔兹，让哪怕是滋生出来那一点点的艺术，也会有一点点快乐，温暖我们自己的心吧？

2010 年春节于北京

贪官的名字

那天读报，看到湖南道县的县委书记被双规后，道县群众放鞭炮、舞龙狮，热烈庆祝，几乎万人空巷，成为当地的一大盛事。这位贪官的名字，有意思，叫作易光明。明明是在黑暗角落里干着贪赃枉法的事情，却偏偏要叫“光明”。这真的具有强烈的反讽意味。

这让我想起不少贪官的名字，和这位易光明一样，原意这样光鲜灿烂，花团锦簇。想想，真的是让我们哭笑不得。

随手捡来，光是叫“光明”这名字的，就无独有偶。辽宁有个女“光明”，姓刘，原鞍山市国税局局长，群众称之为是一位拉上窗帘“靠睡出来的”官。如此贪官，如此睡功，真有点儿亵渎了光明这个名字。

再看被判处死刑的前厦门海关关长，当年远华集团走私案中，他胆大包天，收受贿赂高达上亿元，这个人的名字叫杨前线。他这个本该是海关反走私的前线，竟然是如此长堤溃坝，水银泻地般无法收拾。

另说一位被判死缓的前四川省交通厅长，在搜查其豪宅的时候，光发现藏在那里的钱物都有 1300 万元，还有一辆 140 万元的奔驰轿车，他的名字叫作刘中山。想来应该是以孙中山先生为榜样的，却将中山精神彻底抛弃，死后和中山先生相见，不知该有何脸面告诉中山先生说：我也叫中山。

这样的名字，还可以举许多，比如辽宁慕马大案中的马向东，原江西省省长倪献策、江西省副省长胡长清、安徽省副省长王怀忠、中国建设银行行长王雪冰……哪一个名字不是又好听又响亮又有好意思，其中马向东和王怀忠，“向东”和“怀忠”，这两个富有特定时代色彩的名字，简直就是工整的对仗。胡长清和王雪冰，水清冰洁，也可以说虽不工整，却也是意境不错的一对比兴。却哪里想到个个污秽龌龊得一片混浊，心地肮脏，糟蹋了好名字。

最令我羞愧的是，丽江原林业局局长，杀死情人之后自杀，他的名字叫沙文学，这样的结局实在太“文学”了，真真是杀了人后再杀了文学，让我和文学跟着一起无地自容。莫非是如今的文学之中不少是这样情杀情节雷同而拙劣的翻版或母版？让这位贪官在物欲和情欲之海中生风惹浪后，效尤这样的情节而轻而易举地翻身落水，让文学跟着一起吃挂落儿？还是文学真的已经不景气，怎么可以如此的毫无才气和创意，书写成和他这样的情节一模一样？

也许，好名字如同好天气一样，谁都需要。并非只有贪官爱起好名字，并非个别贪官的名字好听，只是偶合。人之初、性本善，爹妈最初给他们起名字的时候，他们也都还是一张没有什么污迹的白纸，爹妈谁都希望自己的孩子好。是步入人生，特别是进入官场之后，香车宝马，豪宅盛宴，金钱美女，欲壑难平，人性恶的地方，如惊蛰后的蛇一样，逐渐都暴露出来，便越发沉溺其中，将烂泥塘当成了席梦思软床，在上面纵情狂欢，以为舒服得不得了，得意得不得了。连自己是干什么的都忘记了，便更将爹妈忘记了，把原本爹妈给起的好名字，像抹布一样甩在一旁了。

这让我想起曾经看过的电视剧《雾里看花》。那里面李幼斌饰演的老谋深算贪婪无比最没德行的主角，偏偏取名叫作黄立德。我也想起了历史上鼎鼎有名的大奸臣，偏偏取名魏忠贤。德在哪儿？忠在哪儿？贤又在哪儿？如此的名实不符，大概不只是巧合，也不只是为了讽刺。

名字当然只不过是一个符号，但是以表面的冠冕堂皇的遮掩，肆无忌惮地干着令人作呕的勾当；会场主席台上高喊着义正词严的话，背后却言不由衷挂羊头卖狗肉，却是如今官场上见怪不怪的景观。过去的年代，有句话叫作“打着红旗反红旗”，如今不怎么提了，却真的是一面镜子，让我们在感慨反腐的任重道远之余，也感慨世事的沧桑和人心的莫测。

必也正其名，不仅仅是贪官的名字。

2009 年 12 月 29 日于北京

天津的哥

我对天津的的哥一直有好印象，源于十多年前，那时满街还跑着黄色的“面的”。那一次，我坐着一位天津的哥开的“面的”，的哥是一位穿着花哨戴着副蛤蟆镜的年轻人，光从打扮看，多少有点儿不着调。但是，车子停在我要到的地方的时候，方显出英雄本色，怎么那么巧，他踩刹车的那一瞬间，“面的”上的计价器刚好蹦字。按照一般情况，当然应该按照蹦出的新数字付款。这位的哥坚决不要，坚持按没蹦字之前算钱。虽然不过只一元钱，却看出这位的哥的心地，以及天津人独特的豪爽。比起穿着礼貌矜持文绉绉的上海的哥，比起满嘴跑火车格外能侃的北京的哥，天津的哥有另一番风姿，好印象一直留存至今。

前不久，又去了一趟天津，回北京时，又坐了一回出租，这位的哥年龄五十多，其实比我小不了多少，一上来却管我叫“这位伯伯”，我知道，这是天津人的客气。一问，果然他和我一样插过队，在张家口的坝上，一去小十年。回到天津，在一家蔬菜公司开大卡车拉菜。19 年前，蔬菜公司不景气，他下岗之后，开起了出租，算是天津比较早开出租的人。一辆夏利，连买车的钱带出租特种经营的牌照钱，一共花了 5 万多。那时候 5 万可不是个小数，东拼西借，天天背着一屁股债开车上路，出门回家，两头见灯。今天，他的这辆伊兰特连车带牌能卖 35 万，我对他说你这也算是苦尽甜来吧。

因为同为插队的知青，话投机便格外地稠，他不再叫我“这位伯伯”，改口叫“大哥”。听我说他苦尽甜来，他连连摆手，说道：大哥，你这话就说差了，哪儿就苦尽甜来了？跟你说，我家里还有一个 25 岁的儿子，还没结婚呢，如今房价这么贵，什么时候给儿子买得起一间房结婚，才算得上苦尽甜来！我现在还得是小车不倒只管推！告诉你，大哥，你们北京我都有 27 年没去了，27 年前，还是我跟我对象一起去的，从北京回来结的婚。我告诉你，大哥，我现在好多次都在想，要是能让我去了北京，我哪儿也不去，就去天安门，什么都不干，一个人站在那儿，光看天安门，我也能激动老半天。你信不信？我说我信，都是一代人，无论留在心里的是什么滋味，天安门留存着我们那一代人青春的记忆。

他接着说：我对象老对我说，什么时候带她再去一回北京。其实，我自己个儿就不想去呀？天津离北京这么近，都 27 年没去过北京了。开出租这么多年了，也拉客人到过首都机场，但是都是从四环五环直接去了机场，然后就赶紧回天津了，没进过一次北京城里。我也想哪一天豁出去了，开着车拉着我对象去北京一趟。我知道他是舍不得钱和时间，青春的记忆和梦再好，再值得留恋和回味，也抵不过眼前的日子和儿子的房子，前者是一幅画，可以美滋滋地挂在心头，后者却实实在在压在心头呀。

他叹了口气，对我说：干我们这行的，见的人多，拉好多次年轻人，比我儿子的年龄都小，有的一问每月工资六七千，我下岗时候蔬菜公司给我一万多，就把我给公家干了那么多年的工龄打发了，他们何德何能，两个月的工资就赶上了我那么多年的工龄？还有的一上车就打手机，给这个对象打电话，刚放下，又紧接着给另外一个女的打电话，一样的甜言蜜语，你说这是什么事呀！

我知道他看不惯，和自己年轻时对比，他的心里更憋着火。我劝他，老眼厌看南北路，流年暗换往来人，一代人有一代人的青春背景和轨迹。别的甭多想，什么时候，拉着你老婆去趟北京是真的！

他笑了，说：那是！

车很快到了天津东站，一刹车，他指给我看到哪儿进门买票。怎么那么巧，车子的计价器竟然和十多年一样，也是在停车那一瞬间蹦字，他坚决按照蹦字前收费：14 元 8 角，我只好给了他 15 元，他却坚持一定要找给我那多出的两角钱，我赶紧跳下车，他把头探出车窗，冲我喊了句：祝你一路顺风！那一瞬间，我的心里充满感动。虽然在全国许多城市里都坐过不同的出租，天津的的哥总让我难忘。泥人也有个土性，谁都有自己的一个哪怕再平凡的梦，我祝愿这位的哥能早日带着他的老婆来北京旧梦重温。

2009 年 6 月 18 日于天津归来

自行车咏叹调

自行车是外国人的发明，却绝对是中国人的专用。普及率，除了筷子，大概就得数自行车了。走在中国的任何地方，无论是再大的城市，还是再偏僻的乡村，哪怕只是一条羊肠小道，都可以看得见自行车。如果赶上北京或上海这样大城市的上下班的高峰期，大街上自行车车轮滚滚所汇成的汹涌洪流，赛得过钱塘江涨涌起的一浪高过一浪的潮水，是极富有中国特色的一大壮观，在世界其他地方难得见到。

即使车轮不滚动，那么多的自行车安静地放在一旁，黑压压一片，也会是一种壮观。那些由圆和线组成的图案，像画家蒙德里安用几何图形所画成的画面，在不动声色中吐露着威严，显示着富有中国特色的美学。

小孩子稍稍大了一点，要学的第一件事情就是学骑自行车。对于孩子，自行车不是玩具，孩子的小腿还够不着脚蹬子，大人就开始让孩子学骑自行车了。大人在车前扶着车把，在后面扶着车座，一边使劲地呼喊着孩子眼睛往前看，一边使劲地跟着车跑，再怎样辛苦，也要帮助孩子从小学会自行车，几乎是所有孩子逃脱不了的人生第一课。道理很简单，自行车将要开始伴随他们的终身，从他们上学到工作，甚至到终老。有的老人就是死在用自行车推往医院的路上，有的老人就是从自行车上跌下来，在闭上了眼睛的那一瞬间，看见自己自行车的车轮子还在身边不停地转。

有一段时间，自行车、手表和收音机，是人们向往的三大件，自行车点名要“飞鸽”“永久”“凤凰”牌的，就像现在人们买汽车要本田、别克或奥迪的劲头一样。结婚的时候，自行车往往是娘家的陪嫁，扎上了大红绸，气派地摆在醒目的地方。自行车便和现在的汽车一样，成为全家最珍贵的物件，和家庭琐碎的日子关系最为密切，充满辛酸，也充满温馨。成了家之后，自行车往往会在前面加一个车筐，下班后到菜市场买菜买鱼买肉，都要靠它驮回家。有了孩子之后，自行车往往要在后面加一个小座儿，或在大梁上安放一个靠背椅，为的是把孩子从幼儿园里接回家；即使孩子上了学，自行车依然是大家接送孩子最便捷的交通工具。丈夫骑着自行车，前面带着孩子，后面驮着老婆，永远是清晨出门或黄昏归家最动人的画面，自行车就如同一只大鸟，用有力的翅膀载着一家人早出晚归，品味着人生百味，游走在生活的角角落落。

那时候，不止一处房子越盖越挤的院子里，两墙之间的夹缝窄得犹如韭菜叶，只能容一个人推一辆自行车勉强过去。我会常常看到下班的人推着自行车艰难挤过夹缝的情景，车后座上往往驮着孩子，车把前的车筐里放着下班路上带手买来的一束湛清汪绿的青菜。这样的一幅幅归家图，融化在各家小蜂窝煤炉渐渐冒出的袅袅炊烟里，那一抹绿色，像是奔波一天的自行车身上冒出的缕缕的汗气，更是从自行车身上摇曳出来的精神气，有了它，再疲惫的一家人和自行车，都显得有了生气。

都说人与人之间相濡以沫，其实，自行车和人之间也是相濡以沫的，彼此慰藉，相互走过了人生。真的，还有什么别的物件赶得上自行车对普通人日复一日持之以恒的扶助的吗？人们对自行车的感情，就像古代壮士对于自己心爱的坐骑一样。不兴养宠物的时候，自行车就是大家的宠物，要给它拾掇得干干净净，利利索索，它才能够像追风马一样，为你风入四蹄轻，轻快地在四九城驰骋。我们大院里，有一位年轻的单身工程师，下班后，首先要干的两件事，一是脱掉上衣为自己洗身，一是把自行车翻个个儿，为车洗身。他把一身健壮的肌肉洗得油光水滑，把一辆自行车擦得锃光瓦亮，然后，他和自行车相看两不厌，像一对马上要登台演出的角儿，有精彩的对手戏等着呢。那时候，他家的窗帘永远不会拉上，他好像就是有意要让全院人看看他的肌肉和他的爱车，他觉得自己这一身腱子肉和永远崭新的自行车是绝配，就像英雄配美人，宝马配雕鞍，葡萄美酒配夜光杯。

如今，私家车越来越多，在马路上，自行车被挤得只能黄花鱼溜边儿，还不停地听汽车的喇叭和司机的训斥，属于自行车的地盘越来越小，自行车的地位也跌落千丈，再难找回我们大院里年轻工程师的感觉。但是，自行车依然顽强地存在着，和私家车做着虽力不从心却颇有些悲壮的抗衡，就像遥远时代里的民谣，依然有着打动人心的力量。更何况，更多的普通人依靠的是自行车，低碳生活更需要自行车，自行车就像传统节日里的鞭炮，缺少了它的声音，还叫火爆的日子吗？

如今，常会在黄昏的街头看见半大小伙子，是中学生在玩车，他们以马路牙子为障碍，让自行车的前轱辘翘起，旱地拔葱似的拔到马路牙子上面，再拔出萝卜带出泥把后车轱辘连带拔上来，往返循环，乐此不疲。自行车白天用来上学，笔管条直，像是他们自己见到老师一副乖仔的模样；到了黄昏就变了脸，一下子活跃起来，成了他们锻炼身体的工具，消遣时光的玩具，也成了他们发挥想象创造想象的平台。一车几用，恨不得把压抑了一白天的心气都释放出来。他们是不到天黑不会收车回家的，当然，他们在这里会赢得围观者尤其是女孩子的阵阵喝彩，他们臭汗淋淋回家后，是少不了挨一顿家长的臭骂的。

在城里，除了丢车（几乎没有人没丢过自行车），最怕的是骑车回到家找不到放车的地方。楼外面如今被越来越多的私家汽车气宇轩昂神气十足地占领着，楼道里已经被捷足先登的自行车挤得横七竖八，走道连个下脚的地方都没有了。实在不行，只好把车顺在楼梯上，四仰八叉地和楼梯把手绑在一起。也有把车吊在房顶上的，像吊腊肉似的，吊得人眼晕。

如果你仅仅把自行车当作交通工具，可就错了。在中国，自行车的用途大了去啦。无论是在城里还是在乡下，自行车首先又是家庭最常用运输工具。在城里，小到买个米买个面，大到买个椅子买个电视机，一直到换个煤气罐，什么地方都得用得着自行车的。自行车就像个任劳任怨的仆人，无论什么活儿都得伸出自己的肩膀头来。

在乡下，用自行车的地方比老牛的地方还要多。运菜运粮运筐运一切要到城里去卖的东西，都用得着自行车，自行车比骡马要好使唤，而且要不惜力气得多。好不容易进一次城，车前车后要装得满满的。光装那些东西，就是艺术，就跟编鸟笼或盖房子一样，不用一钉一锤，却装得密密实实，结结实实，得要一双巧手妙心。我见过这样一幅摄影作品：自行车运草帽，从前看草帽成了鸟一样呼扇着羽翼，从后看草帽成了一座会移动的小山，骑车人只露出头顶的草帽，和山一样的草帽连成一体，童话似的长出脚来在动在跑在飞。

在城里，骑车带人，和打的的人差不多一样多。这是因为骑车带人上下方便，到哪儿去也方便，自行车就是自家的“的”，而且，也比打的省钱。更重要的一点，是情人坐在身后，搂着情人的后腰，奔驰在大街小巷，有打的无法体会的味道，彼此的心跳都听得清清爽爽，身上的香水味儿和汗味儿混合在一起呛鼻子却无比好闻。自行车让他们成了连体人，在大街的众目睽睽之下敞亮地展示着他们爱情的雕塑。

有一次，我见到一对年轻人骑着一辆自行车，是个风天，又是顶风，男的在前面骑，弓身若虾，女的身穿旗袍，足蹬凉鞋，十个脚趾涂抹着豆蔻鲜艳地亮在外面，香艳四溢。女的偏偏跷着二郎腿，双手扶也不扶那男的，划着曲线，穿梭在车水马龙之间，游龙戏凤一般，潇洒得劲头十足，惹得众人侧目相看，好不得意。一看就知道若不是多日的配合，哪能如此艺高人胆大，默契得你呼我应，融为一体。

大多数的大人骑车带人还是为了带孩子，为了接送孩子到学校和幼儿园。所以在中国的任何一座城市里，都可以看到许多这样骑车带孩子的大人，风雨无阻。不过，骑车带孩子带的法子不尽相同。在南方，大人是把孩子绑在自己的后背上，孩子竖立在身后，成了大人的守护神；在北方，则是让孩子坐在前面的横梁上，大人用胸膛保护着孩子。竖着或横着的孩子，常常歪着小脑袋睡着了，而大人却全然不知，依然骑着车奋然前行，便常常有过路的行人冲着大人高喊：“留神呀，孩子可睡着了！”

记得 32 年前，我刚刚考入中央戏剧学院上学，一天出门骑车带着一个同学，刚拐出胡同，便和迎面而来的一个警察叔叔狭路相逢。因为那时候北京不许骑车带人，警察叔叔把我们拦了下来，要罚款，严厉地问我们：“你们是哪儿的呀？”我赶紧回答：“我们是戏剧学院的学生。”这位警察叔叔把戏剧学院听成戏曲学院了，就问：“哦，学哪派的呀？”我一听，满拧，忙说：“我们，没派……”他又听岔了，脸色却明显地好了起来，说道：“梅派呀？梅派，梅兰芳，好……”没罚款，放了我们一马，敢情这位警察叔叔是个戏迷。

对于自行车，我从心里充满感情。很难设想有一天没有了自行车的北京城会是什么样子，会不会和没有了四合院全部都是高楼大厦一样，让人无法想象，无法辨别，无法找到回家的路？自行车不仅是北京而且是全国的一种最带有中国特色的生活乃至文化的符号，它几乎和我们每个人的生命休戚相关，和我们国家的发展密切相连。非常遗憾的是，这样一种从抽象上说是醒目非常的符号，从具象上说是个性十足的物件，却没有见到有什么艺术专门去为它描摹为它张目为它张扬。除了看过一部电影《十七岁的单车》，我没有听到过一首歌曲是专门唱它的，没有看到过一幅画是专门画它的，也没有一部小说，就像意大利的作家皮兰德娄充满情感专门用他故乡的“西西里柠檬”为他的小说命名。我们对它有些熟视无睹。越是熟悉的，越是亲近的，越是须臾不可或缺的，越是我们相濡以沫的，越是陪伴我们走过艰辛岁月的，我们往往越容易视而不见，熟视无睹。

记得路德维希在他的《尼罗河传》里说：“朝代来了，使用了它，又过去了，但是，它，尼罗河——那土地之父却留了下来。”自行车，也曾经在朝代的更迭中在时代的变迁中被我们使用，它是我们的生活之子，也应该留下来，留下来作为我们青春与岁月、成长和发展的见证。我们也应该为它作传。

2010 年 2 月 18 日大年初五改毕于北京

大合唱

对于大合唱，我一直都是格外倾心，有一种神圣的感觉，会随着那么多人整齐洪亮的声音里发出，而一起如浪一样地连天涌来。总觉得那声音来自心底，也来自天宇之间，人的声音伴随着天风猎猎，让人声升华，那种回荡在四周的声音，真的会让人感到人的内心原来是可以和天空一样浩荡无边的呀。

第一次见到合唱团，是 1960 年的 9 月 1 日。之所以记得如此清楚，是因为那天是开学的日子，我刚刚小学毕业，考入了北京汇文中学。那时，我 13 岁。

学校开迎新会，有学校合唱团和慕贞女中合唱团联合演唱的全本《黄河大合唱》，指挥是我们学校的音乐教师，叫纪恒，是一位口琴演奏家，和当时颇为有名的口琴家石人旺同辈齐名。那时，我见识很少，第一次见到这样庞大的合唱团，站满了整个舞台，声音灌满礼堂，回荡着，如惊涛拍岸，真的颇为震撼。

我一直认为，合唱的传统来自宗教，中世纪教堂里的格里高利圣咏，开合唱之先河，很多人从童年就参加教堂的唱诗班，据说那时各种各样的合唱曲就有 1600 多首。文艺复兴时期最有名的音乐家帕勒斯特里那，小时候就是唱诗班的成员，成年后所作的 500 多首作品，其中大部分是合唱曲。

老作家林希先生，也格外钟情合唱，从小也是合唱团的成员。他曾经说过：“站在合唱队列里，立即有了神圣感。”我特别赞同他的这个说法。这种神圣感，让合唱区别于其他形式的演唱。因为无论西洋或民间或流行的独唱重唱，可以有属于私人化或宏大叙事的种种丰富的情感在内，却难有这样来自天外之音的神圣感。神圣感需要有一定的人数和空间。

最喜欢的大合唱，是《听妈妈讲那过去的事情》和《五月的鲜花》。

《五月的鲜花》第一次听到，是我们学校和慕贞女中合唱团的演唱。这首大合唱在我们的汇文中学的校园里听到，和在别处听来，感受和意味绝对不一样。不仅因为曲子太哀婉动人了，而且作曲者是我们学校里的特级数学教师阎述诗先生，所以听来多了一份亲切。它几乎成为我们学校的校歌，常常会在学校各种活动中演唱。最难忘的一次，应该是在阎述诗老师逝世的那一年，在学校的礼堂里，听校合唱团唱这首大合唱，刚听到第一句“五月的鲜花，开遍了原野……”很多同学和老师都流下眼泪。那一年，我正在读初二。

《听妈妈讲那过去的事情》是前几年从电视里听到的，无伴奏合唱，一群孩子唱得实在动人，一种尘埃落定和一切都归于圣洁和虔诚的感觉，忍不住让我抬起头看看歌中唱的月亮，是不是还那样的清澈透明。在以后的很多日子里，我都在电视里找这个合唱，希望和他们重逢。可惜，我再也没有找到。心想，此曲只有天上闻，给予我的机会只有一次吧？

在近年的央视青年歌手大赛中，新增加了合唱。其中不少很是不错，但也有不少过于刻意，技巧和形式感多于内容和情感。而且，受制于荧屏，人数不够，显得单薄，合唱的气势便弱了许多。现在，听大合唱，要到公园里。在北京，天坛、北海、景山公园都有群众自发的合唱团。由于完全出于自娱自乐，没有一点功利，唱得就是不一样，发自内心的声音，才属于音乐的本质。

星期天，有时我会到天坛，在长廊有不止一支合唱队，其中一支人数最多，他们手里拿着歌谱，唱得格外认真。指挥的年龄不小了，一脸沧桑，疲惫劳累的样子，但手指在空中一动，像有了魔力一样，完全是另一个人。他们常常唱的一首歌是《祖国颂》，那是一首老歌，他们唱得格外高亢而情深，吸引了不少游客，包括外国游客，不少人加入他们的大合唱中。我也是加入者之一。于是，合唱的队伍会越来越多，歌声也会越来越激荡，成为天坛公园里一大壮观。

我想，对比器乐，人声可以显示自己美妙之极至的可为和可能性，显示了人类可以创造的奇迹，真的是令人叹为观止。如今，科技发展，让器乐特别是电声乐器发展得过于繁复，甚至吵人。如此，才更显示了人声的单纯美好和壮观，让人们对合唱才如此倾心吧？

2010 年 1 月 17 日于北京

亲笔信

如今伊妹儿和手机短信盛行便捷，传统的信，早已经没什么人写了。据统计，现在邮局里只有不到百分之十是私人信函，这些信封和信瓤，不知又有多少是打印机里打印出来的。

所谓传统的信，是需要自己用笔来手写。过去写信时常用的一句话，是“见字如面”，那是要看见信上亲笔写的字才是，每个人的字体都不一样，即便写的字再歪歪扭扭，也是自己写的，沾着心情和体温，像是闻到乡音一样，让收信人亲切，一望便知，而为自己独有。所以，过去古人接到书信，才有“长跪读素书，书中竟何如”那样地虔诚，才有鱼雁传书的美丽传说，才有“家书抵万金”的动人诗句。

在最近一期的《万象》中，看到前辈学者陈乐民先生的遗作《给没有收信人的信》，全部毛笔书写，信中拳拳心意是随蝇头小楷字字花开的，和电脑键盘里机械打出的信件无法同日而语。陈先生这样的信，大概是一襟晚照，属于最后的古典了。

一个一辈子没有亲手写过一封信的人，或一辈子没有收到过别人亲笔写给自己一封信的人，都是不完整的人生。如今电脑非常发达，点击几下键盘就可以轻松地发出一封信。最可怕的是手机短信，它是“伊妹儿”的缩写版，那里早已经储藏着无数条短信，按你所需，任你所取，就像是一副扑克牌，可以来回地洗牌，组合成不同的条目，供你在任何节日里发给任何人。据说，编纂手机短信已经成为现而今的一种职业，和过去替人代写书信的职业相似。不过，也不像，过去代写书信，总还带有代写者手上的一缕墨香，带有属于你自己的一份真实，手机短信却如烟花女子一样，很可能在刚刚发给你之后，又马不停蹄地发给了另外一个人，在几乎同一时刻，大家不约而同地接收到同一条一字不差的短信。有时候，真觉得科技是人类情感的杀手，用貌似最迅速的速度和最新颖的手段，扼杀人类心底最原始的也是最朴素的诉说。

我要说，还是珍惜手写的家信，节假日里，特别是在春节的大年夜前，起码该给自己的亲人亲手写一封平安的信、祝福的信。家书抵万金，家书抵万金呀，仅仅从电脑或手机里发出的信，还能够抵得上万金吗？

记得二十多年前，刘心武曾经写过一篇《到远处去发信》的小说，写的是干了一辈子的老邮递员退休了，给别人送过那么多的信，还没有接过别人给他自己写来的一封信，就自己写了一封，跑到老远的地方，把信投到邮筒里，让自己这辈子也收到一封亲笔信。

即使如契诃夫写的小说《万卡》里学徒小万卡寄给爷爷那一封永远无法寄达的信，只在信封上写着“寄乡下爷爷收”，而没有写上收信人的地址，但那也是万卡用笔蘸着墨水一字字写成的呀！

好多年前看过英国剧作家品特的电影《传信人》，那个少年心仪并暗恋同学漂亮的姐姐，为这位比自己大好多岁的女人和她的情郎偷偷地传信，当好奇心让他忍不住拆开其中的一封信的时候，心目中的女神写给别人热辣辣的亲笔信，让这位少年惊慌和震撼的情景，逼真地道出了亲笔信的力量。

三十多年前，我突然收到母亲请邻居帮忙拍来的电报，得知父亲病逝，忙从北大荒赶回北京奔丧。一路上心里都奇怪，母亲不识字，家中只剩下她独自一人，慌乱之中怎么会找到我的地址并能够一眼认出来？回到家，看见母亲的床垫底下，压着的都是我写给家里的信。母亲不认字，但熟悉的字迹让她知道那就是我，枕在那些信上睡觉，让她心里踏实。她就是拿着床垫下其中的一封信，请邻居打的电报。

可能正是看到了亲笔信的力量和意义所在，有人想竭力挽住已经渐行渐远的亲笔信。看最新的一期 *TimeOut* 杂志上介绍，有一家网站，举办这样一个活动，叫作“陌生人，让我手写一封信给你”。它这样说：“你多久没收到过信了？你多久没给人手写过信了？让我手写一封信给你，让我的心情化成字迹，装进信封，贴上邮票，扔进信筒，让邮差交到你的手里。现在开始，留下地址，让我写一封信给你。”我不知道会有多少人能够给他们留下自己的地址，换取一封久违的亲笔信。因为我不知道有多少人还在乎一封亲笔信。

还是契诃夫，他写过一篇《统计》的短篇小说。在这篇小说里，他借用果戈理《钦差大臣》里的邮政局长希彼金的口吻，统计出这样的一个数据：邮局收寄的 100 封信件里，其中 5 封是情书，4 封是贺信，2 封是稿件，72 封则是没有什么内容的无聊的信。我对契诃夫这样讽刺夸张的统计数据，心生不满。即使 72 封都是没有什么内容的信，也并非无聊。平常人的书信往来，可不都是些家长里短吗？要什么深刻而超尘拔俗的内容？更何况，都是亲笔写的信呢。

不管怎么说，还得是自己亲笔写的信才好。亲笔写的信，无论对于看的人，还是写的人，感觉都不一样，滋味都不一样。就像清风和电扇或空调吹来的风不一样，就像鲜花和纸花或塑料花不一样，就像肌肤之亲和隔着手套握手或戴着口罩亲吻不一样。

独下千行泪，开君万里书。亲笔信，只有亲笔信，才能让你有这样的心情，又能让你如此地动情。

2009 年 11 月 26 日于北京

面包房

那时，我的孩子小，还没有上小学。晚上，我有时会带着他到长安街玩，顺便去买面包或蛋糕。长安街靠近大北窑路北，有家面包房，不大，做的法式面包和黑森林蛋糕非常地好吃。关键是，一到晚上七点之后，所有的面包和蛋糕，包括气鼓、苹果派、核桃派，品种很多的甜点，一律打五折出售，价钱便宜了整整一半。当我和孩子发现了这个秘密后，这家面包房便成为我们常常光顾之地，对于馋嘴的孩子，这里如同游戏厅一样更充满诱惑。

那时，售货员常常只剩下了一个人值班，坚守到把面包和蛋糕都卖出去。这是一个年轻姑娘，顶多二十三四岁的样子，有点儿胖，但圆圆脸膛，大眼睛，还是挺漂亮的。每次去，几乎都能够碰见她，孩子总要冲她阿姨阿姨叫个不停，我要买这个！我要买那个！静静的面包房，因为我们的闯入，一下子热闹起来。她站在柜台里，听孩子小鸟闹林一般地叫唤不停，静静望着孩子，目光随着孩子一起在跳跃。

渐渐地，彼此都熟了。我们进门后，她会笑盈盈地对我们说：今天来得巧了，你们爱吃的黑森林还有一个没卖出去，等着你们呢！或者，她会惋惜地对我们说：黑森林卖没了，这个巧克力慕斯也不错，要不，你们可以尝尝这个绿茶蛋糕，是新品种。一般，我们都会听从她的建议，总能尝新，味道确实很不错。花一半的钱，买双倍的蛋糕或面包，物超所值，还有这样一个和蔼可亲又年轻漂亮的阿姨，孩子更愿意到那里去。

有时候，我们来得早了点儿，她会用漂亮的兰花指指指墙上的挂钟，对我们说：时间还没到呢！屋子不大，这时候客人很少，有时根本没有，她就让我们在仅有的一对咖啡座上坐一会儿，严守时间。等到挂钟的时针指向七点的时候，她会冲我们叫一声：时间到了！孩子会像听到发号令一样，先一步蹿上去，跑到柜台前，指着他早就瞄准好的蛋糕和面包，对她说要这个！她总是笑吟吟地看着孩子，听着孩子麻雀一样叽叽喳喳地叫个不停，然后用夹子把蛋糕和面包夹进精美的盒子里，用红丝带系好，在最上面打一个蝴蝶结，递在我们的手里，道声再见后，望着我们走出面包房。有一次，她有些羡慕地对我说：这孩子多可爱呀，有个孩子真好！

面包房伴孩子度过了童年，在孩子小学三年级的时候，那一年的暑假，我们去面包房几次，都没有见到她。新的售货员一样很热情，买好蛋糕和面包，走出面包房，孩子悄悄地问我：怎么那个阿姨不在了呢？会不会下岗了呀？那时，他们班上好几个同学的家长下岗，阴影覆盖在同学之间，孩子不无担心。面包房里这个好心漂亮的阿姨，是看着他长大的呀。

下一次来买面包的时候，我问新的售货员原来总值晚班的那个胖乎乎的售货员哪儿去了，怎么好长时间没见了？新售货员告诉我：她呀，生孩子，在家休产假呢！不是下岗，孩子放心了。那天，多买了一个全麦的面包，里面夹着好多核桃仁，嚼起来，很香。

等我再见到她，大半年过去了，孩子已经升入四年级，一个学期都快要结束了。我对她说，听说你生小孩了，祝贺你呀！她指着我的孩子说：这才多长时间没见，您看您这孩子长这么高了！

什么时候，我那孩子也能长这么大呀！我开玩笑对她说：你可千万别惦记着孩子长大，孩子真的长大，你就老喽！她嘿嘿地笑了起来说：那也希望孩子早点儿长大！

时光如流，一转眼，我的孩子到了高考的时候，功课忙，很少有时间再和我一起去面包房，偶尔去一趟，仿佛是特意陪我一样。特别是考入大学，交了女朋友之后，晚上要去的地方很多，比如，图书馆、咖啡馆、电影院、旱冰场、大卖场等等，面包房已经如飞快的列车驰过后掠在后面的一棵树，属于过去的风景了。只有我常常晚上不由自主地转到长安街，拐进面包房。

这期间，面包房搬了一次家，从东边往西移了一下，不远，也就几百米的样子，门口装潢一新，还有霓虹灯闪耀。里面稍微大了一些，但还是很局促，不变的是，值晚班的还常常是这个胖乎乎的姑娘，不过，我总这样叫她姑娘，其实，她已经变成一位中年妇女了。没变的，是蛋糕和面包的味道，还保持原有的水平，只是价钱悄悄地涨了几次。

有一天，我去面包房，见我又只是一个人，她替我装好蛋糕和面包，问我：您的孩子怎么好长时间没跟您一起来了？我告诉她孩子上大学了。她点点头，然后笑着对我说：等再娶了媳妇就忘了爹娘，更不会跟您一起来了呢！我也跟着一起笑了起来。回家见到孩子后，我把她的话告诉给孩子听，孩子一下子很感动，对我说：您说咱们不过只是到她那里买打折的面包和蛋糕，这么长时间了，她还能记得我，这阿姨真的不错！我也这样认为，世上人来来往往，多如过江之鲫，莫说是萍水相逢了，就是相交很长时间的老朋友，有的都已经淡忘，如烟散去，何况一个面包房和你毫无关系的姑娘！

星期天，孩子专门陪我一起去了一趟面包房，一进门叫声阿姨，她抬头一望，禁不住说道：都长这么高了！又说你要的黑森林今天没有了。孩子说没关系，买别的。然后，两个人一个挑蛋糕和面包，一个往盒子里装蛋糕和面包，谁都没再说什么，但他们彼此望着，很熟悉，很亲近，那一瞬间，仿佛一家人。那种感觉，是我来面包房那么多次，从来没有过的。

有时候，我会奇怪地问自己：一个人，一辈子要走的地方很多，去的场所很多，一个小小的面包房，不过是你生活中偶然的邂逅相遇，为什么会让你涌出了这样亲近、亲切又温馨的感觉？其实，哪怕是一棵树，和你相识熟了，也会有这样的感觉的，何况是人，因为熟悉了，又是彼此看着长大，在岁月的年轮里，融入了成长的感情，所买和所卖的面包和蛋糕里便也就融入了感情，比巧克力奶油慕斯或计司的味道更浓郁。

孩子大学毕业就去了美国留学，孩子走后，我很少去面包房。倒不是家里缺少了一只馋嘴的猫，少了去面包房的冲动，更主要的是自己也懒了，老猫一样猫在家里，不愿意走动，其实就是老了的征兆。那天，如果不是老妻要过本命年的生日，我还想不起面包房。生日的前一天，我对老妻说：我去面包房买个蛋糕吧！才想起来，孩子去美国几年，就已经有几年没有去过面包房了，日子过得这么快，一晃，七年竟然如水而逝。

那天的晚上，北京城难得下起了雪，雪花纷纷扬扬的，把长安街装点得分外妖娆。老远就能看见面包房门前的霓虹灯在雪花中闪闪烁烁眨着眼睛，走近一看，才发现门脸新装修了一番，门东侧的一面墙打开，成了一面宽敞明亮的落地窗。走进去一看，今天难得热闹，竟然有三个漂亮年轻的女售货员挤在柜台前，蒜瓣一样紧紧地围着一个二十来岁的姑娘，叽叽喳喳说得正欢。扫了一眼，没有找到我熟悉的那个胖乎乎的售货员。因为去的时间早，还有十来分钟到七点，我坐在一旁，边等边听她们说话。听明白了，这个姑娘和我一样，也是等七点钟买打折蛋糕的。还听明白了，是给她的妈妈买生日蛋糕的。又听明白了，她的妈妈就是面包房里那三位女售货员的同事，她们其中的两位是从面包房后面的操作间特意跑出来，聚在一起，正在帮姑娘参谋，让她买蛋糕之后再买几个面包，并对小姑娘说：你妈妈在这里工作了这么多年，都是值晚班卖打折的面包和蛋糕，自己还从来没买过一回呢！你得多买点儿！

七点钟到了，我走到柜台前，玻璃柜里只有一个黑森林蛋糕，一位售货员对我说：对不起，这个蛋糕已经有主儿！她指指身边的姑娘。我说那当然！然后，我对姑娘说：你妈妈我认识！姑娘睁大一双眼睛，奇怪地问我：您认识我妈？我肯定地说：当然！小姑娘更加奇怪地问：您怎么认识的？我笑着对她说：回家问问你妈妈就知道了！就说一个常常带着孩子来这里买蛋糕和面包的叔叔，祝她生日快乐！她还是有些疑惑，也是，几十年的岁月是一点点流淌成的一条河，怎么可以一下子聚集在一杯水里，让她看得清爽呢？我再次肯定地对她说：你回家和你妈妈一说，你妈妈就会知道的！

姑娘买好蛋糕和面包，走出面包房，身影消失在风雪之中，我转身问那三个售货员：她的妈妈是不是你们面包房里那个胖乎乎的售货员？她们都惊讶地点头，问我：您是她以前的老师吧？我笑而不答。她们告诉我她今年刚刚退休。这回轮到我惊讶了：这么早？她才多大呀！她们接着说：我们这里 50 岁退休。竟然 50 岁了！就像她看着我的孩子长大一样，我看着她的青春在面包房里老去，生命的轮回在我们彼此的身上，面包房就是见证。

2009 年 5 月 1 日于北京

太阳味道的西红柿

日子过去得非常快，一旦成了历史，事情便很容易褪色。鲜亮的颜色总是漆在眼前或即将发生的事情上，而不在如烟的往事上。

在北大荒插队，秋天是最美的，瓜园里有吃不够的西瓜和香瓜，让我们解开裤带敞开地吃。但过了秋天，漫长的冬季和春季别说水果，就是蔬菜都很难见到了。我们要一直熬到夏天的到来，才能终于尝到鲜，第一个鲜亮亮跑到我们面前的就是西红柿。在北大荒，我们是把西红柿当成宝贵水果吃的。想想一冬一春没有见过水果，突然见到这样鲜红鲜红的西红柿，当然会有一种和阔别多日的朋友（尤其是女朋友）重逢的感觉。蠢蠢欲动是难免的，往往会等不到西红柿完全熟透，我们就会在夜里溜进菜园，趁着月光，从架上拣个大的西红柿摘，跑回宿舍偷偷地吃（如果能蘸白糖吃，比任何水果都要美味无比了）。

那时候，我最爱到食堂去帮伙，原因之一就是可以去菜园摘菜。北大荒的菜园很大，品种很多，最好看的还得属西红柿，其余的菜都是趴在地上的，比如南瓜、白菜、萝卜，长在架子上的菜总有一种高人一等的昂昂乎的劲头。但是，架上的扁豆还没有熟，北大荒的黄瓜五短身材难看死了，只有西红柿红扑扑的、圆乎乎的，样子就让人耐看。没有熟的，青青的，没吃嘴里先酸了；半熟不熟的，粉嘟嘟的，含羞带啼般像刚来的女知青似的羞涩；熟透的，红透了从里到外，坠得架子直弯直晃，像是村里那些小娘儿们般的妖冶……

离开北大荒好久了，还是总能想起那里的西红柿，尤其是那种皮是红的，切开来里面的肉是粉的，我们管它叫作面瓤的西红柿，有种难得的味道，不仅仅是甜是酸，也不仅仅是清新是汁水丰厚，真的是其他水果没有的味道。吃着这种西红柿，躺在一望无边的麦地里，或是躺在场院高高的囤尖上吃，是最美不过的了。我们会吃完一个扔一个，直至吃得肚子鼓鼓的再也吃不下去为止。那西红柿被晒得热乎乎的，总有一种太阳的味道。

回北京这么长时间了，总觉得北京的西红柿不好吃，酸、汁水少，不如北大荒面瓤的那种。特别是冬天在大棚里靠人造温度和催熟剂长大的西红柿，味道就更差了。而在国外有一种转基因的西红柿，样子很好看，价钱也便宜，但一点儿营养没有，更是无法吃。

想起我母亲还在世的时候，有一年的春天，在院子里种了一株丝瓜、一株苦瓜，还种了一棵西红柿。从小在农村长大的母亲，对于种菜很在行，夏天，这几种玩意儿全活了，长势不错，只是西红柿长不大，就那样青青的愣在架上萎缩了，最后只剩下一个终于长大了，渐渐地变红了。我告诉母亲别摘它，就那么让它长着，看个鲜儿吧。夏天快要过去了，整天晒在那里，它快要蔫了，母亲舍不得看着它蔫下去烂掉，从困苦中熬出来，一辈子总是心疼粮食蔬菜，最后还是把它摘了下来，在母亲的手里，西红柿虽然蔫了，却依然红红的格外闪亮。那一天，母亲用它做了一碗西红柿鸡蛋汤。说老实话，我没吃出什么味儿来。

唯一一次西红柿鸡蛋汤吃出味道的，是三十多年前，弟弟的一位从青海来的朋友，请我到王府井的萃华楼吃饭。那时他们在青海三线工厂工作，比我们插队的有钱。那时候，我已经离开北大荒回到北京好几年了。我是第一次到这样的饭店来吃饭，是冬天，是在北大荒没有水果没有蔬菜的季节。这位朋友点菜时说得要碗汤吧，要了这个西红柿鸡蛋汤。那是一碗只有几片西红柿的鸡蛋汤，但那汤做得确实好喝，西红柿有一种难得的清新。蛋花打得极好，奶黄色的云一样漂在汤中，薄薄的西红柿片，几乎透明，像是几抹淡淡的胭脂，显得那样高雅。

我真的再也没有喝过那样好喝的西红柿鸡蛋汤了。也许，是离开北大荒太久了。也许，仅仅是回忆中的味道。

2008 年 10 月 3 日于北京

风景只在想象中

多年来一直想去绍兴，一直没有去成。绍兴，只在想象中。

想去绍兴，主要想看百草园、三味书屋和沈园。前者和鲁迅连在一起，后者和陆游连在一起。可以说，一个是文学的象征，一个则是爱情的象征。一个矮个子的鲁迅，是一座翻越不过去的文学大山。一曲柔肠寸断《钗头凤》，唱碎了几代人对爱情的无奈和惆怅。

真的来到了绍兴，细雨刚刚湿润了绍兴街头整齐化一的柳梢，和小河上荡漾的油漆簇新的乌篷船。先见到的半新不旧的楼房，围在城的四周，和想象中的绍兴拉开了距离。总以为那该是鲁迅笔下的绍兴，是陆游诗中的绍兴，有几分乡土风情和萧瑟的诗意，却未料到那风情和诗意只在纪念馆里。

去百草园和三味书屋的路上，到处是鳞次栉比的小店，卖着孔乙己牌的茴香豆，就连华老栓也被当成了店名，高悬在店堂的匾额上面，想不会是卖人血馒头吧？咸亨酒店依稀能见到当年鲁迅时代的一丝影子，店前的孔乙己塑像比孔乙己本人要辉煌得多了，不少人和他合影留念而忘记了他曾经的屈辱。

三味书屋比想象的要小得多，门前的小河让人联想许多，如今门前有条小河的学校已经难找了。有那样好的老师，还有这样好的小河，从这条小河坐船可以到东湖到兰亭到会稽山……鲁迅小时候读书真是让人羡慕。如今三味书屋前的小河有漂亮的乌篷船，戴旧毡帽的老汉在和你讨价还价，载你畅游绍兴。

百草园的皂荚树还在，石井还在，菜畦还在，那段长满奇异花草、跳跃美丽昆虫的矮墙还在，只是并不是短短的，而是很长，上面长满细细的小草，不知是不是以前那段的泥墙根子？

皂荚树也不那么高大，这么多年了它一直没有长？紫红的桑葚没有见到，何首乌、木莲和覆盆子更没有找到。也许，是太匆忙，也是人太多，更是我们都不是孩子了，难得那种童趣了。许多同行的人都在说现在新买的别墅赠送的花园也没有这么大。

想象中的沈园，“红酥手，黄縢酒，满城春色宫墙柳”，总是带着几分凄婉。伤心桥下春波依然绿，只是翩翩惊鸿无法照影再来。沈园最值得一看的是最外面的石牌坊，高高地写着沈氏园三个绿色大字，足以想象里面所演绎的一切悲欢离合。真的到里面一看，多少有些扫兴，最扫兴的是最里面的墙上刻写的陆游和唐琬各自所写的《钗头凤》词，现代人写，现代人刻，沦落风尘中一般，演绎着电视剧的味道，哪有想象中的气派和韵味。

其实，到一个陌生的地方，让从来没有见过的它们闯入你的视野，与其说是给你客观的感受，不如说是一种更为主观的心理和情绪上的东西罢了。因为你要将它们和你想象中的做对比，要将你多年来积蓄的想象和瞬间见到的现实做一番无可奈何的碰撞。

所以，有些一直在你心中存有美好想象的地方，最好不要轻易去。风景只在想象中。

2009年2月10日于北京

阳光的三种用法

童年住在大院里，都是一些引车卖浆之流，生活不大富裕，日子各有各的过法。

冬天，屋子里冷，特别是晚上睡觉的时候，被窝里冰凉如铁，家里那时连个暖水袋都没有。母亲有主意，中午的时候，她把被子抱到院子里，晾到太阳底下。其实，这法子很古老，几乎各家都会这样做。有意思的是，母亲把被子从绳子上取下来，抱回屋里，赶紧就把被子叠好，铺成被窝状，留着晚上睡觉时我好钻进去，被子里就是暖乎乎的了，连被套的棉花味道都烤了出来，很香的感觉。母亲对我说："我这是把老阳儿叠起来了。"母亲一直用老家话，把太阳叫老阳儿。"阳儿"读成"爷儿"音。

从母亲那里，我总能够听到好多新词儿。把老阳儿叠起来，让我觉得新鲜。太阳也可以如卷尺或纸或布一样，能够折叠自如吗？在母亲那里，可以。阳光便能够从中午最热烈的时候，一直储存到晚上我钻进被窝里，温暖的气息和味道，让我感觉到阳光的另一种形态，如同母亲大手的抚摸，比暖水袋温馨许多。

街坊毕大妈，靠摆烟摊养活一家老小。她家门口有一口半人多高的大水缸。冬天用它来储存大白菜，夏天到来的时候，每天中午，她都要接满一缸自来水，骄阳似火，毒辣辣地照到下午，晒得缸里的水都有些烫手了。水能够溶解糖，溶解盐，水还能够溶解阳光，大概是童年时候我最大的发现了。溶解糖的水变甜，溶解盐的水变咸，溶解了阳光的水变暖，变得犹如母亲温暖的怀抱。

毕大妈的孩子多，黄昏，她家的孩子放学了，毕大妈把孩子们都叫过来，一个个排队洗澡，毕大妈用盆舀的就是缸里的水，正温乎，孩子们连玩带洗，大呼小叫，噼里啪啦的，溅起一盆的水花，个个演出一场哪吒闹海。那时候，各家都没有现在普及的热水器，洗澡一般都是用火烧热水，像毕大妈这样法子洗澡，在我们大院是独一份。母亲对我说："看人家毕大妈，把老阳儿煮在水里面了！"

我得佩服母亲用词儿的准确和生动，一个"煮"字，让太阳成为我们居家过日子必备的一种物件，柴米油盐酱醋茶，这开门七件事之后，还得加上一件，即母亲说的老阳儿。

真的，谁家都离不开柴米油盐酱醋茶，但是，谁家又离得开老阳儿呢？虽说如同清风朗月不用一文钱一样，老阳儿也不用花一分钱，对所有人都大方而且一视同仁，而柴米油盐酱醋茶却样样都得花钱买才行。但是，如母亲和毕大妈这样将阳光派上如此用法的人家，也不多。这需要一点智慧和温暖的心，更需要在艰苦日子里磨炼出的一点儿本事，叫作少花钱能办事，不花钱也能办事，阳光才能够成为居家过日子的一把好手，陪伴着母亲和毕大妈一起，让那些庸常而艰辛的琐碎日子变得有滋有味。

对于阳光，大人有大人的用法，我们小孩子也有小孩子的用法。我家的邻居唐是个工程师，他家有个孩子，比我大两岁，很聪明，就算喜欢招猫逗狗，总爱别出心裁玩花活儿。有一次，他拿出他爸爸用的一个放大镜，招呼我过去看。放大镜我在学校里看见过，不知他拿它玩什么新花样。我走了过去，他在放大镜底下放一张白纸，用放大镜对着太阳，不一会儿，纸一点点变热，变焦，最后居然烧着了起来，腾地蹿起了火苗，旋风一般把整张白纸烧成灰烬。

又有一次，他拿着放大镜，撅着屁股，蹲在地上，对准一只蚂蚁，追着蚂蚁跑，一直等到太阳透过放大镜把那只蚂蚁照晕，爬不动，最后烧死为止。母亲看见了这一幕，回家对我说：老唐家这孩子心怎么这么狠，小蚂蚁招他惹他了，这不是拿老阳儿当成火了吗？你以后少和他玩！

有一部电影叫作《女人比男人更凶残》。有时候，小孩比大人更心狠，小孩子家并不都是天真可爱。

2008 年 6 月于北京

阳光的感觉

自从今年年初腰伤之后，我像一株颓败的向日葵，开始对阳光格外敏感，可以说是整天追着阳光转。因为大夫嘱咐我要多晒阳光，每天晒一小时阳光，等于喝一袋牛奶，对于补钙极有益处，有助于腰伤的恢复。

我住医院的时候，病房的窗户朝南，能够下地了，我每天都要站在窗前，好像阳光早早就等在那里，和我有个约会，不见不散，一见倾心。出院了，我家的窗户几乎都没有朝阳的，我便每天早晨到家住的小区里的小花园，朝东的高楼遮挡住了天空，要耐心地等到九点钟以后，太阳才能够越出楼顶。我好像突然发现，平日里司空见惯的阳光，原来是那么珍贵，不是你想什么时候要它，它就能够如婢女一样随叫随到。城市的高楼无情地切割了天空，阳光不再如在田野里一样，可以无遮无拦，尽情挥洒。

冬天刚刚来临，暖气还没有来的时候，阳光就更加珍贵无比。那时候，我像一只投火的飞蛾，在小区里寻找着阳光飘落的地方。阳光如同顽皮的小孩子，东躲西藏，在楼群之间、在树枝之间，一闪一闪似的，稍纵即逝。在时钟的拨弄下，阳光就像瞬息万变的万花筒，跳跃着，和我捉迷藏，让我想起小时候玩过的一种游戏，小伙伴拿着一面镜子对着阳光照出的反光打在地上，我去用脚踩这个光斑，他便把镜子迅速地移动，比赛谁的速度更快。

终于，暖气来了，暖气流动中的房间，很快暖和了过来，温度解决了寒冷，却代替不了阳光。坐在房间里，和坐在阳光下的感觉完全不同，腰就是最敏感的显示器。现代化机器制造的温暖，如同格式化的打印文件，缺少了手写的流畅和亲切，就像尼龙布料和棉布的区别。我才体味到阳光含有大自然的气息，泥土和花草树木的呼吸和体温，都吸收进阳光里面，还有来自云层的清新与湿润，都不仅是一个温度计所能够显示得了的。同暖气制造的温暖相比，阳光更像是母亲的拥抱、情人的抚摸、朋友的呵气如兰。在暖气和在阳光下，都会出汗，在暖气下的汗里面含有工业的元素，而在阳光下的汗里有着大自然和亲情的因子。

我也就明白了，为什么国外有那么多人热衷于到海边晒太阳，到街头的咖啡馆前的露天座椅上晒太阳；为什么北京的老头老太太特别愿意在胡同口挤在墙角晒太阳。过去说：清风朗月不用一文钱，这句话也应该把阳光包括在内，阳光和水一样是世界上最为平等民主的东西，它一视同仁，无论贫富贵贱，慷慨给予一切人以照耀和抚摸。记得我国过去有一则这样的寓言，地主在屋子里烤火冻得揣着手直跺脚，长工在屋外的阳光下干活却热得脱光了衣服还不住地出汗。阳光给予人们的温暖，是发乎天、止于心的温暖。

有几天，朋友请我到郊外小住，卧室和阳台有一道推拉门，阳台三面是玻璃窗，灿烂的阳光，一整天都可以从不同方位照射进来，金子般在玻璃窗上闪烁，在地板上跳跃。出门时，朋友把推拉门关上了，黄昏时回来，把推拉门打开，忽然一股热流如水一样从阳台涌进屋里。那是阳光，在阳台憋了一天的阳光如出笼的鸟似的扑满整个房间。我才发现，阳光和水一样也可以储存，看不见的阳光，精灵一样能够立刻簇拥在你的身旁；握不住的阳光，水珠一样可以掬捧盈盈一手。太阳落山了，阳光却还温暖地留在房间里，恋人一般迟迟不肯离去。

我想起日本的一则童话，讲的是林子深处住着一个叫夏子的四岁的可爱小姑娘，她有个奶奶，腿脚不好，天天待在家里出不了屋。冬天到了，屋里很冷，小姑娘跑到林子里，用围裙兜了一兜阳光跑回来给奶奶，跑得急了，刚进家门，摔了一跤，阳光洒了一地，没法给奶奶了，小姑娘哭了，对奶奶说：阳光都没了，没法给您了。奶奶对她说：阳光都跳在你的眼睛里了呀。

这则童话，是我二十多年前读过的，却记忆犹新，就在于奶奶说的话让我感动。老奶奶说得多么好啊，阳光不仅是可以看见，可以储存，可以兜住，也是有情感有生命的，可以传递在你我之间。

有一天，晒着阳光的时候，我想起了这则美丽的童话，忽然想：如果小姑娘从林子里不是用衣服兜阳光，而是用衣服兜满一兜柴火，然后用柴火生火，会怎样呢？柴火点燃起的火苗，当然也可以让奶奶感到温暖，但是，还有阳光都跳在小姑娘的眼睛里的那种奇妙而美好的感觉吗？

没有了。童话也没有了。

2007 年 11 月 3 日于北京

曲线是上帝的

星期天，我家来了个小客人，是个只有 4 岁多一点的小男孩。大人们兴奋地在聊天，冷落了他，他显得很寂寞，大人们越来越高兴，他却噘着嘴越来越不高兴。我便和他一起玩，我问他你会画画吗？他冲我点点头。我拿来纸笔给他，他毫不犹豫，信心十足，上来大笔一挥，弯弯曲曲的线条占满了纸上上下下的空间，仿佛他在拿水龙头肆意喷洒，浇湿了花园里所有的地皮和他自己湿淋淋的一身。

他的家长拿过纸一看，责怪他：你这是瞎画的什么呀！我赶忙说：孩子画得不错。便帮孩子在纸的顶端弯弯的曲线之间画了一个小黑点，立刻，孩子兴奋地叫道：鸟！是的，孩子笔下看似乱七八糟的曲线，瞬间就活了似的，变成了一只抖动着漂亮大尾巴的鸟。是动物园里从来没有见过的鸟，是我们大人永远画不出来的鸟。

我相信任何一个孩子都是一个画家，他们笔下任意挥就的曲线，就是一幅充满童趣的画，我们在毕加索变形的和米罗抽象的画中，都能够找到孩子们挥洒的曲线的影子来。比起直线来，曲线就有这样神奇的魔力和魅力，它将万千世界化繁为简，浓缩为随意弯曲的线条，有了柔韧的弹性和想象力。

所以，与毕加索和米罗是老乡的西班牙最著名的建筑家高迪曾经说过：“直线是人为的，曲线是上帝的。”

曾经听说过曲线属于女人，却从来没有听说曲线属于上帝，在高迪的眼里，曲线如此至高无上。现在想想，高迪说的真有道理。大自然中，你见过有直线存在吗？常说笔直的大树，其实是夸张的形容，树干也是由些微的曲线构成，才真的好看，就更不用说起伏的山脉、蜿蜒的河流，或错落有致的草地花丛、鸟飞天际那摇曳的曲线。巴甫洛夫说动物都知道两点之间直线距离最短，其实两点之间动物跑出的从来不会是一条直线，雪地里看小狗踩出了那一串脚印，弯弯曲曲的，才如撒下一路细碎的花瓣一样漂亮。

去年，我在贝尔格莱德看一个现代艺术展，展览馆外先声夺人立着第一件展品，是在本来应该爬满花朵的花架里，塞满了一大堆缠绕在一起的铁丝网，乱麻一般的铁丝网的曲线肆意而充满饱满张力地纠葛冲撞着，花架成为想要约束它们却又约束不了它们的一幅画框。在这样尖锐的曲线面前，你可以想象许多，为它取好多个题目。

没错，曲线是上帝的，这个上帝属于自然、艺术和孩子，因为只有这三者最容易接近上帝。

2007 年 10 月 28 日于北京

雪被城市带坏了

如今，地球普遍变暖变旱，冬天里的雪已经越来越稀罕。特别是在城里，难得飘落下来一场雪，如同难得见到一位真正清纯可人的美人一样了。

城市的雪，从入冬以来就一直在期盼中。在我居住的北京，仿佛要和春天里的沙尘暴有意做着强烈的对比，沙尘暴不请自到，而且次数频繁地光临，并不受城市的欢迎，但是，受欢迎的雪却在冬天里总是姗姗来迟，像一位难产的高龄孕妇。

以往的日子里，最耐不住性子的是渴望下雪天能够堆雪人打雪仗的孩子；如今，最焦灼不堪的是城市边的滑雪场，总也等不来雪，只好先急不可耐地鼓动起人工造雪机，将人造的雪花纷纷扬扬地吹了出来，那只不过是冬天的赝品。

隆冬时分，城市的雪，终于在期盼中飘洒下来，但是，这种随着雪花纷纷飘来的喜悦很快就会消失，不用多久，雪便不再受欢迎，仿佛约会前的憧憬在见面的瞬间便顷刻扫兴地坍塌。雪落在树木上，再不会有玉树琼枝；雪落在房檐上，再不会有晶莹的曲线；雪落在院子里，再不会有绒绒的地毯和小狗跑在上面踩出的花瓣一样的脚印；雪落在马路上，很快被撒满盐的融雪剂覆盖，立刻化成了黑乎乎一摊摊泥泞的雪水。据说，这样的化后的雪水，渗进街边的树根，能够让树都枯萎死掉。城市的雪，成了路面花草的敌人。

那种纷纷扬扬，飘飘洒洒，小精灵一样，跳着轻巧细碎的足尖芭蕾的晶莹雪花；那种覆盖在地上，毛茸茸的，嫩草一样，像是从地上长出来的神奇的童话的晶莹雪花，已经是再难见到了。

也很难见到雪人，即使偶尔见到了雪人，也是脏兮兮的。城市污染的空气、汽车的尾气、制热空调机喷出的废气，一起尽情地把雪人的脸和全身涂抹得尘垢遍体，如同衣衫褴褛的弃儿，再没有原先那种洁白可爱。去年冬天，北京下了一场雪，我在街头见到一个雪人，上午刚刚见到时，它还高高大大，插着胡萝卜的鼻子和橘子的眼睛，格外鲜艳夺目，没到中午，它已经脏成一团，附近餐馆倒出的污水，无情地将它浇头灌顶，把它当成了污水桶。那天，我特意到天坛公园转了一圈，偌大的公园里，只看到一个雪人，小得如同一个布娃娃。公园并不能够为它遮挡污染，它一样脏兮兮的，只有头顶上盖着一个肯德基盛炸鸡块的小盒子，权且当一顶帽子，闪烁着带有油渍渍的色彩，像是故意给雪的一个黑色幽默。

城市的雪，再不是大自然送来的冬天的礼物，而成为并不受欢迎的客人，成为城市污浊的乞儿，成为 pH 试纸一样测试城市污染的显形器。

其实，雪是无辜的，雪到了城市，没有得到娇惯和恩宠，相反被城市带坏了。雪的本色应该是洁白晶莹可爱的，却这样一次次地受到了伤害。

我想起俄罗斯的作家普里什文曾经写过的《星星般的初雪》，他说："雪花仿佛是从星星上飘下来的，它们落在地上，也像星星一般烁亮。"他又说："今天来到莫斯科，一眼发现马路上也有星星一般的初雪，而且那样轻，麻雀落在上面，一会儿又飞起的时候，它的翅膀上便飘下一大堆星星来。”

只是，如今的城市，无论莫斯科还是北京，再不会有这样星星般的雪花了，再也不会有雪中飞起的麻雀翅膀上飘下一大堆星星的景象了。我想起前几年的初春到莫斯科，前一天下的雪刚化，无论红场还是普希金广场，无论加里宁大街还是阿尔巴特小街，都是一样的泥泞一片，黑乎乎的雪水，几乎是雪花在城市卸妆之后唯一的模样，处处雷同，走路都要提起裤腿，小心别踩到上面。

三十多年前，在北大荒插队的时候，我倒是见过一种叫雪雀的鸟，特别爱在冬天下雪的日子里出来，叽叽喳喳地飞起飞落，格外活跃。它们和麻雀一样大小，浑身上下的羽毛和雪花一样白，大概是常年洁白的雪帮助它的一种变异，环境的力量有时强大得超乎想象。心里暗想，今天这种雪雀要是飞进城市，也得随雪花一起再变异回去，羽毛重新变成褐色，甚至乌鸦一样的黑色。

雪花的洁白，不在冬天里，只能在梦里、童话里，和普里什文文字带给我们的想象里。

2007 年 1 月 8 日于北京

铁板的呼吸

铅灰色的墙，铁锈红四围的顶和一抹感叹号的外饰，和那天阴沉沉的天，是那样地匹配。冬日的风吹得也是那样适时适地，料峭而凛人。狭窄的门内，是一道弯曲的走廊，内墙全部是由长方形的铁板一块块砌成，铆上的钉眼看得很明显，如同一颗颗明亮的黑眸。铁板墙上挂满了战俘的照片，是那场抗日战争中被日军俘虏去的中国军人，发黄的照片，褐色的镜框，沉淀着逝去了半个多世纪的日子。

在世界上，我从来没有见过一座战俘纪念馆。我也从来没有见过全部用铁板建成的一座纪念馆。似乎只有用这样沉甸甸的铁板，才能够托得起沉甸甸的历史和亡魂。走在窄窄的走廊里，两旁战俘的照片投射下来的目光，和两旁的铁板一样沉重，但绝对不是压抑。因为地板也全部由铁板铺就，只有间或铺成的玻璃砖下，看得见下面的日本侵略者的钢盔被地灯照亮，侵略者已经被我们踩在了脚下。

特别是看到这样的照片，比如刘启雄将军的照片，在那场震惊世界的南京大屠杀中，他是日军捕获的中国最高将领。军大衣的领子高高竖立着，剑眉高挑，目光如炬，不像是战俘，倒像是在凛然地审判着侵略者。

还有那张成本华的照片，一位战斗到最后一刻被捕的女兵，看得见她的身后是一排日本兵，虽然看不见，她的面前也应该有一排日本兵，她那样地潇洒，扣襻的中式棉袄蜈蚣襻紧紧扣到了领口，腰间系着武装皮带。她双手抱在胸前，眼睛和嘴角都含有微微的笑意。那笑意是对生死的度外，是对敌人的蔑视。

还有那张照片，一个不知名的十三四岁的少年军人，子弹袋、军号和军用水壶都还挎在身上，逆光的脸庞上，呈现出的不屈的神情。稚气未脱的孩子，笔直立定站在那里，定格在苍茫的历史中。

……

一种从未有过的感动，冲击在我的胸口。解说员告诉我，被俘到日本的战俘，90.97% 最后死在了日本。在那战火纷飞的血腥战场上，牺牲的是烈士，生还的是英雄，被俘的呢？多少年来，他们和他们的亲人，一直饱受着别人所无法理解的痛苦和屈辱。其实，只要没有变节，他们一样是英雄，为了把侵略者赶出我们的国土，他们一样是胜利的奠基者，他们不仅用自己肉体的生命，更用自己屈辱的灵魂，为我们和平的今天铺平了道路。

这样的照片，布满整个纪念馆，或挂在墙上，或矗立在地上，或陈列在玻璃柜中，或悬挂在墙顶。它们如同群鸟，密集如云，用自己的羽翼遮挡住天空中的风雨，给我们的今天一片阴凉和安宁。

走在这样的纪念馆中，他们的目光无处不在，会从任何一个缝隙中，穿透悠长而容易被我们遗忘的日子，投射到我的脸上和身上，无语话沧桑，似乎他们每一个人时时都能够从照片中跳出来，感怀思报国，拔剑起蒿莱。这时候，你真的能够感受到，纪念馆中紧紧包围在你四周的铁板那含有温热的呼吸。真的能够听到，怦怦的，让你和他们一起心跳如鼓。

这些照片全部是一位叫樊建川的中国人到日本收集来的。他抛撒了大量的金钱，耗费了二十多年的时间，水滴石穿。据说，有一次他买回了一批照片，从日本回国，海关的人很奇怪这么多箱子里究竟藏有什么，非要拆箱检查，他们看到了，是这样的照片，不禁肃然起敬。他用时间更用良知，建了这座战俘纪念馆，他让一直尘埋网封的这样一段特殊的历史，他让这样一个个不屈的生命和灵魂，没有被风干，没有被遗忘，而是真实又充满敬意富于生命感地走到我们的面前。

走出纪念馆，紧靠着的是一池清水潭，被称为静心池，开阔的天空和沉郁的铁板都映在池水中，仿佛故意用这一池碧水清波和四周的铁板作刚柔相济的衬托，它让我的心有了沉静融化的地方，它让那些不死的灵魂有了归来安栖的抚摸。

这个纪念馆在四川的安仁镇，离成都大约四十公里。我告诉自己要记住这个地方，也告诉我的朋友，四川不仅有峨眉山九寨沟或杜甫草堂或武侯祠堂，还有这样一座用铁板建成的战俘纪念馆。

2006年12月8日于成都归来

到天堂的距离

第一次读美国女诗人狄金森的诗，随手随便翻着书，像是占卜，翻到哪一页就是哪一页，翻到的是这样的一首：

到天堂的距离
像到那最近的房屋
如果那里有个朋友在等待着
无论是祸是福

这几句短短的诗，便再也没有忘记。是湖南人民出版社 1984 年版的《狄金森诗选》，灰绿色的封面。好诗，就像是漂亮的姑娘，留给人的印象总是深的。

到天堂的距离真的就那样近吗？只要那里有个朋友在等待着？

当时，我这样问自己。我的答案是肯定的。狄金森说出了我心里的话。

那时，我有一个朋友，他和我都在中学里当老师，我们都刚刚从北大荒回到北京。常常就是这样，有事没事，心里高兴了，心里烦恼了，都会相互地跑过来，不是我到他家，就是他到我家，不管是刮风，还是下雪，骑着一辆破自行车，跑了过来，远远地看见了屋里的灯光亮着，就会觉得那橘黄色的灯光像是温馨的心在跳动，朋友——不管对于我，还是对于他——都正在屋里等待着呢。

我们聚在一起，其实只是聊聊天，无主题的聊天，却曾经给予我们那样多的快乐。那时，我们都不富裕，唯一富裕的是时间。那时，我们哪儿也不去，就是到家里来聊天，其实是因为我们衣袋里实在“兵力”不足，不敢到外面去花费。一杯清茶，两袖清风，就那样聊着，彼此安慰着、鼓励着，或者根本没有安慰，也不鼓励，只是天马行空天南地北地瞎聊，一直聊到夜深人静，哪怕窗外寒风呼啸或是大雪纷飞。如果是在我家，聊得饿了，我就捅开煤火，做上满满一锅的面疙瘩汤，放点儿香油，放点儿酱油，放点儿菜叶，如果有鸡蛋，再飞上一圈蛋花，就是最奢侈的享受了，那是那段日子里我拿手的厨艺。围着锅，就着热乎劲儿，满满的一锅，我们两个人竟然吃得一点不剩。

其实，现在想想，那时候我们在一起聊天中所包含的内容，也不见得多么高尚，并不是将精神将感情将心中残存的一份浪漫，极其认真而投入地细针密线缝缀成灿烂的一天云锦。虽然到头来做不成一床鸳鸯被面，毕竟也曾经闪烁在我们的头顶，辉映在我们的心里，迸发出一点星星的光芒，让我们眼前不曾一片漆黑。

我们也没有如现在的年轻人一样，讲究一番设计和规划乃至包装，让未来的日子脱胎于今日，让投入和产出成一种正比上升的函数弧线，或者借助我们的关系滚雪球似的再发展一张新的关系网。没有，我们只是以一种意识流的聊天方式，以一种无知般的幼稚态度，以一种乌托邦的放射思维，度过了那一个又一个只有疙瘩汤相伴的日子。如果按照现在的标准，我们是颗粒无收，我们不仅浪费了时光，也浪费了赚钱和升迁的机遇。

但是，我依然想念那些单纯的只有疙瘩汤相伴的日子。我们心无旁骛，所以我们单纯，所以我们快乐；我们知足，所以我们自足，所以我们快乐。

夜晚，我盼望着他到我家里来，同样，他也盼望着我到他家里去。那时，我们没有电话，没有手机，没有金钱，没有老婆，没有官职，没有楼房。但是，那时，我们真的很快乐。往事如观流水，来者如仰高山，我们只管眼前，我们相互的鼓励，我们彼此的安慰，并不是如今手机短信巧妙编织好的短语，也不是新年贺卡烫金印制上的警句，更不是像现在一样，靠电话靠伊妹儿。我们只是靠着最原始的方法，到对方的家里去，面对面，接上地气，接上气场，让感情贯通，让呼吸直对呼吸。我们只是心有灵犀一点通，谈笑之中，将一切化解，将一切点燃。

记得有一次，我去他家，他正因为什么事情（大概是学校里的工作安排）而烦恼不堪，低着头，闷葫芦似的，一句话也不说。我拉着他出门骑上自行车，跟我一起回家。一路顶着风，我们都没有说话，回到家，我做了一锅疙瘩汤。我们围着锅，热乎乎地喝完，他又开始说笑起来，什么都忘了，什么也都想起来了。

记得有一次，我的母亲突然去世，想起母亲在世时的一桩桩往事，想起自己年轻时候的不懂事而让母亲伤心，我正在悲痛欲绝而渴望有一个可以倾诉的人。怎么这么巧，他推门走进我的家，像是知道我的渴望一样。他就那么安静地坐在我的面前，听我的倾诉，一直听我陈芝麻烂谷子地讲完。他没有安慰我，那时候，倾听就是最好的安慰。我连一杯水都忘了给他倒，他知道，那时候，我需要的和他需要的是什么。

什么是天堂？对于不同的人，这个世界上有不同的天堂。对于我们，这就是天堂。狄金森说得对：

到天堂的距离
像到那最近的房屋
如果那里有个朋友在等待着
无论是祸是福

20年过去了，我现在想起这首诗，总忍不住想起另一个诗人的另一首诗，是诺贝尔奖的获得者爱尔兰人西默斯·希尔，他这样写道：

你就像有钱人听到一滴雨声
便进了天堂

都是天堂，有的在有钱人那里，有的在有朋友等待的屋里。天堂距离，哪个远？哪个近？

2006年11月于北京

好味止园葵

偶尔曾经这样一想，人生最须臾离不开的就是吃了，国内国外大小餐馆，吃的委实不少了，但是，最难忘的，却不在那里，而全在毫不知名的乡村野店。即使过去的日子那么久了，吃的味道，还有那里陈设的一切，都还是那样清晰如昨。真是怪了。

三十六年前的秋天，之所以记得如此清楚，因为那是我插队北大荒第一次离开那个小村子，来到了富锦县城。那时，村里没有什么吃的，尤其到了冬天，除了老三样，即冻白菜、冻土豆、冻胡萝卜之外，只有煮上一锅冻豆腐汤，用淀粉拢芡浇上点儿酱油香油，我们称之为“塑料汤”。吃了整整两冬这些东西，胃都吃倒了。来到县城，第一顿晚饭，在一家小馆里吃的，吃的是肉片炒芹菜。不知人家地窖里是怎么保存的，芹菜虽然很细，却很新鲜，炒出来一盘，湛青汪绿，好像刚刚从地头摘下来一样。我再也没有吃过那么好吃的芹菜，一直到现在，只要一想起来，一种脆生生香喷喷略为苦丝丝的芹菜味道，还在嘴里缭绕，令我口舌生津。

大约十年前，从延安下来，车子开了一个来钟点，停在一个村头，进了一家小馆。这是朋友特意带我来的地方，肚子早咕咕叫了，朋友说好饭别怕晚，让我坚持。因为早过了午饭的点儿，小馆里空荡荡的，不仅没有一个客人，连店主人都不在了。忙招呼人把店家请了来，来了个陕北汉子，既是老板，又是厨子，说菜是现成的，不过只有一道：手抓羊肉。不一会儿工夫，一小锅热腾腾的手抓羊肉就上来了。手抓羊肉，吃的次数多了，没有吃过这样鲜这样香的。我问老板汤里都搁什么佐料了，这么香？他告诉我，除了葱姜和盐，什么都没放（连油都没放），只是这羊是今早晨天没亮时候宰的，小火炖了整整一个上午。一天就卖这么一只羊，都是从延安下来的游人来吃，宁可饿着肚子跑老远，也到这里吃。就这么简单，就这么好吃，不管是西安，还是北京，再大的餐馆，没脾气。

前两年，又去延安，想那手抓羊肉。如法炮制，下了延安，车子开了大约一个钟点，到了一个村口，却怎么也找不到那家小馆了。也许，这次没有朋友带领，忘记了村名，我认错了地方。但我总觉得，它只是逗了一下我的馋虫，就像童话里的小屋灵光一闪消失了。

前不久，去峨眉，一路蒙蒙细雨下山，车子也是开了一个来钟点，停在山坡旁一家小馆前。这回吃的全都是山野菜，其中一道竹笋炒猪肉，真的叫绝，满座称好。已是初秋时节，居然还有如此新鲜的竹笋，淡淡鹅黄的颜色，娇柔可爱，而且细嫩犹如春芽，入口即化，颇似水墨画中的水彩一点点地洇进宣纸，慢慢地让你回味。里面的猪肉，也全然不是在超市里买到的那种滋味，虽然肉片切得薄厚不一，但味道鲜美，无法形容其如何鲜美好吃，在座的一位说了这样一句：这才是真正猪肉的味道。这话虽然有些词不达意，却是最好的褒奖了。于是，风卷残云之后，在一片叫好声中，叫店家又上了一盘。

如今，许多东西原本真正的味道，都已经离我们远去，机械化批量饲养的猪或鸡，在屠宰场和超市里整齐划一，包装鲜艳，在餐桌上却在嘲笑着我们的味蕾和胃口。

想想前者在北大荒那难忘的芹菜，是物质极度贫匮的年月里一种向往而已，而后两者则是物质发达之后我们远离大自然崇尚现代化而必然的一种失落。陶渊明曾有句诗：好味止园葵。如今，我们却远于园葵，好味便自然也就远离我们了。人类虽为万物之灵长，却也如狗熊掰棒子，不可能把棒子都抱在自己的怀里，总会得到一些什么，也要失去一些什么，这是能量守恒。

这一次，我记住了那个地方，叫零公里。这是一个奇怪的却也好记的地名，下次去峨眉，好再尝尝竹笋炒猪肉片。

2006 年 11 月 6 日于北京

大师隐于市

那天午饭，正好有幸同张耀、王义均两位老先生在一起。他们可以说是一代名厨，都是国宝级的烹饪大师，今年，张先生 80 整，是从牛街走出来的前辈；王先生 73 岁，是丰泽园的主厨。如今，他们都已经退隐江湖，长闲有酒，一溪风月共清明，难得在餐厅里再见到他们的身影了。

在餐饮界干了一辈子，他们早蜚声海内外，张先生不仅自己是一代名师，还是那些名师的组织者和领导者，是宣武区烹饪学会的创始人，带领着那些名师总结一辈子积累下来的经验，培养了下一代无数的厨师。北京首次烤鸭研讨会就是他组织的，他让四代烤鸭名师聚首，第一次将北京烤鸭从历史到技艺进行了规模性的学术研究；拥有三十多种菜品的“西瓜宴”也是他的首创，其他诸如“孔府菜”“仿唐菜”等无一不经他的指导而成。

王先生师从鲁菜一代宗师牟长勋，在国内外拿过大奖，葱烧海参、烩乌鱼蛋、醋椒鱼等丰泽园的看家菜，都是他的拿手绝活。当年，做国宴请他去，梅兰芳在世时，做家宴一定也要点名请他去；客座美国，牛刀小试，让外国人看得眼花缭乱，当地报纸称赞他的技艺简直是具有“魔术般的魅力”。

能够和这样的大师坐在一起吃饭，真的是长学问，他们是真正的知味之士，而且是知底人家，所谓变戏法瞒不过打锣的，什么能瞒过他们的法眼呀？上来了一盘葱烧海参，张先生告诉我，海参一共有十三种品种，过去葱烧海参的海参一定得用灰参，而且葱得先放进汤中熬出葱香味来备用，最后的海参你才能够吃出葱烧的味道来，现在的葱都是后加上的，是为了让你看的。王先生是做这道菜的大师，他告诉我以前做这道菜，海参都是自己亲自挑亲自发的。那时候的认真与精细，只存在我们的想象中了。我问王先生现在还主灶吗？他摇摇头说早不去了。我又问在家您下厨吗？他笑着说在家倒是还经常下厨。我心想他家里的人多美呀，可以常享受大师级的美味佳肴。

大概因为两位老人见多识广，早已经是久经沧海难为水了，而我对于这一切都是外行，他们不住为我布菜。王先生一定要我尝尝油爆肚仁，告诉我现在这道菜很难吃到了，当年马连良最爱吃这一口。张先生特别为我夹来一块牛尾，又为我夹来几片削得跟薄薄的纸片样的羊头肉，对我讲了关于羊头肉的一则轶闻：最早卖这肉的是羊头马家，那时候每天推着独轮车到廊坊二条口那儿卖，每一个羊头都是他自己到屠宰场挨个挑的，几岁口的羊头才能要，格外讲究的，所以一天二十多个羊头一会儿就卖光了。每天只要他一去，围着的人特别多，都是为了看他削羊头肉的。他拿着一把弯月刀，从羊脖子的这边绕一个弯儿，一直削到另一边，扇面一样，真是绝了。看着张先生学着羊头马的动作，一个弯弯的弧度，缓慢而潇洒，恍惚跌进了往昔的岁月。

和他们在一起，让我不仅长学问，而且如沐春风，感觉格外受宠若惊。他们的谦虚和平易，给我留下了深刻的印象。也许，各行各界都是一样，都是阎王好挡，小鬼难缠，越是半吊子，越是不可一世地到处唬人；越是学问大的大师，才越发地平易近人，亲切得就像邻家提着鸟笼遛弯儿碰见你和你寒暄的老大爷。

如今，也实在是大师泛滥的时代，教授和专家的贬值，到处都冠以“著名”二字，如同蛐蛐的两根长须子，谁稍稍一挑逗，都能够立刻奓开，像是唱戏的名角抖动着头上的翎羽似的自以为是，而真正的大师却大隐隐于市。提起大师，张先生很谦虚地告诉我，清真菜的一代宗师褚连祥，那才是真正的大师。可惜，他死得早（58 岁），解放前夕就去世了。张先生叹口气。张先生对我说他和褚连祥在牛街边的寿刘胡同里住街坊，当年褚连祥在御膳房里给慈禧太后做过菜，全羊席是他的招牌菜。他最大的贡献，是开创了清真菜的新品种，马连良鸭就是他的首创。他这个人好学好钻研，那时，西来顺饭庄是他开的，经常有人请他吃饭，汉民的饭菜，他不吃，但他看，他听别人说，然后回去自己试着做，做好了，再请这些人来品尝，帮助他改进。汉民菜里的海鲜，原来清真菜没有，他把海鲜带进了清真菜系，他的红烧鱼翅比当时有名的福全馆还有名。

感谢张先生让我知道了褚连祥，这是真正的大师。许多真正的大师，我们并不认识不了解，我们才容易被一些伪大师所忽悠，轻而易举地上了江湖郎中的当。

2006 年 9 月 19 日于北京

软卧车厢上铺的女人

那一次，我乘火车从青岛回北京，列车是夕发朝至，上车天就黑了，没一会儿，大家就都如鸟上架一样，爬上自己的铺位睡觉了。软卧车厢里四个铺位，只有我的上铺没有人，车开了好大一会儿了，还是空的，送我们上车的青岛朋友和车长是好朋友，对我们说没人来了，就你们三人，安心睡个安稳觉吧！

我刚刚睡着，隐隐听见有动静，先是车厢门开的声音，光线闪了一闪，然后是鞋子落在地板上的声音，紧接着是一只脚软软地踩在我的脚上。“对不起呀！”是一个女人年轻而细微的声音。我睁开眼，借着车窗外闪进来的朦胧灯光，看见是一个女人，个子很高，很有礼貌的，像猫一样很麻利地爬上上铺。很快，就没有一点声响，只听见列车撞击铁轨单调的声音。是一个懂事的女人，知道大家都已经入睡了，不想打搅别人。

不是说车长答应不再安排人了吗，看来年轻女人一张漂亮的脸蛋儿，还是一张畅通无阻的通行证。不过，倒还是一个懂事的女人，应该把铺位让给人家。

让这个爬到我上铺的女人闹的，我半天没有睡着，便忍不住瞎想，她长得什么样，漂亮，还是不漂亮。不过，比起知情达理来，漂亮不漂亮，都是第二位的了。就这样，胡思乱想和扑闪在车窗的流萤一般明灭的灯火交织一起，我糊里糊涂地睡着了。

天刚蒙蒙亮，我被一阵手机铃声震醒，以为是自己的手机，发现声音来自我的上铺，听见她在接听电话，很小的声音，我只隐隐地听见她在说什么：想，怎么不想呀，我一宿都没怎么睡，你还让我坐飞机，那么晚了，哪儿还有飞机呀，又得等一天……

大概是怕吵着人，也是怕别人听见，她一边说着，一边麻利儿地爬下铺，推开门走到外面去了。我像是偷听见人家的隐私一样，心里有些过意不去，又有些好奇，忍不住猜想，不用说，这个女人匆匆地从青岛赶上火车，到北京来是会她的情人。心情急切，连一天都等不及，连夜赶来，一清早就可以见面了。只有爱情才有这样的力量。

她再次回来的时候，大家都醒了，她抱歉地对大家说：真对不起，一清早就打手机，把你们都吵醒了。

我这才看清她的模样，很漂亮的一个女人，大概有三十出头的样子，只是因为一夜没睡，一脸的憔悴。她爬上上铺，我看见她在对着小镜子化妆，马上就要见到自己的情人了，当然应该修饰一下自己。

车快进站的时候，她的手机又响了。这一次，她显得有些沉不住气，几乎忘了我的存在，连连慌忙地说：不用，不用，你不用来接，我自己去……

她放下手机的时候，才发现我站在她的下面，有些尴尬地冲我笑了笑。这让我有些奇怪，为什么不让自己的情人来车站接自己？这不大合乎情理，特别是对于急切渴望重逢的情人，就更显得哪儿不那么对劲儿。

车缓缓地进站了。她跳下上铺收拾好她的行李——一个手提箱，放在我的铺位上，就走到车厢外面的走廊里，眼睛一直紧盯着窗外。我在收拾行李的时候，发现一本从上铺掉下来的书，封面是一个花花绿绿穿着暴露的女人，书名叫作《情欲》，我想是她的书，就随手把书放在她的手提箱上。她回来拿手提箱的时候，看见了书，一把抓起，飞快地把书扔到上铺上，她发现我在看她，脸一下子红了。

走出出站口，我看见了她，她独自一人站在那里，清晨的风有些凉，她微微地抖了一下。

2005 年岁末于北京

丽江即景

中午，我独自一人坐在丽江石桥旁的木椅上，桥是老的，椅子是新的，古老的拱形石桥，是丽江现存最老的石桥，桥上桥下拍照的游人很多。柳荫下的丽江水清澈见底，新投放进去的金鱼，和小河两旁的游人一样高兴畅快地游动着。天有些阴，整座丽江古城，像一幅冷色调的老油画。

我是有些走累了，坐在那里闭目养神，听水声潺潺，脚步匆匆。忽然，一声女人的尖嗓门，吓了我一跳，睁眼一看，才发现我身旁另一排木椅上坐着一个年轻的女人，她的旁边坐着一个胖胖的小伙子。听口音，都是北京人，正在争论着什么。他们紧紧地坐在我的旁边，大概争论得正起劲儿，完全沉浸其中，根本不在乎我的存在，一直在唇枪舌剑，谁也不饶谁。过往的游人，此刻只在乎风景，不在乎风情，谁也不会留意这么一对处于矛盾漩涡的情侣。对面是大石桥小吃店，卖的丽江老式的黄豆面条很出名。店里的客人不多，一个男服务员抱着个篮球往墙上练投篮，尽管墙上没有篮筐，球频频地从墙上反弹过来，跳到这一对恋人前面，他跑过来，却只是捡球，并没有注意他们；一个女服务员站在门外，不知在想什么，愣愣地望着，也并没有望着他们。只有我一个人，好像在偷听人家的隐私，有些不大好意思。

但是，隐隐约约的，我还是听明白了，和眼下电视剧里演的情节大同小异，是一对马上就要结婚的恋人，女方忽然发现男方和另一位女人有亲密的来往，男方为缓解矛盾，带她来丽江玩。女方对他说我这是给你面子，跟你说，这是最后一次跟你出来了。胖胖的小伙子说你就说吧，是不是一点儿余地都没有了吧？回去咱们还没有结婚就先离婚？

我打量了一下这一对，小伙子虽胖了点儿，却还算得上英俊，姑娘长得不漂亮，但不漂亮的姑娘就不能吃醋吗？更何况姑娘在说事关尊严，和婚前清白与忠诚的认证。就让他们自己去争论吧，我扭过头去，看别处的风景。

小河对岸，几层石阶下，临水的一面石台上，一个身穿笔挺西装大约三十来岁的男人，正在那里摆弄照相机的三角支架，先是固定好它，因为一歪，就会倒下，掉进水中；然后再找好角度，很仔细，也很有情致的一个人。这时，一对外国夫妇也站在石阶的最上面，那里确实是拍照石桥的最好的位置。大概是挡住了他的镜头，他忙向人家喊话，让人家让开。我听出来了，是个上海人，和我一样，独自一人逛丽江。

我看见他把相机摆弄好，一个人跑到镜头前，坐在石台上，背景就是古老的石桥，他把一只手伸进水里，撩着水花，冲着镜头做灿烂的笑，听到照相机响起一声清脆的叫后，他弹簧一般跳了起来。一会儿，他又把照相机抱到对面，把三角架支撑好，自己又跑到另一面，双手抱膝坐下来，背景是丽江的流水弯弯，烟柳人家，他对着镜头再做刚才一样灿烂的笑，看见闪光灯倏忽一闪，站起来，拍拍屁股，跑过去，抱起三角架和照相机，像是表情丰富地演完一出独角哑剧，很满足，高高兴兴地走了。

这时候，我再回过头来，发现那一对争论的北京恋人，不知什么时候已经不在了。只有那个女服务员还站在那里发愣，那个男服务员还在往墙上投篮。

2005 年秋于丽江归来

杜鹃，杜鹃

现在是看杜鹃花的时节。我国杜鹃花的品种极多，但有两处的杜鹃，最让人难忘，非常值得一看。

一处是湖南九嶷山的杜鹃花，九嶷山的杜鹃在四月开花。《史记》中记载："舜南巡狩，崩于苍梧之野，葬于江南九嶷。"人们都知道九嶷山的湘妃竹，因舜帝葬于此而闻名，不大知道九嶷山的杜鹃，是因为传说中的娥皇和女英两位妃子千里迢迢逆潇水而上到九嶷，一路哭来，泪水滴落在竹上，紫痕斑斑，千年不落，才有了"斑竹一枝千滴泪，红霞万朵百重衣"的诗句。其实，娥皇和女英的泪水不仅滴在湘妃竹上，也是滴落在杜鹃花上面，九嶷山的杜鹃一样有名，而且应该说比湘妃竹更动人。动人的是传说中说舜帝未死之前，九嶷山漫山遍野开的都是红杜鹃，在舜倒地那一瞬间，满山的红杜鹃，都齐刷刷地变成了白杜鹃，摇曳着齐为舜帝致哀。

连杜鹃花都知道舜帝教当地人制茶、办学堂，最后为百姓伏蟒受毒致死，而深得百姓的爱戴和怀念，才有了这样神话般的感应。想想一山的杜鹃在顷刻之间有了灵性，变了颜色，花随风摇，带动着巍巍高山也颜色陡变而随之摇曳，杜鹃摇曳着祭祀的白绸，山谷响彻悲恸的风声，该是多么壮丽的场面。从此，九嶷山每年四月，都是既开红杜鹃，也开白杜鹃。如今这时候到九嶷山，满山的红白杜鹃，扑扇着一对红白翅膀，把整个九嶷山带动得都飞起来似的，会让人迎风遥想，染上历史回味和岁月沧桑的杜鹃，不是一朵，也不是一丛、一片，而是漫山遍野怒放的红杜鹃、白杜鹃，真的是杜鹃之交响。

另一处是云南香格里拉碧塔海的杜鹃花，它们比九嶷山的杜鹃开得晚些，要在五月开花。碧塔海藏在香格里拉深处，一围群山，四处草甸，漫天清澈得像母亲怀抱那高原特有的天光云色，将碧塔海衬托得分外幽静而神秘。碧塔海周围遍布杜鹃花林，高原的红杜鹃，开得烂漫如火，似乎因为离着太阳近，把灿烂的阳光都吸收进花蕊里面，每一朵都红得像是要破裂得流淌下红色的汁液来，更是特别粗犷妖冶，肆无忌惮。

山野的风吹来，成片的杜鹃花约好了似的，飞流直下三千尺的瀑布一样飘落进碧塔海中，红艳艳一片，一天霞光云锦般地漂浮在水面上，燃烧的血一样荡漾。这时，会有成群的鱼闻香扑面游来，像是奔赴一年一次的情人约会而浩浩荡荡，争先恐后，那一份浪漫的豪情，如同高原上掠过的长风，一泻千里，无遮无拦。高原的鱼和花真是一样的秉性，也是豪放得很，喁喁着小嘴，贪婪地吞吃杜鹃花瓣，如同高原贪杯的汉子一样，不喝得一醉方休不会放下酒杯。吞吃杜鹃花瓣的鱼，便成群成片地醉倒，漂浮在碧塔海之上，成为高原最美丽的一景。当地人称之为“杜鹃醉鱼”，那种粗犷之中蕴含的平原湖泊中难得的浪漫（我们见惯的鱼大多被高科技的鱼食养得过于肥硕盛放于精致的鱼盘中，或养成华丽的观赏类金鱼置放于恒温的玻璃鱼缸里），首先得益于红杜鹃托风传媒，慷慨地举身赴清池的浪漫，方才与鱼相得益彰，如此风情万种，将碧塔海变成红塔海，让人叹为观止。

如果九嶷山的杜鹃是壮丽的杜鹃，碧塔海的杜鹃是浪漫的杜鹃。

如果九嶷山的杜鹃属于神话，碧塔海的杜鹃属于童话。

2005年春于北京

街上连狗的目光都变了

如今，走在街上，你会发现，来来往往的人们的目光，和以前大不一样。低头匆匆忙忙赶路的，他们的目光只停留在眼前的路上，那目光几乎是呆滞的。拇指一族打手机或发送短信的，他们的目光只停留在小小的手机上，那目光有时可以是旁若无人的，却几乎是隐晦的。也有一脸官司的，让你不敢和他那恼怒的目光相遇。也有满面狐疑的，让你看着他的目光感到恍惚。也有不少目光散失了焦点，如同没有缰绳的马四处散逛。但是，看风景的很少，不少目光却是鬼鬼祟祟的，让你遇到他的目光，赶紧捂住自己的腰包，加快了自己的脚步。所以，前不久北京的公安部门劝告市民，当有人向你问路的时候，一定要和问路的陌生人保持距离，以防意外。

不管是宽阔的大街，还是偏僻而人少的小街，人们的目光越来越冷漠，越来越惶惑，越来越可疑。哪怕是最天真的孩子，遇到陌生人的目光，即使不像惊飞的小鸟一样立刻避开，也会警惕地紧紧地拉住父母的手。

当然，大街上也常会看到热辣辣的目光，一般是男人投射到漂亮的女人身上，或者是女人投射在帅小伙或所谓成功人士的身上，但那更多的并不是真正爱情意义的目光，更多的则是欲望毫无遮拦的宣泄。含羞半敛眉，眼媚双波溜，是千载难逢，很难一遇了。彼此可以金是衣裳玉是身，却难是眼如秋水目如霜了。

在夜晚，由于城市的污染和高楼的林立，已经很难看到瓦蓝色的夜空和夜空中的星星了。“天阶夜色凉如水，卧看牵牛织女星”，那种和夜色一样清澈的目光，也很难看到了。灿烂的霓虹灯和街灯，以及一街扑朔迷离的车灯闪烁，彻底替代了夜空的银河，我们的目光可以在相书上轻而易举地找到自己的星座，却再也看不到北斗七星倒转斗柄的奇迹了。我们的目光便如一盏酒杯，只盛下了满眼扑来的灯红酒绿。

在书中，我们的目光也变得近视，乃至猥琐，甚至攫取式的贪婪。我们的目光已经很难和安徒生格林兄弟的童话相遇，也很难和莎士比亚或易卜生的戏剧相遇。如果不是为了应付考试，大概也不会和我们的唐诗宋词握手言欢；如果不是为了选秀，大概也不会和《红楼梦》相见甚欢。我们的目光更多地投入到了考试的辅导教材，投入到怎么学开车怎么玩股票怎么发财怎么升官怎么应对老板的书。我们渴望捷径渴望暴发渴望一夜成名，我们的目光便很难再相信童话会出现在眼前，莎士比亚的戏剧，也被我们改造成了《夜宴》式的欲望的淋漓尽致的展示。而《红楼梦》当然可以成为我们娱乐节目的一种，就像大观园可以成为我们尽情游玩的公园一样。

在交往中，我们的目光变得越来越矜持，越来越彬彬有礼，越来越有日本味儿和西洋范儿，却也越来越程式化、格式化，甚至透露着虚伪。就像罗大佑在歌里面唱的：“朋友之间越来越有礼貌，只因为大家见面越来越少；苹果价钱卖得没以前高，或许现在味道变得不好。”

缺少了天真和真诚，连街上的狗的目光，也变得小心翼翼，格外警惕的样子了。如果它想撒尿，都要四处看看，然后跑到树下或汽车的车轮旁，翘起了后腿；如果它见到你迎面走来，它会格外地害怕和警觉，悄悄地躲在主人的身后。即使是被称之为都市忧郁的诗人的猫，那曾经拥有的忧郁的目光，也变得鬼鬼祟祟，猥猥琐琐的了。它们见到了生人，很少再如以前一样，“喵呜——”吟唱出忧郁的诗句，而是立刻跳上房檐，回眸一望，却不是百媚生，而是和我们一样隔膜、狐疑乃至警惕的目光扑闪着。

2006 年 10 月 10 日于北京

超　重

那天上午在机场送人，飞往法兰克福、伦敦、罗马和巴黎的航班，密集的雨点似的挤在一起。大概正赶上暑假结束，大学开学在即，到处可以看到推着装有大行李箱的学生们，送行的父母特别多。候机厅里，家庭的气息一下子很浓，像是客厅，相似的面孔不停在眼前晃动。

不时有孩子进了里面去办理登机手续，家长只能够站在候机厅里等。儿行千里母担忧，他们都伸长了脖子，把望眼欲穿的心情付与人头攒动的前方。不时便又看见有孩子匆匆地从里面走了出来，给家长一个渴望中的喜悦。不过，我发现，匆匆出来的孩子大多并不是为了和送行的父母再一次告别，也很少见到有依依不舍的场面，那样的场面，似乎只留给了情人之间的拥抱和牵手。

站在我身边的是一位面容姣好的中年妇女，凉鞋露出的脚趾涂着鲜艳的豆蔻，这样风韵犹存的女人，在我们的电视剧里一般还要在男人怀里撒娇呢。现在，她像是只温顺的猫，眼神有些茫然。不一会儿，我看见一个大小伙子推着行李车，气冲冲地向她走来，没好气地对她嚷嚷道："都是你，让我带，带！都超重啦！"只听见她问："超了多少？"语气小心，好像过错都在自己的小媳妇。"10公斤！"只有儿子对母亲才会这样地肆无忌惮。听口音，是南方人。

于是，我看见母亲开始弯腰蹲了下来，把捆箱子的行李带解开，打开箱子。那是一大一小赭黄色的两个名牌箱。儿子也蹲下来，和母亲一起翻箱里面东西，首先翻出的是两袋洗衣粉，儿子气哼哼地嘟囔着："这也带！"然后又翻出一袋糖，儿子又气哼哼地嘟囔一句："这也带！"接着把好几铁盒的茶叶都翻了出来："什么都带！"母亲什么话都没说，看儿子天女散花似的把好多东西都翻了出来，面前像是摆起了地摊。最后，儿子把许多衣服和一个枕头也扔了出来，紧接着下手往箱底伸了，只听见母亲叫了声："被子呀，你也不带了！"

我有些看不过去，走了两步，冲那个一直气哼哼嘴噘得能挂个瓶子的儿子说："10 公斤差不多了，你东西都不带，到了那儿怎么办？"儿子不再扔东西了，母亲站了起来，一脸忧郁，本来化得很好的妆，因出汗而坍塌，显出些许的斑纹。"先去试试再说。"我接着对那个儿子说，他开始收拾箱子，母亲则把茶叶都从铁盒里掏出来，又塞进箱里。儿子推着行李车走了。我问那位母亲孩子去哪里，她告诉我去英国读书。她脚下的那些东西都散落着，稀泥似的摊了一地。

这时，我身旁另一侧，又有一个女孩推着车走到她的父母身边，几乎和那个男孩一样气哼哼的表情，把车使劲一推，推倒在她父亲的脚前，说了句："严重超重！"父亲和刚才这位母亲一样，立刻蹲下身子，替女儿打开行李箱，我一看，箱子里几乎全是吃的东西，而且全是麻辣的食品，不用说，来自四川。左翻翻，右翻翻，父亲权衡着取出什么好，女儿站在那里，用手扇着风，摸着脸上的汗，说着："这都是我想带的呀！"这让父亲为难了，倒是母亲在旁边发话了："把那些腊肠都拿出来吧，那玩意儿占分量。”父亲拿出了好几袋腊肠，又拿出好几管牙膏、一大罐营养品和几件棉衣，再盖箱子的时候，鼓囊囊的箱子像撒了气的气球似的，瘪下去一大块。女儿风摆柳枝推着车走了。我悄悄地问母亲这是去哪儿，回答是去法国读书。

独生子女的一代，理所当然地觉得可以把一切不满和埋怨都发泄给父母。养儿方知父母恩，他们还没到明白父母心的年龄。他们可以埋怨父母的娇惯和期待超重，却永远不该埋怨父母对自己的情感超重。

2006 年 9 月 19 日于北京

一场戏的工夫

那天晚上，我到戏剧学院的剧场看戏。秋风乍起，夜色中朦胧的路灯都显得有了些凉意。因为路上堵车，时间有些晚了，穿过学院前的那条胡同，我走得很快。戏剧学院是我的母校，二十七年前，我曾经在这里读了四年的书，毕业以后，又曾经在这里教了三年书，这条胡同，我很熟。因此，走在这条路上，颇有点老马识途的感觉，逝去的往日的气息，随风扑面而来。

在校门前高高的院墙边，有一盏路灯，昏暗得很，我上学的时候怎样的昏暗，现在还是怎样的昏暗。院墙就在这里结束，路面凹进去一块，形成一个死角，路灯正好弯在里面，我读书的时候，校园里时兴"英语角"什么的，大家就管这里叫作"爱情角"。那时候，常常有同学和外校的同学谈恋爱，在这里告别，悄悄地拉着手，卿卿我我磨磨唧唧地说着说不完的情话，似乎昏暗的路灯光可以帮助他们遮掩一点羞涩。

有意思的是，那天我路过这里的时候，看见一对年轻的情侣，正在那盏路灯下拥抱，忘情得很，我的匆匆脚步，并没有打搅他们。我和他们擦肩而过，看得很清楚，他们正在热吻，而他们却旁若无人，根本不需要灯光的遮掩，相反他们看见我从他们身边走过，还冲我嘻嘻地笑了两声，四瓣嘴唇没有松开，那细微的笑声，像是开水顶着壶盖呜呜在冒泡儿。我走过去之后，忍不住回头看了看他们，男的穿着牛仔裤，包裹着修长的腿，女的穿着一条喇叭裙，蹬着一双高鞫靴，亭亭玉立。不知道他们是我的小校友，还在外校的同学，或者是其他地方的年轻人？我在祝福他们的同时，不由得感慨时代确实变化太快了，我们那时候，虽然有这样一个“爱情角”，但还不敢这样大胆，毕竟是离学校大门口不远。

戏看完了，悲欢离合一杯酒，南北东西万里程，两个小时的戏，演绎了好多个人的一生。因为散戏的时候正好碰见了留在学院里教书的老同学，聊了会儿天，耽搁了一会儿。等我走出剧场，胡同里安静得很，散场的那么多人，已经如潮水退去得没有一点影子，仿佛被浓重的夜色都收进去似的。夜风大了一些，也更凉了一些，我不急，慢慢地走在这条曾经熟悉的胡同，情不自禁地想起在学院里读书和教书时的一些往事和故人。这些年，北京城变化很大，许多大学的校园变化也很大，我的母校变化却不大，大概因为它地处市中心，地盘很小，无法扩展，受到了限制吧。这条胡同变化也不大，和我读书的时候几乎一个样子，我们都变老了，而它仿佛还没有长大。也许，变化大的，只有我们自己了，往来千里路常在，聚散十年人不同嘛。

我这样一边胡思乱想，一边顺着原路往回走着，又快走到校门前那个“爱情角”的时候，在那盏昏暗的路灯的辉映下，看见来的时候看见的那对情侣，还站在那里。不过，这回，他们不是拥抱亲吻，而是面对面地对峙着，甚至挥动着拳头，气哼哼地指责着对方，相互在谩骂着，如斗鸡似的，显得格外愤怒，势不两立的样子。

这样的情景，让我感到意外，禁不住停住了脚步。起初，我想大概不是我来时看到的那一对，那一对刚才是多么的甜蜜，密如雨点似的吻，还有那亲吻时嘴唇都不离开情不自禁冲我的笑声，不可能这么快就都变成了谩骂而出的吐沫星子吧？可是，当我走近一看，就是他们，牛仔裤、高靿靴、喇叭裙，都像是无可推卸的物证一样，证明就是那一对年轻人。我弄不清楚，他们为什么会突然变成了这样，刚才还是明朗朗的艳阳天，怎么一下子就变成了轰隆隆的雷雨天了呢？不过只是一场戏的工夫。

我隐隐听见，好像男的在解释着什么，而女的就是不依不饶，男的急了，女的更急了，争吵变成了谩骂，而且在不断升级，大概已经吵了一会儿了。而且，我也听出了，他们就是这所学院的学生，只是我猜不出他们是哪个系的。不管处于什么样的原因，也不该这样快就突然从亲吻变成谩骂，这样的跌宕，即使是戏也不算是好戏，像是没有过渡一样，愣愣地转折，让人无法接受。哪怕也许过一会儿，他们又可能和好如初，亲吻如蜜。

我再一次和他们擦肩而过，他们和戏开演之前我从他们身边路过时一样旁若无人，还在忘情地对骂着，声音在寂静的胡同里清脆地荡漾。只是我好像在一场戏的工夫里，那样快地走过两个截然不同的季节。我才忽然意识到，这条我曾经熟悉的胡同，和这条胡同里我曾经熟悉的学院，其实都早已经变得我不大认识了。

离开他们很远了，我回头看看，他们还在那里吵，而且似乎更厉害了，张牙舞爪的样子，在昏暗的路灯灯光下，剪影一样的感觉，像是皮影戏。

2005年秋日于北京

草帽歌

那年的夏天，我在5号地割麦子。北大荒的麦田，甩手无边，金黄色的麦浪起伏，一直翻涌到天边。一人负责一片地，那一片地大得足够割上一个星期，抬起头是麦子，低下头还是麦子，四周老远见不着一个人，真的磨人的性子。北大荒有句俗语：割麦和泥垒大坯，是属于磨性子的三大累活。

那天的中午，日头顶在头顶，热得附近连棵树的荫凉都没有。吃了带来的一点儿干粮，喝了口水，刚刚接着干了没一袋烟的工夫，麦田那边的地头传来叫我名字的声音，麦穗齐腰，地头地势又低，看不清来的人是谁，只听见声音在麦田里清澈回荡，仿佛都染上了麦子一样的金色。

我顺着声音回了一声：我在这儿呢！顺便歇会儿，偷点儿懒。径直望去，只见麦穗摇曳着一片金黄，过了好大一会儿，才渐渐地看见麦穗上飘浮着一顶草帽，由于草帽也是黄色的，和麦穗像是长在了一起，风吹着它一路船一样漂来，在烈日的直射下，如同一个金色的童话。

走近一看，原来是我的一个女同学。她长得娇小玲珑，非常可爱，我们是从北京一起来到北大荒，她被分在另一个生产队，离我这里 36 里地。她是刚刚从北京探亲回来，家里托她给我捎了点儿吃的东西，她怕有辱使命，赶紧给我送来。队里的人告诉她我正在 5 号地割麦子，她又马不停蹄地跑到了麦地里。当然，我心里明镜似的清楚，那时，她对我颇有好感，要不也不会有那么大的积极性。

接过她捎来的东西，感谢的话、过年的话、玩笑的话、扯淡的话、没话找话的话……都说过了之后，彼此都拘着面子，又不敢图穷匕首见，道出真情，便一下子哑场，到告别的时候了。最后，我开玩笑对她说：要不你帮我割会儿麦子？她说：拉倒吧，留着你自己慢慢地解闷吧。便和我告别，连个手都没有握。

麦田里，又只剩下我一个人，无边翻滚的麦浪，一层层紧紧拥抱着我，那不是恋人的爱，而是魔鬼一般的磨炼，磨蜕一层皮，让你感觉人的渺小，然后渐渐适应，让别人说你成熟。

大约过去了一个多小时，身后的麦捆都捆好了好多个，战俘一样七零八落地倒伏着。忽然，地头又传来叫声，还是她，还是在叫我的名字。我回应着她，趁机又歇会儿。过了一会儿，看见那顶草帽又飘了过来，她一脸汗珠地站在我的面前。

我不知道她来回走了八里多地折回来干什么，心里猜想会不会是她鼓足了勇气要向我表达什么了，一想到这儿，我倒不大自在起来。

她从头上摘下草帽，一头热汗蒸腾的头发像是刚刚揭开锅的笼屉。她把草帽递给我说：走到半路上才想起来，多毒的日头，你割麦子连个草帽都没有！然后，她走了，望着她的身影在麦田里消失，完全融化在麦穗摇曳的一片金色中，我没有找出一句话，我总该对人家说一句什么才好。

往事如烟，过去了将近四十年，日子让我们一起变老，阴差阳错中我们各奔东西。但是，常常会让我感慨，有时候，你不得不承认，无论是在记忆里，还是在现实中，友情比爱情更长久。

2005 年夏于北京

美丽的脆弱

我有一个朋友，假期没有像有的人那样往风景热闹的地方跑，偏偏跑到了当年他插队的地方。那是一个叫作西尔根的地方，很动听也很陌生的名字。走之前，全家没有一个人同意他去。是啊，都离开那里二十六年了，没有一点任何的联系，干吗心血来潮非要去那里？他偏偏就是一意孤行，只好偷偷地离开家，上了奔向内蒙草原的火车。就像二十六年前他离开北京去西尔根那天一样，也是独自一人，傍晚的夕阳火红，显得有些凄清。

其实，上了火车，他自己也没明白为什么一根筋似的非要大老远地跑一趟那里。也许就像罗大佑的歌里唱的那样："眼看着高楼盖得越来越高……只因为大家见面越来越少；苹果价钱卖得没以前高，或许现在味道变得不好，就像彩色的电视变得更加花哨，能辨别黑白的人越来越少……" 久居城市，天天见到的都是这些钢筋水泥和上了油彩化妆的脸，心都磨出了厚厚的老茧，硬得油盐不进，真是容易让人心烦意乱，他要躲个清静，突然想起了离开了二十六年那个遥远的草原。

他说不清，他是个强悍的人，想好的事就要去做，不会在关键的时候弱了下来。坐了一天一夜的火车，又坐了大半天的汽车，他就是要奔向那个叫作西尔根的地方。这地名对家人陌生得犹如在天外另一个星球之上，对他却是比世界上任何一个旅游胜地或其他辉煌的地名都要刻骨铭心。望着窗外奔驰而过的北方原野，他愣是一天一夜在火车上没合眼。

他终于见到了西尔根，和在西尔根他想见的人。他曾经在那里度过了整个青春期，那个地方怎么能够像吃鱼吐刺似的轻易地剔除得掉呢？许多和青春连在一起的东西和地方，不管好坏，都是难以忘掉的。西尔根，西尔根，有时会在心中叫着它，就像叫着自己的名字一样。

因为最后几年他当了民办老师，他教过的学生先是呼喊着“巴克西依乐咧”（蒙古语“老师来了”）都跑了过来，却不是他想象的样子，个个已经面目皆非。都是有了孩子四十岁上下的人了，有的还居然有了孙子，能不让他感慨路途夭折，流年暗换？

又听见了熟悉的蒙古语，又吃到了熟悉的扒羊肉，又喝到了熟悉的奶皮子，又闻到了熟悉的“乌了莫”拌炒米的香味和属于西尔根草原风中的清香……酒酣耳热之际，这些学生们对他说：“老师，我们给你唱首歌吧！”他以为是常见的蒙古族人喝酒时的唱歌助兴，那就唱吧，没想到他们忽然齐刷刷地站了起来，齐声声唱的竟是二十六年前自己教他们的那首歌。如果不是他们唱，他几乎都要忘光了，他一辈子就自编了这么一首歌，二十六年了，他们居然还记得？记得这么清清楚楚！不知怎么搞的，当着那么多的学生，他一下子竟泪流满面。

他才发现自己原来并不那么坚强，竟然这样脆弱。一首陈年老歌就让自己的眼泪没出息地流出来。

其实，有时候，人心需要一点脆弱。我们太崇尚所谓的强人和牛仔硬汉，其实，时时都是那样坚强，像时时穿着盔甲、举着盾牌似的，会让人受不了。就像城市要是处处都变成坚强的钢筋水泥，露不出一点见泥见土的地方，就不能让雨水渗进去，滋润出一片青草或一匝绿荫。如果我们还能够在行色匆忙之中偶然被一首陈年老歌或被一点些微小事所打动，说明我们还可救药。

有时候，脆弱就是这样测量我们是否还可救药的一张pH试纸。

2005年5月写毕于北京

手机使街上的人们表情丰富

有一次，我在大街上走，忽然看到一位年轻女子独自站在马路牙子上，是一个侧身，黄昏时的霞光把她镀成漂亮的剪影。只是她仰着头莫名其妙又说又笑，而她的对面并没有任何人，只有车辆在川流不息，那样子非常像一个演员在舞台上旁若无人地独白。后来才发现她是拿着手机在打电话。

我才明白是自己的大惊小怪。自从手机普及之后，大街上人们的表情，不再只是低头看路抬头看车，而一下子丰富起来了。

如果迎面向你走来的人，虽然是一个人，却向着你绽开灿烂的笑容，口中念念有词，你千万不要以为他或者她是要和你谈话，他或者她一定和手机联系着的另外一个人在说着咸的淡的有意思的或没意思的什么，却是聊不完的话题。

如果你在一个人的背后走，忽然看到他或者她在挥舞着手臂，哪怕是生气得有些张牙舞爪，你千万不要害怕，他或者她并不是没来由地冲着你来的，而是在和手机连着的对方发火或者发泄着什么，手机成为情绪延伸或表情掩饰的道具。

如果你看见有一个人走着走着，忽然跑了起来，迅速地跑到了你的前面，你千万不要以为他或者她一定是赶公共汽车，或是着急要上厕所，而是手机在他或者她的耳边响了起来，前边不远正有人在等着，或是他们约会的恋人，或是他们约好的陌生人。

我在街上见到过好几次这样的情景，不管马上就要见到的是什么样的人，手机都带动着他们脸上的表情格外丰富起来，哪怕是等他们的人已近在咫尺，相互看见了，手机也不会关上，而好像特意要为他们相见的这一刻见证和伴奏。

情人节那天晚上，我在东单的一条街上走，看到几乎一街的人的手里都拿着玫瑰花，也几乎是一街的人的手里都拿着手机在通话。那一刻，是平常日子里见不到的一种壮观。街灯和路旁商店的霓虹灯，辉映着鲜红的玫瑰和机头萤火虫似的不住闪光的手机，使得一街都充满着感动和温馨。

还是在那天，天刚擦黑时分，朦胧的雾霭和夜色刚飘起来，在我家前一条小街的十字路口，一个年轻姑娘，非要她的男朋友抱着她过这个街口。众目睽睽之下，小伙子有些不大好意思，可姑娘撒着娇坚持站在那里就是不走。绿灯亮了，小伙子豁出去了，一把抱起了娇小玲珑的姑娘，走上了斑马线。走到半截，姑娘的手机响了，她打开手机，和对方通着话，一直到小伙子把她抱过了马路，话还没有说完，谁也不知道她在说着什么。躺在小伙子的怀中过马路，所有的车辆都在为她让路，所有的人们都在望着她，打手机的感觉一定不错，我从来没有见过街上人的表情这样幸福而得意。

手机不仅使街上的人们表情丰富，也使整条街的表情丰富起来。

2005 年初春于北京

喝得很慢的土豆汤

那天下午两点多，我和妻子路过北大，因为还没有吃午饭，忽然想起儿子曾经特意带我们去过的一家朝鲜小馆，就在附近，离北大的西门不远，一拐弯儿就到，便进了这家朝鲜小馆。

大概由于早过了饭点儿，小馆里没有一个客人，空荡荡的，只有风扇呼呼地寂寞吹着。一个服务员，是个胖乎乎的小姑娘，走了过来，把我们领到靠窗的风扇前坐下，说这里凉快，然后递过菜谱问我们吃点儿什么。我想起上次儿子带我们来，点了一个土豆汤，非常好吃，很浓的汤，却很润滑细腻，微辣中有一种特殊的清香味儿，湿润的艾草似的撩人胃口。不过已经过去了两个多月的时间，我忘记是用鸡块炖的了，还是用牛肉炖的，便对妻子嘀咕："你还记得吗？"妻子也忘记了。儿子在北大读书的时候，常常和同学到这家小馆里吃饭。由于是 24 小时营业，价格和朝鲜风味又都特别对他们的口味，非常受他们的欢迎，对这里的菜当然比我们要熟悉。大学毕业，儿子去美国读研，放假回来，和同学聚会，总还要跑到这里，点他们最爱吃的菜。可惜，儿子假期已满，又回美国接着读书去了，天远地远，没法子问他了。

没有想到，小姑娘这时对我们说道："上次你们是不是和你们的儿子一起来的，就坐在里面那个位子？"她说着一口比赵本山还浓郁的东北话，用胖乎乎的小手指了指里面靠墙的位子。

我和妻子都惊住了。她居然记得这样清楚，那时，我们和儿子确实就坐在那里。

我更没有想到的是，她接着用一种很肯定的口气对我们说："那次你们要的是鸡块炖土豆汤。"

这样的肯定，让我心里相信了她，不过，开玩笑地对她说："你就这么肯定？"

她笑了："没错，你们要的就是鸡块炖土豆汤。"

我也笑了："那就要鸡块炖土豆汤。"

她望望我和妻子，像考试成绩不错得到了赞扬似的，高声向后厨报着菜名："鸡块炖土豆汤！"高兴地风摆柳枝走去。

刚才和小姑娘的对话，让我和妻子在那一瞬间都想起了儿子。思念，一下子变得那么近，近得可触可摸，就在只隔几排座位的那个位子上，走过去，一伸手，就能够抓到。两个多月前，儿子要离开我们回美国读书的时候，特意带我们到这家小馆，让我们尝尝他和他的同学的青春滋味。那一次，他特别向我们推荐了这个鸡块炖土豆汤，他说他和同学都特别爱喝，每次来都点这个土豆汤，让我们一定要尝尝。因为儿子临行前的时间安排得很满，我和妻子知道，那一次，也是他和我们的告别宴。所以，那一次的土豆汤，我们喝得格外慢，边聊边喝，临行密密缝一般，彼此嘱咐着，诉说着没完没了的话，一直从中午喝到了黄昏，一锅汤让服务员续了几次，又热了几次。许多的味道，浓浓的，都搅拌在那土豆汤里了。

不过，事情已经过去了两个多月，我都忘记了到底喝的什么土豆汤了，这个胖乎乎的小姑娘居然还能够如此清楚地记得我们喝的是鸡块炖土豆汤，而且记得我们坐的具体位置，真让我有些奇怪。小馆24小时营业，一直热闹非常，来来往往那么多的客人，点的那么多不同品种的菜和汤，她怎么就能够一下子记住了我们，而且准确无误地判断出那就是我们的儿子，同时记住了我们要的是什么样的土豆汤？这确实让我好奇，百思不解。

汤上来了，鸡块炖土豆汤，浓浓的，热气缭绕，清香味扑鼻，抿了一小口，两个多月前的味道和情景立刻又回到了眼前，熟悉而亲切，仿佛儿子就坐在面前。

"是吧，是这个土豆汤吧？"小姑娘望着我，笑着问我。

"是，就是这个汤。"

然后，我问小姑娘："你怎么记得我们当初要的是这个汤？"

她笑笑望望我和妻子，没有说话，转身走去。

那一天下午的土豆汤，我们喝得很慢。

结完账，临走的时候，小姑娘早早地等候在门口，为我们撩起珠子串起的门帘，向我们道了声再见。我心里的谜团没有解开，刚才一边喝着汤一边还在琢磨，小姑娘怎么就能够那么清楚地记得我们和儿子那次到这里来吃饭坐的位置和要的土豆汤？总觉得一定是有原因的。那么，是什么原因呢？是因为那一次我们的土豆汤喝得太慢，麻烦让她来回热了好几次的缘故，让她记住了？还是因为来这家小馆的大多是附近年轻的大学生，一下子出现我们这样大年纪的客人，显得格外扎眼？我不大甘心，出门前再一次问她："小姑娘，你是怎么就能记住我们要的是鸡块炖土豆汤的呢？"

她还是那样抿着嘴微微地笑着，没有回答。

我只好夸奖她："你真是好记性！"

一路上，我和妻子都一直嘀咕着这个小姑娘和对于我们有些奇怪的土豆汤。星期天，和儿子通电话时，我对他讲起了这件事，他也非常好奇，一个劲儿直问我："这太有意思了，你没问问她到底是怎么回事吗？"我告诉他："我问了，小姑娘光是笑，不回答我为什么呀。"

被人记住，总是一件让人高兴的事，不过，对于我们一家三口，这确实是一个谜。也许，人生本来就有许多解不开的谜，让生活充满着迷离的想象，让人和人之间有着神奇的交流，让庸常的日子有了温馨的念想和悬念。

又过去了好几个月，树叶都渐渐地黄了，天都渐渐地冷了。那天下午，还是两点多钟，我去中关村办事，那家小馆，那个小姑娘，和那锅鸡块炖土豆汤，立刻又从沉睡中苏醒过来似的，闯进我的心头。离着不远，干吗不去那里再喝一喝鸡块炖土豆汤？便一拐弯儿，又进了那家小馆。

因为不是饭点儿，小馆里依然很清静，不过，里面已经有了客人，一男一女正面对面坐着吃饭，蒸腾的热气弥漫在他们的头顶。见我进门，一个小伙子迎上前来，让我坐下，递给我菜谱。我正奇怪，服务员怎么换成男的，那个小姑娘哪里去了？扭头看见了那一对面对面坐在那里吃饭的人中的那个女的，就是那个胖乎乎的小姑娘，对面坐着的是一个年龄大约四五十岁的男人，看那模样长得和小姑娘很像，不用说，一定是她的父亲。她也看见了我，向我笑笑，算是打了招呼。

我要的还是鸡块炖土豆汤。因为炖汤要有一些时间，我走过去和小姑娘聊天，看见他们父女俩要的也是鸡块炖土豆汤。我笑了，她也笑了，那笑中含有的意思，只有我们两人明白，她的父亲看着有些蹊跷。

我问："这位是你父亲？"

她点点头，有些兴奋地说："刚刚从我老家来。我都和我爸爸好几年没有见了。”

“想你爸爸了！”

她笑了，她的父亲也很憨厚地笑着，望望我，又望望女儿。

难得的父女相见，我能想象得出，一定是女儿跑到北京打工好几年了，终于有了父女见面的机会，是难得的。我不想打搅他们，走回自己的座位，要了一瓶啤酒，静静地等我的土豆汤。我的心里充满着感动，我忽然明白了，这个小姑娘当初为什么一下子就记住了我们和儿子，记住了我们要的土豆汤。人同此情，情同此理，没有比亲人之间分别的思念和相逢的欢欣，更能够让人感动和难忘的了。亲情，在那一刻流淌着，洇湿了所有的时间和空间的距离。

土豆汤上来了，抬头一看，我没有想到，是小姑娘为我端上来的。我还没有责怪她怎么不陪父亲，她已经看出了我的意思，先对我说：“我们店里的人手少，老板让我和我爸爸一起吃饭，已经是很不错了。”和上次她像个扎嘴的葫芦大不一样，小姑娘的话明显地多了起来。说罢，她转身走去，走到她父亲的旁边，从袅娜的背影，也能看出她的快乐。

那一个下午，我的土豆汤喝得很慢。我看见，小姑娘和她的爸爸那一锅土豆汤喝得也很慢。

2004 年 9 月 15 日于北京雨中

生命平衡的力量

不知道你相信不相信，无论什么样的生命，在短促或漫长的人生中都需要平衡，并且都会在最终得到平衡的。漂亮的白雪公主自然有其漂亮面庞的如意，却也有后母的嫉妒、派人的追杀，以及毒梳子和毒苹果危险等等的不如意；不漂亮的灰姑娘自然有其悲惨的种种命运，却也有其终成正果的美好回报。眼睛瞎了，意大利的安德烈·切波里却成为著名的盲人歌唱家；腿残疾了，爱尔兰的克里斯蒂·布朗却用唯一能够活动的左脚敲打键盘，成为著名的作家。个子高的，如姚明，自然成就了他的事业，他可以到美国的NBA去打篮球，风光无限；个子矮的，就一定不如个子高的吗？如拿破仑，按现在的标准大概得是二级残废了，但却不妨碍他成为盖世的英雄。

这就像《红楼梦》里所说的：大有大的难处，小有小的好处。这也就像《伊索寓言》里所讲的：高高的长颈鹿可以吃得着高高树枝头上的叶子，却没办法走进院子矮小的门；矮矮的山羊吃不着高高树枝头上的叶子，却轻而易举地走进了矮小的门。

懂得了生命中的这一点意义，不仅是让我们不必为我们自身的长处而骄傲，不必为我们自身的短处而悲观；也不仅是让我们知道拥有再多，总会有失去的时候，失去的再多，总会得到补偿的机会；更重要的是，让我们充分去体味到生命其实是一条流淌的河，乱石穿空，惊涛拍岸，卷起千堆雪，是生命中的一种情景；潮平两岸阔，风正一帆悬，也是生命的一种情景；一条河在流淌的过程中，不可能总是前一种风景，也不可能总是后一种风景，它要在总体流量的平衡中才会向前流淌，一直流入大江大海。因此，我们不必去顾此失彼，我们不必去刻意追求某一点，从而在这样生命的平衡中，让我们的心态更加从容，让我们的生活更加平和，让我们的人生更加是一幅舒展的画卷。

今年我去土耳其，遇见当今被称之为土耳其的首富萨班哲先生。说萨班哲先生是土耳其的首富，并不虚传，并不夸张，在大街上所有跑的丰田汽车，都是他家生产，凡是有蓝底白字SA字母牌子的地方，都是他家的产业，凡是有蓝底白字SA字母商标的东西，都是他家的产品。在土耳其，SA的标志，触目皆是；萨班哲的名字，家喻户晓。

如此富有的人，却也有命运不济的地方，他的两个孩子，一个儿子，一个女儿，都是智力残疾。命运，就是和他这样开着残酷的玩笑。他却以为这其实就是生命给予他的一种平衡，而不去怨天尤人。他的想法，和我们古人的想法很有些相似之处：月有阴晴圆缺，人有悲欢离合，好事古难全。想到生命这样的一点平衡的意义，他的心也就自然平衡了。命运在一方面给予他别人无法企及的财富，在另一方面给予他对比如此触目惊心的惩罚。他想开了，惩罚也可以变成回报，两者之间沟通的桥需要的就是生命的平衡力量。他便将他那么富裕的钱，不是仅仅为了留给他的两个孩子，而是在伊斯坦布尔修建了一座残疾人的公园，公园里所有的器械都是为残疾人专门设计的，就连游乐场上的摇椅，都有供残疾人不用离开轮椅而自动坐上坐下的装置。他希望以自己能够做到的事情来平衡更多残疾人不如意的生活，从而使自己不如意的生活达到新的平衡。

萨班哲先生已经七十有余，如此富有，其实自己的一生却非常抠门，传说他一直到现在，依然是一天只抽一支雪茄，上午和下午各半支；依然是一天只喝一小杯威士忌，是在一天工作完太阳下山之后坐下来喝。但到了该花钱的时候，他却一掷千金，如伊斯坦布尔的这座残疾人公园。他在富有和贫穷、健全与残疾、得到与失去中寻找到了自己的平衡。

那天，我们去参观以他的名字命名的萨班哲博物馆。博物馆就建在博斯普鲁斯海峡的岸边，进去可以观各种名画和《古兰经》，外面可以看海水蔚蓝海鸥翩翩和博斯普鲁斯大桥的巍峨壮观，真是非常地漂亮。这里原来是他的私人住宅，他捐献出来改建成了这座博物馆。在这座博物馆里，最有趣的是一间陈列室里，挂满的全是萨班哲先生的漫画。是萨班哲先生请来土耳其的漫画家们，让他们怎么丑怎么画，越丑越好，画成了这样满满一屋子的漫画。有时候，他到这里来看一屋子包围着他的、画着他的那一幅幅丑态百出的漫画，很开心，他在这里找到了在外面被人或鲜花或镜头所簇拥着、恭维着的所没有的平衡，他在这里找到了在两个智力残疾孩子给予他痛苦中所没有的欢乐。萨班哲先生真是洞悉了世事沧桑，彻悟到了人生三味。他实在是一个智慧的老头，懂得平衡的艺术真谛。

我们能够拥有他这样洒脱而潇洒的心态吗？我们能够拥有他这样宠辱不惊的自我平衡的力量吗？如果我们也一样拥有，我们的人生就会和萨班哲先生一样过得充实而愉快，而不会因为一时的得意而忘乎所以，因一时的失意而绝望到底，我们便和萨班哲先生一样在世事的跌宕中历练自己，在生命的平衡中体味到人生的意义。

人的一生，从来不可能不是天堂就是地狱非此即彼的选择，而总是在这两者之间有一种平衡力量的显示。这样，我们的生命处于一种能量守衡状态中，而对生活中所呈现出的极端才不会或得意忘形或惊慌失措，比如：有时候我们会处于睡眠状态，有时候我们会处于亢奋状态；有时候我们会如孔雀开屏四面叫好，有时候我们会如老鼠钻木箱两头挨堵；有时候我们需要抹龙胆紫，有时候我们需要搽变色口红；有时候我们需要开塞露，有时候我们又需要润肤霜……生命就是在这样的阴阳契合、内外互补、得失兼备和相辅相成中达到平衡。寻找这样的平衡，便会寻找到了生活的艺术，寻找到了生命和人生的意义。生命平衡的力量，其实就是我们平常生活的定力，是我们琐碎人生的定海神针。

2004 年 5 月 17 日于北京

青木瓜之味

大约是四年前初春的一个星期天下午，我去邮局发信。邮局离我家不远，过了马路，走两三分钟就到。就在要到邮局的时候，一个年轻的女子和我擦肩而过。忽然，她停住脚步，回头看了我一眼。那一眼的眼神很亲切，也有些意外，仿佛认出了一个熟人而与之邂逅相逢。那眼神闹得我以为真的碰见了什么认识的人，便也禁不住停住脚步，看了她一眼：年龄不大，也就二十出头，模样清爽，中等身材，瘦削削的。看她的装扮，初春时节还穿着一件臃肿的棉衣，就猜得出是一个外地人，大概是打工妹。我仔细地想了想，从来没有见过这么个人，她肯定是认错了人。于是，我笑笑自己的自作多情，向邮局走去。

我走了没几步，她从后面跑了过来，跑到我的面前，这让我很吃惊。只听见她用南方那种绵软的声音仔细而小心翼翼地问我："你是不是肖复兴老师？"我越发地惊讶，她居然叫出了我的名字，木讷在那里，近乎机械地点了点头。

她一下子显得很兴奋，接着说："刚才你迎面向我走来，我看着你就像。我读中学的时候就看过你写的书，你和书上的照片很像。真没有想到怎么这么巧，今天在这里遇见了你！"

原来是一位读者，大概她这番热情的话，很能够满足我的虚荣心，尤其是听她说她喜欢我写的一些东西，特别是说她读中学的时候读我写的东西对她有帮助，一直忘不了……我就像小学生爱听表扬似的，立刻有些发晕，找不着了北，站在街头和她聊了起来，一任身边车水马龙喧嚣。

从她那话语中，我渐渐地听明白了，从小在南方农村长大，中学毕业，她没有考上大学，家里生活困难，就跟着乡亲来到了北京打工，住的地方离我家不算太远，要走半个小时左右，今天星期天休息，她是刚刚到邮局给家里寄钱，并发了一封平安家信。虽是萍水相逢，只是些家常话，却让我感到她像是在掏心窝子，一下子竟有些感动，没有想到只是写了一些平常的东西，能够让心拉近，距离缩短，心里想也应该说是如今没什么用处的文学的一点特殊功能吧。于是，我进一步犯晕，沿着斜坡继续顺溜地下滑，不知对她的热情如何回报似的，竟然指着马路对面我家住的楼对她说："我家就住在那里，你有空，欢迎你到我家做客。"说着把地址写给了她。她高兴地说："太好了，我一定去！"

回到家后，我就把这件意外相逢的事情当作喜帖子，向家里的人讲了，不想立刻遭到全家一盆冷水浇头，纷纷说我："你以为你遇到了知遇知心呢？别是个骗子吧？""可不是，现在骗子可多着呢，你可别忘了狐狸说几句赞扬的话，是为了骗乌鸦嘴里的肉。""什么？你还把咱家的地址告诉了人家？你傻不傻呀？你就等着人家上门找到你头上来骗你吧！""要真是找上门来，骗几个钱倒没什么，可别出别的事！"……

一下子，说得我发蒙。一再回忆街头和那个年轻女子的相遇和交谈，不像是个狐狸似的骗子呀，再说，她肯定是读过我写的书，要不也说不出书名，并且能够对照着书上的照片认出我来呀。但家里人说得也没有错，谁也不会把骗子两字写在脑门上，高明的骗子现在越来越多，防不胜防。这么一想，心里连连后悔，而且不禁有些发虚，嘲笑自己如此可笑，禁不住两碗迷魂汤一灌，就如此容易轻信上当，真是百无一用是书生。一连多天，都有些提心吊胆，怕房门真的被敲响，开门一看，是这个年轻的女子登门拜访，后果不可收拾，不堪设想。

好在一连好多天过去了，都平安无事。

时间一长，这件事情渐渐淡忘了。偶尔提起，被家人当作笑话嘲笑我一番。我心里想，即使不是骗子，也只是街头的一次巧遇或萍水相逢，别再犯傻了，被人家两句过年话一说就信以为真。即使人家不骗你，没准还怕你骗人家呢。

将近一年过去了，春节过后，我们全家从天津孩子的姥姥家过完年回家，刚上电梯，开电梯的老太太对我说："你先等我一会儿，前两天有人来找你，你没在家，把带来的东西放在我这里了。"开电梯的老太太是个热心人，住在楼里的人要是不在家，来人送的信件报纸或其他的东西，都放在她这里。她家就住在楼下，不一会儿，就拿来一包用废报纸包着的东西。回家打开包一看，是两个青青的木瓜。木瓜的旁边有一张小纸条，上面写着两行小字，大概意思是你还记得吗，我就是那天在邮局前和你相遇的人，我一直想来看你，工作太忙了，一直没有时间。我过年回家带给你两个木瓜，是我家自己种的，只是一点心意。祝你写出更多更好的作品！下面没有写下她的名字，只是写着：一个你的读者。

全家都愣在那里，谁都说不出一句话来。

我永远也不会忘记这个年轻而真诚的女子，不会忘记这件事情，不会忘记这两个木瓜。总记得切开木瓜时候的样子，别看皮那样地青，里面却是红红的，格外鲜艳，特别是那独有的清香味道，在房间里飘曳着，好多天没有散去。

2004年元旦试笔于北京

甜的尴尬

甜的味道，我们常常爱说的是：糖一样地甜，蜜一样地甜。在以往的年代里，甜的味道曾经对于我们是多么的诱人。哪怕仅仅是一块普通硬块的水果糖，也只有在过年的时候才能够品尝得到的稀罕物。

是的，那是在物质贫匮的时代，糖的甜味，自然成为一种梦想，一种象征。到了我读中学的六十年代，在那天灾人祸所交织而成的饥饿岁月里，人的肚子都填不饱，糖更只是一种奢侈，便也越发显得格外珍贵。那时候，每户每月只有半斤的糖票，可怜巴巴那一点点糖，掠过舌尖的感觉才让人越发地难忘。缺少什么才会想什么，缺糖而对糖的渴望，才会如思念一样加深而与日俱增。那时，不仅我家都买些现在早已经被淘汰的糖精，搅拌在水里喝，或掺在包子馅里吃，聊以弥补糖的缺失，让这种替代的赝品登堂入室，成为上演在那个年代里糖的 B 角。当然，糖的 B 角，还可以是刚刚成熟的青玉米秆，那里面的一丝丝甜味，权且可以填充一丝肚子里对糖分的严重亏空。

即使已经到了七十年代，我们从北京探亲回到插队的北大荒带回的水果糖，或者结婚的人家分发的牛奶糖，仍然是难买到的，仍然是珍贵的东西。那时候，到王府井的百货大楼买水果糖的顾客要排长队，糖果专柜利索得如机器一般一抓准的张秉贵师傅，成为全国人民熟悉的人物，便不觉得奇怪了。而在那时，我将吃过和没吃过的牛奶糖纸，花花绿绿地积攒了满满的一大本，也可以说是只有那个年代才会有的爱好。说是爱好，其实是对糖和融化在糖里面那个年代的味道的一种向往和纪念。

如今，谁还会在乎糖呢？不仅不会再有对糖的那种渴望，而且对糖有些唯恐避之而不及，甚至对糖有了恐惧之感，以为糖是“三高”乃至肥胖的罪魁祸首之一。于是，少吃糖成为一种趋势和时尚，不带糖的点心、酸奶和饮料等等产品应运而生，曾经被我们视为那么难得珍贵的糖退避三舍，甜的味道，已经像是过了气的明星似的不值钱，不招人待见。现在讲究的口味是清淡，甜成了腻的代名词，清淡对比甜的味道，仿佛妙龄少女对比着人老珠黄。真是三十年河东，三十年河西，糖和甜，竟然如此迅速地沦落，一落千丈。

想到这些，有时让我有些莫衷一是，不知是在历史的发展中糖和甜真的走到了尽头，才出现如此的尴尬，还是我们对糖和甜有些背信弃义。别人家不说，单说我家，去年秋天我去苏州，买回两袋苏州的特产松子糖，一年过去了，一袋打开，只吃了几块，另一袋索性根本没有开封。糖和甜，就是这样地被我们自己蒙上了一层阴影，看着它们，自己不由得先叹一口气。

一直到前些日子我到了土耳其，糖和甜，才又让我的眼睛一亮，仿佛他乡遇故知像碰见了以前的老朋友一样，让日子和许多的情景温暖地回到了从前。

我不知道在世界上还有没有像土耳其这样热衷糖和甜的地方了，反正在我们这里已经没有了。那一天，土耳其的朋友带我们到伊斯坦布尔的古城一个叫作 Karakoy Guilluoglu 的地方，别看藏在窄小的胡同里，却是土耳其一家有着悠久历史的老店，楼上专门制作、楼下专门卖各种甜点，天热的时候，带凉伞的圆桌摆在门外的街上。早知道土耳其的甜点是非常有名的，没有想到的是不仅花样品种多得让我眼花缭乱，更主要的是那种甜，是我多年已经没有尝到的，或者说是从来就没有尝到过的。不是一般的甜，也不是齁嗓子的甜，而是深至心底乃至骨髓的甜。如果说我在北京或国内其他地方尝到的甜是一的话，那里的甜则是一百。如果说我们这里的甜只是一朵花的话，它那里的甜已经是一棵巨无霸似的大树。如此的甜，尝了几口之后，真是让我有些望而却步，同伴之中竟然吃了那里的甜点之后太不适应，以致被这般甜闹得鬼魂附体似的呕吐不止。

而土耳其人则不然，人家吃得格外来情绪，觉得是最好的享受，还热情地非要带我们上楼去参观他们甜点的制作过程。莫非他们不在乎“三高”和减肥？还是他们的味蕾和我们有着很大的区别？或许他们的生命中天生的就缺少糖分需要不断地补充，就如同我们这里普遍缺钙或肾虚一样？我实在闹不明白他们为什么对甜是如此地一往情深和不可或缺。

在土耳其多待了一些日子，我渐渐地明白了一些其中的原因。糖的发现，作为农业时代是一件大事，甜曾经是人类一大欲望。由于蜂蜜和甘蔗的出现，真正糖的大量生产，在世界上普及开来，是在19世纪末期的事情了。许多曾经对于人类重要的事情，在许多地方都已经被人无情而自以为是地抛弃，以为那不过是时代的发展和人类的进化。土耳其人可贵而专一地保持着对糖和甜这一带有原始意味的感情，在土耳其其他地方，都可以买到各式各样的糖和甜点，而且几乎每一处的糖和甜点，都有自己的风味而形成当地的特产，这已经是和他们拥有的清真寺一样悠久、一样众多而值得骄傲的传统。我便也就多少明白了，18 世纪英国的作家乔纳森·斯威夫特为什么将甜和光明相提并论，并说这是我们人类“两件最高贵的事情”了。那是只有经历了那个时代的人才会拥有发自肺腑的至理名言。

许多高贵的事情，许多古典的情怀，就这样渐渐地离我们远去。

2003 年 11 月 30 日于北京

钟和表

钟表，一个词，两个意思：钟是钟，表是表，绝对不是一样东西。表是戴在腕上的或揣在怀里的，肌肤之亲，形影相随，属于私人；钟是摆在外面的，哪怕只是一只床头的小闹钟或是一座墙上的挂钟，和人也有距离。如果钟悬挂在大街的钟楼之上，其公共性明显地区别于私人性的表。你可以把表当成自己的宠物，养在自己的手边，任你自己尽情地摩挲，但要想看真正意义上的大钟，你只能到外面去了。

一般而言，表是一夫一妻的配置（很少见一人戴两块手表的），钟则是大众情人，你什么时候走到大街上，她们都如同打开电视就能够蹦出来的主持人一样，老远就媚眼十足地候着你呢。当然，钟的性别并不见得一定非女性莫属，如果把手表比作小家碧玉，那种屹立在大街上钟楼上的大钟，则是巍峨凛然的男人大将军。钟和表的搭配，是阴阳匹配，对位在时间之河的此岸与彼岸，既可以在家享“开轩面场圃，把酒话桑麻”之乐，又可以出外观“白日依山尽，黄河入海流”之景。

不管你相信不相信我这样的说法，我是确信不疑的。先不说表，单只说钟，最初的感觉源于到故宫的钟表馆，小时候看里面陈列着各国进贡清廷的各式钟表，突然之间，乱钟齐鸣，那金属质感一般脆生生的响声回荡在钟表馆里的时候，真是吓了我一跳。事过多年，看电视连续剧《走向共和》，被慈禧废掉的光绪皇帝，幽闭在宫廷中摆弄着这些钟，让这些钟一起发出响声，那种声音光怪陆离，仿佛从冥冥中另一个世界飘来，让人不寒而栗。小时候，我家住在前门附近，从故宫出来，我第一次有意识地抬头看一眼前门火车站钟楼上的钟和东交民巷银行大楼上的钟，钟高高在上的感觉，尤其是回荡在空气中的响亮的钟声，随尘埃一起飘散落定，有一种洞悉世事与俯视苍生的威严。

这种感觉，一直到二十年前我第一次出国，蓦然重新兜上心头。在莫斯科的红场上，我见到了梦中久违的克里姆林宫钟楼上的大钟。已经是晚上八点，夕阳还辉煌在红场上空，多明戈男高音一样的钟声在阳光中激情四溢地荡漾。想起"文化大革命"中自己曾经写下过"要把克里姆林宫的红星点亮，要把克里姆林宫的钟声重新敲响"的诗句，如今真的听见了克里姆林宫的钟声，并没有经过我们的重新敲打，就在旁若无人地回荡，心里对它的感觉忽然有一种畏惧，那是对时间的畏惧，逝者如斯，克里姆林宫的大钟还在，而一代人的青春已经不再。

和钟邂逅相逢，最神奇的一次在捷克的首都布拉格。天下着淅淅沥沥的秋雨，而且午饭的时间已到，主人坚持一定要去看看老城广场的一座老钟。那是市政大厅的塔楼上中古时代的一座天文老钟，钟楼非常别致，由上下两个大钟组成，上面的钟代表着年月日，下面的钟上由十二个月不同的画面围成一圈，两侧各有一扇蓝色的窗户，每当正点到来的时候，钟的顶端会出现一个骷髅敲钟，两扇蓝色的窗户里次第走出十二个信徒，他们是太太鬼、流浪艺人、读书人、花花公子……代表着社会的各个阶层，手里举着各自的象征物品十字架、书、剑……代表着不同身份的人，在纷纷向人们鞠躬致敬。他们走完一圈，骷髅敲完钟退去之后，会跳出一只公鸡仰着脖子来打鸣。据说，骷髅的出现是要告诉人们死亡对任何人是一律平等的；公鸡打鸣象征着希望，提醒人们谁也不要放弃希望。

被主人疾步匆匆地拉着赶到这座钟楼下面，是中午十二点刚刚要到之前，为的就是看这座天文钟的表演。雨越下越大，这里仍然是人山人海。据说，当时将这座奇特的古钟造好之后，市政府派人将造钟的钟表匠的眼睛扎瞎，为的是让这座古钟绝无仅有。钟表匠气愤之极，便将钟的装置破坏，使得好长时间钟无法走时。几个世纪过去了，钟依然生机盎然摆动在我们的面前，骷髅照样敲钟、公鸡照样打鸣、十二个信徒照样次第而出向人们致敬。老钟的诞生和存在，是人类精神文明的产物，是谁也破坏不掉，垄断不了的。面对战争，或者强权，钟都是这样有着长久的生命力。到了该敲钟的时候，布拉格老城广场的古钟一样跳出骷髅、公鸡来敲钟、打鸣，稍稍提醒我们一下关于死亡和希望这样永恒的话题。

如果说表是属于我们私人的珍藏，吻合着我们的心跳脉搏，悄悄地滴答着我们的生命谱线；那么，钟，无论和你邂逅相逢的钟是新是老，它们则是属于我们生存的背景空间，既敲响出现在进行时态，也回荡在历史的苍茫回忆之中。手表也许是你的红颜知己，相伴你的终生；钟可能是你的智慧老人，指点你的迷津，春潮带雨晚来急，野渡无人"钟自鸣"。

没错，月到波心、风生袖底的手表，是一首珠圆玉润的柔板小令；霜鬓如雪、青铜器一样的老钟，却是一阕沧桑纵横的伊索寓言。腕上风云，可以花香灯影，柳暗烟笼；空中钟声，却可以是日照江山，星垂平野。更何况，再名贵的手表，可以是属于你自己；再破旧的老钟，纵使你花钱买下，也不仅仅属于你自己。手表是一株芳香迷人的君子兰或薰衣草，老钟却是一棵参天的大树，哪怕是一棵枝叶凋零的树。树，属于天空；钟，属于世界。表，属于时间；钟，属于岁月。是的，它们的区别就是这样，就像一个明喻一个暗喻一样，就像一个散文一个诗一样。

2003 年 10 月于北京

苹果寓言

苹果是一种古老的水果。我不知道我们中国从什么时候有的苹果，在我们古代诗歌里，对于果木的赞美的诗有很多，但专门吟咏苹果的，我还没有见过，也许是我的见识浅陋。我只知道，苹果在欧洲起码有几千年的漫长历史了，苹果是传说中伊甸园里命运之树，亚当夏娃偷吃的禁果，就是苹果。古罗马的博物学家普林尼说早在古罗马时代意大利人就培养出了23种不同品种的苹果，跟随着罗马帝国的西进在整个欧洲传播开来，据说现在在圣诞节的英国女士专门爱吃的一种扁平的苹果，就是那23个品种中保存下来的一种。

对于苹果的赞美，从古至今在绘画和文学作品中都可以找到许多。从丢勒和克拉纳赫的油画，到欧里庇德斯、莎士比亚，一直到泰戈尔和里尔克以及普列什文，都有描写苹果的诗句。高尔斯华绥写过小说《苹果树》，普宁写过小说《冬苹果》，契诃夫的小说《新娘》也特意把新娘娜嘉要离家出走放在家乡的苹果园中，巴乌斯托夫斯基的小说《盲厨师》中，更是要将莫扎特为临终前的盲厨师演奏的场景，放在了盲厨师眼前苹果花开的四月清晨。

这样的例子可以举出许多。为什么人们对于苹果赋予如此的感情？我想大概因为苹果确实甜美好吃。苹果普及得很，到处都能够看到。苹果树从来不假贵族，而是十分地贫民化，而且，苹果树一般都长得并不高大，绝不拒人千里之外，而是伸手可摘，显得那样温柔可亲。起码不像荔枝那样地高贵，一骑红尘妃子笑，无人知是荔枝来。

没错，苹果是大众化的水果之一，在世界水果产量中最高的第一是香蕉，第二就是苹果。美国 19 世纪著名的牧师亨利 · 沃德 · 比彻尔曾经说苹果是最民主化的水果："不管是被忽视，被虐待，被放弃，它都能够自己管自己，能够硕果累累。"

比彻尔说得极对，苹果树的生命力极顽强，耐寒力超过任何水果，大概是能够生长在纬度最高地方的水果了吧。在俄罗斯，在捷克，在波兰，纬度都要比欧洲其他的国家要高，我都看见过公路两旁的苹果树，迎着料峭的风，或开花，或结果。掉在路旁的苹果，他们从来不捡，公路旁一公里左右的苹果，他们不吃，因为有来往汽车的污染，苹果不新鲜。就让它们烂在那里，作为苹果树的肥料。他们常常在衣袋里或背包里带上几个苹果，递给你吃，那苹果很小，但很甜，而且他们从来不削皮，认为苹果皮的营养很丰富。见你犹豫着不吃，他们会自己先一口咬下小半个苹果，然后催促你，吃吧，洗干净的。吃苹果，他们就像抽烟一样平常，不像我们有时候非要正襟危坐，拿出水果刀一圈圈来削皮，还要切成一瓣瓣的，再翘着兰花指用牙签来签着吃，把一种本来很乡土很贫民化的苹果搞得像进了宫廷的宫女。

在北大荒插队的时候，那里没有别的果树，只能够种苹果树，是国光品种，果子不大，有些发酸，但很脆。苹果下树没多久，冬天就来了。北大荒的冬天来得早去得晚，"大烟泡儿"一刮，冷得很。因此，苹果很难过冬，当地老乡曾经把苹果储存在菜窖里，土豆都冻成了冰坨，苹果更是早就冻黑冻烂了。我们刚去的第一年，心里充满着好奇和好胜，秋天到来的时候，苹果树挂果了，菜地里的卷心菜也开始抱心了，我们想出这样一个高招儿，把苹果放在卷心菜的菜心里，等卷心菜的叶子一层层地长出来，把苹果就紧紧地包在菜心里了。收卷心菜时，我们把包着苹果的卷心菜放进菜窖里，到新年和春节的时候，打开卷心菜，一个个红红的苹果滚了出来，居然一点没有冻，咬一口，还是那么脆生生的。如果说在北大荒我们有什么发明创造的话，这应该算一项吧。当然，也是苹果自己的生命力旺盛，用北大荒的话说是“抗造”。可以说，它们是在北大荒的冬天和我们唯一相依为命的水果了，在新年和春节的时候，它们给我们欢乐，并让我们想起了遥远的家。

据统计，世界每年苹果的产量有几千万吨，美国产量最高，占了将近世界的四分之一。美国人对苹果情有独钟，在他们国土刚刚开发的时候，是苹果帮助他们将荒原改造成了家园。美国有名的民间英雄“苹果佬约翰尼”，就是当年用了一生四十年的生命时光将苹果树的种子撒在俄亥俄州的荒野上的。

美国向世界出口最多的苹果，是我们现在相当熟悉的蛇果。据说，这是当年在衣阿华培养出的新品种，1893 年参加了密苏里路易安纳一次比赛，获得了头奖而被命名为蛇果的，蛇果英文意思是“美味”，因为那时的蛇果“甜得没有了方向”。至今在衣阿华农场的苹果树林中，还能够找到当年第一次结出如此“甜得没有了方向”的那棵老苹果树，在这棵老树的旁边，为它立有一块花岗岩的纪念碑。

如今，蛇果在我国已经快臭了街。记得九十年代初，在珠海海关前的免税商店，第一次见到这种从美国进口来的蛇果，特意买了几个带回家，全家人谁也不愿意吃。并没有想像中的那么甜，关键是太面，有些像我们早就淘汰了的锦红苹果。

我猜想1893年时的蛇果大概不会这样，一百多年过去了，再好的茶冲到现在也不会是原来的味道了。几千年以来，苹果和人类同呼吸共命运，人类改造着它的命运，也改变着它的口味，苹果树越来越像是人类驯养的狗一样，只能够唯命是从，苹果的拟人化、规模化和商业化，使得它们的爹妈越来越集中在少数的品种之中，退化是必然的。苹果树，就像一个耕地的牲口一样，被我们使得太狠了，它们原来的野性已经渐渐失去了许多，它们的创造性就越来越差。

美国生物学家迈克尔·波伦在他的《植物的欲望》一书的《苹果》一章里，特意列举了这样一个事实，苏联的生物学家列宁农业科学院院长尼古拉·瓦维洛夫早在1922年就发现了哈萨克斯坦阿拉木图一带的野生苹果树林，为了研究苹果的遗产基因多样性，他要求保护这片在世界范围内少见的野生苹果树林，却成为斯大林时代对遗传学大批判的牺牲品，先是被关进监狱，后被折磨死在集中营。为了苹果，还有比他付出更惨重代价的人吗?

波伦接着说，1989年，瓦维洛夫的学生如今80岁高龄的生物学家艾玛卡·迪杰高里夫邀请一批科学家到阿拉木图那片野生苹果树林来看，希望他们能够帮助他挽救树林，“因为一个房地产开发的热潮正从阿拉木图向周边的丘陵地带扩散开来”。

我们怎么还能够吃到那种“甜得没有了方向”的苹果?我们就是这样破坏着和我们人类几千年以来相依为命的苹果，而且，不仅是苹果。所以，苹果的历史就是我们自己的一部历史，苹果自身就是一则现代寓言。

2003年8月19日

美丽的手语

我第一次发现手语竟那么美，是看中国残疾人艺术团的演出。那些聋哑的男孩女孩，站在舞台上，英姿飒爽，是那样漂亮。尽管他们说不出一句话来，那无限丰富的表情与表达，却都倾诉在他们手指间的变化之中。他们的手指带动着整个手臂舞动着，是那样地充满韵律。我想起风中的树林，那一排排树木摇曳多姿的枝条，和尽情摇摆着的树叶，只有它们像是他们美丽的手语。

还有就是麦尔民（M.Nermin）。是一位漂亮的土耳其中年女人，她站在这些可爱的孩子旁边，为孩子们用手语报幕。她的手语，也是那样漂亮，婀娜多姿，灵舞轻扬，和聋哑孩子们相得益彰，像是此起彼伏的浪花，彼此呼应着，富于律动。

那是在伊斯坦布尔。

也许，是我的见识有限，在此之前，我从来没有见过手语竟然也可以这样地漂亮迷人，是他们把手语化为了艺术。

第二天晚上演出前，在餐厅里，我意外地见到了麦尔民。她端着餐盘正好坐在我的旁边，便聊了起来。我知道了她是土耳其TRT国家电视台手语节目的主持人，在土耳其非常有名，类似我们的敬一丹。她告诉我，在9岁之前，她一直以为手语就是人的唯一语言，因为那时在远离伊斯坦布尔的农村，她和她的父母生活在一起，她的父母是聋哑人，她从小和父母学的手语，靠的就是手语来和外界联系，并认知世界。中学毕业后，她没有上大学，直接参加了工作，她希望用自己的手语为聋哑人服务。25 岁的那一年，她发现电视中没有专门的聋哑节目。她希望填补这个空白，便给电视台的台长发去一份传真。如我们这里的许多事情一样常常是杳无回音，但是，她没有灰心，每周准时发去一份传真，一发发了 5 年，5 年始终没有回音。她知道可能是石沉大海，却也相信能够水滴石穿。再发，依然是每周一份传真，一直发到心诚则灵石头开花，一直发到电视台来了一位新台长，感动并同意了她执着的想法。她成为土耳其国家电视台第一位也是唯一一位手语节目的主持人。

她告诉我她在电视台整整干了十年。她又对我说在土耳其有 300 万聋哑人，也就是说不到 20 人里就有一个是聋哑人。她要做的就是让这个喧嚣的世界不要忘记他们，而给予他们更多的关爱。这时，她的手机响了，接过手机之后，她匆忙地站起身来，对我说，真抱歉，我的妈妈来了，在剧场门口等我。她的妈妈是专门来看今晚的演出的。

我和她一起走出餐厅，急急地向剧场走去。我很想看看她的聋哑妈妈是什么样子的。她远远地就看见了她的妈妈，跑了过去，那是一个慈祥的胖老太太，我想年轻的时候和她一样漂亮吧？我站在旁边，看她们母女俩用手语交谈着，大概是在介绍我，一个不期而遇的中国朋友。在迷离的灯光下，她们的手语像波浪一样起伏着，像树枝一样摇曳着，无声而温馨，真的很美。如果在此之前说人的手指和手臂也有脸上的笑靥和眼睛里的笑意一样动人，我是不大相信的，但现在我不仅相信了，而且觉得手语真是在丰富着人类的表情与语言，甚至相信我们现代的舞蹈语汇肯定从手语中汲取过营养，否则肢体语言不会与聋哑人的手语有那样的相似和延伸。她说在土耳其有300万聋哑人，我不知道在我们中国有多少聋哑人，我知道在我们中国没有一个如她一样主持的聋哑人的专门节目，我们的聋哑主持人只能在越来越大的电视屏幕上偏于一隅。

最后一场演出结束的时候，我看见麦尔民走下舞台，远远地和台上的聋哑孩子们招手，打着手语，相互致意，迟迟不肯分离。在聋哑人之间，手语成为不用翻译的国际语言，能够迅速地沟通起陌生而遥远的心。虽然，麦尔民和那些聋哑孩子的手语我什么也看不懂，但他们彼此之间却会心会意，即使隔着再远的距离，那美丽的手语也如同轻盈的鸟一样，能够迅速地从那个枝头飞落在这个枝头，衔接起彼此的情意。那是有声的语言无法比拟的。

2003年5月28日北京

波兰沉思

那天，我去参观位于华沙古城内的皇宫，虽然已经是春天了，但还飘起了霏霏细雪，陡增几分凄清的寒意。

波兰在第二次世界大战中更是饱受战争的蹂躏，仅华沙城在战后发现死难者的骨灰就有五千斤，想想轻轻的骨灰竟然能够聚集成如此重量，这实在是一个可怕的数字。而自中世纪建立起的古老的华沙古城，被炮火炸毁了85%的建筑，几乎被夷为平地，当年希特勒曾经疯狂地说要让华沙城从地图上消失。呈现在眼前的是1945年后重建的新古城，古城只留下了内外城墙两道残缺不全的红色墙砖，作为遥远历史的一点微弱的回声而存在。早在13世纪末创建后经过18世纪重建的皇宫，当年也被炸得只剩下了断壁残垣，只剩下了一具恐龙般的支架而已。这从皇宫外表就可以看出，凡是墙砖颜色暗的，是原来残留下来的，而颜色亮一些的都是在战后根据图纸重修的。远远地望去，恢复了18世纪洛可可式巍峨的皇宫的宫墙上明暗的色彩是那样地鲜明，只不过亮色多而暗色少，可以想象当年皇宫被炸得凄惨的样子，残留下很少的墙砖只是为了保存一份历史的见证和象征。如果说战争留下了斑驳残酷的照片，留下了人们抹不去的记忆，也留下了这样对比的色彩，时时给我们以醒目的提示。

从皇宫的西侧门出来，是一条窄窄的小街，古老的碎石板铺路，小街的一侧是一座华沙有名的圣安娜大教堂，和皇宫紧紧相靠，当地人民习惯地称它为华沙大教堂。沿着大教堂的墙边向大门走去，走着走着，华沙的朋友忽然停住了脚步，指着教堂墙的下沿一处比墙砖显得深褐色的地方，用半生不熟的中国话问我："你知道这是什么东西吗？"我看出来，好像是一排坦克的链轨，密密地镶嵌在墙里面，上有一块不大的白色大理石，石头上刻着几行波兰文，大概是对它的说明。

华沙的朋友对我说："你说对了，是坦克的链轨。"然后，我问了她几遍，才从她那艰难的中国话里听明白，1945年，战争要结束的时候，华沙人在教堂里面做礼拜，德国人也想进去，华沙人坚决不让他们进去，德国人在教堂的外面停了一辆空无一人的坦克。善良的华沙人以为德国兵逃离了，留下了属于自己的战利品，就拥进坦克车里，谁知刚一开动，里面藏有的炸药被引爆，教堂就这样被炸毁。战后重修教堂的时候，人们从教堂废墟里找到许多被炸飞却还没有炸碎的红砖，也特意将一些坦克的链轨，镶嵌在教堂外面的墙体中。虽然和偌大的教堂相比，是很不起眼的一块，却像是一块凝血结痂的伤疤。如果不注意看，这块伤疤会在一般游客的匆匆脚步中一闪而过，但华沙人一般不会忘记，因为这是战争留给他们的伤疤，我相信在有风有雨的时候整座教堂都会隐隐作痛。

没错，不仅整座教堂会时时隐隐作痛，整个华沙整个波兰都会为这场战争而时时隐隐作痛。战争留给波兰的创伤是几代人惨痛的记忆，走在波兰哪块土地上，都会有醒目的标志提醒我们不要忘记那场可怕的战争。

那天，我去波兰北部的格但斯克，那是一座坐落在波罗的海的美丽古城，纵贯波兰的维斯瓦河就是从这里入海。沙滩、碧海、白云、古城……谁能够想到这样妙不可言的古城，竟然也有战争留下的浓重的阴影，第二次世界大战时，德国人就是在这里打响了第一枪。

车子离开古城拐了一个小弯，不远就是一个很小的半岛，叫Westeplatte。它靠近当年瓦文萨曾经工作过的造船厂，有一片开阔的地带，长满秀丽的白桦、油松和菩提树。地带的中心是一个平地而起的高高的山坡，山坡上有一座高耸入云的纪念碑，那是为了纪念第二次世界大战在这里牺牲的英雄。1939 年 9 月 1 日，横弋在波罗的海上的德国人的巡洋舰，就是在这里打响了第一枪，紧接着是黄蜂出巢似的轰炸机袭击了这里，第二次世界大战就这样进而引起全面的爆发。当年，守卫在这里的只有 200 名波兰军人，尽管寡不敌众，他们还是顽强地坚持了一个多月的抵抗，最后活着的人全部被俘而被迫投降，但是战后他们都被当成了民族英雄对待，他们的名字都被刻上这座纪念碑。

山坡没有修成可以供人攀登的台阶，只有人们在灌木丛中蹚出的小路。要想爬上山坡瞻仰纪念碑，只有走这样的崎岖小路。但是，爬这样的路是值得的，站在山坡上，格但斯克和波罗的海尽在眼底，如今在灿烂的阳光下显得是那样地宁静，仿佛一切都没有发生过。但是，战争却在这里曾经确确实实残酷地发生过。已经被风雨剥蚀变成深褐色的纪念碑提醒着我们，纪念碑的底座上雕刻着这样几个醒目的大字在提醒着我们，那几个大字是：不要战争。山坡下的一侧矗立着当年波兰军人拼死守卫这里的掩体和兵营的残骸，残骸前横着一排几米宽十几米长的标语牌，上面写着同样的几个大字：不要战争！

那一天，在伊拉克，战争的炮火正漫天弥漫，硝烟不止。

2003 年 3 月记于华沙

颠簸的记忆

没错，那一年，我 9 岁。我记得很清楚，那时，我正上小学二年级，火车第一次驶进我的生命里。是那一年的暑假，我坐火车去到包头看姐姐。虽然那时我家住在前门外，紧靠着老的前门火车站，成天看见火车拉响着汽笛跑来跑去，但我还没坐过火车。因为姐姐就在铁路局工作，我对火车充满感情。因为那火车可以带我去看姐姐，就对火车更充满向往。

几乎天天我都在吵吵要去看姐姐。姐姐已经离开北京 4 年了，她在包头结了婚，有了孩子。我觉得那时我最想的就是姐姐。当然，姐姐也想我，她最后对爸爸说就让复兴来吧，上车托付给列车员应该没问题。爸爸觉得还是有问题。怎么那么巧，我们大院里有一个大姐姐那一年暑假刚刚从幼儿师范毕业，想在工作之前去呼和浩特看望她的哥哥。爸爸把我托付给了她。我很愿意和她一起，因为她长得很漂亮，还会拉手风琴唱歌。平常我们小孩子玩的时候，我总是希望她能够也来和我们一起玩，只是她总是很忙，即使不忙，她也总是很高傲高贵的样子，不大瞧得起我们小孩子。现在，她终于和我一起坐火车了，要坐整整一夜外带半个白天的火车。

我们一起坐上了火车，是硬座，那时的硬座是真正的硬座，光光的木板，一片一片地拼起来，黄色的漆很亮。车开了，能看到火车头喷出的白烟，袅袅地飘荡在我们的窗前。一切显得那么地新鲜。我们上了车没多久天就黑了，当车窗外扑闪而过的灯光如流萤和过山洞幽深莫测的新奇过去之后，我糊里糊涂地睡着了，一觉醒来发现自己的头倒在她的怀里。车厢微醺似的晃动着，她也睡着了，能够感觉到她均匀的呼吸像河面上冒出的温馨的气泡一起一伏着。那时，我特别地幸福，因为这在平常的日子里是根本不敢想象的事情。大概我的醒来惊动了她，她睁开了眼睛，我马上有些不好意思起来，她却伸过一只胳膊搂住我的肩膀轻轻地说了句："就这么躺着别动，睡吧！"

第二天天亮的时候，我醒了，发现还躺在她的怀里。她拍拍我的头说："醒了，快吃点儿东西！"可是，我吃了她准备好的东西就开始吐。夜里睡觉不觉得什么，醒来晕车的感觉潮水似的一阵阵袭来，让我把吃的东西全都吐出来还不解气，直觉得自己如此狼狈的样子在她的面前没有了一点面子。她开始慌乱起来，给我捶背，给我倒水。列车员也来了，帮助打扫，一直忙到呼和浩特就要到了。火车缓缓进站的时候，她再一次嘱咐列车员，然后嘱咐我，提着行李向车门走去。她下车后还特别走到车窗前再次嘱咐我。因为还有三四个小时我才能够到达包头，而这三四个小时只剩下我孤零零的一个人了。

我已经忘记了那三四个小时是怎么度过来的了，没有了大姐姐的火车只剩下了眩晕的感觉。一个 9 岁的孩子，就这样完成了独闯京包线的壮举。

以后，京包线成了我许多个假期必走之路，那几次不同时刻的列车对我越来越不陌生，而晕车随童年的逝去而逝去了，代之在心中清晰记住的是那沿途每一个站的站名，哪怕只是柴沟堡、卓资山、察素齐、土贵乌拉这样的小站名。随着姐姐在京包线上的迁徙，我跑遍了临河、集宁和呼和浩特，沿线播撒种子似的，火车帮我收获着对姐姐的思念。一直到“文化大革命”爆发，我就是到呼和浩特和姐姐告别，然后去的北大荒，风萧萧兮易水寒。

那一列北上的列车，遥远的比塞外的姐姐那里还要遥远，载走我整整 6 年的青春时光。去的时候，还没有显得远，而每一次从那里回来总觉得天远地远的，好像路没有了尽头。

那时，每一次回家，都先要坐上一个白天的汽车到达一个叫作福利屯的小火车站，然后坐上一天蜗牛一样的慢车才能够到佳木斯，在那里换乘到达哈尔滨的慢车，再到哈尔滨换乘到达北京的快车。一切都顺利的话，起码也要三天三夜的样子才能够回到家。路远时间长都在其次，关键是有很多的时候根本买不到票，而探亲假和兜里的钱都是有数的，不允许我在外面耽搁，因为多耽搁一天就多了一天的花销少了一天的假期。那是我最着急的时候了。

那一年的夏天，我和一个哈尔滨的知青一起回家，在佳木斯买不到火车票，我焦急万分，他对我说：“你别急，我有法子。”他是一个大个头的小伙子，以打架出名，我怕他惹事。他一摆手：“你放心，这地方我比你熟！”说着拉着我从火车站的售票处走出了老远，一直走到铁轨交叉纵横的地方，货车列车和破车杂陈，像是一个停车场。见我有些疑惑，他说：“你跟我走保你今天走成！我前年在佳木斯干了整整一冬，给咱们兵团运木头，这地方我贼熟！别说买不着火车票，就是买得着火车票我也不买，就从这里上车，乖乖儿拉咱回家！”然后他带我穿过那些杂七杂八的车厢，看准了车牌子上写着“佳木斯—哈尔滨”的一挂车，指指车牌子对我说：“上，就这辆！”上了空荡荡的车厢，他告诉我这儿他轻车熟路，要不是今天跟着我非要规规矩矩买票，他早就奔这儿来了。

那车要在黄昏的时候才能够进站开车。我们俩在车里面一个人占一排长椅子整整眯了一觉，直到车厢轻轻一晃动才醒来。这时候，列车员走了过来，横横地冲我们喊道："谁让你们上来的？"他立刻也横横地回嘴道："车长！"列车员便也不再说什么，没再理我们。而当列车长走过来的时候，我有些紧张，生怕一问我们再和列车员对质穿了帮，但列车长根本连问都没问，只是看了看我们就走了。一直到列车开进了站台，我们还真的相安无事。他跳下车，在站台的小卖部买了点儿面包跑回来说："现在你该踏实了吧？吃吧，吃饱了睡上一觉，明早上就到哈尔滨了！"后来，他告诉我他这样如法炮制坐过好几次车都没问题。我问他为什么有这样大的把握，他说："你告诉列车员是车长让咱们上的车，列车员不说什么了，车长来了一看你都在那儿坐老半天了，肯定是列车员允许了，还问什么？再说了，他们家里谁没有插队的知青？一看咱俩这一身打扮还看不出来是知青，还跟咱较劲？"

在那些个路远天长的日子里，火车没有给我留下任何好的印象。在甩手无边的北大荒的荒草甸子里，想家、回家，成了心头常常念响的主旋律，渴望见到绿色的车厢又怕见到绿色车厢，成了那时的一种说不出的痛。因为只要一见到那绿色的车厢，对于我来说家就等于近在咫尺了，即使路途再遥远，它马上可以拉我回家了；而一想到探亲假总是有数的，再好的节目总是要收尾的，还得坐上它再回到北大荒去，心里对那绿色的车厢总有一种畏惧的感觉，以至后来只要一见到甚至一想到那绿色的车厢，头就疼。

也许，人就容易好了伤疤忘了疼，时过境迁之后，过去的日子现在回想起来也有几分回味，毕竟那都是童年和青春时节的记忆，即使是痛苦的，也是美好的。

记得在北大荒插队六年之后我回到了北京，再也不用坐那遥远得几乎到了天尽头的火车了，心里有一种暗暗的庆幸。但是，有一次朋友借我一本《巴乌斯托夫斯基选集》，又让我禁不住想起了火车，才发现火车并不像我想象的那样可恶。那里面有一篇《雨蒙蒙的黎明》的小说，讲的是一个叫作库兹明的少校，在战后回家的途中给自己的一个战友的妻子送一封平安家书。库兹明在那个雨蒙蒙的黎明对战友的妻子讲述了自己乘坐火车时那瞬间的感受，即使过去了已经快三十年，我记得还是那样清楚，他说："您有时大约也会遇到这类情形的。隔着火车车窗，您会忽然看到白桦树林里的一片空地，秋天的游丝迎着太阳白闪闪地放光，于是你就想半路跳下火车，在这片空地上留下来。可是火车一直不停地走过去了。您把身子探出窗外朝后瞧，你看见那些密林、草地、马群和林中小路都一一倒退开去，您听到一片含糊不清的微响，是什么东西在响——不明白。也许，是森林，也许，是空气，或者是电线的嗡嗡声，也或者是列车走过，碰得铁轨响。转瞬间就这样一闪而过，可是您一生都会记得这情景。"

巴乌斯托夫斯基的感受如箭一样击中了我心，在那六年中每次从北大荒回家的迢迢途中，隔着火车车窗望着窗外东北原野和森林以及松花江，无论是在冬天的白雪茫茫或是在春天的回黄转绿之中，不也有过这样类似的情景吗？那曾经美好的一切并不因为我们的痛苦就不存在，就如同痛苦刻进我们生命的年轮里一样，那些转瞬即逝的美好也刻进我们生命的回忆里，在以后的岁月里响起了虽不嘹亮却难忘的回声。

去年，我听美国摇滚老歌手汤姆·韦茨的老歌，其中一首《火车之歌》，听得让我心里一动，不是滋味。他用他那苍老而浑厚的声音这样唱道："我喝光了我每次借来的所有的钱……现在夜晚的黑色就像乌鸦，一辆火车要带我离开这里，却不能再带我回家。那些使我梦想成空的东西，正在火车站上彷徨。我从十万英里远以外的地方来，没有带一样东西给你看……"他唱得是那样凄婉苍凉，火车真的是这样吗？不是哪怕再遥远也能够带你回到温馨的家，就是带你双手空空而无家可归？想想，在那些从北大荒回家或从家回北大荒的火车上，我们的心情不正是如同汤姆·韦茨唱的一样颓然而凄迷？

火车带给我的回忆，也许就是汤姆·韦茨和巴乌斯托夫斯基的矛盾体。

火车颠簸着一代人抹不去的记忆。

2002 年 7 月 4 日于北京

西门町印象

在台北，我住在北平东路，离西门町不算远，坐捷运（地铁）去，只有两站地，走着去，从忠孝西路走，穿过重庆南路和博爱路两条不长的路，很快便到了中华路。中华路是一条这几年新修的挺宽阔的林荫大道，西门町就藏在宽阔的大道里面。西门町不大，就像一个娇小玲珑的孩子藏在大树林里面。

西门町不大，在台北却非常有名，我想大概首先有名于它的历史。在清朝末年，这里是台北的郊外，只是一片荒凉的坟地。日本人占领了台湾后，大批日本移民跑到了台北，在市里住不下了，便在这片坟地上建起了房子，渐渐地开辟成了新的商业区，越来越繁华，把市区拓宽。现在这里的许多建筑依然是日本人当年留下来的。听听这地名：西门町，就是典型的日本名字。

我第一次去西门町找了一个星期一，因为我知道那里是年轻人的天下，双休日时人满为患，地方本来就不大，人挤得跟沙丁鱼罐头一样。那天去又赶上是上午，人就更不多，早就在想象里对它的小有了准备，真的走了进去，比想象的还要小，还没有北京的大栅栏大，简直就是一个袖珍的商业区。别看袖珍，里面应有尽有，光步行街就有汉中街、武昌街、峨眉街好几条。不过那步行街短得如同盲肠，街上摆放着彩色的椅子供游人休息，那椅子小巧得像是童话里的东西。虽是步行街，车辆在那里肆无忌惮地穿行，正赶上台湾选举的日子，彩旗飘舞的选举车高音喇叭大喊着，在那里旁若无人蜗牛般慢吞吞地爬行。

路都不宽不长，却纵横交错，密如蛛网，四通八达，毛细血管似的爬满西门町的角角落落。想象不出当年日本人建这里时是如何螺蛳壳里做道场的，只能想象当年叩响在这些小巷石板地的木屐声声，一定是如海潮翻涌，不绝于耳。

路的两旁都是商店，大小不一，一家紧挨着一家，绝对不会留下一点缝隙，真正是寸土寸金。大的商店，如来来百货、万年百货、诚品，在整个台湾有名的店家，在这里也有。小的店铺更是多如牛毛，名字虽然都不如它们的响，却都起得怪怪的，“杂志疯”肯定是专门卖杂志的，但“你奶奶个熊”光看这店名是绝对想不出来是专门卖服装的。在这里，能够买到你想买的任何东西，尤其是年轻人购买时尚物品的天堂，从手表首饰手包发卡到鞋帽时装化妆品，无奇不有，无所不包，包括在大陆刚刚流行的唐装。

西门町的另一大特色，是电影院和唱片店集中，它像是一把伸出了巴掌就几乎把台北市的大部分电影院和唱片店都握进手中。在这里有专门的电影街和唱片街，特别是电影街，走不出几步就是一家，西门戏院、嘉年华电影院、国宾戏院、奥斯卡戏院、乐声大戏院……鳞次栉比，简直像是挤成了一个疙瘩。我去的时候，正在放映《哈利·波特》，电影院前的巨幅电影广告，和商店前台北市的政治明星陈文茜的同样巨幅选举广告交相辉映。不过，广告再大再醒目，也是无济于事，和大陆一样，台湾影院都不大景气，即使是进口大片和在大陆走红的侯孝贤、杨德昌的电影，即使现在票价一张已经降到200台币甚至200台币以下，电影院里仍然是门可罗雀。因此，虽说在西门町看电影真是方便之极，也只徒留下了名声和往昔记忆里的辉煌而已。第二次我去西门町专门去看电影，看了两场，一场是侯孝贤的新片子《千喜曼波》，一场是戛纳电影节的最佳影片《儿子的房间》，都是不错的电影，但两场电影，偌大的电影院里包括我在内都是只有可怜巴巴的六个观众。

在西门町吃东西也非常方便，咖啡馆冷饮店，大吃小吃，都会让你一饱口福。不过到西门町，一般人只是小吃，就好像到北京的隆福寺或到上海的城隍庙也大多是为了吃那里的炒肝和小笼包。西门町的小吃大约要数汉中街上的阿宗面线和西宁南路上的杨记玉米花生冰了。不过，我第二次去看电影时台北的朋友没带我去吃那里的面线和玉米花生冰，说是那里如今只剩下了一个牌子，而是带我去了西门町附近的桃园街，那里有一家牛肉面馆，也是一家老字号，在台北非常有名。去了一吃，味道果然地道，名不虚传。

吃喝玩乐，这里麻雀虽然小却是五脏俱全，西门町是一个纯粹感官享乐的世界，是年轻人娱乐颓废的中心。要是赶上休息日，再赶上是晚上，这里一定是灯红酒绿，一片纸醉金迷，暖风熏得游人醉，直把杭州作汴州。可惜，我来得不是时候，没有什么身穿奇装异服的另类年轻人，只见少少的几个穿着超短裙和高筒皮靴的女孩，汤汤水水地端着碗在吃小吃，还有一个男孩穿着旱冰鞋在步行街上所向无敌地滑。

临离开台北时，我又去了一趟西门町。那天是个周末，又是个晚上，我到嘉年华电影院去看电影。那天是金马奖的闭幕式电影，放映的是刚刚到的法国和奥地利合拍的曾获得戛纳最佳导演、最佳男女主角三项大奖的《钢琴教师》。没有想到是座无虚席，而且不是像我们这里这样的闭幕式大多数是赠票，大多数是自己掏钱买票，而且几乎是一色的年轻人，以至我坐在他们中间显得是那样不谐调。这使我想起那天来西门町看电影时电影院里只有六个人的情景，真是无法想象的对比。闭幕式的主持人走上台来，面对台下黑压压一片的人群，兴奋地头一句话就说："不爱选举的人今晚都到电影院里来了。"满场响起了年轻的笑声，因为第二天就是台湾的大选，而好长时间一直闹腾腾的选举，大部分的年轻人是不感兴趣的。

看完电影，乘电梯下楼的时候，看到一个个年轻人，都是靓男俊女，都是衣着新潮，即使衣着不新潮，也是那样地青春焕发，才想到这里真是年轻人的天下，像我这样年纪的人一般是不大到这里来和年轻人凑热闹的。像我这样年纪的台北人一般愿意到淡水去看海，看海中落日怀旧，或是愿意到北投去泡泡温泉远离尘嚣暂时求得片刻的清寂。

走出电影院，西门町是真正的灯红酒绿，那种经过漫长岁月洗去的繁华，才如泡过了多年的酒坛子似的散发出诱人的醇香，西门町才如睡醒了一样在夜半时分突然精神焕发。满街是流光溢彩，满街是芬芳飘香，满街是笑语喧哗，满街是卖各式小吃的摊子，满街是约会的红男绿女。仿佛到了这时候，西门町才如同童话里响起了神奇的钟声一样让所有钟情人终成眷属似的一下子从幕后都走了出来，汇聚在了一起，在星月交辉的夜色下尽情狂欢。

只有成都路上的西门红楼在夜色的暗影里悄悄地立着，它是西门町最老的建筑了，也是整个台湾仅存的一座 19 世纪的英式八角楼，是和总督府、监察院一起并称为台北标志性的建筑，并以当年二楼的红楼戏园子曾经是同性恋聚会的场所闻名。这座日本人近藤十郎设计的红楼，百年沧桑矗立在这里，多少年了，一直就是这样默默地看着眼前的一切。或许，正因为有了它的对比，西门町才越发显得年轻，这就如同年轻的男女站在了白胡子的老爷爷面前越发青春逼人一样。

2001 年 11 月记于台北北京东路

2002 年 2 月 14 日大年初三写于北京

与石共舞

旅途中总会有意外的惊喜。那天，台中市的周正浩、孙志宁夫妇开车带我去看日月潭，车子一拐弯，还有几公里就近在眼前了，这时候，路边一块大牌子醒目地闯入我的眼帘：牛耳艺术公园。周、孙两口子在台中居住多年，连连对我说来过日月潭多少次了，没听说过这里还有这样一个叫作牛耳的艺术公园。从日月潭回来的时候，他们把车子再一打弯，拐到路旁的山上，蜿蜒盘桓，树木葱茏，三角梅开得正旺处，公园门口的牌子在闪烁，门旁的墙上是几排色块浓郁的抽象形图案圆圆而古怪地突兀着，细一看，那圆圆的家伙竟是一个个的脸盆。未进大门，先声夺人，倒也十分别致。

进得大门，才知道别致的还在园内。公园依偎在山脚下一片开阔的草坪上，阡陌纵横，尽情随意弯曲着自己的大写意线条。令我格外惊奇的是在所有的小路边，在几乎每一株秀丽的椰子树或大叶榄仁树下，在每一簇盛开的夹竹桃或秋海棠的花木丛中，都可以看到一个紧挨着一个的石雕，以至觉得多得熙熙攘攘有些拥挤。这些石雕，用的都是这里山上的石头，小巧玲珑的也好，粗笨莽撞的也好，冥顽不化的也好……就地取材，取之不尽。逸笔草草，只是寥寥几下刀工，那些石头便被点化成仙，一个个依石造型，随风而动一般，变成了野猪或山羊、猴子或蟒蛇，抑或是什么也不像只是凭空想象出来的动物或怪物，在搔首弄姿，在仰天长啸，在顾盼流离，在眉目传情，在和你逗着玩。你会觉得这些石雕和这里的山这里的林是这样地协调，你甚至会觉得那么多的石雕，仿佛就是从山上跑下来的小动物、从林中飞下来的鸟儿一样，在这里参加狂欢，突然被这里什么人什么情景或什么东西吸引住了，一个个屏气凝神，化成了远古神话里或者孩子梦中的图形，定格在这里，等候着你的到来。

看这里的石雕，让我立刻想起西安茂陵前的石雕，那里的石马、石牛、石蛙、石鱼、蟾蜍、怪兽吞羊……那些汉代的石雕，竟然和这里的石雕有着惊人的相似，一样的质朴，一样的简洁，一样的依托山石，化神为形，石中有物，物融为石，灵动的想象删繁就简为古拙的抽象，让沉重的石头一下子婆娑摇曳血脉畅通。看公园正中花坛里的一尊雕像前的介绍，知道这座公园的主人叫林渊，这里是他的老家，在他 65 岁那一年退休的时候，他没有选择留在城市，而是远避尘嚣选择了这里，落叶归根回到了家乡。他忽然对这里的山石产生了兴趣，竟拿起了斧凿，无师自通地雕刻下这样一件件石雕，石头和他彼此赋予了新的生命。我不知道林渊老先生到没到过西安看没看过茂陵前那汉代的石雕，但我看得出来他们之间那种艺术追求的民间性与民族精魂的相似和相通。也许，只有如林渊先生这样来自民间的艺术家才能够得远古先人的真传。在台湾，人们把如林渊先生这样没有经过专门学习和训练的自学成材者称之为“素人艺术家”。许多真正的艺术往往不在庙堂不在学堂而在这样的人之中。虽然林渊先生在 65 岁的时候才退隐山林与石共舞，却落日心犹壮，让通往日月潭之路的这座以往不知名的小山凌空飞舞起来。

花坛里的那尊雕像雕的就是林渊先生：光着头赤着脚，穿着圆领衫，坐在一块石头上悠闲自得在雕一只猴子的脸。那种返璞归真的质朴，那种童心未泯的天真，那种和石头融为一体的感觉，让你会觉得其实艺术就应该是这样和自然和人生连在一起的。林渊先生的这尊雕像是台湾雕塑大师谢栋梁先生的作品。在林渊先生去世之后，台湾许多雕塑大师都愿意把自己的作品放进这里，其中包括最著名的杨英风和朱铭两位先生的作品。他们是为了表示自己对这位素人艺术家的敬重，也是表示对艺术回归自然与民间的一种向往吧。有这样一群雕塑大师和这样一批石雕响亮地聚会在一起，牛耳艺术公园渐渐会成为台湾一座小小的雕塑博物馆，是日月潭旁的另外一景。

2001 年 11 月记于台中市

寂寞不是一个漂亮的标签

梭罗曾说："寂寞有助于健康。"但是，现代人最难忍受的恐怕就是寂寞了。

梭罗还曾经用诗一样的语言说："我并不比一朵毛蕊花或牧场上的一朵蒲公英寂寞，我不比一张豆叶，一枝酢浆草，或一只马蜂更寂寞。我不比密尔溪，或一只风信鸡，或北极星，或南风更寂寞，我不比四月的雨或正月的融雪，或新屋中的第一只蜘蛛更寂寞。"

是的，我们不比它们寂寞，但我们却显得比所有的一切都要难以忍受得了寂寞。即使我们把自己关进房子里，足不出户，电视和互联网乃至手机短信息，早已经联系了外面的大千世界。现代生活的躁动会无孔不入，一点点信息就可以把我们打得人仰马翻，一只小虫子就可以把我们的心叮咬得千疮百孔，我们时时都如同热锅上的炒豆儿，总是急火攻心一般情不自禁地蹦跶，还以为自己是在得意地跳芭蕾。

即使我们盖了越来越多的所谓亲水住宅或田园别墅，即使我们住了进去，周围却只是仿制的人造景观而已，我们离那种田园生活依然太遥远，离大自然就更遥远，暧暧远人村，依依墟里烟，还只是梦里的幻景而已。现代生活创造出来现代化的同时，创造出来的种种诱惑，更是寂寞无可抵挡的。面对这些诱惑，寂寞只是太古老的稻草人，在风中起舞，徒留下好看的样子，吓得走麻雀，却吓不走飘过来又飘过去的云彩和热辣辣的阳光。

诱惑激发起来的，首先是欲望，欲望首先是对钱、性和官位的占有。钱是欲望的物化，性是欲望的深入，官位是欲望的花边。人世间庸庸碌碌，其实说穿了，不过都是为了这三者忙。为了永远挣不够的钱，不得不狗一样到处奔波而扬起嗅觉灵敏的鼻子去钻营甚至昧着良心去欺骗；为了因过去压抑而现在膨胀的性，黄碟和妓女才蔓延得止不住地泛滥成灾。笑贫不笑娼，成为新的道德准则；为了升官，更是不择手段，上穷碧落下黄泉，什么下三烂的招数都能够使得出来。退一万步讲，即使买官鬻爵不行，骗钱揽钱不灵，于是，忽然豁然开朗一般地想明白了，拍尽浮名方自喜，一生尽是伴人忙，开始要为自己了，便会想到：最属于个体化的性总是可行的吧？于是，道德的失衡，围栏坍塌，狼已经肆无忌惮地跑进来叼走我们的羊，谁还能像一个新媳妇守空床一般守得住一文不值的寂寞？于是，这三者撕扯在一起，铁三角一样构成牢固的战线，心不甘情不愿，无底洞般无休无止、四面出击地征伐，身心怎不疲惫？疲惫至极的人们，现在依赖的是各种补药乃至“伟哥”，谁曾想到寂寞？就是想到了寂寞，寂寞能解救得了吗？寂寞只是一张薄薄的丝网，怎能打捞得上来泰坦尼克号如此庞大的沉船？

寂寞只好寂寞地待在一边。在资讯快速运转的焦虑时代，寂寞只是一个落寞的隐士。

寂寞其实是一种心境，所谓心静自然凉，心远地自偏，就是这个意思。心境是由精神所营造的，就像鸟巢是由草搭起来的，海滩是由沙冲积而成的，云是由水雾凝结而成的。并不是什么精神都能够营造出来寂寞的心境的。寂寞不是保守，不是退隐，不是防空洞，不是与世隔绝，不是无所事事，不是中国士大夫独有的酸腐诗文。寂寞是放松，是轻松，是安贫气全心清气爽的升华，是脱离复杂而廉价人际关系的沉思，是心与心默契而惬意的对话，是走出地平线之外的远游。

因此，寂寞天然是和大自然联系在一起的。脱离开大自然的熏陶和培植，寂寞只是赝品。

梭罗之所以敢说寂寞，是因为他有他的大自然，瓦尔登湖是他寂寞的栖息地。我们很多人也趋之若骛奔向大自然，哪怕买到临水靠山的房子，却买不到寂寞，说是回归自然，却只是自己镶嵌在乡间的一个漂亮的标签。即使我们跑到了瓦尔登湖，却只是观光时的挂角一将，带回来许多张漂亮的照片和一本梭罗的旧书，寂寞却依然远远地沉在湖底，瓦尔登湖只属于梭罗。

2001 年春于北京

简洁是最美的生活

简洁不是简单。简单，有可能是贫乏或单薄，甚至有可能是可怜巴巴的寒酸。简单，如同枯树枝子，只能够用来烧火，别无他用。

简洁也不是我们传统意思上所谓艰苦朴素中的朴素。朴素，当然也是一种很好的品质，但朴素很可能是洗旧的衣服，被阳光晒得发白而缺少了应该具有的色彩。

简洁的洁，不仅仅是干净的意思，这里的洁，包括着美的意味。因此，对比简单或朴素，简洁体现更多的是美，而这种美不是唐朝的美人那种臃肿肥胖的美，是那种以简捷的线条所勾勒出来的现代美。

简洁所呈现出的美，是齐白石和八大山人用最少的笔墨留出最大的空白所画出的写意式的美，是米罗和蒙德里安以干净爽朗的线条色彩和几何图形所构筑的象征性的美。

“忽如一夜春风来，千树万树梨花开”，不是简洁；“行到闹荷无水面，红莲沉醉白莲酣”，更不是简洁。“两个黄鹂鸣翠柳，一行白鹭上青天”，就是简洁；“一去二三里，烟村四五家”，就是简洁。

简洁，对应的不仅是物化的奢侈豪华，同时也是精神的杂乱无章。千树万树，沉醉酣醉，正是生活坐标系简洁所对应的那奢靡的一极。现代的生活，拜物教的侵蚀，犬儒主义的盛行，人们越来越崇尚物质的占有和享乐，酒池肉林，娇妻美妾，香车豪宅，千金买笑，百杯买醉……欲望像是追求的无底洞，贪婪成了成功的光荣花，赚钱变为人生第一的需要和幸福的唯一标志。人为物役，钱为君主，心被挤压得千疮百孔尘垢重重，离简洁怎么能不越来越远？甚至以简洁为丢脸而不屑一顾，视简洁为简单而不值一提，就是很自然的事情，一点不足为奇。

不要说那些贪官污吏，那些大款富婆，他们的日子已经发霉，他们生活的字典里早没有了简洁的字眼，酒嗝中散发着腐臭的气味。就是在我们普通人的日常生活中，和简洁也越来越背离，将简洁越来越遗忘，这是非常可怕的事情。

在我看来，起码有这样三点，一是我们的吃饭，越发变得繁文缛节起来，为吃饭花的心思、浪费的人力物力，不计其数，偏偏还美名为食文化，一顿年夜饭可以花上上万元钱，即使是一块中秋节的月饼也可以卖上几千元钱，铺排得淋漓尽致，却要打文化的牌，拿文化来说事，以期自我安慰。

一是房屋的装修，越发不知节度，一座新房，不拆得大卸八块不解气，不闹出惊天动地的动静不罢休，美其名曰设计，巴洛克雕饰罗马柱，红木家具羊皮欧式灯，中不中洋不洋的堆砌，消化不良的煊赫，以豪华以金碧辉煌为美为荣，而不惜满屋子如赘肉鼓胀拥塞，让甲醛尽情弥漫。

一是女人的打扮，脸上化妆的脂粉越发厚重，走起路来粉末飞扬，手上脚上（有的还包括肚脐眼和生殖器上）的金银饰品越发繁多，不走路都叮咚作响，不是为了点缀而是为炫耀，自然会忘记了契诃夫早就说过的人应该一切都要美的名言，便也就更容易和简洁背道而驰，以为这样的生活就是我们所期望的幸福和美的生活。

当然，就不要说花费越来越昂贵的婚礼，据统计，天津市年轻人的婚礼最高可达几十万元人民币，最少也要四万多元；也不要说今年年初的巴西国脚和夏天皇家马德里来华的足球比赛，花费的人民币更是天文数字，那种前呼后拥礼仪热情过度的表现了。因为那实在是离简洁差着十万八千里，前者已经完全不是为了生活本身，所有奢侈的花销都只成为一种象征的符号；而后者只是一场“秀”，不仅脱离了简洁也脱离足球自身，不过是为了钱的一种商业运作。

简洁的生活，看似简单，其实是多么地不容易做到，即使我们只是普通人。因为我们就被这样崇尚奢华制造奢靡繁衍奢侈的生活包围之中，暖风熏得游人醉，直把杭州作汴州，要想跳出这样的包围，该需要多么坚定的定力。

这种定力，就是要求我们认定：简洁的生活，其实是最美的生活，这是因为这种美里包含着对现代越发堕落的生活的沉淀，沉淀下那些侵蚀我们的杂质和腐蚀剂。

简洁，有时能够产生意想不到的奇迹。就像毫不值钱的麦秸，简洁几下，可以做成漂亮的麦秸画；就像毫不起眼的石头，简洁几斧头，可以做成精美的雕塑；就像毫无色彩的芦苇，却可以做成洁白的纸张；就像毫无分量的竹子，只要简洁地凿几个眼，可以做成能够吹出美妙旋律的笛子。

没错，简洁的生活，其实是以少胜多的生活，少的是我们对物质的贪得无厌，少的是对心灵和精神自由展开的空间，让我们的心里多一些音乐般美好的旋律。

简洁，看起来是生活的一种方式，是审美的一种要求；其实，更是现代精神自由的一种体现，是价值系统平衡的一个支点。

2001年春于北京

泡　影

常常会有许多美丽的泡影，浮现在我们的面前，升腾在我们的头顶，就像真的气球或鸽子一样，让我们以为感到它们生命的气息。其实，它们只是泡影。并不仅仅是它们美丽的外表所具有的诱惑力，更是我们自己的幻觉所造成的，泡影才总是气球或鸽子一样在我们自己蒸腾的气流中上下翻飞，我们以为伸手一把就可以抓到。

小时候，我家住的院子里有一位小学女老师，是个南方人，长得很漂亮，又秀气，说话非常温柔，细声细气的，像唱歌似的。见谁都爱笑，绽开两个小小的酒窝，就是见到我们小孩子，她也是笑着摸摸我们的头或轻轻地打个招呼。她就在我们家旁边的贾家花园小学教书，贾家花园，听听这名字就好听，好听得像是她天天甜滋滋微笑时的样子。

那时，我家旁边有两所小学，一所是贾家花园小学，一所是第二中心小学，所有上学的孩子都要就近分配到这两所小学去。快上小学的时候，我特别担心自己给分配到第二中心小学去，我真想到贾家花园小学上学，这样她就可以教我。那段时间里，我总是幻想着坐在课堂里她教我的情景。我就可以天天见到她了，天天听她讲课，天天看她那笑眯眯的样子，甚至可以天天等着她那细细的手摸摸我的头了。虽然，后来天不助我，我被分配到第二中心小学去了，但那种幻觉仍给我许多难以忘怀的美好。一直到我升入中学，在我的眼中，她总是那样美，仿佛是美的化身，那种美里面包含纯真和清澈，让人能想到清晨的露珠和没有污染的泉水。我不知道这样想其实融入了我童年和少年时期心理的想象成分，就像做蛋糕在面粉里面加入了糖和奶油，蛋糕才变得甜了一样。我混淆了面粉和蛋糕的区别。

那时候，她还没有对象，很长一段时间都没有对象，想想那时她得有二十六七了吧？是该有个对象谈恋爱的年纪了。院子里的街坊们议论说大概是她的眼皮高的缘故吧。一直到了我上高三的那一年，她才搞了一个对象，是个海军上尉军官。他们很快就闪电般结了婚，这让我有一种莫名其妙的失落，好像我没喘息过来，眼睛刚眨了眨，魔术一样，鸡就变成了鸭。当我见到了这个上尉的时候，我相信院子里绝对不仅我一个人失望，上尉长得不怎么出色，个子也矮。起码在我的心目中，她要找也应该找的像当时我们都崇拜的电影演员王心刚的样子吧？

彻底的失望就在高三这一年的夏天，“文化大革命”爆发了。有一天，她竟然带领着贾家花园小学她的学生风风火火闯进院子，抄了我们一家街坊老翻译的家，翻箱倒柜之后，没有翻出什么，她突然发现床底下一个奶粉罐头盒，是那种解放前美国的奶粉罐头，上面有 made in U.S.A. 的字母，老翻译用来装洗衣粉了。她像发现新大陆似的，举着这个罐头盒一下子嚷嚷开了，硬说里面装的是炸药。当老翻译向她解释，她粗暴地打断了他的话，颇有几分骄傲的神态断然地说我爱人是军人，我知道什么是炸药，什么是洗衣粉！（她在课堂里对着同学讲课时就是这张牙舞爪的样子吗？）

我第一次尝到了泡影的滋味。以前一切美好的感觉，都被她这一筒加入了想象成分的“炸药”炸飞得无影无踪。泡影破灭后的感觉，是极其痛苦的，不仅仅是心里一下子坍塌成一片废墟般空落落的，而是你以前用时间甚至生命所积累起来的价值系统也同时坍塌了，你对你自己所认为的美产生了致命的怀疑。

我特别喜欢法国的电影演员卡特琳娜·德诺芙。想想，是从看过她和杰拉尔德·德帕迪约主演的《最后一班地铁》开始的吧？她确实演得很出色，在不动声色之中将那位犹太导演的妻子演得丝丝入扣，出神入化。我不知道这是不是她出演的第一部电影，却是我看到她演的第一部电影。除了漂亮，她那种典雅的风度和高贵的气质，给我留下了深深的印象。这是因为漂亮的女人现在借助化妆和整容术越来越容易找到，但典雅和高贵却在如今越发显得稀少而弥足珍贵。因此，我们常常会看到包括演员在内的不少女人漂亮倒是漂亮了，只是一说话依然满嘴大楂子味儿。

德诺芙的典雅和高贵，宛若上一两个世纪的女人，是只能在雷诺阿、马奈和维热—勒布伦的肖像画中才能见得到的贵族式的女人，甚至再早些要在舒曼的梦幻曲、韦伯的邀舞和莫扎特的小步舞曲中才能见得到的古典式的女人。那种贵族和古典，如今几乎快断了种，纸醉与金迷并舞，物欲共肉欲齐飞，竟然笑贫不笑娼，使得不少女人学不会典雅与高贵，却把毫不犹豫地脱掉最后一件衣服飞快地学到了手。女人看待自己，和男人看待女人，眼光和尺度在以无与伦比的速度下降，审美更成为奢侈和矫情。美真的可怜巴巴就只剩下了一张脸蛋和一个屁股蛋。

因此，德诺芙便越发难能可贵。起码她还能给我们一些安慰和期望，并不是所有的女人都在堕落的泥塘里栖息以为是躺在柔软的席梦思床上，梦想着污浊的烂泥浆成为奶昔或巧克力。

后来，我看《印度支那》，看《追忆逝水年华》，看《东方西方》，影片中出现的德诺芙的年纪越来越大，甚至在去年的新片《黑暗中的舞者》中，德诺芙的脸明显苍老，都有了一把褶子，但是那种典雅和高贵依然健在，依然让我珍爱。如果说漂亮只是时令的鲜花，典雅和高贵是不受时间限制的，所以，仅仅漂亮并不是美，美的涵盖面更宽泛，是一道简单易算的命题，却不是所有的女人和男人都能清算得出来。如果说几乎每一个人的心目中都会不自觉地产生幻觉式的偶像，德诺芙是我心目中美的偶像。所以，儿子曾和我争论，他强迫地希望我也和他一样喜欢同样是法国演员的朱丽叶特·比诺什，但朱丽叶特·比诺什取代不了德诺芙。这大概是对美的感觉和感受常常因年龄而产生无法逾越的距离吧？

前两天，我在等人办事无聊之间偶尔翻一本杂志，看见里面的一张黑白照片竟然是德诺芙。但这张占了整整一页篇幅的照片中的德诺芙吓了我一跳，她几乎裸露着上半身，黑色乳罩的拉链拉开着，半遮掩的乳房垂浮着，面孔和头发都显出老态。说实话，并不是所有的女人裸体就一定会美，照片中的德诺芙远远没有电影中的德诺芙美。我实在不明白德诺芙为什么要照这样一张照片，为什么要将并不年轻更不丰满的乳房显露出冰山般的一角？是为了做广告吗？是为了钱吗？我无法想象，也实在不忍心再看，竟像自己做了什么亏心事似的赶紧把那本杂志合上了。

我知道我将对德诺芙以往所有美好的回忆一并也合上了。当然，我知道德诺芙不会和我有任何关系，她既不是我的妻子或情人，也不是我的任何一位亲人或朋友，她只是在遥远的地方的一个素不相识的法国女人。她照样演她的电影，她照样活得很滋润。但是，在我的心目中，她合在那本杂志里，或者说定格在那本杂志里，再也不会像以前那样活生生地浮现在我的面前了。我知道，这样说来我也许显得很可笑，而且带有主观的色彩显得那样笨拙，但确实是这样的一种感觉刀刻般掠过，又一个泡影在我的心里无可奈何地破灭了。

我无法形容这个泡影破灭之后的心情是什么样的。也许，人生就是在这样一个个泡影升起、破灭中度过和维持着的，只不过人在年轻时泡影就像鱼缸里的金鱼向水面吐着一个又一个的气泡，美丽而不断地袅袅升起，而到了年龄大的时候那升起来的泡影在一个个地破灭着吧？破灭了的泡影或许就像猪尿泡一样会溅落出肮脏的污水，溅落在人的眼睛上，让人的眼睛随着岁月的流逝变得越来越浑浊了吧？只是这样说或许显得很绝对，但却并不能说清泡影在接连不断破灭后真实的心情。

今天我听美国一个叫作“红房子画家”乐队的一张唱盘《蓝吉他之歌》，演唱的其中的一首歌名叫 *Bubble*，用中文是不是就翻译成泡影？那种含混不清又略显有些凄美的歌声或许唱出了这种无言的感触。没错，音乐起于词尽之处。

2001 年 4 月 1 日于北京

忠　诚

那天，我看祖拉夫斯基导演的《忠诚》。这是一部去年的电影，是根据17世纪的法国女作家拉法耶特夫人当时名噪一时的中篇小说《克来芙公主》改编的，文学史称其为法国的第一部心理小说。这些年来，以其为母本已经改编不少影视。著名的祖拉夫斯基在影坛上沉寂了九年之后忽然对它情有独钟，而且不怕同题材和别人撞车，想必是有他独到的诠释。

不过，说心里话，电影的情节，我没看出有什么新意，不过仍然是一个中产阶级的家庭什么都不缺又觉得缺了点儿什么便要弄出点儿什么的故事，导致了饰演女主角的苏菲·玛索便和一个年轻英俊的摄影师闹腾出一场无果的婚外恋而已，浪费了床上床下许多的感情、汗水和呻吟。多少家庭就是这样演绎着同样甚至比他们还要精彩伤感而无奈的故事，没有什么新鲜的。引起我对这部电影的兴趣，是祖拉夫斯基改编并导演这个老故事的初衷，他用这样两个字来概括：忠诚。

他说："如果你问我忠诚是否存在，我的回答是：否。即便存在，也是在谎言的掩盖之下。如果你问我是否希望它存在，我会全心全意地说：是。忠诚就像是一个伟大的却已经消失的梦想。"

祖拉夫斯基的话给我好大的震动。我忍不住在想：难道在我们的生活，在我们的周围，忠诚真的并不存在？它只是一个虚妄的词存在于词典里？我想了好久，虽然并不情愿，但不得不同意祖拉夫斯基的话：是的，它确实并不存在。

难道不是吗？不用再说所谓的爱情了，苏菲·玛索在影片中几次追求爱情了，哪一次实践了忠诚？更不要说罗密欧和朱丽叶那一对“傻青”了，也不要再说什么在天愿作比翼鸟在地愿为连理枝那些陈词滥调了。忠诚在爱情中只是一朵漂亮的谎花，支撑爱情的大多是谎言，弥漫在情人之间、夫妻之间的是谎言，谎言成为弥合剂和填充剂，弥合并填充着甜言蜜语的爱情空洞。不知多少情人在同一天上床之后再和自己的配偶上床重复着相同的动作和谎言。可以把布罗斯基说的那句漂亮的名言正好翻个个儿，他说：“在白色的纸张上，人们能达到更高层次的抒情，远胜过卧室的床单上。”我们则说是：“在卧室的白色床单上的谎言，远胜过白色纸张上所写的。”难道不是吗？

漫说忠诚了，退一步只说说真诚，情况又如何呢？真诚比忠诚要矮了一头，虽然它们是紧紧相挨的邻居。但真诚如今又能找到多少呢？或者，再退一步，只说说诚实，原来，我们最爱说我们自己是全世界最勇敢勤劳诚实的民族了，但诚实如今到底还剩下多少呢？从人模狗样的上层人士到拼命装扮成贵族的中产阶级一直到貌似愚笨的下里巴人，弥漫整个社会越造越漂亮的假货和人与人之间越来越客气的戒备，乃至比真的还要像真的诳你没商量的欺骗，已经麻木了我们的神经，让我们见多不怪了。就是中学生写日记现在都要写两本，一本是写给老师看的，专拣豪言壮语和老师爱听的词可劲往上招呼，一本是写给自己的悄悄话，得用小锁锁起来。

还听说过民间流传的一副对联：下级骗上级，一级骗一级，一直骗到中央；上级哄下级，一级哄一级，一直哄到老百姓。我们还有什么脸皮和勇气再说什么诚实？更遑论真诚与忠诚？

问题是这些我们曾经赖以为自豪的品质和德性，到底为什么而丧失的？难道真的如同萨特说的那样：我们一出世就继承了说谎，无可救药地先天缔造而成为我们的一笔不动产？我是不赞同萨特的这个观点的，因为我们曾有过这样的时候，憎恶虚伪、欺骗和谎言，信仰诚实、真诚和忠诚，忠诚成为一代人沸腾的血液，泼洒出时代的大写意。那时的忠诚已经上升为一种理想和信仰，对领袖疯狂而顶礼膜拜的忠诚导致了时代的悲剧。到现在我也忘不了到北大荒插队的第一天，渡河接我们的老乡赤裸的胸膛上别着那样硕大无比的毛主席像章，那是不知疼痛的肉呀，显示着生命诚可贵，爱情价更高；若为忠诚故，两者皆可抛的时代特色和品质。

忠诚是一座山，走过了头，就翻到了山的那头去了。这头可能是百花盛开，那头却可能是雪山肃杀。走过了头的壮汉一般的忠诚便一下子容易阳痿般疲惫地坍塌成一摊泥。忠诚就是这样简单而迅速地完成了它痴情女子负心汉的换性手术。尤其是时代的变迁，一下子从精神高蹈浩渺的高空跌落在金钱至上的席梦思软床，正好和一文不名的精神告别而和金钱痛快地云雨一番。

其实，这样说并不准确也不客观，应该说在那疯狂的年代里，精神或者说忠诚已经被焚烤得变形。在那个年代里，人与人的防备欺骗、相互揭发，乃至置人于死地，就是一家子亲人又如何呢？怎么能全赖给如今的金钱呢？金钱本是无辜的，多少也是看你如何对待了，干吗什么都找上人家当垫背的？忠诚早已变心，遇上了金钱，才久旱逢甘露、烈火碰干柴，一拍即合，奸夫淫妇一样双飞双宿。等而下之的真诚和诚实，当然更急不可耐地破罐破摔，索性哪里能卖个大价钱就投奔哪里得了。还是那个布罗斯基说他在中学里学到的东西就是撒谎，“事实证明，这比代数更加有用”。在一个物质的社会里，还有什么比有用更重要？实用主义的有用，让我们无师自通般就完成了忠诚、真诚和诚实的蜕变。我们所走的路只是他那一代人的重蹈覆辙。

在一个假的比真的有用的时代，在一个假的比真的还真的时代，忠诚只是一个弃儿，真诚只是一个石女，诚实只是一条无家可归的狗。

2001 年 3 月 29 日于北京

下午茶

没想到喧嚣的市中心还有这样清静的地方。

天伦王朝饭店坐落在市中心，一位多日不见的朋友约我到这里二楼的大厅来喝下午茶，想必是要清静些，好说点儿什么。

占满整个二楼的大厅，晚上是自助餐，白天是早茶和下午茶，利用率极高。高挑的屋顶直通楼顶透明的玻璃天棚，折射进来的阳光洒着乐谱一样柔和的光线，高高的棕榈树一枝独秀，象征性志在必得地插向楼顶，挥洒着一点显得有些假模假式的亚热带风情。铺着镂花的白色亚麻台布的桌子，星罗棋布摆放在大厅里，干干净净如同等候舞会开始的村姑。最醒目的是大厅一角的高台上放着一架三角钢琴，弹奏者是个男的，拉小提琴和拉大提琴的都是女的，琴遮挡住他们的脸庞，看不见他们的眉目。他们合奏得有几分优雅，也有几分慵散，惺忪的音符散落开来，和着咖啡和着茶香一起弥漫在大厅的四周。

市中心车水马龙的喧嚣和嘈杂，下午时分的燥热和困顿，一切都被挡在外面了。

我们开始选在大厅中间的桌前坐下的时候，四周还没有什么人，北京人虽然爱喝茶，毕竟没有英国人喝下午茶的习惯。况且，北京人讲究的是泡茶馆，要的是嗑瓜子甩毛巾板听大鼓词的那种热闹劲，难得这样的消闲幽雅。

两份红茶，两份西点，一个下午，唤回来往昔的日子，浓缩着许多的心情。安静的环境，让说话声都变得格外地轻，偌大的大厅里除了服务小姐柔弱无骨的脚步声，只有音乐在轻柔地荡漾。

当茶水续得变得有些淡的时候，忽然发现四周的桌前已经坐了许多人，有男有女，有老有少，仿佛一下子许多人对下午茶都感起了兴趣。每一张桌前的人们都在讲着什么，但说话的声音都很轻，谁也不知道谁在说些什么，只见嘴巴在动，圆的阔的长胡子的涂唇膏的性感的稚拙的，一张张嘴此起彼伏在动，仿佛彼此在看一部默片的电影。

坐在远处角落里的是一个年轻的女子。她的孤零零和她的模样，引起我的注意。她长得很像儿子的一个同学，从高中到大学常到我家里来。不过，儿子他们还只是学生，紧张的学习，整天忙得脚后跟直打后脑勺，哪里会有闲工夫和闲钱跑到这里来喝下午茶？不过，长得确实很像，连穿的连衣裙的色彩和样式都很像。

坐在我们邻桌前的是刚刚来的一对男女，男的胖胖的，年纪不小了，女的矮矮的，小巧玲珑，年纪不大。他们坐下来放好提包就分别去了卫生间，然后要了满满一桌子的东西，哪里像是在喝茶，倒像是在摆宴席。

坐在钢琴旁的是四个老人。花白的头发，棕色的咖啡具，映衬得很分明。他们端咖啡时的样子，非常优雅，那是上个世纪遗留下来的姿势，是逝去的时光雕刻下来的姿势，不是能够学得来的，更不是那种东施效颦端起咖啡只会翘起兰花指，除了造作，哪里去找得到那般悠长的韵味。

很快，那个孤独的年轻女子旁边就来了一个男孩子，和儿子一样年轻一样帅气的男孩子。他们开始了交谈，好像有着谈不完的话，谈得那样亲密，有时头碰头像蒜瓣一样聚在一起轻轻地笑，其余时间除了偶尔抿一口咖啡，就是在不停地谈话，好像他们到这里来就是谈话，咖啡只是点缀，即使全是废话也说得那样津津有味，滴水不漏地全部就着咖啡饮进肚子里。我真是充满了好奇心，想知道他们到底谈的是什么，却什么也听不见。

四位老人，两男两女，他们的话不太多，只是一边品着咖啡一边偶尔想起什么就说了起来似的，几个人的头随着说话的人在动，花白的头发像是电影里慢镜头风中的草轻轻在摇曳一样优美。似乎总有些让人发笑的话题，按下葫芦起了瓢，拔出萝卜就带出泥，总能够看见他们端着咖啡微微在笑，甚至能够感觉到在他们的笑声中杯子里的咖啡微微抖动的样子。他们在笑什么呢？岁月的沧桑，生命的流逝，满脸的皱纹和满头的白发，难道还不能让他们感慨良多唏嘘不已吗？不过，大概好不容易才聚在一起，干吗哪壶不开提哪壶？干吗不说些高兴的事情？岁月即使酿成了一壶老酒，辣辣的味道中也有些醇香绵绵而值得一点回味吧？只是到底是什么样的话题让他们这样忍不住一个劲儿地在笑个不停？是现在的，是过去的，是自己的，还是孩子的？

可能那个胖胖的男人是个土老板吧？而那个娇小玲珑的女子到底是干什么的，我实在猜不出来，更猜不出来他们在谈什么，看样子他们谈得挺投机，谈得很开心。像是从外地来旅游的，逛了一天，累了，渴了，饿了，到这里来打个尖儿，歇歇脚。轩豁的大厅和不错的下午茶，都很对他们的胃口。他们一边喝一边吃一边说，越吃越喝越说得来情绪，以至渐渐身上发热，胖子把外衣脱了，只剩下一件衬衣，领带却打得整齐得一丝不苟。我只是听不见他们一直马不停蹄地在说些什么，虽然，他们离我最近。

我什么也听不见，正像是他们听不见我们在说什么一样，我听不见他们到底在说着什么。每一张桌前成了一个独立的世界，虽然门户大开，却谁也走不进谁的世界里；虽然彼此的距离很近，却谁也无法缩短这个距离，逾越这条楚河汉界。

我在走神，连我们在说什么也有些恍惚了。细想一想，其实我们一个下午光喝茶了，并没有真的说什么或说什么真的有意义的事情。原来是想清静点儿要说些什么来着，似乎由于太清静都融化在茶水里面了。一个下午茶喝得恍若物是而人非，迷离在他处。

天棚顶阳光的光线在偏移，渐渐地有些发暗。人们似乎还没有要退的意思。这里的咖啡也好，茶也好，都是免费续杯的，而晚餐要到六点才开始。大家还在喝着说着，兴致未尽。如果把大家这一下午所说的话统统放在一起，也像是把咖啡和茶倒进壶里，这些话大概要把整个大厅这把壶涨满了。只是到底我也不知道他们在说着些什么。

钢琴和提琴什么时候下去的，都不知道了。只看见三个人这时又上来了，抱着大提琴的女的拖着曳地长裙，走的步子有些蹒跚。惯性的演奏，他们已经习惯了这一切，并不关心每张桌前的谈话，也不关心自己的演奏，上了台，连招呼都不用打，很快就轻车熟路地演奏了起来。刚才演奏的什么，我没有注意，这回我听清了，是电影《花样年华》里的插曲。轻柔而有几分怅惘的旋律，水珠四溅般流淌开来，渐渐地湿润了整个大厅，像是忽然跑出来的一条毛茸茸的小狗，向每一张桌前喝下午茶的每一个人伸出了舌头，温柔地舔着人们的衣襟鞋跟或手心……

或者，是在给所有的人的谈话伴奏。

2000 年 7 月 10 日写毕于北京

四十岁的奥蒂

春节期间我到外地过年，回到家，翻看已经积成一大堆的报纸，忽然看见春节前夕 2 月 3 日报上有一张奥蒂正在甩臂奔跑的照片。照片不小，又是彩色的，很是醒目。照片下有两行字的说明："牙买加短跑皇后玛琳·奥蒂昨天在西班牙瓦伦西亚举行的国际室内田径比赛中，以 7.15 秒的成绩夺得 60 米跑冠军。"

照片中的奥蒂，穿着绿色的彪马田径装，梳着披肩短发，一把发卡将头发绾在脑后，露出宽宽的额头，紧闭双眼，张大嘴，急促呼吸在冲刺。除了一身常年被阳光晒得黝黑的皮肤光泽依旧没有变之外，整个人比以前显得有些瘦削，面容也显得有些苍老。

想想，奥蒂今年 40 岁整了。

作为一个女人，40 岁是一个严酷的年龄；作为一个运动员，40 岁是一道严峻考验的门槛；作为一个女运动员，40 岁还能奔跑在赛场上，实在是一个奇迹。

我和奥蒂只有一面之缘。

和人的交往，有时候不在于时间的长短，或次数的多少，有时候，哪怕只有瞬间的一面之交，印象深刻，却是胜过常年在一起的耳鬓厮磨，正如只有 10 秒左右的百米比赛，在许多时候会比马拉松长跑还要精彩而扣人心弦。

我和奥蒂的见面是在1992年的巴塞罗那奥运会上。那一天晚上，我是专门看她的100米决赛去的。前两天的200米她只跑了第三，我当然希望这一晚她能如愿夺魁。我知道，她这人一直不顺，自20岁时起开始的漫长的田径生涯，她参加过5次奥运会，6次世界田径锦标赛，除了在哥德堡世界田径锦标赛上拿过一个200米冠军，而那个冠军还是因为事后发现美国的托伦斯弯道时踩线取消其冠军资格而转落在她的手中。她从未拿过百米金牌，她一直拿的都是亚军、第三，或第五。有人开玩笑说她永远做伴娘而难做新娘。

可惜，命运再次未向她垂青。那天晚上的百米，她只拿了第五，可以猜想到她心中的苦涩。看完她的比赛，我便也退席了，我根本没有想到能见到她。谁想到下到看台外，在运动员区内，我突然看见她正在换衣服，虽然她是躲在角落里，低着头，谁也不理。隔着老远，我冲着她大叫一声她的名字："奥蒂！"她听见了，抬起头，我挥挥手，请她走过来，她竟那样顺从，向我走过来，一直走到隔离的栏杆前再无法走为止，没有一点所谓明星的架子。

可以说，从那一次起，我对她的比赛非常关心。她的善解人意和质朴的言行，让我对她怀有好感。

那一年，她就已经32岁了。32岁的女人，正在爱巢和家的小窝里酥软了肌骨，即使爱和家两者都不满意，也会在恨海爱潮中抛洒几把眼泪，让有人小心翼翼地接着而湿润了香水罗帕。而32岁的奥蒂却已经在田径场上辛辛苦苦奔跑了12年，每一次都是以失败而告终，从未拿过一次真正意义上的金牌。

但她始终不渝。一直坚持跑在塔当跑道上。

在世界所有运动员中，能坚持到40岁还奔跑在赛场的，为数不多，或绝无仅有。因为在毒太阳底下奔跑，毕竟和在花前月下谈情说爱和在席梦思床上做爱的滋味不一样。

去年，看报纸有消息说奥蒂服用了违禁药物而被停止比赛，并取消参加今年在悉尼举行的奥运会的资格。当时，我实在不相信，因为奥蒂在我心目中的印象实在是太好了。现在，奥蒂又出来比赛了，是不是说明去年的消息错误，或说明已经为奥蒂洗白，她可以参加悉尼奥运会了？不管怎么说，奥蒂重又出现在田径场上，还是让我振奋，让我为她高兴。

她今年已经 40 岁了，青春早已如鸟飞逝，机遇也不会如夏季的鲜花开过一朵，还会摩肩接踵开下面的许多朵。与年轻运动员相比，她的年龄大了人家一倍。但她还是顽强地和人家站在了同一起跑线上。并不是所有的运动员都能如她一样坚持到 40 岁，还奔跑在田径场上的。面对激流勇退、见好就收，或惧怕失败而远离失败，奥蒂这样的选择，是一种体育的哲学，更是一种生命的哲学。

我希望在报纸上看到她这次比赛的照片，能够是一朵今春吉祥的报春花。我希望在今年悉尼奥运会上能够看到她比赛的身影，看她如一道黑色的闪电、一团黑色的火焰、一头黑色的豹子、一匹黑色的绸子，在棕红色的跑道上掠过。

2000 年初春于北京

楼前的黄昏

楼前最热闹时是在黄昏的时候。楼前有块空地，连到了马路前树荫掩映的便道，挺宽敞的，安静了一天，一直都是空荡荡的，像是散了场的舞台。黄昏一到，日头西斜，小风一吹，凉快了许多，好像舞台又拉开了幕布，人物开始纷纷出了场，楼前的这块空了快一天的空地，很快就挤得满满当当。

最先出场的是老头、老太太，他们自己搬来了小板凳、小马扎，抱着大茶缸子，有的还拿来了象棋和扑克牌，一边等下班的孩子或放学的孙子，一边说话聊天玩会儿棋牌，顺便也是走出憋屈了一天的楼房，出来接接地气，透透空气，舒舒胸气。

然后出来的是修自行车的男人，他是陕西的农民，二十多年前娶了插队到他们村的一个北京女知青。那时候，全村多少人羡慕他的艳福，一个土坷垃愣是找上了个城里的女娃，哪想到现在自己嘬了瘪子。前两年，女知青带着孩子返回了北京，就住在楼里的父母的家中，熬不住对婆姨和孩子的思念之苦，他也脚跟着脚来到了北京。没有工作，孩子大人都正要钱，又是寄人篱下，城里的花销又大，一个大老爷们儿的，怎么也得干点什么，不能总看别人的白眼。他在马路旁的便道上摆起了这个修车摊，每天黄昏时守株待兔般等候着下班路上坏了车、要补胎，或要打气的人们，挣个零花钱。每天都是修到天色将晚，孩子已经上了中学，个头比他都高了，每天骑车路过这里车也不下一下，叫也不叫一声，好像根本不认识他一样。倒是妻子做好了饭跑出来，叫他好几遍回家吃饭，才恋恋不舍地收摊，这时候来修车打气的人多。这些年下来，乡音未改鬓毛衰，修车的手艺倒是大大地提高，回头客很多，叫不上他的名字，都管他叫老陕或老哥。活儿不多或心情好时，他会随口溜出好多酸曲来，都是陕北的信天游里唱的那种男欢女爱的歌。他的嗓子不错，听的人们隐隐能想到当年他是小伙子时的情景，只是如今好汉难提当年勇了。

紧接着前后脚地来的卖馒头、卖牛奶和卖菜的三位，都是女人，中年，下岗，孩子还小，老人还在，一根扁担挑两头，拖累不少。卖馒头的和卖牛奶的分别坐在楼前的空地两头，卖菜的坐在马路的边上，拉开了距离，三人互不干扰，形成了每日不变的铁三角。原来都说兔子不吃窝边草，现在街里街坊的，谁都知道她们不容易，看着她们在烈日下一脸汗珠子的辛苦样儿，就是本来不想买或家里还有东西吃的，也忍不住掏钱买点儿牛奶馒头或青菜回家，要找的零头钱也不要了。都在一个楼里住着，甭管分量还是质量，倒是买着的放心。卖着的明摆着是挣辛苦钱，每天不管是牛奶、馒头，还是青菜，只有不够的时候，没有卖不出去的时候。她们当然知道是大家捧场，是灰就比土热，远亲不如近邻，街坊毕竟是街坊。老街坊们在她们之间三条路线交叉地走，织成笑滋滋的网，提满了一网兜这些东西和落日晚霞回家。

卖羊肉串的架着火，和收废品的推着平板车也出来了，都是年轻的外地人，岁数不大，操着南音软语，前者是女的，后者是男的，都是赚下班放学归家人的钱。尤其是早饿了肚子咕咕叫的孩子们，天天在她那儿少不了买羊肉串，饿狼扒心似的一串接一串地啃；下班带回大件或沉甸甸物品的大人们，少不了会用小伙子帮忙把东西扛到楼上，顺便把家里的废报纸杂志酒瓶子易拉罐带下楼，便当得成了挂角一将带手的活儿，既联络了感情，又收了废品，一举两得。有的人家看他辛苦，人缘不错，给他们的那些废物索性不要钱，乐得他每天盼着有人回家多扛回点儿大件才好。熟门熟脸，他们两人不到别处去，认准了似的，一嘴叼住了不撒手，好几年都是坚持在这片楼前，春来春去，风来雨去，长成了每天黄昏里的两棵树。

他们两人原本并不认识，时间一长，熟了起来，又都是出门在外，同是天涯沦落人，冷的热的，忙着闲着，互相照应着点儿，赶上突然起风下雨，不是他帮助她把铁火炉子搬到楼道里，就是她帮助他用塑料布遮上装满了废品的平板车。好心而爱给人说媒的老太太和大嫂子们都看在眼里，私下里没少说这倒是一对好姻缘，只是不知道人家在南方老家里各自早都有了家，卖羊肉串的女的孩子都上小学了。

放学的孩子，叽叽喳喳像是归巢的鸟。跟着一起凑热闹的是回来的司机们，摁着喇叭，嘹亮地响着，像抽着马鞭，响着清脆的鞭哨，得意地告诉人们他们回来了。坐小板凳和马扎上的老头老太太，闻声而动，立刻开始站起来，有的骂着，有的笑着，有的嚷嚷着，忙不迭地给他们腾地方停车。不用说，笑着和嚷嚷着的老人大多是这些开进来汽车车主家里的人，见到了汽车就像见到了分别了整整一个白天的宠物一样亲切，一下子，白天显得再宽敞的空地也不够用了，眼瞅着这两年的车渐多，挤得楼前的空地成了沙丁鱼罐头。不少是私家车，开车的大多是年轻男人和中年女人，刚刚拿下车本，大多是“二把刀”，往前开行，自我感觉良好，往后倒车，就麻了爪儿，再要在这窄巴巴的地方找车位停车，更是手脚都不够用，立刻忙乱成了一锅粥。老头老太太，每天黄昏都看这一出戏，久病成医，个个都是老师傅了，挥舞着枯枝般的手臂，一边吆喝着往左往右打把拐轮，一边指挥他们倒车，成了黄昏时楼前最为温馨的一景。

有时楼前的山墙上会贴出一些告示，或收有线电视费或房子要出租或防火防盗或卫生大检查。人们一边看着一边骂着，借着告示离题万里地发泄着。这时的告示只是药引子，这时的人们上知天文，下知地理，从马列主义能一直扯到鸡毛蒜皮，从贪官污吏能一直扯到大气污染……生动绝对胜过电视剧，深刻绝对胜过楼里住着的知识分子。

有时楼前会走出抱着波斯猫的时髦男女，有时会有一条卷毛的小狗噌噌地蹿出来，泥鳅钻沙似的从人们的腿间或车缝中钻来钻去，人们一般都侧目而视然后躲着它们，知道它们金贵，踩着了，可不是闹着玩的。

有时会有工商检查人员来抄楼前这些摆摊卖东西的，因为他们都没有营业执照。这时，就像刮起了台风一般，卖奶的、卖馒头的、摆修车摊的，包括卖羊肉串的、收废品的，一眨眼的工夫都被风刮得无影无踪。来不及跑的卖菜的女人，是因为带的青菜太多，一下子扛不动死沉死沉的菜筐。都是下岗的女工，倒腾这些菜不容易，都是一颗汗珠子摔八瓣的血汗钱，老人们心眼软，下棋的老头便将棋盘放在菜筐上面，检查人员走过来看看老头看看卖菜的，看看筐上面又看看筐下面，老人们却神态自若地坐在筐前当当地拍着棋子接着下起棋来。

楼前的黄昏，在这时候悄悄地从棋盘上消失。

1999年秋日写于北京

树的敬畏

古罗马的哲学家奥古斯丁，羞愧于情欲的私缠而想跪拜在神的面前忏悔，他没有去到教堂的十字架前，而是跪倒在一棵无花果树下。

古罗马的诗人奥维德，在他的伟大诗篇《变形记》中所写的菲德勒和包咯斯那一对老夫妇，希望自己死后不要变成别的什么，只要变成守护神殿的两棵树，一棵橡树，一棵椴树。

在那遥远的时代里，树是那样地让人敬畏。

我国古代也不乏对树的敬畏之心和之举。北京孔庙中传说将奸臣严嵩的官帽刮掉的触奸柏；陕西黄帝陵前拥有千年生命的黄帝手植柏；药王孙思邈庙四周，相传是家中的女人为上山修庙男人节省粮食而自己吞吃柏树籽，死后都变成那森森古柏，无一不充满着对树的敬重。明朝要在北京建都时到四川伐下的那参天大树，而奉之如神加以供奉，在修建北京的时候，皇帝便把这里当成堆放神树的地方，称之为神木厂（如今的花市大街），一样充满着敬畏之心。

如今，我们还有这样对树的敬畏之心吗？

也不能说真的一点也没有了。没听说不少的城市里把远离百里千里之外的古树移栽到城里的事情吗？从而不少人从事着这样找树移树的中间商的工作。我们以为把古树请到城里来，就是一种对树的敬畏，好像它们再也不用在荒郊野外去餐风饮露了，可以过上饭来张口衣来伸手的日子了。但是，纵使我们天天为它们浇水施肥，再加以护栏保护，它们很多很快还是死掉了。在我曾经去过的一个城市，他们把附近山林里生长的一种在恐龙时代就有的古老树种——桫椤树（我国二级保护植物），连根带土移栽在城里，精心伺候，结果是一样的，珍贵而美丽的桫椤树还是死掉了。

以为请来古树就会增加城市的文化与历史的厚重，以便招商引资或拓展旅游，本是一厢情愿的事情，是为了自己打算而不是为了树的利益。而那些疯狂去找树移树的人，不过像是以前为皇帝或富贵人家找妃子的一样，为了钱而不顾树的生命。

契诃夫在他的剧本《万尼亚舅舅》里，借工程师阿斯特罗夫的口，一再表达他自己的这种思想，即森林能够教会人们领悟美好的事物，森林是我们人类的美学老师。

契诃夫的后辈，巴乌斯托夫斯基在他的小说《森林的故事》里，将契诃夫这一思想阐释得更为淋漓尽致，他说："我们可以看到森林中淋漓尽致地表现了庄严的美丽和自然界的雄伟，那美丽和雄伟还带有几分神秘色彩。这给森林添上特别的魅力，在我们的森林深处产生着诗的真正的珠宝。"他借用普希金诗说森林是"我们严峻日子里的女友"。

也许，只有森林覆盖率达到百分之三十以上国家里的人们，才会和森林有着那样密切彻骨的关系，才会对森林产生那样发自心底的向往和崇敬。森林很少而且越来越少的我们，离美也就越来越远。对于森林，我们更看重的是它的实用价值，最好它被伐下木头直接变成我们的房子和家具，乃至筷子和火柴。我们严峻日子里的女友，也就变成了灯红酒绿时分风情万种的女人。

在商业时代，在缺乏信仰的时代，树只是一种商品而不再是一种自然之神。我们再也不会将树称之为神木，更不会跪倒在一棵树下，或希望自己死后变成一棵树。

1999年春天于北京

浪漫的丧失

前几天，看了一部英国著名导演尼尔·乔丹导演的电影《爱情的尽头》。虽是改编五十年代的小说，却是对世纪之末爱情的注释。时代在变迁，爱情也在无可奈何地变化着，只是不知是在变好还是在变坏，莫非到了世纪之末，爱情也走到了尽头？

电影中有这样一个小小的镜头，为调查自己心爱女人是否移情别恋，派人跟踪（这是男人惯用的手法）女主人公，即朱丽安·摩尔扮演的莎拉。因为莎拉到神父家去的时间过长，跟踪者一个名叫拉治的小男孩在大街上睡着了。莎拉出来后看见了他，以为他迷了路，给了他几个铜板，并在他有着一大块醒目的红红胎记的脸上吻了一下。除此之外，小男孩再未出现，一直到电影结束之前莎拉的葬礼上，小男孩才再次出现，他再没有跟踪莎拉，而他远远走到镜头前面时，我们发现他脸上的胎记竟然神奇地没有了。

电影最后的话外音以一个男人的口吻对莎拉的灵魂说："我不再恨你了，你用我的恨来证明你的存在。"在爱情的尽头，爱恨往往就是这样交织在一起。两个曾经深爱过她的男人，最后是否真的感受到她的爱？但那个叫作拉治的小男孩是感受到并吸收进了莎拉的爱，他脸上的胎记融化在莎拉的爱中。

或许，我们会觉得这样的处理不真实。怎么可能会有这样的一个吻，就能将胎记化为乌有？浪漫的神奇有时不完全都是通向真实的唯一通道。我想起我们小时候曾经有过的念头，以为女同学只要在我们男孩脸上来一个吻，就会要有小孩生下来呢。只有小时候才有这样浪漫的想法，一个吻被爱燃烧起熊熊的火焰。

现在，我们谁还会相信这样的想法？莎拉的一个吻使一个小男孩脸上的胎记消失，当然会更不相信。我们不接受艺术之中的浪漫，更不会创造现实中浪漫，就这样地被我们随手抛掉，一点点地丧失。

我们看到的周围出现的浪漫大多只是表面上的浪漫，不是出于个人的想象和创造，而是出于社会的惯性，便使得浪漫磨出了厚厚的老茧，然后萎缩成一个干干的话梅核。那些浪漫，是程式化的、模式化的、世俗化的、市场化的浪漫。要么是可笑的循规蹈矩，比如婚礼时雷同的车队；要么是膨胀的多多益善，比如献上的九百九十九朵玫瑰；要么是毫无新意的千篇一律，比如电台里的热线点歌和商店里的情人贺卡；要么就是直奔主题，将浪漫演绎成短平快的立等可取，吻便成为赤裸裸性欲的一种前奏急促的过门……

浪漫，就是这样在我们身边可怕地丧失，我们却毫不察觉。爱情中丧失了浪漫，也许我们还能居家过日子；生活中丧失了浪漫，即使我们拥有香车美女大房娇子，我们脸上那块红红的胎记却是无法除去。

1998 年 6 月 23 日于北京

夜　曲

那一晚风很大，我赶到灯市口一家音像制品商店已经很晚，生怕人家关门。

原来这家商店的门面很朴素，本来包子有肉关键里面有没有肉而不在褶儿上。

它正处闹市，四周店家都洗心革面装潢一新，逼得它也里外换装，辉煌的灯光辉映着堂皇的落地玻璃门，透明得能看得清店里面的肠胃。我推开玻璃门进去，立刻一阵悠扬的音乐声如春水荡漾，迎面的墙前的大屏幕电视里正播放着镭射影碟，一个胖胖的女歌唱家在引吭高歌，大概是莫扎特哪部歌剧里一个咏叹调，极其抒情委婉，百转千回，柔肠绕指。

令我奇怪的是，偌大的店铺里，除了正中央站着一个年轻姑娘，角落收银台旁坐着两个售货员之外，居然空无一人，就那么任那动情的音乐水银泻地般肆意流淌。我注意看了看，那姑娘身穿一件蓝色防寒服，与门外奔波在风中时髦的红男绿女鲜艳装束不太一样；长得也极其平常，属于那种没有什么特点极容易和一般女人混同的灰姑娘。她面朝着电视屏幕，神情专注，旁若无人，听得投入，仿佛格外感动，眸子里闪烁着异样的光彩。而那两位售货员一老一少、一男一女却面无表情，望着窗外，默默无语，大概总听这音乐，耳熟能详，磨起茧子，不感兴趣了。而那姑娘也毫无姿色可言，勾不起他们的秀色可餐的欲望。他们和那姑娘中间隔着许多摆放激光唱片的架子，琳琅满目的唱片如同色彩缤纷的灌木丛，遮挡住他们的面容，谁也看不见谁，便各不妨碍，你看你夜色中的街景，我听我荡气回肠的音乐。

新装修的这家商店，是里外两间，将里面原来做库房用的也来陈列唱片。我到里面去看唱片，不住地看表，毕竟已经到了人家快打烊的时候了。到了表的指针指向店家关门的时候了，外面的音乐还在尽情地荡漾，一点儿也没有人在催我离去的征兆。我自己倒先沉不住气了，要知道现在不少店家没到关门的时候早就像火车尚未到终点就提前开始收拾卧铺的铺位一样，催得你想赶紧逃走了事。售货员谁不想早点下班回家呀？尤其是在这样寒风刺骨的夜晚，家对于谁也是无法抗拒的诱惑，而自己的事已经天经地义地唯此为大。

我忙走出里屋，电视里的音乐还在响着，店中央那灰姑娘还站在那里听着，角落收银台旁的那一老一少一男一女售货员还在默默无语地待着。那一刻，仿佛只有音乐回荡，没有了夜晚，没有了寒风，没有了打烊……那一幅以这样美妙音乐作为背景的图画，是这样地恬静美好，让我涌起一种久违的情感，不禁格外感动。

就这样，一直到那首长长的咏叹调结束，音乐声戛然而止，屏幕上闪烁出雪花的斑点，那个姑娘才转过头来冲那两位售货员微微一笑，那两位售货员才站起身来，冲那姑娘也冲我微微一笑。我们走出玻璃大门，他们开始打烊关门。那姑娘很快消逝在夜色中，我走出老远回头一望，那家店铺里的灯光才一盏盏熄灭。

那一晚，风很大，音乐很美。

如果说漫长的一生是一首很长的交响乐，平凡的每一天、琐碎的每一件小事，我们都能是这样发自心底去做好，既为他人，也为自己——那么，就会时时、处处奏响这样美妙夜曲一样的旋律，哪怕这旋律很短小，却可以汇集成一生美妙无比的乐章，足以令我们回味无穷。

1997 年岁末于北京

布拉格的咖啡馆

在我看来，欧洲尤其是西欧城市最迷人之处，一是雕塑，一是咖啡馆，两样均是触目皆是，随处可见，点缀得城市仪态万方，风情万种。据说，仅巴黎一座城市就有上万个咖啡馆，许多名人和普通人一样，都是咖啡馆的座上客。而作家和艺术家更是咖啡馆的常客，雨果、司汤达、梅里美、普鲁斯特……可以数出无数作家的灵感是来自咖啡馆。

一般有机会到欧洲，我总要去咖啡馆坐坐，其实，我并不怎么喝咖啡。倒不是为了去附庸风雅，只是坐在咖啡馆里的感觉真的很舒服，难得片刻的闲适，让心清静一下，哪怕只是瞬间而逝的清静。

这次来到布拉格，事先对布拉格的了解太少，觉得一个东欧的小城，实在有些小瞧了它。谁想到它城市的建筑和布局非常西欧化，其中一个特点就是咖啡馆和欧洲的中小城市一样多。虽然赶不上巴黎的咖啡馆有上万个，但这里的咖啡馆和巴黎一样是遍布在街头，天暖和时桌椅摆放在户外，白天咖啡杯里融化着阳光，夜晚咖啡杯里搅拌着星星，还可以看街头红男绿女的穿梭往来，是一道带有古典韵味的街景。天冷时，人们到咖啡馆里，据说布拉格的冬天很冷，握一杯热气袅袅的浓咖啡，白雪红炉，相对而谈，是布拉格最好的享受。而且，在一般的街头咖啡馆里相当便宜，并不像我们这里将咖啡一下子贵族化。

布拉格的咖啡馆众多，尤其在老城和小城里，而且几乎每一个咖啡馆都有自己或动人或迷人的故事，咖啡馆像是一块腐殖质很多的肥沃的老田，能够滋生艺术的胚芽。了解这一切，再看不少作家的作品直接是从咖啡馆里汲取的灵感，甚至干脆是坐在咖啡馆里写出来的，就可以理解了。值得一提的是布拉格的老城和小城历史悠久，从那里磨得凹凸不平的石头路就可以看出来。那里的咖啡馆有的藏在这样石头铺地的小巷深处，阳光也像岁月一样有一种旧旧的感觉，挥洒在咖啡杯中，搅动得苍茫而厚重，让你能喝出别样的滋味。

有一次，曾做过捷克驻中国大使馆第一任文化参赞的何德理老先生，带我们到布拉格郊外拜访了中国的一位叫作丹纳的友人墓地后，开着他那辆老掉牙的拉达破车，心里都有许多话要说，但什么也说不出来，一任车子在布拉格的绵绵秋雨中颠簸，落叶和雨珠一起纷纷扑打在车窗前。就这样，他一直把我们拉到一个偏僻但格外宁静的教堂旁的一座咖啡馆，浓浓的热咖啡立刻令寒冷的雨消融。指着窗外的那个教堂，他告诉我并特意在我拿着的咖啡糖纸袋上写上了这个教堂的名字：克拉斯特教堂。他用并不怎么流利的中文告诉我们：这是十三世纪的建筑，小时候他就爱在这里玩，时光过去了这么久，它还巍巍健在，还是老样子。

我知道，这是老先生特意带我们到这里喝咖啡的，世界上有些东西，有些感情，是不会随着岁月的潮水冲淡、冲远的。

那一天，我们去金街看卡夫卡故居，路过一个叫作维拉卡拉的小咖啡馆，外表看来，并不起眼，紧靠道边，拥挤不堪。据说，这是哈维尔总统最钟爱的一个咖啡馆。当年，哈维尔未当总统，只是一个剧作家的时候，请朋友聚会聊天，就爱到这里来。现在，他依然爱光临这里。美国总统克林顿访问布拉格时，他就请克林顿到的这里，并且为克林顿吹萨克斯管，弄得这里更是名噪一时。可以想象，到咖啡馆里来，和到会议大厅的感觉是多么地不一样，即使是国家元首，到了咖啡馆，也会脱掉一些外衣，而不那么正襟危坐，回归更多凡人的状态。

这个咖啡馆的名字有意思，也有来历。维拉卡拉，在捷语中的意思是即将要当教堂的小教徒。捷克的一位作家 Doctor 杨翻译成我们中国话说“还没有出家的小和尚”，这让我想起汪曾祺先生的小说《受戒》里那个天真可爱的小和尚。据说，当时小咖啡馆刚建还没有名字，那时常有附近教堂里即将受戒的小和尚来这里吃饭，给这里带来一股清新而纯真的气息。久而久之，咖啡馆便用了这个名字，越发吸引人前来光临。

布拉格还有一个咖啡馆对我很有吸引力，是位于老城的老虎咖啡馆。这名字起得没来由，也没有维拉卡拉有韵味。但这是捷克本土上当代最富盛名的作家赫拉巴尔晚年常光临的地方。我来布拉格这一年的二月，赫拉巴尔刚刚去世，活了 83 岁。他的死很奇怪，是一天他到窗台去喂鸽子，突然跌下窗坠楼而死。布拉格的查理大学中文系的一个老师告诉我说他的死很像他自己小说中的人物，他其中一篇小说就是这样处理的人物之死。可惜我没看过这篇小说，只能揣测一些他为什么要和自己设计的小说中的人物一样的结局，这难道不是艺术的大忌吗？

想想，我倒是觉得他的死和我国的老作家徐迟先生的死有着某些的类似。究其更深一些的原因，大概要上溯到赫拉巴尔晚年妻子死后，这一点和徐迟的经历很相似，晚年丧偶，对他们的打击一样地重。赫拉巴尔常独自一人到这家老虎咖啡馆里饮酒或喝咖啡，一坐一个大半天，任谁也不理，只让酒精和咖啡因来麻木自己，排遣自己的忧愁和苦闷。几乎每一天都要喝得醉醺醺的方才回家。后来有好事的记者知道了，闻风而来，希望采访他，他却是一言不发，目光散乱了焦点，茫然不知望向何方。也有热情的读者知道，拿着他的著作请他签名，他有时会拿出他看过的报纸来，胡乱地在报纸上签名。有一次，哈维尔总统带克林顿总统到这里来吃饭，向他打招呼，他也不理。这样的日子过了两年，两年来他常常来这家老虎咖啡馆枯坐到醉到月色星光满头。两年之后，他坠楼而亡。

如果说城市是一本打开的书，咖啡馆即使成为不了这座城市历史风情的画卷中非凡醒目的扉页，也是一页不可或缺的插图，或古韵悠悠，或情致悠悠，成为这座城市的一个注脚。

1997 年 11 月记于布拉格

冷湖吟

这是我第三次来到冷湖。

一个地名，融和着青春和情感，便像一棵树有了生命的枝叶而渐渐将绿荫洒在你的心头、不时伸展着枝条向你呼唤一样，会牵动着你的思绪、神经，乃至脚步，冥冥之间禁不住地向它走去。世界上，有名有姓的地方很多，有山有水的地方很多，有名胜古迹的地方很多，有好吃好玩的地方也很多，但这样的地方并不多。冷湖，就是这样的一个地方。

1967 年，我唯一的弟弟，不到 17 岁，毅然决然地志愿报名，穿着我从百货大楼特意给他买的棉裤，顶着纷飞的大雪从北京来到了这里，当一名石油修井工人，一副天涯何处无芳草的劲头。他寄回家的第一张照片，头戴铝盔身穿厚厚的轧满方格的棉工作服，登上高高的石油井架，仿佛要摸着蓝天白云。他在信中告诉我的第一件事，是井喷抢险，原油如雨一样喷湿了他的全身，连里面的裤衩都浇得透透的。冷湖，就这样从那遥远的地方闯进了我的视线，变得含温带热，可触可摸，富于生命，富于情感，让我的心充满着牵挂、悬想和担心。说心里话，第一次我来到冷湖，全部的原因是为了弟弟。想想，幼年母逝，父又病故，仅有的一个弟弟，还在那样荒凉遥远的天尽头，心中不能不对那个陌生的地方弥漫起浓云一样的悬念。

1981年，我在中央戏剧学院读书的最后一年，学院组织我们毕业实习。那时，是金山先生当院长，开明得很。让我们自己选择地方，只要不出国，哪里都行。我毫不犹豫地选择了冷湖。我第一次认识了冷湖，它是那样地遥远，从北京坐了三天两夜的火车，到达甘肃的柳园，弟弟早早等在了那个沙漠中孤零零的小站接我。又坐上汽车奔波了250多公里，翻过祁连山和阿尔金山交界的当金山口进入柴达木盆地，再行驶130多公里才到达冷湖。这380公里蜿蜒而漫长，公路的四周是一眼望不到边的瀚海戈壁，除了星星点点的芨芨草、骆驼刺有些灰绿色外，黄色，黄色，扑入眼帘的便都是起伏连绵平铺天边的沙丘单调的黄色。冷湖，是在这无边黄色沙丘包围中的一个小镇。它让我感到荒凉和荒凉中的神奇，刚进入这个小镇，给我一种不真实的感觉，让我觉得像是童话中的城镇，或者是月球上的什么地方，那一幢幢房子像是突然从沙丘上长出来的奇特的植物，它们与四周那一片浩瀚的戈壁滩太不协调，太不对称。

那一次，我在冷湖住了一个半月。在那一个半月中，我常常想并努力探明是什么力量能在这样一片荒沙戈壁上建起了一座虽然不大却朝气蓬勃的城市呢？

那一次，我到了冷湖的许多地方，可以说跑遍了冷湖的角角落落。我首先来到了被称之为冷湖这个地名的发源地，那是一片远远没有青海湖大，也赶不上苏干湖和尕斯库勒湖宽阔的高原湖，是阿尔金山的千年积雪融化流下来而形成的湖泊。我去的时候是初秋，正是好季节，湖水很清，很静，静得像一面镜子，湖面上飘浮着蓝天白云，而将一湖清新的绿都沉淀在了湖底。谁也不知道这片湖水在柴达木沉睡有多少年，一直到了1956年，新中国的第一批女子勘探队闯进了柴达木，勘探到了这里，才发现了它。只不过她们发现它的时候，赶上的是数九寒冬，风沙呼啸，湖水给予她们的是凛冽，她们便给它起了这样一个写实并且有些情绪化的名字：冷湖。这个名字冷冰冰的，多少有些不吉利，谁想到，第三年，1958 年 9 月 13 日，就在它旁边不远的地方五号构造区的地中四井喷油了，喷的冲天的黑色油柱让人们没有料到，喷得井架四周不一会儿便成了一片汪洋油海，飞来的野鸭子误以为这里是冷湖呢，纷纷落下来，就被油粘住再也飞不起来了。地中四井是柴达木打出的第一口油井，年产量 32 万吨，现在看来并不多，但在当时石油年产量只有百万吨的中国来说，贡献是极大的。青海石油局浩浩荡荡地迁到了这里，给这里起个地名吧，冷湖就这样第一次画在祖国的版图上！冷湖，就是这样才渐渐平地起高楼，在一片荒沙戈壁上建设起来了，石油局的职工家属从全国各地拥来，最多时达到了六万多人，最多的井架达到了 1011 个，其中 726 口井出了油。说那时井架林立，炊烟缭绕，人气大振，生气勃勃，冷湖再不是寒冷袭人的湖，而是一片沸腾的油海，并不夸张。你不能不感慨大自然的神奇，它对人有着这样大的诱惑和感召力；你不能不感慨人的力量是多么地伟大，人可以改造大自然，让沧海变桑田，让戈壁变家园。同时，你也不能不感慨石油的力量更是多么地伟大，它是现代化人类赖以生存的黑色血液，便燃烧起全球范围内人类的生命欲望、力量和对地球深处无穷奥秘的想象力。可以说，冷湖是新中国建设初期生产力和生产关系以及国家与人的精神风貌的一面旗帜，一种象征。

第二次，我来到冷湖是 12 年前，冷湖正处于它生命的二度青春期，又一次大的发展或者说机遇正迎面扑来。我感受到戈壁的风柔和了许多，冷湖的水也涟漪荡漾，湖边的青草茂密，放羊的维吾尔族人大老远地从盆地之外跑过来在湖边扎了白色的帐篷。冷湖镇新修的大道格外宽敞轩豁，新建的百货大楼人来人往，走在大街上，还常常能碰见蓝眼睛的外国人，冲你说着半生不熟的中国话。因为我国的石油部和美国的“佩特雷”地球资源公司，签订了柴达木盆地中美合作的地震勘测合同，一下子，大洋两岸的工人和技术人员会集在这里，四海涌浪，八面来风，冷湖出现了从来没有过的沸腾。银色的法国“拉玛”直升机，红色的美国“万国”钻机车，浅灰色的日本“丰田”越野车……在冷湖的天上地上飞翔奔驰，衬以中美两国的国旗的飘扬，让冷湖拥有着罕见的色彩缤纷。尤其引人注目的是宽阔的飞机场和乳白色的现代化电子计算中心的建筑，外国俏姑娘般那样玲珑剔透，亭亭玉立，别出心裁，绝对是冷湖从来没有见过的，给冷湖增添了新的韵味。每一天在柴达木进行的地震勘测数据，都要在这里汇总、计算出来，可以说，这里在计算着并预测着柴达木的未来。冷湖的大道上，时时听得到隆隆轰鸣的车声，看得到脚步匆匆的工人，哪里像是在一个缺氧三分之一的荒凉戈壁滩上！冷湖，壮汉一样踏响着铿锵有力的步伐，鼓胀着风帆扬起的胸膛，让你不由得不为它的未来而充满憧憬……

弹指之间，岁月如流，人生如流，16年过去了。鬼使神差，想不到现在我竟第三次向冷湖走来。别人劝我，冷湖这次可以不要去了，石油局早在5年前就撤离了冷湖，6万多职工家属都搬到了柴达木盆地之外的敦煌，你弟弟也早调离开了冷湖回到了北京，冷湖已不是你前两次来看到的样子了。可是，我还是坚持要翻过当金山口去看一看冷湖。

古阳关、阿克赛小镇、当金山口、苏干湖……一一那样熟悉地掠过，和16年前、和12年前并没有什么两样。可是当车子开到冷湖，我明明知道它会变化，已经有了这样的思想准备，但当冷湖真的出现在我的面前，我还是止不住惊讶万分：面目皆非！它和前两次来见到的情景竟是如此地面目皆非。时间过去得并不快呀，而它的变化却是这样地快！我找到当年我住过的石油局的总调度室，找到当年我讲过课的石油报社大楼，找到弟弟当年井架高高矗立的井队，找到弟弟结婚后的新家，找到我曾经采访过的医院、学校、钻井处、研究院……竟然到处是一片废墟，人去屋空，断壁残垣，满目凋零。曾经熙熙攘攘的冷湖大道两旁，除了镇上的和石油局留守处的办公楼以及几个小饭馆之外，只看见几个小孩像沙鸡一样寂寞单调地蹦蹦跳跳，没有一个人，宽阔清静得让人的心发凉，本来就是处于荒凉的戈壁，便显得更加荒凉。

从理性上，我懂得建设同战争是有着相似的道理的，尤其是在这亘古无人的荒凉的戈壁滩上建设，同进攻是一样的，进攻必须，撤退也同样必须。柴达木的地震勘测已经结束，冷湖地区的油井基本开采完毕，而柴达木的石油开发的战略转移已经到了冷湖西部 310 多公里的花土沟构造地带，再将那样庞大的人员聚集在冷湖已经没有必要。况且，从更深一步我也理解，将 6 万职工家属撤离开海拔 3000 米缺氧三分之一的艰苦遥远的冷湖，是现在我们经济力量充足的表现，是对人的关心的表示，是历史和时代的进步，是和世界其他发达国家开采石油的技术管理接轨的表示。（发达国家石油工人一般生活基地都在油田之外，工作时再乘飞机或汽车进去，工作一段时间再出来回基地或疗养地生活。）因此，不必为冷湖现在的荒芜而伤感。冷湖，像一片收割完庄稼只剩下裸露着光秃秃土地的田野，像一泓流淌尽水珠只剩下干枯石壁、水槽和闸门的水库，又像是一个人，从青年走到老年，完成了人生的使命。它以前走的是沧桑、是辉煌，它现在走的应该是属于悲壮。

可是，我多少还是有些为它伤感。如果从50年代初期算起到现在，不过才40多个年头。一个曾经那样轰轰烈烈的城镇，就这样像一个搬空了道具和布景的舞台，像一株凋零了枝叶和花朵的大树，像一座陨落了星星和云彩的星空。

这不是旧地重游，不是旧梦重温，亦不是来感慨草谢荣于春木怨落于秋的。人事有代谢，往来成古今，我知道，历史就是这样在我们手中创造，又从我们的手中流走的。在苍茫的历史中，一座城、一个人都只是沧海一粟。我再一次来到了冷湖，戈壁初夏的风猛烈地吹着，紫外线强烈的阳光热辣辣地洒在头顶，无遮无拦地尽情流淌在冷湖的每一个地方。风和阳光就是我的向导，静悄悄地流淌在前面引我走进冷湖的每一个地方。走在没人再做维修已经颠簸不平沙砾四起的道路上，我的心我的脚步便不那么轻松，多少有些沉重，像是走进历史的每一个角落，像是拨响着冷湖的也是我自己情感的每一根琴弦。

我走到地中四井，原来站在这里可以望到四周的井架星罗棋布，沙场秋点兵一样壮观。现在，放眼四周是一片望不到边的荒沙，没有了大漠孤烟，没有了长河落日，也没有了那壮观的井架。井口还在，但已经塞满了沙砾。旁边矗立着纪念它的纪念碑，上面雕刻着“英雄地中四，美名天下扬”和“东风浩荡时，油龙逐浪飞”的字样，只是东风的“风”字被风吹掉了，戈壁滩上无情的风到底要比碑上的字厉害。但是，实在应该有这样一座纪念碑，它不仅记载着一段不会被风湮没的历史，而且会让后人懂得没有这里的地中四井，便没有冷湖的存在。它是冷湖的开始，像一个字有力的第一笔。冷湖，就是靠它冲天油浪的洗礼才如婴儿一样诞生的。

我走到烈士陵园。它坐落在起伏的沙丘上，沙子已经掩埋了坟茔的一部分，有的坟前的墓碑已经残缺凋落，有的墓碑里镶嵌的烈士的照片已经被风沙吞噬。这里有我许多熟悉和不熟悉的人，我前两次来冷湖都有人向我讲述他们的故事，并带我来向他们拜谒。为了冷湖，为了柴达木，他们把生命祭献在了这里。前两次来，我献上的只是芨芨草，这一次，我特意带来了花圈。我看到早我之前这里已经有花圈了，白花被风沙吹落埋在沙土中，但毕竟有人来过，人们撤离了这里，但没有忘记他们。望着埋在沙土中的那一朵朵小白花，我很感动。无论是战争，还是建设，都会有牺牲的，而且那牺牲有的是必要的，有的是无谓的，有的是无奈的。无论哪一种牺牲，也许因时代的久远而隔膜，作为后来人可能难以理解，却不能不对牺牲者表示由衷的崇敬。

在这座陵园中，我可以举出许多这样值得让我们后来人崇敬的牺牲者。石油部新中国第一任总地质师陈贲，莫名其妙被打成右派，发配到这里来劳动改造。他没有被压垮，相反积极参与了这里的勘探开发，参与了冷湖地中四井的发现工作，坚持着实践着并应验着他的曾经被批判的“侏罗纪”的地质理论。以至整他的人来到冷湖，也不得不对他另眼相看，找他来谈谈，想给他也给自己一个台阶。他却义正词严地说没什么好谈的，甩手而去，得罪了人家，为此迎接他的命运是紧接着连降两级，仍不改悔自己做人“宁做刚直的栋，不做弯腰的钩”的原则。这样一个对新中国石油事业有着卓越贡献的地质师，在“文化大革命”中冤死在冷湖，他忍受不了非人的批斗，选择了自杀也要留下自己刚正不阿的身影。

我还可以举出石油部另一位总地质师，叫黄先训，他比陈贲的命运要好，赶上了拨乱反正的好时机，将自己头顶的右派和反革命的帽子摘了下来。改正之后，他唯一的要求是到柴达木盆地来一趟。作为总地质师，他跑遍了全国所有的油田，唯独没有来过青海油田。谁想到常年右派的非人生活把他的身体弄得糟透了，已经买好了去青海的火车票，却突然一病不起，查出是癌症晚期。临终之时，他摇着苍老瘦弱的手臂要求将他的尸体埋藏在冷湖这座沙丘之上。

我还可以举出柴达木 1955 年第一支女子勘探队的队员张秀珍，她在敦煌去世，临终时要求也是埋葬在冷湖。她的丈夫陈自维，是 1954 年第一批进柴达木的勘探队的队长，妻子死后五年在华北油田病重之中要求死后和妻子合葬在一起，也埋在冷湖……

我还可以举出许许多多的这样的人来，他们对冷湖一往情深，他们对冷湖义无反顾；冷湖因他们而碧血凝重，因他们而浩气长存，因他们而有了高昂的头颅，因他们而有了深沉的主题。现在，石油局的人们都撤离了冷湖，但他们留在了这里，永远留在了这里。他们和冷湖永远同在！

我走到了我弟弟曾经住过的房子，房子里已经是一片废墟，他的两个孩子都出生在这里，可惜第一个孩子因高原缺氧早夭了。我也走到了弟弟曾经工作过的井队，井架已经废弃了，像个木乃伊。弟弟前不久曾经来到了这里，在一片废砖乱瓦中，见到自己当年戴过的铝盔，铝盔曾经在井架出现事故卡瓦飞落下来时保护了他的性命，铝盔上还有当年卡瓦砸下的深深伤痕。弟弟告诉我，他望着铝盔如同和患难的朋友相逢，忍不住落下了眼泪。

我走到了医院。住在冷湖的那些日子里，我到那里看过病，也到那里采访过一个叫曹淑英的北京人，她和我同龄，和我弟弟一样，同她的男朋友刘延德一起自愿报名到的这里。刘只是私下对江青一伙人表示过不满被打成反革命，他们本来是定下在这一年的五一节结婚的，刘被揪出来时离五一节还有两个月，他要在冷湖被游斗一圈，然后送到劳改农场劳改。游斗他的大卡车向曹淑英工作的医院开来，我知道那前面要上一个土坡，他当时想了，如果上了这个土坡在医院门口看见了曹淑英，他就一头栽到车轮底下不活了。他幸好没有见到她。他忍受了四年德令哈监狱非人的日子，提前一年释放，监外执行四年（这是一个让人啼笑皆非的判定），他乘着一辆便车星夜兼程又忐忑不安地回到了冷湖，去找曹淑英。他不知道迎接他的会是什么样的命运，四年未见，曹淑英会不会早已经另嫁他人？谁想到，曹淑英一直苦苦等待，为此付出的代价是被开除了党籍，调离了医院，到制碘车间和有毒的东西打交道。意外的相逢，让他们执手相看无语凝噎。曹淑英不管他是不是监外劳改的犯人，毅然和他立刻结婚。新婚之夜，她看到他浑身的伤痕和他手腕上镣铐留下的深深的凹槽，禁不住痛哭失声。那一次，听到他们这样的讲述，我也落下了眼泪。

如今，他们都不在这里了，这里给他们太多痛苦的回忆。记得上次来，我和他们一起在冷湖大道旁一个名叫南北饭馆里碰杯畅饮，饭后走在冷湖灿烂而低沉的星空下面，风在耳边尽情吹拂，我们什么话也没有说，就那样静静地走着。这一次，只有我一个人静静地走在冷湖寂静无人的大道上了。

我走到研究院，这里原来建得就质量很好，一色的红砖房，现在依然整齐有序，没有太多的毁坏。但由于没有人住，寂寥得很，显得有些凄凉。我第一次来这里时，这片房子刚刚建成不久，那一天夜晚，我采访研究院的龚德尊和黄治中夫妇，他们都是 50 年代初从石油学院毕业自愿到柴达木来的知识分子。一个爱拉小提琴，一个爱唱歌，活活泼泼的一对。音乐传情，小提琴是连接起他们之间爱情的红丝线。1958 年，一场噩运袭来，反右运动已经结束，但石油局右派名额不够，即使黄治中在运动中一句话未说，也被定一个骨子里就反党，把他补充成右派，抓进监狱。让龚德尊交代他的反党罪行，她没有交代，被开除公职遣返四川老家。一对棒打鸳鸯，从此悲欢离合一杯酒，南北东西万里程，一直到21年之后，两个人都被落实政策重回冷湖，在招待所里不期而遇，不幸的是艰辛的遭遇和岁月的无情，两人都已垂垂老矣。龚已结婚又离婚带着一个孩子，黄却是孤身一人依然苦苦等待着她。是小提琴悠扬又带有幽怨的琴声，将漂泊分离的心又连接在一起。我到他们家那一次，他们刚刚结婚不久，他们很高兴他们即使遭受苦难重重毕竟鸳梦重温。他们拿出相册给我看，那里保存着他们年轻时到柴达木的照片，青春的姿影让我感慨岁月的流逝和苍老。黄还拿出他在劳改艰辛时光里自己动手做的小提琴，拉响琴声给我听，如怨如诉，我能听到历史遥远而苍凉的回声。那一天深夜，从他们的新房走出来，由于狂风大作，也由于我沉浸在他们讲述的往事之中而走了神，跋涉在戈壁滩的沙窝子里，我迷了路。

如今，我又来到这里，而他们已经不在了，龚死于一场煤气中毒。黄以后再婚，但前些年又离婚。他似乎依然情系于龚，毕竟是年轻时又是患难之中的爱情。黄带着龚的孩子退休回贵州老家了。我无法再听到他哀婉而情深的琴声了。也许，知音者已逝，弦断与谁听？那把艰辛岁月里亲手制造的小提琴已经尘埋网封，只回响在遥远的回忆里了。

我又来到石油局中学，在学校门前的一片空场上，原来曾经种着一大片上百棵白杨树。那是一片不同寻常的白杨树。1970年前，这片空场只是一片戈壁滩。学生们到了冬天用水把它浇成宽阔的溜冰场，是它唯一的用场。也曾有一年的春天在它的四周栽上一圈白杨树的小树苗，但在干旱缺水的戈壁滩都枯死了，便没有人再管它们了。这一年，也就是1970年的夏天，一个叫陈炎可的男人来到了这片空场上，面对这片枯萎得像标本的白杨树苗。他被委派的任务是给这片早已经枯死的树苗浇水。这不是当时人们对树苗的关心，而是对他的惩罚。原因很简单，他是当时的“现行反革命”，在被监督劳动改造，除了要给学校扫厕所、喂猪、修桌椅……再添上给死树苗浇水，总之不能让他闲着。

他是广州人，21岁就自愿到这里当一名老师，却被无端打成了“现行反革命”。面对着这一片枯死的树苗，像面对着自己枯死的心，真有几分同命相连的象征意味。干完了所有要干的活，就到了晚上，挖好壕沟，接通学校里面的水源，让水流到这片树苗的地方，他计算好了时间大约要半小时，这段时间他才可以回去稍作喘息。半小时过后再回来，如果水未放满，他便打着手电接着放水。本来就是无用功，他和树都无动于衷，完全是一种机械作业。就在这时候，他读起了外语，也许这就是一份冥冥中的缘分，将他和树和外语一下子迅速地连接起来。他只是觉得和枯树苗天天夜晚相对实在无聊，为打发时间拿起了外语——是一本英文版的毛主席语录。谁想到大漠冷月，枯树孤魂，一一在清水中流淌起来了，奇迹便也在这清水中出现了。一个夏天和秋天过去了，他忽然发现那枯树苗的树根居然湿漉漉有了生机。他赶紧在入冬前给树苗浇了封冻水，他忽然对这片树苗对自己荡漾起了信心。

四年过去了，浇了四年的水，读了四年的外语。日子像凝结住了一样，仿佛只成了一片空白。忽然有一天，他在水沟边读的外语在一辆德国奔驰车出现故障翻出外语说明书谁也看不懂的时候派上了用场，他的“现行反革命”的帽子被莫名其妙地戴上，这一次又莫名其妙地被摘下，他被调到局里当翻译。就在这一年的春天，他浇灌的那一片树苗终于绽开了生命的绿叶。在冷湖，在方圆几百里一直被黄色统治的戈壁滩，这是第一抹新绿。

那年前，我到冷湖见到陈炎可的时候，他已经50岁了。他带我到学校前看那片白杨树。正是夏天，上百棵白杨绿荫蒙蒙，阔大的绿叶迎风飒飒细语。他告诉我这里已经成了石油局的公园，晚上或假日，人们常到这里来。如今，12年过去了，空荡荡的学校门前，上百棵的白杨树只剩下了一二十棵，一半已经枯死，但幸好还有一半绿油油地活着。有好心人不顾路途遥远将水引了过来，汩汩的清水正从我的脚下流淌，流进那片白杨树林。可惜，我没能看到陈炎可。他已经退休回广州了。他把这片白杨树留在这里，在四周一片漫漫戈壁荒沙中，白杨树绿得格外明心醒目。

冷湖！我再次向你走来，你就是以这样的面貌，以这样一多半树木的枯死却让哪怕硕果仅存的几棵树木仍然坚持绿着的面貌，硬朗朗的雕刻般的线条，展现在、突兀在我的面前，像一位经历了世事沧桑和人生况味的老人，默默无语地立在戈壁的萧萧风中，立在戈壁血红的残阳里。

我默默地想着这一切，说不出一种什么样的感情。我心里不希望你是这个样子的，但你已经是这个样子了。你变成这个样子，是历史的选择，是历史的必然，是时代的进步，是石油事业的发展，是石油工人的幸福……这一切，我是明明白白地懂得，我知道有发展就必须有牺牲，历史在飞速发展的过程中，有时对一些牺牲包括人包括地方是忽略不计的，就像是一辆飞速前进的列车，即使路旁的湖水、树木或山峦的景色再美好，车子在前进，那景色也只好甩在车窗之后了，只可以留下一段美好回忆，却无法把那一切带到车厢里来。但我还是希望如果能把这一切带进车厢里来该多好！

冷湖，也许，有一天你就这样地从地图上消失，就像当年突然屹立在地图上一样。但你在柴达木发展的历史中起到的作用，立下的功绩，会让许多人记起。会的，我坚信，因为我知道除了成千上万的石油地质大军曾经在这里风云际会过，还有许多和我一样拿起笔记录过你的历史的人，也曾经来过这里。仅我知道的就有李季、李若冰、徐迟、朱春雨、周明、陈村。在我刚刚看到的徐迟的遗作《江南小镇》续集《在共和国最初的岁月里》，他这样描述着 40 年前的冷湖："冷湖，新城市一座，已经定出规划来，东西街道规划了五条，南北的街道三条，都是 50 来公尺宽的。冷湖市将有八平方公里面积。什么都要有，一应俱全。"他同时还为冷湖写了一首热情澎湃的诗："藏于柴达木地下穹隆的，是无数的石油构造，它将喷射一道道喷泉，喷出无比绚丽的彩虹。明天，炼油厂、石油城，将把盆地上空照得通红。"

那一年，徐迟是在冷湖度过的中秋之夜。他和石油工人在帐篷里一起开了联欢舞会，他买了月饼和哈密瓜，他喝了酒祝了辞，还唱了两个云南小调。然后他到帐篷外面月光下面散步。这样写道："一个冷湖的中秋舞会在戈壁沙滩上进行着。在冷湖的高空上面，是一个从来没有见过的最大的月亮。"事过 40 年，他依然是如此怀念，他在他的这部最后的著作中深情写道："事隔多年之后，回想起来，这戈壁上的中秋之夜太美了，仍然神往不已，我们冷湖舞会上的月亮，仿佛就在头顶上高挂的一盏灯。月华如水，装满周围的山，又从山谷湖的边缘上，一如水银泻地似的，尽情往外溢出……"

徐迟对冷湖夜色的描写，让我不禁想到李若冰对冷湖夜色的另一番描写："冷湖之夜，确实美极了。当你走出帐房，在探区走着的时候，天上布满了星座，大地上布满了星塔。天上地上，星星相互辉映，连成一片，组成一幅奇异绚丽的夜景……我觉得出现在大戈壁滩上的冷湖的星塔，是特别壮丽的，迷人的。冷湖的星塔，在我的记忆里永远光明，难以忘却……”

是的，曾经发生过的和经历过的一切，都将永远难以被人们忘却！

在这世界上，有的城市在地图上消失了，是因为战争，比如特洛伊；有的城市在地图上消失了，是因为灾害，比如庞贝；如果冷湖有一天也在地图上消失了，那它是因为前进，是因为发展。

但是，不管它在地图上消失不消失，它永远存活在人们难以忘却的记忆里。这样一座城市，是有感情的，这就够了，它会觉得欣慰！

冷湖！

1997 年 8 月于冷湖归来

林荫路

世上的路有许多。平坦的大道、花开的小路、鹅卵石铺就的曲径、霓虹灯闪烁的商街……都无法与林荫路相比。

林荫路，阳光被树叶滤过是绿色的；月光被树叶吹拂是摇曳的；风吹进来，夹有树木和泥土的清新；而且，还会有鸟鸣，啁啾的歌唱，和林子一起遮挡住人世的喧嚣和纷扰。

林荫路，是大自然为繁华却也嘈杂的城市专门创造的清洗带。

常想起林荫路。因为我们城市的高楼大厦和立交桥建得越来越豪华，却越来越忽略建设或有意无意破坏这样的林荫路。

林荫路，便越发让人向往。能在这样幽静而没有市声沸腾的林荫路上散步，已经是我们一个过于奢侈的梦。

达尔文晚年居住的汤恩家旁，有一条林荫路，两边长满茂密的印章树、桦树、黄杨和橡树，浓荫匝地，清新宜人。这条林荫路，被达尔文自己称之为“散步道”，他每日都要走上好几个来回，背后跟着他那条叫波里的忠实的狗。这时的达尔文充满童趣，他要在林荫路上堆起一堆石子，每走一次踢走一块石子，一直到走累为止。如果孩子们在时（达尔文曾有 6 男 4 女 10 个孩子），他会和孩子们一起玩耍，解答孩子们提出的问题，林荫路上飘散着欢快的笑声。如果是他独自一人，他通常要观察这里的鸟和小动物，小松鼠会毫不犹豫地跳到他的身上，急得树上的母松鼠吱吱乱叫。有时候，达尔文还能看见狐狸倚在树下打盹儿，林荫路上弥漫着童话的色彩。

卢梭晚年虽然孤独凄清，巴黎郊外的林荫路却曾陪伴他 8 年的时间，他经常在林荫路上散步。罗曼·罗兰说他是“像一只衰老的、悲鸣的夜莺在寂寥的林中发出低低的奏唱”。林荫路，给他安慰，让他缅怀，令他沉思绵绵、遐想悠悠。如果没有林荫路上的散步，他不会写下那本有名的《一个孤独的散步者的遐思》，他悲鸣的奏唱也变不成深邃的文字。

林荫路，给了卢梭人们所不能给予他的欢乐，还在于他能够在林荫路上，或通过林荫路到附近的田野和树林中采集到他晚年钟爱的标本。这样植物标本的采集，这样林荫路与生命的追随，一直到卢梭逝世为止。在上述的那本书中，他曾这样写道：“1776 年 10 月 24 日星期四，午饭后，我沿着林荫路径直走到谢曼韦街……”他意外发现了极为罕见的开着黄花的毛莲菜、镰叶柴胡和开着白花的水生卷耳草，他竟独自一人“在那儿乐了好一阵子”。还是在这本书中，他写道：“我只有在忘掉自己时才更韵味无穷地进行默思和遐想，并感到那莫可名状的欣悦和陶醉，可以说，我融化到万物的体系之中，与整个大自然浑然一体了。”

达尔文的“散步道”，我没有去过，只能想象着它的幽深和静谧。巴黎的郊外，我是去过的，那宽阔而浓郁的林荫道，确实令人神往，不知哪一片是当年卢梭曾经漫步的林荫路？那一条条林荫路，一直通向芬芳的原野和遥远的地平线。真希望能够也踏上去，寻找回那种感情、沉思和遐想。想想，有些伤感，恐怕那只是一个早已逝去或遥不可及的梦了。

不过，再想想，也并不全是。只要有树，只要有路，它们婚配在一起，林荫路就不会消失，就不会总被达尔文和卢梭一人独享。

如今，还能够找到达尔文和卢梭这样美妙的林荫路吗？还能够看得到小松鼠和红狐狸吗？还能够看得到毛莲菜和卷耳草吗？还能够找到那种弥漫的童话的色彩吗？还能够找到那种与大自然浑然一体的感觉吗？

那一年春天在青岛八大关，一条林荫路上樱花如雪盛开，林荫路上能静得听见花瓣落地的声音。一对新郎新娘，正向林荫路深处走去，突然，新郎一把抱起新娘，林荫路送他们一树树花影摇曳，路的尽头就是大海。还有什么地方比在这里举行婚礼更动人的呢？这里每棵树都是他们的伴郎和伴娘，这里的每朵花都为他们祝福祈愿。

那一年夏天，我到西班牙的巴塞罗那，在蒙椎克山上，我遇到一群唱歌的孩子，其中一个女孩子拉着手风琴，其他孩子尽情地唱，旁若无人，摇头摆尾，像一群快乐的小鸟。林荫路上，几乎没有什么人，静悄悄的，绿荫浓得像一潭深深的湖水。这群孩子不为什么人而唱，也不是为找个安静的地方来排练。我不知道他们为什么非要跑到林荫路上来唱，但还有什么别的地方比这里更让人感动的呢？盘山道通向山顶，浓荫滴下回声，我虽然听不懂一句歌词，却被他们的歌声感动，悄悄地绕开他们走去，不忍心惊动他们。

如果说林荫路能够给予我们童话般的色彩，以及与大自然浑然一体的感觉，青岛和巴塞罗那的林荫路，恐怕就是这样的吧。这样漂亮的林荫路，如今还能够找得到吗？

1995 年国庆节前夕于北京

丁香结

我家原来住的大院里，曾经有两株丁香，一株开白花，一株开紫花。丁香花香很浓，每年春天大院里都弥漫着浓郁的花香。它们陪伴我度过整个童年和少年，在两株丁香树的枝丫间挂一条我们从家里偷出来的床单做幕布，演出可笑透顶的节目，让斑驳的丁香花影洒在身上，是我们童年最快乐的事了。

这两株丁香是我们大院的替罪羊，“文化大革命”刚一开始，红卫兵首先看它们不顺眼，说养花是“封、资、修”，要种应该种果树可以为人民结果吃，便毫不留情地把它们给砍倒了。这是30年前夏天的事，第二年春天，大院里再没有了浓郁的丁香花香飘散，大院的人们或忙于革命或忙于被革命，谁也没注意院子里少了两株丁香，仿佛它们并不是两个生命。人是极容易忘恩负义的，就那样忘掉了曾经给予全院花香和欢乐的丁香树。更为可怕的是因为砍倒了丁香树，大院腾出了一个宽阔的空场，当时流行的批斗会就在这儿进行，批斗对象有我们大院的也有别处的所谓“牛鬼蛇神”，人们愤怒高举的手臂代替了原来丁香树的树枝。

老实地讲，我也是大院这些忘恩负义人之一，那一年的春天，我同样彻底地忘却了那两株丁香，并跟着人们一起在原来丁香树下挥动虔诚的语录和讨伐的手臂，直到有一天在这个地方站着弯腰低头的父亲接受批斗。

那一天清早，在大院门口的墙上先看见贴着揭发父亲的大字报，父亲参加过国民党，大院里也似乎没有什么人可批斗的了，就拉他出来陪斗。批斗会在下午进行，红卫兵们要我参加，以表示我划清界限的立场。可上午我就离开了大院，我不忍心看年老多病的父亲去弯腰低头，更知道我自己完了，在大院里再也抬不起头。一下子，我的心千疮百孔，四下飘散，无根无着。现在想来，其实我是胆小又有些自私，彻底悲观，只觉得眼前一片黯淡无光。

那一天，我无处可去，想找个同学诉说一下苦闷又不敢找，开始像漂泊的云彩一样在大街上游荡，后来坐上公共汽车索性从这头坐到那头，打发落寞难挨的时间，盼望天快些黑下来，大院的批斗会早些结束，趁着夜幕落下的时分再回家，走进大院不会被人看见。汽车来回地坐，被售票员发现，奇怪而警惕地不住打量我，弄得我不敢再坐同一路的汽车，换着路线坐，眼前一派迷茫，车窗外的街景只变幻成闪烁的光点，什么也看不清了。

黄昏到来的时候，我在一辆 5 路汽车上，看见一个小姑娘手里拿着一枝紫丁香花，小姑娘也就四五岁，依偎在一个年轻妈妈的怀里。她和她手中的丁香花突然让我的眼睛一亮，那个时候，花成为资产阶级的象征，这个小姑娘居然还敢手里拿着丁香花，旁若无人地在公共汽车上大摇大摆地张扬。我记得很清楚，即使近 30 年过去了，依然清晰如昨，是 5 路汽车，那时 5 路汽车终点站在广安门，广安门外是一片农村，小姑娘手里的丁香一定是郊外农村摘来的，那一枝紫丁香花在颠簸的公共汽车上摇曳，浓郁的花香弥漫整个车厢……

我的板结的心一下子被这丁香花香熏得柔软了许多。我忽然觉得自己还不如这个小姑娘勇敢坚强。我也忽然想起大院里已经被我遗忘的那两株丁香，如果不被砍也该开花了，将浓郁的花香飘散全院了。车到前门时，我下了车回家了。那时，夜幕没有降临，大院里正炊烟缭绕，要做晚饭了。

我常常想起那个小姑娘和她手里的那枝紫丁香，是她在我最软弱的时候让我坚强了一些，让我相信美是可以被摧残却是毁灭不掉的。

1992 年 3 月 6 日于北京

孤独的普希金

来上海许多次，没有去岳阳路看过一次普希金的铜像。忙或懒，都是托词，只能说对普希金缺乏虔诚。对比南京路、淮海路，这里似乎可去可不去。

这次来上海，住在复兴中路，与岳阳路只一步之遥。推窗望去，普希金的铜像尽收眼底。大概是缘分，非让我在这个美好而难忘的季节与普希金相逢，心中便涌出普希金许多明丽的诗句，春水一般荡漾。

其实，大多上海人对他冷漠得很，匆匆忙忙从他身旁川流不息地上班、下班，看都不看他一眼，好像他不过是身旁的水泥电杆一样。提起他来，甚至说不出他哪怕一句短短的诗。

普希金离人们太遥远了。于是，人们绕过他，到前面不远的静安寺买时髦的衣装，到旁边的教育会堂舞厅跳舞，到身后的酒吧间捧起高脚酒杯……

当晚，我和朋友去拜谒普希金。铜像四周竟然了无一人，散步的、谈情说爱的，都不愿到这里来。月光如水，清冷地洒在普希金的头顶。由于石砌的底座过高，普希金的头像显得有些小。我想，更不会有人痴情而耐心地抬酸了脖颈，如我们一样仰视普希金那一双忧郁的眼睛了。

此时，教育会堂舞厅中音乐四起，爵士鼓响得惊心动魄。红男绿女进进出出，缠绵得像糖稀软成一团，偏偏没有人向普希金瞥一眼。

我很替普希金难过。我想起曾经去过的莫斯科普希金广场，在普希金铜像旁，即便是雨雪飘飞的日子，也会有人凭吊。那一年我去时，正淅淅沥沥下着雨，铜像下依然摆满鲜花，花朵上沾满雨珠，宛若凄清的泪水。有人在悄悄背诵着普希金的诗句，那诗句也如同沾上雨珠，无比温馨湿润，让人沉浸在一种美好的意境中。

而这一夜晚，没有雨丝、没有鲜花，普希金铜像下，只有我和朋友两人。普希金只属于我们。

第二天白天，我特意注意这里，除了几位老人打拳，几个小孩玩耍，没有人注意普希金。铜像孤零零地立在格外灿烂的阳光下。

朋友告诉我，这尊塑像已是第三次塑造了。第一尊毁于日军侵华的战火中，第二尊毁于我们自己手中。莫斯科的普希金青铜塑像屹立在那里半个多世纪安然无恙，我们的普希金铜像却在短短的时间内连遭两次劫难。

在普希金铜像附近住着一位老翻译家，一辈子专门翻译普希金、莱蒙托夫的诗作，在“文化大革命”中目睹普希金的铜像被红卫兵用绳子拉倒，内心的震动不亚于一场地震。曾有人劝他搬家，避免触目伤怀，老人却一直坚持守在普希金的身旁，度过他的残烛之年。

老翻译家或许能给这尊孤独的普希金像些许安慰。许多人忘记了当初是如何用自己的手毁掉了美好的事物，当然便不会珍惜美好的失而复得。而年轻人漠视那段悲惨的历史，只沉浸在金庸或琼瑶的故事书里，哪里会有老翻译家那份浓厚的情怀，涌动老翻译家那般刻骨铭心的思绪？据说残酷的沙皇读了普希金的诗还曾讲过这样的话:“谢谢普希金,他的诗感发了善良的感情!”而我们却不容忍普希金,不是把他推倒,便是把他孤零零地抛在街头。

我忽然想起普希金曾经对于春天的诅咒——

啊,春天,春天,
你的出现对我是多么沉重,
……
还是给我飞旋的风雪吧,
我要漫长的冬天的幽暗。

有几人能如老翻译家那样理解普希金呢?过去成了一页轻轻揭去的日历,眼前难以抵挡春日的诱惑,谁还愿意去在凛冽风雪中洗涤自己的灵魂呢?

离开上海的那天下午,我邀上朋友再一次来到普希金的铜像旁。阳光很好,碎金子一般缀满普希金的脸庞。真好,这一次普希金不再孤独,身旁的石凳上正坐着一个外乡人。我为遇到知音而兴奋,跑过去一看,失望透顶。他手中拿着计算器正在算账,很投入。他的额头渗出细细的汗珠。

再到普希金像的正面,我的心更像被猫咬一般难受。石座底部刻有“普希金(1799～1837)”字样,偏偏“金”字被黄粉笔涂满。莫非人们只识得普希金中的“金”字吗?

我们静静地坐在普希金塑像旁的石凳上,什么话也说不出来。阳光和微风在无声流泻。我们望着普希金,普希金也望着我们。

1992年4月于上海旅次

北京人喝酒

大场面迎来送往的宴会，在大饭店乃至在人民大会堂里喝酒。生意人为了赚钱，杯杯相碰笑脸相迎心中锱铢算计，在酒桌上喝酒。

老年人喝酒，爱喝老牌子，信的是过去，便只喝二锅头；年轻人喝酒，讲究的是排场，追逐的是新潮，便爱喝人头马。

女士讲究文雅，兰花指夹一支摩尔或紫罗兰香烟，抿一口长城干白或干红；男人讲究痛快，豪爽起来，顾不上那许多，嘴对瓶吹，来者不拒，五色杂陈，什么酒都敢招呼，酒入豪肠，七分酿成李白的月色，三分啸成杜甫的剑光。

到了夏天，不管男女、不分老少，一律都喝啤酒，这两年都改喝扎啤。北京人喝啤酒，讲究是抱着“扎”（jar，罐子的意思），驴一样豪饮，喝出北京人的气派。为此，北京人搞过隆重的啤酒节，在啤酒节上表演过喝啤酒比赛，一个个喝得肚子像皮球一样滚圆，嘴角如螃蟹一样挂满白色泡沫，依然叫着阵不肯停歇。

北京人喝酒，就是厉害。北京人不只是为喝酒而喝酒，是为了显示自己的性情和性格。

北京人喝酒，寻常人家，最讲究聚会到家中喝酒。这一点，与别处尤其与南方尤其是上海不同。上海人请朋友喝酒，讲究到饭店，以显示尊重与大方。北京人如果请的是真正看得起的朋友，到饭店去显得生分，只有请到家中，才把你看成是一家人一般。这不是北京人为了节省钱，嫌到饭店喝酒花费贵，而是一份热情与真情。北京人把家看作是最神圣之地，是向亲近朋友显示的最后一张王牌。北京人家中也不见得比上海人家显得多么宽敞，即使住房比上海人亭子间还要狭窄拥挤，也要把朋友请到家中聚饮一番。请到家中，与请到饭店去喝酒，是北京人对朋友亲热、信任的一道分水岭。

北京人请朋友聚在家中喝酒，一般是主妇亲自下厨，亲手烧几样下酒的菜，即使色香味赶不上饭店，却是必须的情意。而且，那菜一定要量足足的，宁肯吃不下，也不能见到碟空碗净。

北京人请朋友聚在家中喝酒，酒要备齐、备足，绝不会只拿出一样酒摆在桌上跌份！北京人会想得极其周全，白酒、果酒、啤酒，连小孩的以饮料当酒，都会准备妥当，集束手榴弹一样，先排放在桌上地上列队一排，先声夺人一般，摆出一副真正要大喝一场的阵势。

北京人请朋友聚在家中喝酒，如果家中客厅狭小，一般会将酒桌摆放在卧室，床便是座位，主人把隐私毫无顾忌地暴露在外，显示出一份浓浓胜酒的情分。喝醉了，你就倒床上呼呼大睡，像在自己家中一样，才让北京人舒服、熨帖。

北京人喝酒，讲究劝酒，一杯满上、饮下，再一杯紧接着续上，而且，北京人要自己以身作则，先仰脖一口灌下，热情恳切而不容置辩让你必须饮下。北京人喝酒，喝的就是这痛快劲儿。在家中喝酒，一般不谈利害、不谈交易，如果为利害交易，就不会把酒席设在家中。因此，北京家宴中喝酒，能喝出北京人淳朴古老的遗风，那一份快要逝去淡去的真情、友情与纯净美好，让酒穿肠而过，滋润了干枯的心田，烧热了枯萎的精神，便是喝醉了也心甘情愿。

北京人喝酒，在家中不喝躺倒几个，绝不鸣金收兵。哪怕你吐脏了他家的地毯或床褥，主人也痛快淋漓，觉得这才叫喝好了酒，这才叫不把自己当外人！

北京人喝酒，豪爽之中也透着狡猾。劝酒时懂得用甜言蜜语诱惑，用花言巧语刺激，也懂得用豪言壮语自我抒情。最后灌得大家都醉成一片朦朦胧胧，他自言自语，一直到醉醺醺倒头一睡大家不言不语为止。北京人将这甜言蜜语—花言巧语—豪言壮语—自言自语—不言不语，称之为酒桌上五种境界。

北京人喝酒，讲究的是“人间路窄酒杯宽”。

北京人喝酒，讲究的是“功名万里外，心事一杯中”。

北京人喝酒，讲究的是冷酒伤胃、热酒伤肝、无酒伤心——最后一点尤为重要。什么酒都行，哪怕是假酒，但不能没酒。

1991 年春于北京

北京人吃早点

说起北京人吃早点，会让人有些脸红，难以消受。

北京人吃早点，首先品种单调，豆浆、油饼，几十年一贯制，解放前是这老几样，解放后几十年还是这老几样，无甚变化。北京人爱吃的就是这一口，豆浆没有，可以改成馄饨，改成牛奶就差点儿。牛奶都是给老人、孩子预备的，北京人还是觉得豆浆比牛奶强，营养价值一点儿不比牛奶差。油饼做法可以花样翻新，油条、焦圈、糖油饼、薄脆……但万变不离其宗，都是一回事。北京人爱吃炸食，但炸面包圈就差点儿味了。北京人几十年乃至上百年固守早点这几样单调的品种，任其朝代更迭风雨变幻，自己这根主心骨不变，也是北京人的本事。有些事情，坚持住比放弃掉要难。坚持，是一种传统，是一种心态，也是一种因袭或遗传下来的性格。

北京的早点摊一般都设在街头。像点儿样的早点铺，以前还能在北京的大街小巷找到，如今任你走遍京城角角落落，也难找到一家了。原因很简单，仅仅卖豆浆、油饼，赚不来大钱。于是，愿意赚这些不起眼小钱的，便都临时支起锅灶，搭一块面板，放几张小桌，在街头四处开花。油锅里油烟蒸腾，小桌上油腻滚滚，人们吃得照样香喷喷，滋味天天如旧，却天天不同寻常。所有这些早点摊，几乎无一不是外地人开设。他们不是北京人，却摸准北京人的脉数，像小虫子爬进北京人的肚肠，懂得北京人就是这样潜移默化地继承着老一代人的衣钵，连口味都难以改变几分，生就了一副油饼和豆浆养育的胃口。

北京人吃早点，匆匆忙忙，永远像是在赶集。坐在早点摊旁的，无论是衣着名牌的男人，还是指甲染上蔻丹的时髦女郎，都顾不上汽车扬起的灰尘、排出的废气，和着它们一起吞进肚中，像往早点里加进了佐料。公共汽车上，再拥挤的车厢里，也能见到夹着皮包、叼着油饼或拿着油条的上班族。汽车到站了，早点也吃完了，他们把早点和时间一起消化在车厢里。骑自行车的，甭管车水马龙的大街如何难骑，也要一手扶着把，一手夹着纸包着的油饼或油条，在红绿灯眨动之中咀嚼着千篇一律的早点晨曲。一贯讲究卫生的北京人，吃早点时却忽略了或者忘却了这一点。如今北京人把上厕所学会说是“去卫生间”，到百货商店买东西称为“去购物”，但到大街上买早点，挤在公共汽车上、骑在自行车上吃早点，却没有学会一个新的名词。所以，北京人吃早点便难以文雅潇洒起来，自然也就顾不上卫生。

北京人吃早点，很能反映北京人的生活态度，那就是随意、随和、能将就、穷就乎、会节省，这是北京人几代传下来的美德。北京人不是不会讲究排场，一掷千金，但他们能够艰苦而达观地对待生活。

北京人吃早点，很能说明北京人对时间的态度。那就是前紧后松，珍惜与挥霍、节约与浪费共存。北京人宁可早点吃得时间紧张犹如脚后跟不住直打后脑勺，也不愿挤出晚上的时间做一份早点备用，或早些入睡早些起床。晚上，北京人愿意神聊海哨，愿意搓麻打牌，愿意守着电视机，不见屏幕上出现“再见”字样不收兵。

北京人吃早点，也很能道出北京人对外来事物和外面世界的心态。几百年厚重的文化与历史，又是紧靠朱红皇宫宫墙脚下生活，内心深处自然有一种正宗正统的感觉，以为自己拥有的一切是最好的。虽然，北京人吃早点近几年已经发生一些变化，牛奶已经和豆浆分庭抗礼，但变化有限。仅看北京人对广东早茶的态度即可看出，这种心态其实是根深蒂固的。

在景山公园旁边的大三元酒家、前门大街的老正兴饭庄几处均有早茶可吃，却难以普及成广州万人空巷聚集酒楼吃早茶的壮观。北京人认为那样吃早点，太铺张浪费，费时间也费钱财，不大值得。至于说到早茶不仅可以品味品种繁多、味道不同的美食，还可以促谈生意、联谊情感、交流信息，北京人会摇头，说在早茶谈的不会是大生意，谈生意还是要正规；情感自然可以联谊，早茶却不如晚餐更有情调与氛围；信息在早茶楼上传递，也不会是主渠道，充其量不过是小道消息居多、儿女情长居多……可见北京人时时处处显示出一副正宗与正统的姿态。这心态之中，有几分执著，也有几分保守。当然，还有几分是衣袋里的钞票，倘若赶不上广州人的多，便只好还得拘着点儿面子。

唉！北京人吃早点！

北京的女人

与外地尤其是乡下的女人相比，北京的女人少了几分纯朴、天真，多了几分清高、骄矜，人工割过的双眼皮总爱往上抬。

与国外进京旅游的洋女人相比，北京的女人，不会显得那么疲惫，也不会因汗水常流而疏于化妆。北京的女人脸上的脂粉总会显得均匀而恰到好处。北京的女人很讲究化妆品的品牌，且化起妆来一丝不苟，眼影、唇线等等程序，缺一不可。不仅是在夜晚的盛会，就是在烈日之下也是有板有眼，甚至浓重得过于赫然醒目。

如果赶上外地人尤其是乡下女人问路，她们会显得不大耐烦；遇到外国女人问路，她们大多会一问三摇头，她们的外语水平大多只相当于相声水平，只会讲一句“拜拜”；如果遇到外国男人问路，她们很想表现一番，献献殷勤，不敢说所有女人都渴望当一回过埠新娘，却敢说不少北京女人的内心骚动不安。

北京的女人，在穿戴方面，永远追求着新的时尚，占据着东风第一枝。50年代的列宁装，60年代的“蓝蚂蚁”，“文化大革命”时期的绿军装外扎武装带，无一不是北京女人的时髦。她们不太服气以前上海人的穿戴，以及由广东传来的港台式的装束。她们以为上海的女人身板太薄没有了胸脯，广州的女人身材太矮没有了长腿。她们便自己设计着自己，裙子一会儿变长、一会儿变短；裤子一会儿变肥、一会儿变瘦；她们一会儿把外衣当内衣穿，一会儿又把内衣当外衣穿……她们有意无意都极想永远操纵着全国都市服装的主旋律和流行色。

北京的女人，永远躁动不安，尽管表面静如枯井。都说女人是水，其实是火，燃烧着不熄的欲望，只是不敢将火蔓延而已。看到电视里的爱情故事，她们最易于潸然落泪，自己又极易于愤愤不平，只是不敢跃跃欲试。很想如电视里一样，也拼死拼活爱上一场，哪怕“过把瘾”也好，但看看孩子，再看看丈夫，更看看周围左右，便英雄气短，咽下一口已流到嘴边的口水，将欲望如球压进水中，让球一次次浮起，又一次次压下。然后，发几句牢骚，骂几句该死的男人和骗人的爱情，感慨一番年轻时自己流泪会有无数男人伸手接着泪水，如今哪怕泪流满面，男人们包括自己的老公都背过身去不管不顾了。

北京的女人，永远不会满足现状，永远积极进取。早有警世恒言：男的能干的，我们女的也能干。她们便很容易沿着这条既定轨道朝前飞奔，膨胀着自己一颗雌心如雄鸡一样常鸣不已。于是，北京的女人，胖的希望变瘦，瘦的希望长壮，常用皮尺量自己的腰身；常用眼睛测别人的三围。年轻的希望永远年轻，年老的希望梅开二度，年小的渴望早早离开父母总是高度警惕的目光……

因此，再劣质的化妆品在北京也不会滞销，再蛊惑人心的广告“今年二十，明年十八”，也会有人相信并如获至宝。

于是，没有爱情的，幻想有让我一次爱个够的爱情；拥有爱情的，又总觉得这并不是理想中的真正爱情；便常在一次次幻想破灭中让青春流逝而常年待字闺中，上电视上报刊征婚广告中的大龄女子便一次次增多。没孩子的，盼孩子；有了孩子的，烦孩子；孩子小时盼长大，孩子长大又觉得还是孩子小时候听话；孩子听话时嫌孩子太听话将来要受气，孩子不听话又怨孩子不听话将来没出息；高兴时将孩子当成玩具，气恼时又将孩子当成出气筒……

北京的女人，将自己、爱情、孩子三点连成一线，圈成一圆，永不知疲倦、永无止境地循环走着。走得高兴了，会觉得犹如太阳、月亮一般圆；走得不高兴了，会诅咒那圆如何又老也画不圆。

北京的女人，眼光永远会超越时空，而心境永远充满矛盾。没有文凭的上职大夜大拿回一张迟到的文凭；文凭到手心里，又惘然若失。没有拿到出国护照的，拼上性命地要拿到护照；护照批下来了，心里又怪恋恋不舍了，觉得山亲水亲，爹亲娘也亲了起来。看见别的女人嫁给了大款，要骂几句人家骨头太轻、眼眶子太浅，但转过身又埋怨自己的老公能耐太小、钱袋太瘪。看到别的女人年轻轻就被迫下岗，每月只拿百分之几十的工资艰难度日，便止不住同情，骂几句社会不公，但又常常抱怨自己一天八小时上班又累又远又要挤几趟公共汽车，恨不得有一天早点退休过几天安闲的日子……

北京的女人，就是这样，常容易患这样两种眼病：远视或近视，而她们最爱戴的却是变色镜。当然，并不是所有北京的女人都如此，却也绝不是少数女人走上这条女人街。所有这一切，也并不都是缺点让人无法容忍，可爱之处依然如小鸟可人让人心动。最难以容忍的是这样几种女人：内心一无所有却装饰得灿若星花，本已人老珠黄却矫情装扮成情窦初开，而才刚刚是青春少女偏要浓妆艳抹成久经沧桑的小妇人。至于如麦克白夫人那样能够从正吃奶冲着她微笑的婴儿娇嫩的口中，毫不留情地拔出奶头，并将婴儿摔得脑浆迸裂的歹毒女人，是穿裙子的撒旦，已不在列。

北京的女人，是一个谜。

1990 年 7 月于北京